U0739200

张恨水散文全集

写作生涯回忆

张恨水 / 著

时代文艺出版社

图书在版编目（CIP）数据

写作生涯回忆 / 张恨水 著. —长春：时代文艺出版社，2015.8
（张恨水散文全集）

ISBN 978-7-5387-4116-2

Ⅰ. ①写… Ⅱ. ①张… Ⅲ. ①散文集－中国－现代 Ⅳ. ①I266

中国版本图书馆CIP数据核字（2015）第055928号

出 品 人　陈　琛
产品总监　郭力家
责任编辑　曾艳纯
　　　　　郜玉乐
装帧设计　孙　利
排版制作　吴　桐

张恨水散文全集
写作生涯回忆

张恨水 著

出版发行 / 时代文艺出版社
地址 / 长春市泰来街1825号 时代文艺出版社 邮编 / 130011
总编办 / 0431-86012927 发行部 / 0431-86012957 北京开发部 / 010-63108163
网址 / www.shidaicn.com
印刷 / 三河市万龙印装有限公司
开本 / 710mm × 1000mm 1 / 16 字数 / 288千字 印张 / 21
版次 / 2015年8月第1版 印次 / 2015年8月第1次印刷 定价 / 68.00元

图书如有印装错误 请寄回印厂调换

闲适冲淡与家国情怀

——张恨水散文札记

谢家顺

对于自己的散文创作，张恨水有两次提及，一次是写于1944年五十寿辰的《总答谢》："不才写了三十四年的小说，日子自不算少，其累计将到百来种，约莫一千四五百万字"，"关于散文，那是因我职业关系，每日必在报上载若干字"，"朋友也替我算过，平均以每年十五万字计算，二十六年的记者生涯，约莫是四百万字。"[①]另一次是写于1949年的《写作生涯回忆》："我平生所写的散文，虽没有小说多，当年我在重庆五十岁，朋友替我估计，我编过副刊和新闻二十年，平均每日写五百字的散文，这累积数也是可观的。"[②]"对散文我有两个主张，一是言之有物，也就是意识是正确的（自己看来如此），二是取径冲淡。小品文本来可分两条路径，一条是辛辣的，一条是冲淡的，正如词一样，一条路是豪放的，一条路是婉约的。对这两条路，并不能加以轩轾，只是看作者自己的喜好。有人说辛辣的好写，冲淡的难写，那也不尽然。辛辣的写不好，是一团茅草火，说完就完。冲淡的写不好，是一盆冷水，教人尝不出滋味。"[③]

以上文字，一说自己散文创作数量，一表达自己的散文主张，是张恨水生前仅有的关于散文创作的自述文字。这对研究他的创作成就而言，益发显得珍贵。

---

① 张恨水《写作生涯回忆 · 总答谢——并自我检讨》，重庆《新民报》，1944年5月20日至22日。

② 张恨水《写作生涯回忆 · 上下古今谈》，北平《新民报》，1949年2月4日。

③ 张恨水《写作生涯回忆 · 散文》，北平《新民报》，1949年2月5日。

较之小说创作，张恨水散文创作贯穿于他写作生涯始终，与他的思想性格、感情心态、生活阅历有着更为直接的联系，因而加强其散文研究，将具有透视作家心灵世界、观照作家创作思想的直接意义。

一、张恨水散文分期

早期（1912年—1919年）

张恨水少年时代，即受过严格的散文读写训练，十二岁那年，在两个月内，模仿《聊斋》《东莱博议》笔法作文，完成论文十余篇，其中文言习作《管仲论》颇得（萧）先生和父亲的赞赏。

真正开始散文写作，约在他十九岁那年秋天。他流落汉口，替一家小报写填补空白的稿子，并开始以恨水为笔名发表文章，这些稿子，除诗词外，也包括小品随笔和散文游记。

1916年冬，二十一岁的张恨水回故乡自修期间，在写小说的同时，写作题为《桂窗零草》的笔记，这是张恨水较正规的笔记散文。

1917年春，张恨水应郝耕仁之邀作燕赵之游。这是一次半途而废的旅行，虽旅途艰辛，却开阔了张恨水的眼界，促使他写了一部长篇游记《半途记》。这段流浪生活对张恨水的创作影响很大，“一来和郝君盘旋很久，练就了写快文章。二来他是个正式记者，经了这次旅行，大家收住野马的心，各入正途，我也就开始做新闻记者了”。

1918年至1919年，张恨水在安徽芜湖《皖江日报》工作期间，还曾负责两个短评栏和一版副刊的编辑工作，除写长篇小说外，还写“小说闲评”之类的论评式散文。

以上这些散文，因年代久远，或文稿丢失或报刊散佚，我们已无法见到，尤其是《桂窗零草》和《半途记》。

丰硕期（1919年—1938年）

张恨水开始大量写作各类散文，是在1919年秋到北京以后至1923年，这期间他任北京《益世报》助理编辑、芜湖《工商日报》驻京记者，以撰写通讯为主。直至1924年5月、1925年2月，他先后主编北京《世界晚报》副刊《夜光》、《世界日报》副刊《明珠》，张恨水的散文进入第一个密集发表期。长期新闻工作的锻炼，使张恨水成为一位阅历丰富、才思敏捷、注重纪实、面向社会的散文作家。

1934年5月，张恨水首次西北之行，创作了系列游记散文《西游小记》，内容反映了当时西北地区的民生疾苦。1936年他自办《南京人报》，自编副刊《南华经》并写了大量散文。

全盛期（1938年—1949年）

这一时期张恨水的散文创作贯穿于他在《新民报》工作的全过程。1938年1月，张恨水到达重庆即被陈铭德聘为《新民报》主笔兼副刊主编。自1月15日起，在副刊《最后关头》连续发表《忆南京》系列散文、《杏花时节忆江南》等多篇散文及大量杂感；特别是1941年12月1日至1945年12月3日开设《上下古今谈》专栏，张恨水每日一篇，累计发表杂文一千多篇，字数达百万字，这些是张恨水杂文的代表作。值得一提的是，这一时期，张恨水还结集出版了仅有的两本散文集《水浒人物论赞》与《山窗小品》。此外，张恨水又连续发表了回忆北京、南京的系列散文《两都赋》，以及《蓉行杂感》《华阳小影》等系列散文。这些作品的发表，体现了张恨水在抗战时期的散文创作已呈全面丰收的态势。

抗战胜利后，张恨水除主持北平《新民报》工作外，还以副刊《北海》为园地笔耕不辍，先后有《东行小简》《还乡小品》《北平的春天》《山城回忆录》《文坛撼树录》等系列散文问世，以及大量杂感、杂谈发表。

晚期（1949年—1963年）

1949年1月至2月13日，长篇回忆录《写作生涯回忆》在北平《新民报》连载。1955年夏，病后的张恨水南行皖沪等地，创作的中篇游记《京沪旅行杂志》于当年9月在香港《大公报》发表。1956年春末夏初，张恨水应邀参加由全国文联组织的作家、艺术家赴西北参观旅行活动，并写作游记《西北行》在上海《新闻日报》发表，这些散文，叙写了西北地区面貌的变化并抒发了作者由衷的喜悦之情。这一时期，张恨水还创作了一些描述首都北京风光的游记散文。直至1963年，张恨水应全国政协《文史资料》编辑部之邀，写作长篇回忆录《我的创作和生活》。

张恨水一生到底创作了多少散文？迄今为止，我们尚无法做出具体回答，只能做一个粗略的估计，有人对他已发表的散文作品进行过估算，其文字总量在六百万字左右，其中半数以上是新闻性散文，在中国现代新闻史上具有一定的价值；文艺性散文约两百万字，两千多篇，数量之多，在现代散文史上也属于屈指可数的丰产者之一①。

二、张恨水散文特点

张恨水的散文作品，就其性质而言，可以将其粗略划分为新闻性散文和文艺性散文。限于篇幅，笔者在此仅就其文艺性散文作一评介。

（一）杂感文

这类散文在张恨水散文创作中比重最大。从二十世纪二十年代至四十年代，写作杂文近三十年，创作数量大、延续时间长，与作家长期担任报纸主笔副刊主编有关。这种随写随发的杂感散文，取材广泛，选题随意，关注社会人生，反映现实生活，反应快速敏捷，议叙海阔天空，形式不拘一格，笔锋多趣微讽。题材几乎触及政治、经济、道德、文化以及世态、人情、风物、习俗等社会生活的各个方面。

早在二十世纪二十年代，张恨水作为一个编辑和记者就主张新闻自由。他认为报纸应敢于讲真话，敢于为人民呼吁，直言不讳，揭露社会黑暗。如1928年“济南惨案”时，张恨水在《世界日报》副刊上连续发表了《耻与日人共事》《亡国的经验》《学越王呢学大王呢？》《中国不会亡

① 董康成，徐传礼《闲话张恨水》，黄山书社，1987年版，第195页。

国——敬告野心之国民》等一系列文章，揭露了日本帝国主义者的侵略罪行，表达了与日本帝国主义战斗到底的决心。又如《我主张有官荒》对当时的官场黑暗进行了揭露；《无话可说的五卅纪念》表达了作者对北洋军阀政府镇压学生运动的愤慨、对学生爱国行为的赞颂之情。

抗战时期，要在报刊上讲真话极其困难，国民党当局对陪都重庆报纸的检查十分严格，他的不少杂文被书报检查官剪掉、抽稿、开“天窗”。他主编的《最后关头》，也不得不改名为《上下古今谈》。张恨水谈到这一专栏时曾说：“上至宇宙之大，下至苍蝇之微，我都愿意说一说。其实，这里所谓大小也者，我全是逃避现实的说法。在重庆新闻检查的时候，稍微有正确性的文字，除了‘登不出来’，而写作的本人，安全是可虑的。”[①]而在实际中，张恨水一方面要揭露黑暗现实，另一方面要不被当局抓辫子，保全自己。他采取多种多样的手法，将鲜明的战斗性与巧妙的灵活性有机结合，将历史与现实巧妙结合，以古讽今；将普通科学常识与社会问题巧妙结合，以此喻彼。比如通过谈贾似道的半闲堂，影射孔公馆；通过谈杨贵妃，暗示夫人之流；通过谈和珅，提到大贪污；通过说雾，提到重庆政治的污浊；通过讲淮南王鸡犬升天的传说，影射权贵们狗坐飞机的事。声东击西，含沙射影，既击中贵要的要害，又使之无可奈何。

这些杂感文，或借鉴历史，以古讽今借题发挥，或以此喻彼运用对比，或以甲衬乙，形式生动活泼，短小精悍，往往一事一议，平易晓畅，适应不同阶层读者的阅读需求。

（二）小品文

这类散文包括两个部分，其一是对文艺作品、文艺体裁、文艺思潮和文艺流派等进行评论和考证的专著和专文；其二是自己作品的序跋、创作经历的回忆和创作经验的漫谈等。

在第一类中，结集出版的有《水浒人物论赞》，散篇发表的有《长

① 张恨水《写作生涯回忆 · 上下古今谈》，人民文学出版社，1982年版，第68页。

篇与短篇》《短篇之起法》《水浒地理正误》《〈玉梨魂〉价值堕落之原因》《小说考证》《中国小说之起源》《旧诗人努力不够》《著作不一定代表人格》《泛论章回小说匠》《北望斋诗谈》《武侠小说在下层社会》《〈儿女英雄传〉的背景》《章回小说的变迁》《文化入超》《在〈茶馆〉座谈会上的发言》等。这些文章选题面宽，论述范围广，议论引经据典，博古通今，叙议结合，寓渊博的学识与丰富的艺术体验于随笔浅谈之中，反映了张恨水在各个历史时期的历史观和文艺观，其中不乏真知灼见。

在第二类中，主要作品有《春明外史》的前序、后序、续序，《金粉世家 · 自序》《剑胆琴心 · 自序》《啼笑因缘 · 作者自序》《作完〈啼笑因缘〉后的说话》《新斩鬼传 · 自序》《八十一梦 · 前记》《水浒新传》的原序、新序等，以及一些专门介绍作者自己创作经历的文章，如《我的小说过程》《总答谢——并自我检讨》《写作生涯回忆》《我的创作和生活》等。这些文章，或介绍和评述自己的作品，或回忆自己的写作与生活，均能实事求是，毫无某些文人自吹自擂的恶习，写得谦虚谨慎，诚挚感人。同时也表现了他自强不息、奋斗不已的精神追求，这些文章是我们当今研究张恨水创作道路、文艺观形成的第一手材料。

这些小品类散文包括抒情写景、纪游记事、怀古咏史的小品文和游记等。早期习作《桂窗零草》《半途记》是其开端，二十世纪三十年代的《西游小记》《白门十记》，四十年代的《华阳小影》，五十年代的《南游杂志》《春游颐和园》《西北行》等都是其中的佳作。其抒情写景散文代表作是抗战时期创作并结集出版的《山窗小品》，这本散文出版后颇受好评，曾再版多次。

张恨水的小品文取径冲淡、清新洁雅、隽永多趣，具有较强的知识性和可读性。究其源，一方面，受中国古代散文“言之有物”“文以明道”思想影响，对散文取实用态度；另一方面，可上溯魏晋南北朝散文，直接继承和发扬了明清两代小品文朴质冲淡的艺术风格，主张散文风格冲淡平和，在意境创造、抒写情趣、驾驭语言等方面都达到了很高的水平。这类散文有写名胜古迹、名山大川的，但更多的是写人们时常所忽视的身边小景、生活中细小的琐事。他的《山窗小品》里的六十二篇短文“乃是就眼前小事物，随感随书”而成，虽称小品，但内容大都摭拾重庆乡间的寻常风物着笔，如珊瑚子、金银花、小紫菊等山间花草，禾雀、斑鸠与雄鸡一类乡野动物，以及卖茶人、吴旅长、农家两老弟兄等寻常人物，或描述其仪容姿态、行为举止，比拟绝伦且刻画逼肖，可谓传神写照，文风沉郁浅淡，从平常习见的事物中发掘诗意，富有生活气息，读来亲切感人。展读《路旁卖茶人》《吴旅长》诸篇，感觉历史情境并不久远，山窗风物虽平常，家国忧思犹在肩。

与《山窗小品》连载的同时，是《两都赋》，共二十六篇，其时张恨水任职重庆《新民报》，居住在重庆郊区南温泉三间茅屋之中，面对家破国亡的现实，对于曾经居住的北平、南京，不禁悠然神往，以忆旧笔法，采取日常清谈式白话行文，回忆南北两旧都的旧时巷陌、市井人流，间有斜阳草树、断井残垣的历史沧桑寄寓其中。凡北平之琉璃厂、陶然亭，松柴烤肉、大碗凉茶，南京之中山陵、鸡鸣寺，椒盐花生、铺子烧饼，乃至杨柳、梧桐类树木，均流于作者笔端，处处充满诗情画意，清淡秀雅之中透露出闲情逸致，并在每文文末，将闲适灵动的笔锋一转，时有哀伤叹惋、言近旨远意旨流出，家国前途之忧思、个人身世之飘零，深得杜甫沉郁苍凉之气韵，不尽之意趣与无限之惆怅兼而得之。

两者相较，《两都赋》白话行文，《山窗小品》文言写就，虽文笔取径及描绘对象不同，但其中蕴含的一片抗日救国之心、一腔家国情怀却历历可见。

《西游小记》是作者西行的一组游记，文中尽数描述了所游历地区的地理状貌、文物古迹、风土人情，同时还融合了丰富的历史文化知识、历朝历代的掌故以及作者浓厚的人文关怀，是游记散文的经典之作。

综观张恨水的散文创作，他写在二十世纪二十年代的散文显得有些单薄，三、四十年代的作品则走向丰满和成熟，而五十年代则显得力不从心，行文枯涩生硬，缺少情趣。

张恨水执着于小说创作而又青睐散文，固然是记者的职业需要，但更深刻的原因却在于他的根深蒂固的中国传统文学观念。传统文学观念轻小说而重散文，张恨水是一位旧文学根底极深的文人，自然难以避免这种观念的影响。也许正是传统观念影响加之中国古代散文（特别是明清笔记小品）的艺术熏陶，才使作家养成了特别看重散文、欣赏散文，并勤于写作散文的习惯，由此形成了一种闲适冲淡中寓家国情怀的独特散文风格。

基于此，我们研究张恨水时，理应不能忽视对张恨水散文的搜集、整理与研究。

（谢家顺：池州学院中文系教授，安徽省张恨水研究会副会长。）

目录

写作生涯回忆

小说考微

小说艺术论

半瓶醋斋戏谭

文坛撼树录

自述

写作生涯回忆

序　言

我虽然是个很微末的人物，但我向来反对自传一类的文字。因为我看了不少的自传，有些是谎言，有些也无非是一篇广告。当我在重庆过五十岁的时候，朋友们让我作自传，我婉谢了。老友张友鸾以为不可，他以为我在文坛上，多少有点影响，对这点影响，不可没有一个交代。他以和我三十年知交之深，很兴奋地提起笔来，要作《张恨水论》。这篇论他打算从我三代的历史考起，小至于我写的一首小诗，都要谈谈，这心愿不可谓不宏。可是他只写了几千字，就搁笔了，因为他太忙。我自然是一笑了之，而觉得没有交代也好。

说话之间，又是四个年头。我是一切云过太空。最近，我辞去了报社的工作（指1948年12月12日辞去北平《新民报》工作），去年十二月十二日以后，我的生活忽然起了急剧的变化，失去了平常的生活秩序。我是个推磨的驴子，每日总得工作。除了生病或旅行，我没有工作，就比不吃饭都难受。我是个贱命，我不欢迎假期，我也不需要长时间的休息。辞去工作后，这时感到无聊，我那矛盾的心情，似乎是吃了一碟四川的棒棒鸡，除了甜，咸酸辣苦，什么滋味都有。我于是慢慢地长思了。

人生几十年光阴，像电影似的，一幕一幕地过去。中国人形容这个速度，是“白驹过隙”，其快可知。而我这时咸酸苦辣的境地，也不过是白驹过隙中千万分之一秒，其实也可以稍稍地忍耐，让它过去。可是我又另有一个感想，我家乡安徽人说的话：今天脱了鞋和袜，不知明日穿不穿。这个“不知”目前是非常之明显。万一是明天不穿，趁着今天健康如牛，我是不是有些事要交代的呢？天下大事，轮不着我谈。家庭琐事，诗云：“我躬不阅，遑恤我后？”我也犯不上去多那些事。只是一点：写了一辈子文字，得了同情者不少，恐怕神交之多，在普通社会里，我是够在六十分以上的了。对于这神交，我还愿更结下一层更深的友谊。同时，也有人对我发生了不少的误解。举一个例：在东北和华北沦陷期间，伪造的张恨水小说，竟达四五十种之多。那里面不少是作孽的文字，把这罪过加在我身上，我太冤，我也应当辩白。于是我想到，我应当写一篇短短的文字，让孩子们抄写若干份，分寄我的好友，让他们分别为我保存。说乐观点，在我百年之后，从朋友手里拿出我的亲笔供状来，不失人家考张恨水的一点材料。我这样想，我就要办。而家人以为这是不祥之兆，反对我这样做。虽然说不祥的有些愚昧，然而总是好意，我也就算了。

前两天到报社（北平《新民报》），和同人谈起。同人笑说这很有趣，遗嘱式的文字，当然可以不必。不过你能对自己的写作，作一个总检讨，那还不失为有意思的事，索性你写详细一点，我们拿到报上来发表，若以留材料而论，没有比在报上发表以后可留的程度更深的。我始而考虑，这是不是违反我的素志来写自传？但同人再三地怂恿，我的意志也就动摇了，我答应改变自传方式写，向读者写个供状。这供状是不是撒谎？是不是自我宣传的广告？我没法子深辩，敬求读者先生的批判。文里除了必要，不提到我的生活和家庭，罗曼司更无须提及。我只是写我由识字一直到现在。

我没有遇到好老师

谈我自己的写作，一定要谈我是怎样写起，就涉及我的读书经过了。我七岁整（这里讲的是虚岁，实龄应是六岁）才入蒙学，那时是清光绪年间，当然念的是“三、百、千”（“三、百、千”即《三字经》《百家姓》《千字文》）。我念半年，就念了十三本书。你问这十三本书都是什么？我告诉你，全是《三字经》。因为就是这样糊里糊涂地念私塾。念过“上下论”（即《论语》上下两册），念过《孟子》。我除了会和同学查注解上的对子（两行之中，两个同样的字并排列着）而外，对书上什么都不理解。有一天，先生和较大的两个学生讲书，讲的是《孟子·齐人章》。我很偶然的在一旁听下去，觉得这书不也很有味吗？这简直是个故事呀。于是我对书开始找到了一点缝隙，这是九岁多的事。地点是在江西景德镇，那时，我父亲在那里做点小事。

十岁，我在南昌。在一位父执（父亲的朋友）的家馆里念书。他有两个孩子念书，另带我和一个小孩子，四个学生，共请了一位安徽老夫子（同乡）教书。那时，有新书了。如《易字蒙求》《易字读本》之类，都带有图。我对这些带图的书，非常感兴趣。先生并不曾和我们讲些什么，但看了这图，我可以略懂些书上的意义。后来我又转入一家较多的学生的私塾，有大半学生读《蒙字读本》。那书共二册，是浅近的文言，而且每课有图。我虽不读，同学读着我在旁边听着，每课都印入我的脑筋，让我了解许多事。至于我自己呢，却念的是《左传》，先生应了我父亲的要求，望文随解一遍，我实在是不懂。同时，先生又为我讲《二论引端》。这是用朱注和一些浅文注解《论语》的书，但我还是不大懂。不过我另有个办法，同学念《论语》，带着白话解的，我借同学的看，我就懂了。

十一岁，我和父亲到江西新城县去（现在的黎川县），家里请了一位同乡端木先生，教我和我的弟弟，还有一位同乡子弟。正式开讲，我就了解所谓虚字眼了。但这并不是先生教的，还是由《四书白话解》那里看来的。这个时候，我自己有两个新发展：其一，是在由南昌到新城木船上，发现了一本《残唐演义》，我四叔正读着，把我吸引住了，我接过来看下去。我就开始读小说了。上学以后，我父亲桌上，有部洋装《红楼梦》，印得很美，我看过两页，不怎样注意。而端木先生却是个三国迷，他书桌上常摆一本《三国演义》。先生不来，我就偷着看，看得非常的有味。这书，帮助我长了不少的文字知识。其二，我莫名其妙地爱上了《千家诗》，要求先生教给我读诗。先生当然答应。但先生自己并不会作诗，除了教给我“山外青山楼外楼”就是“山外青山楼外楼”而外，并无一个字的讲解。但奇怪，我竟念得很有味，莫名其妙的有味。

十一岁半，我回到安徽潜山原籍，在本乡村里读书。这个读书的环境很好，是储姓宗祠附设的圣庙。庙门口一片广场，一棵大冬青树，高入云霄，半亩圆塘，围了庙墙。庙里只有三个神龛，其余便是大厅和三面长庑，围了个花台子。我和弟弟，靠墙和窗户设下书桌。窗外是塘，塘外是树，树外是平原和大山。因为我已读过《千家诗》，对我的读书帮助不少。但先生是个老童生，一脑子八股，同学全是放牛小孩，完全和我城市的同学异趣。也惟其如此，我成了铁中铮铮了。这时，我自己有一部更好的《四书白话解》，而且有精细的图。我在图上，看懂了乘是八马拖的战车，我又了解了井田是怎么个地形。抄他一句成语：“文思大进。”因此，半年之内，除了《礼记》，我把五经念完了。先生来了个“得天下英才而教之，一乐也”，要我作八股，居然逼得我作成了“起讲”。又要我作试律诗，这就吃不消了。一个虚岁十一岁的小孩子怎么会平对仄，红对绿呢？我被先生逼得无法可治，只有拿了一部诗韵死翻。就这样填鸭式的，在半年之内，我搞懂了平仄。而对《千家诗》，也更觉有味了。

这一些，可以说先生没教我，全是瞎猫碰死耗子，我胡乱碰上的。而我真正感到有味的，还是家藏的两部残本小说。一部是大字《三国演义》，一部是《希夷梦》（又名《海国春秋》）。另有一部《西厢记》，我却看不懂。后来，又看到一本残缺的《七国演义》，就是孙庞斗智的一幕，我也深深地印在脑筋里。不过，这时，我已懂得《左传》，也把它当故事看。直到现在，我还能记得《左传》上一些字句，可以说是那故事性的文字引动我的。

跌进小说圈

我在了解字义以前，是很不幸的，没有遇到过一个好先生。十三岁的时候，我又回到了江西，并随家到了新淦县三湖镇。那个地方，是产橘子的地方，终年是满眼的绿树。一条赣江长时流着平缓而清亮的水，我家住在这平河绿树之中，对于我这个小文人，颇增加了不少的兴趣。父亲把我送到一个半经半蒙的私馆里读书（经馆是教授可以作文的学生。科举时代，得读九年经馆，才有能力去考秀才），所谓“出就外傅”，我就住在学校里。这学校是家宗祠，橘林环绕，院子里大树参天，环境很好。先生姓萧，是个廪生，人相当的开通，对学生取放任主义，对我尤甚。我和三个同学，有一间屋子可读夜书。夜书只是念念古文，我非常的悠闲。同室有位管君，家里的小说很多，不断地带来看。我在两个月之内，看完了《西游》《封神》《列国》《水浒》《五虎平西南》。而我家里，上半部《红楼梦》和一部《野叟曝言》，我一股脑儿，全给它看完了。这样，使我作文减少了错别字，并把虚字用得更灵活。六、七月间，先生下省考拔贡，出了十道论文给我作，我就回家了。

父亲办事的地方，是万寿宫。我白天不回家，在万寿宫的戏台侧面，要了一段看楼，自己扫抹桌子，布置了一间书房。上得楼去，叫人拔去了梯子，我用小铜炉焚好一炉香，就作起斗方小名士来。这个毒，是《聊斋》和《红楼梦》给我的。《野叟曝言》，也给了我一些影响。那时，我桌上就有一本残本《聊斋》，是套色木版精印的，批注很多，我在这批注上，懂了许多典故，又懂了许多形容笔法。例如形容一个很健美的女子，我知道“荷粉露垂，杏花烟润”，是绝好的笔法。我那书桌上，除了这部残本《聊斋》外，还有《唐诗别裁》《袁王纲鉴》《东莱博议》。上两部是我自选的，下两部是父亲要我看的。这几部书，看起来很简单，现在我仔细一想，简直就代表了我所取的文学路径。我在楼上干些什么勾当，父亲未加干涉，也很少有同学找我。约莫是两个月工夫，我自己磨练得仿《聊斋》仿《东莱博议》的笔法作文。当然，那是很幼稚的。因为用字的简练，甚至于不通。但先生出的十道论题，我全交卷了。尤其是一篇《管仲论》，交卷的时候，先生竟批改了，让父执传观。一个十三四岁的孩子，受不得这荣宠，因之引起了我的自满，自命为小才子。

这年冬，回到了南昌。父亲母亲回家乡了。留下我和弟妹，托亲戚照料。没人管我，我更妄为。我收拾了一间书房，把所有的钱，全买了小说读。第一件事，我就是把《红楼梦》读完。此外，我什么小说都读，不但读本文，而且读批注。这个习惯，倒是良好的。我在小说里，领悟了许多作文之法。十五岁的时候，家里请了一位徐先生教我，这先生是徐孺子后代，他们家传，是不应科举，不做官的。

先生很古板，没教会我什么。只是他那不考科举，不做官的作风，给了我一个很深的印象。我这时本已打进小说圈，专爱风流才子高人隐士的行为，先生又是个布衣，作了活榜样，因之我对于传统的读书做官说法，完全加以鄙笑，一直种下我终身潦倒的根苗。小说会给我这么一个概念，我很不理解。恐怕所有读小说的人，也很少会和我这样受到影响的吧？

礼拜六派的胚子

十五岁的秋季，父亲应我的要求，允许我进了学堂，受新教育。因为我国文还可以，我插进大同小学三年级（毕业是四年，那时高小课程，约等于现在初中二年级）。校长周六平先生，是个维新人物，他教书的时候，常常讥笑守旧分子，而且不时地叙述清朝政府的腐败。我，也就是他讥笑的一个。我受着很大的刺激，极力向新的路上走。于是我除了买小说，也买新书看。但这个时候的新书，能到内地去的，也无非是《经世文篇》《新议论策选》之类。我能找到一点新知识的，还是上海的报纸。由报纸上，我知道这世界不是四书五经上的世界，我也就另想到小说上那种风流才子不适宜于眼前的社会。我一跃而变为维新的少年了。但我的思想虽有变迁，我文学上的嗜好，却没有变更，我依然日夜读小说，我依然爱读风花雪月式的词章。因我由《水浒》的“圣叹外书”上，知道《西厢》《庄子》，是他所鉴赏的书，我又跟着看《西厢》，看《庄子》。对于《庄子》，我只领略了较浅的《盗跖》《说剑》两篇，而对整个《西厢》，却有了文学上莫大的启发，在那上面，学会了许多腾挪闪跌的文法。

十六岁半，我考进了甲种农业学校（约等于现在的专科）。论我的年岁，是不足进那时的中学的。我冒报年岁为十九岁。我在学校里，看到同学都是二十多岁的人，我私心很自傲。但是这却让我自己害了自己。除了英文勉强可以跟得上而外，其余代数、几何、三角、物理、化学，没有一项不赶得头脑发昏。因之，没有时间让我再去弄文学。只有假期的时候，可以看看小说而已。这时，我有两个新发现。第一，我读《儒林外史》，对于小说的描写，知道还有这样一种讽刺手法；跟着就读了《二十年目睹之怪现状》和《官场现形记》。第二，我偶然买了一本《小说月报》看，对于翻译的短篇小说，非常的欣赏，因之，我又继续看林译小说［流行于清末民初的林纾（琴南）译的小说］。在这些译品上，我知道了许多的描写手法，尤其心理方面，这是中国小说所寡有的。这个时候，我读小说，已脱离了故事的消遣，而为文艺的欣赏了。因此，我另赏识了一部词章小说《花月痕》。《花月痕》的故事，对我没有什么影响，而它上面的诗词小品，以至于小说回目，我却被陶醉了。由此，我更进一步读了些传奇，如《桃花扇》《燕子笺》《牡丹亭》《长生殿》之类。我也读了四六体的《燕山外史》和古体文的《唐人说荟》。

这个阶段，我是两重人格。由于学校和新书给予我的启发，我是个革命青年，我已剪了辮子。由于我所读的小说和词典，引我成了个才子的崇拜者。这两种人格的溶化，可说是民国初年礼拜六派文人的典型，不过那时礼拜六派没有发生，我也没有写作。后来二十多岁到三十岁的时候，我的思想，不会脱离这个范畴，那完全是我自己拴的牛鼻子。虽然我没有正式作过礼拜六派的文章，也没有赶上那个集团。可是后来人家说我是礼拜六派文人，也并不算十分冤枉。因为我没有开始写作以前，我已造成了这样一个胚子。

我的无名处女作[1]

十七岁上半年，我已经读了几百种小说了。在亲戚朋友的家庭中，没有人不知道我是个小说迷。我家里的弟弟们和亲戚的小孩子们，有了空闲，就常常要我讲小说给他们听。我要卖弄我的腹笥，当然我也乐于接受他们的要求。他们所爱听的，不外是神怪和武侠一类的故事。关于这一类故事，我自然是俯拾即是。可是我往往随便说着，自己就加了许多的穿插进去。而且我这穿插，总是博得他们赞许的。这增加了我的兴趣，我何不由我的意思，也来写一篇小说。青年人没有顾忌，也没有谁来干涉，我就开始写我第一部小说了。

这篇小说，是为弟妹们写的，当然我就写了他们最欢迎的武侠故事。这篇小说叫什么名字，我已经忘了，反正有个侠字罢。书里的主人翁是个十四岁的小孩，力大无穷，使两柄一百八十斤的铜锤，犹如玩弄弹丸一般。他开始的一幕也就是完结的一幕，是使两柄铜锤，在庄前打虎。当

① 无名处女作写于十三岁。可参见作者其他文章。

然，老虎被这小英雄征服了的，老虎完了，这小英雄也就完了。因为我写小说，以后才发现：写了两三天，拿来给他们讲解时，不到一小时就完了。我自己感到这是一个供不应求的艰巨工作。我就停止没有向下写了。

我还记得，这个稿本，是竹纸小本，约有五寸见方，我用极不工整的蝇头小楷，向白纸上填塞。有时觉得文字叙述还不够劲，我特意在里面插上两幅图画。当然，我是个中学生了，多少能画几笔。所画的那位小英雄，是什么样子，我也印象不清了，只是那两柄铜锤，却夸张地画得特别大，总等于人体的二分之一。那只老虎，实在是不像，我拿给弟妹们看时，他们说像狗。这给予了我一个莫大的嘲笑，恰应了那个典“画虎类犬”了。

在这年里，我得补叙一句的，就是那位教我八股的储先生，他也来到了南昌，教我弟妹们的书。他原是教过试律诗的。他说我有诗才，劝我作诗，他可以从旁指点。对于这，我欣然从命。但他不会写作古近体，只写得五言八韵的试律。于是介绍我读了几本试律诗集，并出了几个诗题让我作。我慢慢地凑，居然可以完篇。我记得在“两个黄鹂鸣翠柳”一题里，我有这样十个字：“枝横长岸北，树影小桥西。”储先生给我打了密圈，后来我懂一点诗，觉得这根本不合题。但我初学作诗，确是这样胡乱堆砌的。这作风，大概维持了两三年之久。

躐等的进修

十八岁，我父亲提议要我到日本去留学。但我好高骛远要到英国去。我并没有考虑到我还没有念过两册英文哩。在这个时候，我遭遇到了终身大悲剧，我父亲以三天的急病而去世了。那是民国元年秋季的事。我家完全靠我父亲手糊口吃，父亲一死，家里立刻就穷了。我母亲三十六岁居孀，我下面还有五个弟妹，怎么得了呢？于是她带了我们子女，回老家潜山，靠薄田数亩过活。母亲手上没有积蓄，就再不能供给我的学费。这个打击，我实在难受，在乡下闷住了半年，只是看些旧书，又苦闷，又躁急，放下书本，整日满原野胡跑。我有一位从兄，那时在上海当小公务员，他写了一封信给我，叫我到上海去给我想办法。十九岁这年春天，我到了上海。这时中山先生办的蒙藏垦殖学校北移未成，设在苏州。校长是陈其美，正在招生。我因这学校与农业相近，就前去投考。考得很容易，除了一篇国文，只有两道代数，几个理化题目。榜发，我录取了。我对此事，高兴得不得了。因为我中学没毕业，我又跳进专门了。亲友们帮忙，凑些款，让我缴了学膳费，我就到苏州去读书。

垦殖学校，设在阊门外留园隔壁盛宣怀家祠里。房子又大又好，我宿舍窗外，就是花木扶疏的花园。隔壁留园的竹林，在游廊的白粉墙上，伸出绿影子来看人。这个读书环境，是我生平最好的待遇。不过我还是不幸，这学校经费不足，陈校长辞职了，换了个姓仇的代理。姓仇的在北京，校务根本没人负责，学校里常常停课。而我又是个穷学生，连买纸笔的钱都没有。我怀念我的亡父，我忧虑我一家妇孺孤独，我更看到我前进学业的渺茫，我时常站在花园里发呆。这些愁苦无从发泄，我就一发之于诗。有时也填一两阕小令，词句无非是泪呀血呀穷病呀而已。有几个同学看到，颇为我同情，居然还结交了两个诗友呢。这里我得补叙一句的，就是在乡下半年，我自修作近体诗，并看看《白香词谱》一类的词书。

民国初年，中、大学生的国文程度，都是很好的。大概也就由于他们都念过私塾的原故。有人说，那个时候，青年的国文很好，科学却是不行。其实也不尽然，现在许多名教授，不都是那时的学生吗？不过思想上不如现代青年那样进步，那却是事实。在垦殖学校里，我实在还没有幻想到吃小说饭，我依然是个科学信徒。不过有些同学劝我走文学这条路，并以垦殖学校前途黯淡，劝我早作良图。可是我穷得洗衣服钱都没有，我能作什么良图呢？

第一次投稿

由于我穷，我也就开始自找出路。我不是喜欢看《小说月报》吗？我每月总要节省两角钱，买一期《小说月报》看。在背页的广告上，月报有征求稿件的启事，并定了每千字三元。我很大胆的，要由这里试一试。那时学校里正因闹风潮而停课。我就在理化讲堂上，偷偷地作起应征的小说来。为什么偷偷地呢？就由于怕人家笑我不自量力。这理化讲堂，是一幢小洋楼，楼下是花圃，楼外是苏州名胜留园，风景很好。我一个人坐在玻璃窗下，低头猛写。偶然抬头，看到窗外竹木依依，远远送来一阵花香，好像象征了我的前途乐观，我就更兴奋地写。

在三日的工夫里，我写起了两个短篇，一篇是《旧新娘》，是文言的，约莫有三千字。一篇是《桃花劫》，是白话的，约四千字。前者说一对青年男女的婚姻笑史，是喜剧。后者写了个孀妇自杀，是悲剧。稿子写好了，我又悄悄地付邮，寄去商务印书馆《小说月报》编辑部。稿子寄出去了，我也就是寄出去了而已，并没有任何被选的幻想。因为我对《小说月报》的作者，一律认为是大文豪，我太渺小了，我怎能作挤进文豪队里的梦呢？

事有出于意外，四五天后，一个商务印书馆的信封，放在我寝室的桌上。我料着是退稿，悄悄地将它拆开。奇怪，里面没有稿子，是编者恽铁樵先生的回信。信上说，稿子很好，意思尤可钦佩，容缓选载。我这一喜，几乎发了狂了。我居然可以在大杂志上写稿，我的学问一定很不错呀！我终于忍不住这阵欢喜，告诉了要好的同学，而且和恽先生通过两回信。但是我那两篇稿子，一月又一月，一年又一年，直等恽先生交出《小说月报》给沈雁冰先生的那一年，共是十个年头，也没有露脸。换句话说，是丢下字纸篓了。

这是我第一次投稿，也是我第一次作品流产。

第一部长篇

垦殖学校既是自身多故，又有个政治背景，在民国二年讨袁之后，这个学校解散了，我没钱，不能作考第二个学校打算，又回了老家。我已是真正的十九岁了。找职业，我太年轻，也无援引。务农，我没有力气，这也不是中途可以插班的。那么，就在家里呆着吧。好在家里还有些旧书，老屋子空闲的又多。于是打扫了一间屋子，终日闷坐在那屋子里看线装书。

这屋子虽是饱经沧桑，现时还在，家乡人并已命名为“老书房”。这屋子四面是黄土砖墙，一部分糊过石灰，也多已剥落了。南面是个大直格子窗户。大部分将纸糊了，把祖父轿子上遗留下来的玻璃，正中嵌上一块，放进亮光。窗外是个小院子，满地青苔，墙上长些隐花植物瓦松，象征了屋子的年岁。而值得大书一笔的，就是这院子里，有一株老桂树。终年院子里绿莹莹的，颇足以点缀文思。这屋子里共有四五书箱书，除了经史子集各占若干卷，也有些科学书。我拥有一张赣州的广漆桌子，每日二十四小时，总有一半时间在窗下坐着。

我为什么形容这个黄土屋子如此详细呢？这在我家庭，是有点教育性的。直到现在，我的子侄们，对于这书房还有点圣地的感想。提起老书房，他们就不好意思不念书。也就由于我在这里自修自写，奠定了我毕生的职业。我看书之外，在这里就是写作了。这与其说是写作，不如说是脱闷。因为当时有些乡下人的眼光，是非常势利的。他们对我这一无所成的青年，非常之瞧不起，甚至当面加以嘲笑。我已说过，我中了才子佳人的毒，而又自负是革命青年，对于乡下人那种升官发财的勉励，我实在听不入耳。然而我又形单影只，抵敌不了众人的非难。因之我就借写作来解闷。在我书桌上，有好几个稿本，一本是诗集，一本是词集，还有若干本，却是我新写的长篇小说《青衫泪》。在这个书名上，可以知道我写的是些什么。这书是白话章回体，除了苦闷的叙述和幻想的故事，却有不少诗词小品，我简直模仿《花月痕》的套子，每回里都插些词章。

十九岁的青年，又没经过名师指点，懂得什么词章？那个时候，我爱看《随园诗话》。诗重性灵，又讲率易。我幼稚万分，偶用几个典，也无非填海补天，耳熟能详的字句。把这种诗去学《花月痕》的作者魏子安，可说初生犊儿不怕虎。至于词，更是可笑。我除读过《白香词谱》而外，名人的词，没念过五十阕。这种讲声韵辞藻的东西，我怎么会弄得好？这部小说，我共写过十七回，也没有完卷。这是由于后来读书略有进益，觉得这小说太不够水准，自己加以放弃了。

这是我第一部长篇，未完成的“大杰作”。

失学之后

二十岁的春天，我又独自地到了南昌。因为那里还有一些亲友。青年人，不能闲散。我于是挪挪扯扯，找些款子，进了一个补习学校，补习英语。我的意思，当然还是想加深功课，去考大学。但只补习了半年，经济来源断绝，把学业放弃了。那是民国四年，九、十月间，我因为有一位族兄和一位本家在汉口，搞文明新戏和小报，我冒着危险，借了一笔川资到汉口去。

我那位本家，在小报馆里当独角编辑。我去了，他倒是很欢迎，天天让我写些小稿子填空白。我寄寓在一家杂货店楼上，我和族兄住在一处，本也很无聊，天天到小报馆去混几小时，倒也无可无不可。但又有个意外，我那种小稿，居然有人看，有人说好，虽不得钱，却也聊以快意。本来在垦殖学校作诗的时候，我用了个奇怪的笔名，叫“愁花恨水生”。后来我读李后主的词，有“自是人生长恨水长东”之句，我就断章取义，只用了“恨水”两个字。当年在汉口小报上写稿子，就是这样署名的。用惯了，人家要我写东西，一定就得署名“恨水”。我的本名，反而因此湮没了。名字本来是人一个记号，我也就听其自然。直到现在，许多人对我的笔名，有种种的揣测，尤其是根据《红楼梦》，女人是水做的一说，揣测得最多，其实满不是那回事。

在汉口住了几个月，毫无成就，我族兄介绍我进文明进化团演戏。这是笑话，我怎么会演话剧呢？平生没想到这件事。但主持人李君磐先生，他倒不一定要我演戏，帮着弄点宣传品，写写说明书，也就让我在团里吃碗闲饭。于是我随这个进化团到湖南常德，又到沣县。在这团里久了，所谓近朱者赤，我居然可以登台票几回小生，我还演过《卖油郎独占花魁》的主角。事后想来，简直是胡闹。

二十一岁，夏季，我随进化团的人，一同到了上海。这时，有几个同乡的文字朋友，住在法租界，我就住在他们一处。那时的穷法，我不能形容，记得十月里，还没有穿夹袍子。其间我又害了一场病，脱了短夹袄，押点钱买中药吃。病好了，上海我就再也住不下去了。

一节流浪小史

二十一岁，冬季，我又回到了故乡。这次我下了决心，不再流浪了，又在老书房里自修下去，而我写作的兴趣，却不因之减少，也就是上面那话，拿来解闷。这时写小说，我改了方向，专写文言中篇。两个月内，我写成了两个中篇，一篇是《未婚妻》，一篇是《紫玉成烟》。这两篇都是文言的。我写好之后，也没有介意，就随便放在书箱里。同时，我作了一篇笔记，叫《楼窗零草》。此外的工夫，我都消磨在作近体诗里。

二十二岁的春天，因为我族兄在上海吃官司，我受了本家之托，到上海去为他奔走一切。那时我到苏州去了一趟，遇到了李君磐先生。他有意带个剧团到南昌去，叫我和他到南昌为之先容[①]。我利用了别人给我的川资，又流浪了几个月，一无所成。冬季还家。在这个时期里，我没有写什么东西，只写了一点不相干的游记而已。二十三岁的春天，友人郝耕仁，他看我穷途潦倒，由他故乡石牌[②]，专门写信来约我一同出游。他是个老新闻记者，那时已三十岁了。他作得一手好古文，诗也不错，并能写魏碑，我们可说是文字至交。而他又赋性倜傥不羁，这点我们也说得来。于是我就应了他的约，在安庆会面，一同东下。

到了上海，郝君有两个朋友，要他到淮安去。但谋事的前途，并无把握。而郝君却是少年盛气，不顾那些。他在上海又借了点钱，尽其所有，全买了家庭常备药。我问他什么意思？他说要学学老残，一路卖药，一路买药，专走乡间小路，由淮河北上，入山东，达济南，再浪迹燕赵。我自然是少不更事，有他这样一个老大哥引路，还怕什么的，就依了他的主张，收拾了两小提箱药品，由镇江渡江，循大路北上。郝君少年中过秀才，又当过小公务员，入世的经验，自比我多。因之，我更不考虑前途的困巨。

一路行来，由仙女庙而邵伯镇。晚投旅店，郝君还是三块豆腐干，四两白酒，陶陶自乐。醉饱之余，踏月到运河堤上去，我们还临流赋诗呢。可是这晚来了个不幸的消息，前途有军事发生。店主人也是个斯文人出身，他看到我们不衫不履，情形尴尬，劝我们快回去。但是我们打算卖药作川资的，只有来的盘缠，却没去的路费，那怎么办呢？于是店主人介绍一家西药店，把我们带的成药，打折扣收买了。而且风声越来越紧，店

① 先容：宣传、介绍引进。

② 石牌：今安徽怀宁县石牌镇。

主把我们当了祸水，只催我们走。次日傍晚，我们就搭了一只运鸭的木船前往湖口，以便天亮由那里搭小轮去上海。在这段旅程中，我毕生不能忘记，木船上鸡鸭屎腥臭难闻，蚊虫如雨。躲入船头里，又闷得透不出气，半夜到了一个小镇，投入草棚饭店，里面像船上统舱，全是睡铺。铺上的被子，在煤油灯下，看到其脏如抹布，那还罢了，被上竟有膏药。还没坐下呢，身上就来了好几个跳蚤。我实在受不了，和郝君站在店门外过夜。但是郝君毫不在乎，天亮了，他还在镇市上小茶馆里喝茶，要了四两白酒，一碗煮干丝，在会过酒账之后，我们身上，共总只有几十枚铜元了。红日高升，小轮来到，郝君竟唱着谭派的《当锏卖马》，提了一个小包袱，含笑拉我上船。

这次旅行，我长了许多见识。而同时对郝君那乐天知命的态度，我极其钦佩。到了上海，我就写了一篇很沉痛而又幽默的长篇游记，叫《半途记》。可惜这篇稿子丢了，不然，倒是值得自己纪念的。在这次旅途中，我两人彼唱此和，作了不少诗。而和郝君的友谊，也更为加深。到了上海，我们在法租界住了几个月。我是靠郝君接济，郝君是靠朋友接济。我们在寓楼上，除了和朋友谈天，就是作诗。有时，我们也写点稿子，向报馆投了去。我们根本没打算要稿费，都是随时乱署名字，也没有留什么成绩。由此我已知道投稿入选，并非什么难事了。

写作出版之始

上面这段流浪生活，我为什么写这样多呢？因为这和我的写作，是大有关系的。一来和郝君盘旋很久，练就了写快文章。二来他是个正式记者，经了这次旅行，大家收住野马的心，各入正途，我也就开始做新闻记者了。

我已不敢在上海过冬，上次几乎病死在上海，有了莫大的教训。在西风起，北雁南飞的日子，我就回故乡了。

这时，我更遭遇着乡人讥笑，以为我是一个绝对无用的青年。甚至有人说读书如读得像我一样，不如让孩子们看一辈子牛。我也不和乡人深辩，我倒是受了郝君的影响，致力古文。我家里有许多林译小说，都拿出来仔细研究一番。过了两个月，郝君也回来了。他写信告诉我，我写的那篇《未婚妻》，放在网篮里，没有带回，经朋友传观，十分赞美。有家无锡报馆[①]的编辑，把这稿子拿去了，有心约我去帮忙。同时，芜湖有家报馆[②]要他去当总编辑。但他开春要到广东去，愿意把职位让给我。我得了这消息，十分高兴，高兴得有一份职业还在其次，而我写的小说，居然有被人专约的资格，这是我立的志愿有些前途了。于是我根据《未婚妻》那个中篇笔法，再写了一篇《未婚夫》。

苦闷地在家里度过残年，凑了三元川资，由家乡去芜湖。工作进行得很顺利，和报馆[③]当事人一席谈话，就约定了我当总编辑，当时就搬进报社去住。当年内地的报纸，除了几条本埠新闻，完全是用剪刀。那家报馆剪材料的，另有专人，我的责任是两个短评和编一版副刊。副刊本来也是剪报的。我自然不肯这样干。我自己新写了一个长篇，叫《南国相思谱》，完全是谈男女爱情的。

那时我才足二十四岁，这样的小说名字，我并没有感到过于艳丽。于今想起来倒有些言之赧然了。同时，我每日写一段小说闲评。另外我找了两个朋友的笔记，也放在副刊里连载。这个举动，在芜湖新闻界，竟是打破纪录的，于是也就引着有人投稿了。

居停的太太，喜欢看我写的小说，居停却赞美我的小说闲评。报社除供我膳宿之外，本来月给薪水八元，因为主人高兴，增加了百分之五十，加为十二元。我反正没有嗜好，这时又没有家庭负担，也就安居下去。

---

① 《锡报》。

② 《皖江报》。

③ 《皖江报》。

在芜湖住了两个月，觉得很闲。而箱子里只带了一部《词学全书》，一部《唐诗十种集》，又无书可看。于是我借了多余的工夫，再写小说。我先写了一个短篇，叫《真假宝玉》，是讽刺当年演《红楼梦》老戏的，试寄到上海《民国日报》去。去后数日，编者很快来信，表示欢迎。因之，我又写了一个中篇章回，叫《小说迷魂游地府记》。也投寄《民国日报》，他们连载了将近一月，竟引起上海文坛很大注意。这两篇都是白话体，前者约三千字，后者约一万字。后来这两篇小说，被姚民哀收到《小说之霸王》的集子里去了。把我的写作印在书本子里，这是第二次。第一次是民国五、六年的事，那时天虚我生[①]编《新申报》的《新自由谈》，他曾征"秋蝶诗"，限用王渔阳《秋柳》原韵。我应征作了四首，录取了一部分，载在天虚我生的《苔芩录》里面。抗战时在重庆遇到陈先生，我还谈及此事，他觉得恍如隔世了。

当年写点东西，完全是少年人好虚荣。虽然很穷，我已知道靠稿费活不了命，所以起初的稿子，根本不是由"利"字上着想得来。自己写的东西印在书上，别人看到，自己也看到，我这就很满足了。我费工夫，费纸笔，费邮票，我的目的，只是满足我的发表欲。

北京的初期

这是民国八年，夏初，五四运动发生了。当然，我受着很大的刺激。就在这运动达最高潮之时，我因有点私事到上海去，亲眼看到了许多热烈的情形。因此我回到芜湖，那一颗野马尘埃的心，又颤动了。我想，我还不失求学的机会，我在芜湖这码头上住下去，什么意思呢？于是我一再地

① 当时《自由谈》编者陈蝶仙的笔名。

向社方请辞，要到北京去。社方因我待遇低廉，不肯让我走，拖了两三个月。

我为什么要到北京去呢？因为有几个熟人，他们都进了北大。他们进北大，并非是考取的。那是先作旁听生，作过一年旁听生，经过相当的考验，就编为正式生了。这样一条捷径，我又何妨走走。自然我还是没有学杂费，但朋友们写信告诉我，可以来北京半工半读。在这年秋季，于是我把所有的行李当卖了，又在南京亲友那里借了十块钱。我就搭津浦车北上。到了北京，我是住在一位姓王的朋友那里，他是一个人住在会馆，而终日在黄寺办公，有时还不回来，就把他的房子让给我住，并给我介绍了一份职业，在一个驻京记者[①]办事处那里，帮同处理新闻材料。

一切都有了安定办法了。可是所得的工薪每月只一十元，仅仅够吃伙食的，我得另想办法。那时，成舍我君在《益世报》当编辑，他就介绍我到《益世报》当助理编辑，月给薪水三十元。说是助理编辑，其实是校对，我的职务，乃是看大样。后来看大样的又增加了一个人，工作减少了，月薪也减少了，减为二十五元，在驻京记者那里，工作时间，是上午九点到十二点，下午两点到六点。在《益世报》是晚间十时到天亮六时，我的休息时间，是那样的零碎而不集中，我的睡眠时间，也就是片断的几小时。这样，决不让我有时间再去读书了。

这样有一年之久，《益世报》调我为天津版通讯员，薪水补足了三十元。同时，在驻京记者那里，薪水也增加到三十元，我的收入是加了。除了伙食，实在花费不了。于是我除了每月寄一部分款子回家而外，我又有钱买书了。这时，我对词，有了更深的嗜好，买的书，也以词类为多。工作之外，我在会馆里休息，把时间都浪费在填词上。不过在新文化运动勃兴之时，这种骸骨的迷恋，实在是不值得。于是我又转了个方向去消磨工余时间，进了商务印书馆的英文补习学校。

在工作那样忙碌的时候，我还要去自修英文，朋友们也都笑我是牛马

---

① 指秦墨晒，当时为《时事新报》拍发新闻电报。

精神。可是我也想着，我若不这样干，我形单影只的在北京，又怎么去安排我的时间呢？也就为此，我没有写较长的文稿。到北京来的初期，可以说我完全是机械地作着新闻工作。

新闻工作的苦力

在北京的第二年，芜湖有家报馆[①]约我替他写篇小说。我就以当时安徽的自治运动，写了一个上八万字的长篇，叫做《皖江潮》。这部小说，特别地带着安徽地方色彩，在他省人看来，是会减少兴趣的。所以那篇小说能登在报纸上也就算了事，并无任何出版计划。但芜湖的学生，却利用了这小说里的故事，一度编为剧本，并曾公演。我的文字搬上舞台，这要算是初次了。

因为前两年，我在《民国日报》投稿的原故，在通信上，我神交了几位文人。他们反正是离不开副刊和小报的，也就常有信来，约我写些散稿。可是当年上海那地方，除了几家大报馆，给稿费是没那回事。纵然特约你写稿子，那稿费也极其渺茫，那些朋友约我写稿，都曾出到两元钱一千字，其始，我也觉得不无小补，很努力地写了稿子寄去。而且化名是多多益善，以便一天刊出好几篇。然而我始终没有接到过什么稿费，至多是寄些邮票来，我也就兴味索然了。

不过在新闻工作上，我却是成日地忙。除了那个驻京记者办事处之外，我自己也担任了两份新闻专责。一份还是给天津《益世报》写通讯，一份是芜湖《工商日报》的驻京记者。由上午九点钟起，到下午五、六点钟止，我少有空闲的工夫。由民国八年秋季起，到民国十年冬季止，我就

① 芜湖《工商日报》。

这样忙下去。其间只是十一年的旧历年，我回了一趟芜湖，探访母亲，此外没有离开北京。因为我为了弟妹们念书，已托二弟把家眷送到芜湖住家了。我是个失学青年，我知道弟妹们若再失学，那是多大的痛苦，所以我把在北京得到的薪资，大部分汇到南方去，养活这个家，也惟其如此，我成了新闻工作的苦力，没有心情，也没有工夫，再去搞什么文学。

通讯文字收入甚丰

十三年，我的新闻工作，格外加忙了。在一家通讯社[①]当总编辑，也就住在这通讯社里。那待遇是可笑的，每月只二十几元。我因为有房子住，有水电供应，所以乐于接受。不过谈起那时候的通讯社的组织，现在几乎令人不相信。一个新闻机关，没有邮电的新闻来源，也没有外勤记者。除了社长在茶余酒后得来的道听途说的新闻而外，并无新闻稿子供给。请问，我这总编辑是怎样的当法呢？我没有那胆量天天造谣，我也不能把我所得的一点新闻，全部送给通讯社。我得了社方的谅解，只是找些各省来的报，改头换面，抄写几段。这自然是不忠实的。但绝对没有造谣，倒也问心无愧。干了几个月，我决计不干这闭门造车的新闻，我就搬到我自己的会馆里去住。这会馆没有什么同乡，我一个人拥有两间小屋子，倒是很舒服的。

这两三年来，天天的新闻文字，要写好几千字，笔底下是写得很滑了。只要有材料，我可以把一篇通讯处理得很好，而且没有什么废话，于是我认识了几位名记者，上海的《申报》《新闻报》都约我写通讯。这两家报馆，对于北京通讯，极肯花钱，一经取录，每篇通讯十元。材料

① 北京“世界通讯社”。

好，写上篇通讯，是不会费一小时以上的工夫的。我也为了人家的报酬丰厚，抱定不拆烂污主义，有材料才写，没有材料决不敷衍成篇。而且写的时候，将一篇文言，总写得它十分清楚流利。于是在“新”“申”两报方面，信用都很好，写去的通讯，很少不登的。大概每月所得总在一二百元。那个时候的一二百元，是个相当引人羡慕的数目。至于我的署名，也不下七八个，现所记得的，就只有一个“随波”。

关于《春明外史》（一）

在我生活转好的时候，我也很想减少我的工作，以便抽些工夫出来读书。可是我的家，已经由乡间转入城市，而弟妹们又都进了学校，我的负担，却逐渐地加重，自己考虑之下，工作还是减少不得。于是我到北京来读书的计划，经过三年的拖延，只得完全放弃。相反的，益发就钻进工作圈子，多做些事。这期间，我曾与成舍我君两度合作，一度是《今报》，一度是“联合通讯社”。但时间都不久，工作又停止了。最后，成君在手帕胡同办《世界晚报》，又约我和龚德柏君共同合作。起初，我们都是编新闻。副刊叫《夜光》，由余秋墨编辑。成君已知道我在南方很写过几篇小说，就要我给《夜光》写个长篇。这原是我最高兴做的事，我并没有要求任何条件，就答应了写。又由于民国初年，许多外史之类的小说，给我的印象很深，我就把我写的小说，定名为《春明外史》。

《春明外史》，本走的是《儒林外史》《官场现形记》这条路子。但我觉得这一类社会小说，犯了个共同的毛病，说完一事，又递入一事，缺乏骨干的组织。因之我写《春明外史》的起初，我就先安排下一个主角，并安排下几个陪客。这样，说些社会现象，又归到主角的故事，同时，也把主角的故事，发展到社会的现象上去。这样的写法，自然是比较吃力，不过这对读者，还有一个主角故事去摸索，趣味是浓厚些的。当然，所写的社会的现象，决不能是超现实的，若是超现实，就不是社会小说了。因之这篇稿子，在《世界晚报》发表以后，读者都还觉得很熟识，说的故事中人，也就如在眼前。而这篇小说也就天天有人看。

这给予我一个很大的鼓励，更用心地向下写。余秋墨君另有专职，《夜光》只编了一个月，就转交给我了。于是我编副刊兼写小说，把《世界晚报》的新闻编辑放弃。我虽入新闻界多年了，我还是偏好文艺方面，所以在《世界晚报》所负的责任，倒是我乐于接受的。加之晚报创刊之时，我和龚君，都是为兴趣合作而来，对于前途，有个光明的希望，根本也没谈什么待遇。后来吴范寰君加入，也是如此。

这与写作好像无关，其实关系很大，因为我们决不以伙计自视，而是要共同作出一番事业的，所以副刊文字和小说，都尽了自己能力去写。

《春明外史》除了材料为人所注意而外，另有一件事为人所喜于讨论的，就是小说回目的构制。因为我自小就是个弄词章的人，对中国许多旧小说回目的随便安顿，向来就不同意。既到了我自己写小说，我一定要把它写得美善工整些。所以每回的回目，都很经一番研究。我自己削足适履的，定了好几个原则。一、两个回目，要能包括本回小说的最高潮。二、尽量的求其词藻华丽。三、取的字句和典故，一定要是浑成的，如以“夕阳无限好”，对“高处不胜寒”之类。四、每回的回目，字数一样多，求其一律。五、下联必定以平声落韵。这样，每个回目的写出，倒是能博得读者推敲的。可是我自己就太苦了，往往两个回目，费去我一二小时的工夫，还安置不妥当。因为藻丽浑成都办到了，不见得能包括小说最高潮。不见得天造地设的就有一副对子。这完全是“包三寸金莲求好看”的念头，后来很不愿意向下做。不过创格在前，一时又收不回来。因之这个作风，我前后保持了十年之久。但回目作得最工整的，还是《春明外史》和《金粉世家》，其他小说，我就马虎一点了。在我放弃回目制以后，很多朋友反对，我解释我吃力不讨好的原故，朋友也就笑而释之，谓不讨好云者，这种藻丽的回目，成为礼拜六派的口实。其实礼拜六派，多是散体文言小说，堆砌的词藻，见于文内，而不在回目内；礼拜六派，也有作章回小说的，但他们的回目，也很随便，不过，我又何必本末倒置，在回目上去下功夫呢？

关于《春明外史》（二）

《春明外史》写到十三回的时候，我就作了个结束，约莫是二十万字。为什么用奇数来结束呢？这也是我故意如此。人家说十三是个不祥的数目，我偏要这样试试。不过事后想来，那又何必？文字应该到哪里结束，就在哪里结束，拖长缩短，都没有道理。这十三回作完了，本来也可以不写的。但社会小说，像《官场现形记》似的，结束了再起楼阁，也并无所谓。而《春明外史》的主角，我又没将他的行为结束，续下去更不困难，所以我又跟着写二集。在写二集的时候，许多朋友，怂恿我将第一集出版。二弟啸空，他并愿主持发行，于是我就筹了笔款子，把书印起来。那时，我并没有多大的指望，只印了一千多本，事有出于意料的，仅仅两个月就销完了。

《春明外史》发行之后，它的范围，不过北京、天津，而北京、天津就有了反应和批评。有人说，在五四运动之后，章回小说还可以叫座，这是奇迹。也有人说这是礼拜六派的余毒，应该予以扫除。但我对这些批评，除了予以注意、自行检讨外，并没有拿文字去回答。在五四运动之后，本来对于一切非新文艺、新形式的文字，完全予以否定了的。而章回小说，不论它的前因后果，以及它的内容如何，当时都是指为“鸳鸯蝴蝶派”。有些朋友很奇怪，我的思想，也并不太腐化，为什么甘心做“鸳鸯蝴蝶派”？而我对于这个派不派的问题，也没有加以回答。我想事实最为雄辩，还是让事实来答复这些吧！

在写《春明外史》二集的时候，《世界晚报》又出了日报。副刊《明珠》，归我编辑。社方又要我写个长篇。因为当时有一位姓张的朋友，他对于《斩鬼传》极力推崇，劝我作一篇《新斩鬼传》。我一时兴来，就这样作了。这篇小说，虽根据老《斩鬼传》而作，但《斩鬼传》的讽刺笔法，却有些欠含蓄，我也是如此。后来这个书出版了，沦陷期间，被上海文人删改过，更是有些走辙了。

同时，我给北京《益世报》也写了个长篇，叫《京尘幻影录》。这部书，完全是写北京官场情形的，开始我也很卖力地写，到了后来，很不容易拿着稿费，我就有些敷衍了事。但前前后后，也写了两年多，总有五十万字以上。这部书，我没有留底稿，也没有剪报。事后很想收回来重新修改，但已不能找补全份了。

这两个长篇，都是我写了《春明外史》才被人约我写的，而我的全家，那时都到了北京，我的生活负担很重，老实说，写稿子完全为的是图利。已不是我早两年为发表欲而动笔了。所以没有什么利可图的话，就鼓不起我的写作兴趣。所以这两部小说，我都认为不够尺寸。不过我对《春明外史》，要保持已往的水准，却是不拆烂污。约是一年多的时间，又写完十三回。这算是第二集。第二集的主要人物，有许多未了的公案，我又不能不跟着写第三集。在写第三集的时候，那时是吴范寰君当经理，他合并一、二集，由社方出版，销行之后，以公平的办法，给予了我的版税。在这里我必须补叙几句的，就是这几年间，我始终在世界日、晚报供职，并曾一度任日报总编辑。有道是树大招风，对《春明外史》的批评，就比以前多了。当然有一部分是对该书加以欣赏的，而竭力攻击的，也在所不免。但这里有一个意外的遇合，就是提倡新文艺的《晨报》，也约我给他们写个长篇。于是我为他们写了一篇《天上人间》。《天上人间》，我是用对比法写的，情、景、事我全用细腻的手法出之，自视是用心写的。因为《晨报》停刊，这篇小说没写完。后来无锡《锡报》转载，我又续了几回，中日战起，终于是不曾写完。直到去年，上海书商，还有约我写完的要求。情过境迁，我又太忙，这部书将来是否可以搞完篇，我自己还不能知道。不过以全书布局言，所差不过是十分之二三，搞完它，倒也并非艰巨工作。

关于《春明外史》（三）

《春明外史》第三集写完的时候，大概是民国十八年，由十二年夏算起，共是七个年头，约莫是五整年多。全书告竣之后，《世界日报》又合并出版全集，共是三十九回。第一集约是二十万字弱，第二集约三十万字，第三集有三十多万字，合起来共九十多万字。回目是由第一到第三十九回，每回的回目，全是十八个字。后来我把这部书的版权卖给世界书局。根据历年人家的批评，将书里的错误加以修整，并把每回的字数，划分整齐，除了分集的办法，就是现在印行的这个样子。当然回目也都改了。回目文字的工整，因改得太仓促，不及原样，但包括文字里的高潮，却又更恰合些。

《春明外史》里的人物，后来有许多人索隐，也有人当面问我，某某是否影射着某人。其实小说这东西，究竟不是历史，它不必以斧敲钉，以钉入木，那样实实在在。《春明外史》的人物，不可讳言的，是当时社会上一群人影。但只是一群人影，绝不是原班人马。这有个极好的证明。例如主角杨杏园这人，人家都说是我自写。可是书中的杨杏园死了，到现在我还健在。宇宙里没有死人能写自传的。

这部书，自是我一生的力作之一。但我自视，不能认为是我的代表作。第一，我的思想，时有变迁，至少我是个不肯和时代思潮脱节的人。《春明外史》主干人物，依然带着我少年时代的才子佳人习气，少有革命精神（有也很薄弱）。第二，以几个主干人物，穿插全书。我也不妄自菲薄，是费了一番心血的。但主角的故事，前后疏落在一百万言的书里，时隐时显，究非良好办法。第三，有些地方，欠诗人敦厚之旨。换言之，有若干处，是不必要的讽刺。第四，我太着重那一段的时间性。文字自不能无时间性，但过于着重时间性，可以减少文字影响读者的力量。

在《春明外史》全书写完之后，我已写了十年的长篇，在社会的人海里，多少激起一点溅沫。因此，约我写小说的人就加多起来。同时，我也结交了许多朋友。由这部书发展开来，引人注意之作，有两部书，一是《金粉世家》，一是《啼笑因缘》。为了读者容易清楚，还是用这节文字的传记体，而不走编年的路子。顺着次序，我先谈谈《金粉世家》，再谈关于《啼笑因缘》。

《金粉世家》的背景

这是人人要问的，《金粉世家》，是指着当年北京豪门哪一家？“袁”？“唐”？“孙”？“梁”？全有些像，却又不全像。我曾干脆告诉人家，那家也不是！那家也是！可是到现在，还有人不肯信。但这些好事的诸公，都不能像对《春明外史》一样，加以索隐了。

我根据写《春明外史》的经验，知道以当时人，运用当时社会背景写小说，要特别加以小心。写小说的人是信手拈来，并无好恶，而人家会疑心你是有意揭发阴私的。小说就是小说，何必去惹下文字以外的枝节。所以我所取《金粉世家》的背景，完全是空中楼阁。空中楼阁，怎么能作为背景呢？再换个譬喻，乃是取的蜃楼海市。蜃楼海市是个幻影，略有科学常识的人都知道，这虽然是幻影，但并不是海怪或神仙布下的疑阵，它是太阳摄取的真实城市山林的影子，而在海上反映出来。那和照相的原理，并无二致。明乎此，就知道《金粉世家》的背景，是间接取的事实之影，而不是直接取的事实。所以当时小说在报上发表的时候，许多富贵之家的人，尤其妇女，都拿去看看。而他们并没有感觉到这说的是谁。老实说，这也就是写小说的一种技巧。我不敢说有羚羊挂角，无迹可寻的手腕，而布局之初，实在经过一番考虑的。

有人说，《金粉世家》是当时的《红楼梦》，这自是估价太高。我也没有那样狂妄，去拟这不朽之作。而取径也各有不同。《红楼梦》虽和许多人作传，而作者的重点，却是在几个主角。而我写《金粉世家》，却是把重点放在这个“家”上，主角只是作个全文贯穿的人物而已。就全文命意说，我知道没有对旧家庭采取革命的手腕。在冷清秋身上，虽可以找到一些奋斗精神之处，并不够热烈。这事在我当时为文的时候，我就考虑到的。但受着故事的限制，我没法写那种超现实的事。在《金粉世家》时代（假如有的话），那些男女，除了吃喝穿逛之外，你说他会具有现在青年的思想，那是不可想象的。

小说有两个境界，一种是叙述人生，一种是幻想人生。大概我的写作，总是取径于叙述人生的。固然，幻想人生，也不一定就是超现实，如《福尔摩斯侦探案》《鲁滨逊漂流记》之类，那是有事实铺叙的幻想，并不是架空而来。但写社会小说，偏重幻想，就会让人不相信，尤其是写眼前的社会。《金粉世家》，我是由蜃楼海市上写得它像真的，我就努力向这点发展。于是那里面的教育性，只是一些事情的劝说，而未能给书中人一条奋斗的出路，这是我太老实之处。也可以说，我写着这一二百人登场的大戏，精疲力尽，已穷于指挥，更顾不到意识上的加重了。

《金粉世家》的出路

《金粉世家》的重点，既然放在“家”上，登场人物的描写，就不能忽略哪一个人。而且人数众多，下笔也须提防性格和身份写得雷同。所以在整个小说布局之后，我列有一个人物表，不时地查阅表格，以免犯错误。同时，关于每个人物所发生的故事，也都极简单地注明在表格下。这是我写小说以来，第一次这样做的。起初，我也觉得有些麻烦。但写了若干回之后，自己就感到头绪纷如，不时的要去检阅旧稿，就迫得我不能不那样办。

全书的架子既然搭好，表格也填得清楚了，虽然这部书的字数，已超过一百万，但也未见得有什么难写。在我写完之后，对于书销行的估计，我以为是在《春明外史》之下的。可是这十几年的统计，《金粉世家》的销路，却远在《春明》以上。这并不是比《春明外史》写得好到哪里去，而是书里的故事轻松，热闹，伤感，使社会上的小市民层看了之后，颇感到亲近有味。尤其是妇女们，最爱看这类小说。我十几年来，经过东南、西南各省，知道人家常常提到这部书。在若干应酬场上，常有女士们把书中的故事见问。这让我增加了后悔，假使我当年在书里多写点奋斗有为的情节，不是给女士们也有些帮助吗？而在现在情形中，这书是免不了给人消闲的意味居多的。

《金粉世家》在报上发表的时候，我对于每回文字长短方面，没有加意经营。有时一回长过两万字，印起书来，就嫌着太长，而和那几千字一回的，也悬殊太甚。所以在全书付印的时候，我也是经过一回修剪整理的。有了这个教训，自后我在报上陆续发表长篇，就先顾全到了这一点，借以免掉一番事后修理的功夫。一面工作，一面也就是学习。世间什么事都是这样。

把这些零碎交代过了，再总结几句。这书将来所得的批评如何，我不知道。若就这十几年的经过而论，它没有受到什么特别的奖许，也没有受到什么特别的指摘。它惟一被人所研究的，就是这些人物隐射着是谁？而在不声不响的情形下，这书的销行，在我的写作里，始终是列于一级的。它始终在那生活稳定的人家，为男女老少所传看。有少年人看，也有老年人看，这是奇怪的。记得当年这书登在报上，弟妹们是逐日念给家慈听，也是数年如一日的。这一部长篇，它出现以后，出路是这样的。以我的生活环境不同，和我思想的变迁，加上笔路的修检，以后大概不会再写这样一部书。而这样的题材，自今以后的社会，也不会再有。国家虽灾乱连年，而社会倒是不断进步的。

《啼笑因缘》的跃出

我在北方，虽有多年的写作，而在上海所发表的，却是很少很少。上海有上海一个写作圈子，平常是不容易突入的，我也没有在这上面注意。一个偶然的机会，民国十八年，上海的新闻记者团北上，我认识了一班朋友。友人钱芥尘先生，介绍我认识《新闻报》的严独鹤先生。他并在独鹤先生面前，极力推许我的小说。那时，《上海画报》（三日刊）曾转载了我的《天上人间》，独鹤先生若对我有认识，也就是这篇小说而已。他倒是没有什么考虑，就约我写一篇，而且愿意带一部分稿子走。

我想，像《春明外史》这样的长篇，那是不适于一个初订契约的报纸的。于是我就想了这样一个并不太长的故事（明星公司拍电影，拍电影能拍出六集，这出于我始料）。稿子拿去了，并预付了一部分稿费。不过《新闻报》上正登着另一个长篇，还没有结束。直等了五个月，《啼笑因缘》才开始在上海发表。在那几年间，上海洋场章回小说，走着两条路子，一条是肉感的，一条是武侠而神怪的。《啼笑因缘》，完全和这两种不同。又除了新文艺外，那些长篇运用的对话，并不是纯粹白话。而《啼笑因缘》是以国语姿态出现的，这也不同。在这小说发表起初的几天，有人看了很觉眼生，也有人觉得描写过于琐碎。但并没有人主张不向下看。载过两回之后，所有读《新闻报》的人，都感到了兴趣，独鹤先生特意写信告诉我，请我加油。不过报社方面根据一贯的作风，怕我这里面没有豪侠人物，会对读者减少吸引力，再三地请我写两位侠客。我对于技击这类事，本来也有祖传的家话（我祖父和父亲，都有极高的技击能力），但我自己不懂，而且也觉得是当时一种滥调，我只是勉强地将关寿峰、关秀姑两人，写了一些近乎传说的武侠行动。我觉得这并不过分神奇。但后来批评《啼笑因缘》的，就指着这些描写不现实，并认为我决不会和关寿峰这类人接触。当然，我不会和这类人接触。但若根据传说，我已经极力减少技击家的神奇性了。

在此之外，对于该书的批评，有的认为还是章回旧套，还是加以否定。有的认为章回小说到这里有些变了，还可以注意。大致的说，主张文艺革新的人，对此还认为不值一笑。温和一点的人，对该书只是就文论文，褒贬都有。至于爱好章回小说的人，自是予以同情的多。但不管怎么样，这书惹起了文坛上很大的注意，那却是事实。并有人说，如果《啼笑因缘》可以存在，那是被扬弃了的章回小说，又要返魂。我真没有料到这书会引起这样大的反应。当然我还是一贯的保持缄默。我认为被批评者自己去打笔墨官司，会失掉有则改之，无则加勉的精神，而徒然扰乱了是非。不过这些批评，无论好坏，全给该书作了义务广告。《啼笑因缘》的销数，直到现在，还超过我其他作品的销数。除了国内，南洋各处私人盗印翻版的不算，我所能估计的，该书前后已超过二十版。第一版是一万部，第二版是一万五千部。以后各版有四五千部的，也有两三千部的。因为书销得这样多，所以人家说起张恨水，就联想到《啼笑因缘》。

北平两部半书

《啼笑因缘》在《新闻报》发表，是由民国十八年到民国十九年。在这期间，我在北方，还有其他的写作。始而为《新晨报》写了一篇《满城风雨》，那是对于内战，加以非议的。书完了篇，后来由上海一家书局，将版权买去了。同时给《朝报》写了篇《鸡犬神仙》，因为该报不久改组，我也就中止了。倒是另有个小玩意儿，后来也出了版，这却非我所料及。就是那个时候，真光电影院的文书股人，是我的朋友，他们出有一种宣传品的画报，拉我写篇小说。我就每期给他们凑写几千字，聊以塞责，书名是《银汉双星》。大概写完是十回，写完了也就完了。不知怎么落在上海书商手里，也就出了版。后来有人说，这书也是伪的，这个我倒不能不承认出自我手。

《斯人记》

在写《啼笑因缘》的时候，《春明外史》，完全在《世界晚报》发表完了，报馆方面，要我再写一部类似《春明外史》的东西。当然，这种题材，在北平是不难找到的。我当年又年富力强，也并不感烦腻。老实一句话，写的时候，无论拿到多少稿费，写完了我可以拿去出版，就是一笔收入。我完全看在收入上，又给《世界晚报》写了一篇《斯人记》。

《斯人记》云者，是根据“冠盖满京华，斯人独憔悴”的意思下笔的。这书里以两个不能追随时代的男女为主角。他们都是爱好文艺者，却因为思想上不能彻底，陷于苦闷的环境中。书也就以苦闷来结束。在全书里，枝枝叶叶，仍然涉及北京的社会。但这里和《春明外史》有些不同的，就是所涉及的角色，他们大致得着婚姻圆满的结果，以反映主角的无结果。书共是二十回。写完后，并没有如我预期出版，直到民国二十五年，才由《南京人报》出版，那个《南京人报》，就是我拿稿费办的。容后文再说。《斯人记》想不出什么特色。只有一点，我写的楔子，是个南曲散套。于今想起来，虽出于游戏，未免开倒车了。

《春明新史》

在民国十九年的岁首，我到东北去游历一次。事先，沈阳出版了一张《新民晚报》。主持的人，全是我的朋友。他们要我写一篇《春明新史》。我觉得《春明外史》这一类小说，一再地向下续去，实在没有意思，没有答应写。但朋友不得我的同意，却发出了预告。我因情不可却，只好答应写。

《春明新史》的写法，自然和《春明外史》一样。但我对这书，自始就不感到兴趣，并没有像《春明外史》那样，有个预定的计划，去安置些主干人物。随意想，随意写。也许读者在故事里看到些很有趣的描写，然而我并没有费多大的精力，虽不致于敷衍成篇，我并没有对它寄予多大的希望。但我到底还是把它写完了，也是二十回。后来这书有上海某家小报转载，干脆我就把版权卖给他们了。不久，也就出了书。

我当时也曾和上海书商说过，我的写作，应该让我自行检讨，订正，这样胡乱出书，那是不好的。而他们的答复也妙，他说，用不着订正，你的小说，总会够水准的。其实，他们心里的话，并不是如此，乃是印出去，可以卖一笔钱就行。

世界书局的契约

这件事，是文坛上的谈话资料，小报上有人形容得神话化，说我在十几分钟内，收到了几万元稿费。跟着就向下说，我拿这钱，在北平买下了一所王府，自备了一部汽车。这简直是梦呓。中国卖文为活的人，永远不会有这样的故事发生。过去如此，将来亦无不然。故事是这样的：

这年秋天，我到了上海，小报上自有一番热闹。世界书局的赵苕狂先生，他约我和世界书局的总经理沈知方谈谈。我当然乐于访晤。第一次见于世界书局工厂，约有半小时的谈话。他问我还有什么稿子可以出售的。我就告诉了他《春明外史》和《金粉世家》。而《金粉世家》，那时还有一小部分没有写完呢。他说，你这是出过版的，登过报的，不能照新写的作品算，愿意卖的话，可以出四元千字。我说，容我考量。第二次，沈君请我到"丽查"饭店吃饭，约苕狂君作陪。极力劝我把两部书卖了。据我估许，两书各有一百万字。沈君愿意一次把《春明外史》的稿费付清。条件是我把北平的纸型交给他销毁。《金粉世家》的稿费分四次付，每接到我全部的四分之一的稿子，就交我一千元。我也答应了。同时，他又约我给世界书局专写四部小说，每三月交出一部。字数约是十万以上，二十万以下。稿费是每千字八元。出书不再付版税。当时我以家庭里有几笔较大的费用，马上有一笔完整的收入，与我的家庭，有莫大的好处，我也就即席答应了。问题的确解决得很快，连吃饭带谈天，不到两小时。至于十分钟成交，不但沈君一位大经理，不能那样荒唐，我也不能如此冒昧呀。

次日，赵苕狂君代送了合同来，让我签字，交出四千元支票一张。这就是小报上说我买王府的那笔款子。契约以外，赵君又约我和《红玫瑰》杂志，写一个长篇。《红玫瑰》也是世界书局出的半月刊，就由赵君主编。为了尊重介绍人，当然我也就答应了。以后我给《红玫瑰》写的是《别有天地》，是篇讽刺小说。而给世界书局的小说，我只交卷了三篇，而且拖了一年多。那三篇小说是《满江红》《落霞孤鹜》《美人恩》。上两部各三十二回，后一部二十四回。他们的稿费，倒是按约付给我的。因为我交稿子延期，稿费自然也延期，所谓数万元的巨大稿费，其实不过一万数千元，而且前后拉长了两年的日子，谈不上发财。不过在当年卖文为活的遭遇说起来，我这笔收入，实在是少有的。

加　油

我由上海回来，手上大概有六七千元，的确不算少。若把那时候的现洋，折合现在的金元券[①]，我不讳言，那是个惊人的数目。但在当年，似乎也没有什么了不起。不过这笔钱对我的帮助，还是很大的。我把弟妹们的婚嫁教育问题，解决了一部分，寒家连年所差的衣服家具，也都解决了。这在精神上，对我的写作是有益的。我虽没有作癞蛤蟆去吃天鹅肉，而想买一所王府，但我租到了一所庭院曲折、比较宽大的房子，我自己就有两间书房，而我的消遣费，也有了着落了。

听戏，看电影，吃小馆子，当年是和朋友们同俱此好的，倒不等这笔钱来办。我所说的消遣，是以下三件事：一、收买旧书，尤其是中国的旧小说。二、收买小件假古董。怎么会是假古董呢？这个我和古董专家异趣。我以为反正是玩物丧志，玩真古董，几十几百买一样，是摆在那里看的，花个两三元，也是摆在那里看看，这有什么分别。而且买真的也未必

① 解放前国民党政府发行的货币。

不假。三、是我跑花儿厂子，四季买点好花。除了买书颇是一个不菲的开支，其余倒也无所谓。这时，我可以说是心广体胖，可以专门写作了。

这是民国二十年吧？我坐在一间特别的工作室里，两面全是花木扶疏的小院包围着。大概自上午九点多钟起，我开始写，直到下午六、七点钟，才放下笔去。吃过晚饭，有时看场电影，否则又继续地写，直写到晚上十二点钟。我又不能光写而不加油，因之，登床以后，我又必拥被看一两点钟书。看的书很拉杂，文艺的，哲学的，社会科学的，我都翻翻。还有几本长期订的杂志，也都看看。我所以不被时代抛得太远，就是这点加油的工作不错，否则我永远落在民十[①]以前的文艺思想圈子里，就不能不如朱庆余发问的话，“画眉深浅入时无”了。

我的英文，始终是为了忙，而不能耐心去自修。有时拿到一本英文杂志，意识到里面有很多精神食粮，可是我又不能消化它。于是我进修英文的思想又怦然欲动了。有朋友给我介绍一位老先生，每天可以教我半小时英文，我欣然的要聘请他。但家中人一致反对，说是八十岁学吹鼓手，来不及了。而且我的脑子也够使的，不能再去消耗脑汁。我一松懈，这个计划就告吹了。于今还深引为憾。

这时，我读书有两个嗜好。一是考据一类的东西，一是历史。为了这两个嗜好的混合，我像苦修的和尚，发了愿心，要作一部《中国小说史》。要写这种书，不是在北平的几家大图书馆里，可以搜罗到材料的。自始中国小说的价值，就没有打入“四部”“四库”的范围。这要到那些民间野史和断简残编上去找。为此，我就得去多转旧书摊子。于是我只要有工夫就揣些钱在身上，东西南北城，四处去找破旧书店。北京是个文艺宝库，只要你肯下功夫，总不会白费力的。所以单就《水浒》而论，我就收到了七八种不同的版本。例如百二十四回本的，胡适先生说，很少，几乎是海内孤本了，我在琉璃厂买到一部，后来又在安庆买到两部，可见民间的蓄藏，很深厚的呀。又如《封神演义》，只有日本帝国图书馆，有

① 一九二一。

一部刻着许仲琳著。我在宣武门小市，收到一套朱本，也刻有金陵许仲琳著字样，可惜缺了第一本，要不然，找到了原序，那简直是一宝了。这一些发掘，鼓励我写小说史的精神不少。可惜遭到“九一八”大祸，一切成了泡影。不过这对我加油一层，是很有收获的。吾衰矣，经济力量的惨落（我也不愿在纸上哭穷，只此一句为止），又不许可我买书，作《中国小说史》的愿心，只有抛弃。文坛上的巨墨，有的是，我只有退让贤能了，迟早有人会写出来的。

武侠小说的我见

人有所能，有所不能，写社会小说，就写社会小说，其实不必写以外的题材的。当年我写小说写得高兴的时候，哪一类的题材，我都愿意试试。类似伶人反串的行为，我写过几篇侦探小说，在《世界日报》的旬刊上发表，我是一时兴到之作，现在是连题目都忘记了。其次是我写过两篇武侠小说，最先一篇叫《剑胆琴心》，在北平的《新晨报》上发表的，后来《南京晚报》转载，改名《世外群龙传》。最后上海《金刚钻小报》拿去出版，又叫《剑胆琴心》了。

我写武侠小说，是偶然的反串，自不必走别人走的路子。所以这部《剑胆琴心》里，没有口吐白光及飞剑斩人头之事。我找了些技击书籍，作为参考，全书写的是技击一类的事情。把我家传的那些口头故事，穿插在里面作了主干。当然，无论写得怎样奇怪，总不会像《封神榜》那样热闹；我又不甘示弱，于是就在奇禽异兽方面去找办法。如我描写蜀道之难，就插一段猿桥的描写。这是屡屡见于前人笔记的，而且也不违背科学。意识方面，我就抓着洪杨革命后的一点线索，把书里的技击家变为逸民。这自然比捕快捉飞贼，飞贼打捕快有意思些。可是事后想来，那究竟近乎无聊。这里的叙述，怎样的就可能性上去描写，总难免架空。父老口头上的传说，那究竟是靠不住的。若说这里面也可以带些侠义精神的教育性，而这教育性，也透着落后。

我的见解如此，并不是说武侠小说不可写。若不可写，司马迁怎么也作《游侠列传》呢？但“侠以武犯禁”，在汉以前就如此，汉以后的国粹游侠，是变了质的。一部分变成秘密结社，一部分变神道设教，再一部分变了升官发财的捷径。中国的游侠，诚然是和技击不可分。但游侠者流，不一定个个就有高明的技击。这种趋势，在明末清初的社会里，反映得很清楚。所以在清朝中叶，那时候的武侠小说，多少还有些真实性。到了火器盛行于国内以后，技击已无所用之，游侠者流，社会每个角落，诚然还是有，而靠他一点技击本领，已不能横行江湖了。所以真要写游侠小说的话，四川的袍哥，两淮的帮会，倒真有奇奇怪怪及可歌可泣的故事。但还是那话：“侠以武犯禁”，非文人可以接触，纵然接触，也不敢写。

往年，日本人对于中国的帮会，也很有兴趣去研究，写出文字来，却都是隔靴搔痒之谈。在国人自己，就很少为这个出专书的。因为越知道详细，越不能下笔，怕得罪了人。若以圈子外的人去写小说，那是会让人家笑掉牙的。因之社会上真的游侠，没人会写，没人敢写。而写出来的，就全不是那回事了。

国人的武侠小说，既不敢触到秘密结社，所以写得好，不是写神道设教的那些人，就是写升官发财的那些人。而这两路人，就全不是司马迁说的朱家、郭解者流。写得不好，我就也不必多说了。就以写得好的而论，这在意识方面，也教作者很难下笔。小说而忽略了意识，那是没有灵魂的东西，所以我对武侠小说的主张，兜了个圈子说回来，还是不超现实的社会小说。因此，我生平就只反串了两次，而这两次都决不成功。好在是反串，不成功也无所谓。倘若真有人能写一部社会里层的游侠小说，这范围必定牵涉得很广，不但涉及军事政治，并会涉及社会经济，这要写出来，定是石破天惊、惊世骇俗的大著作，岂但震撼文坛而已哉？我越想这事越伟大，只是谢以仆病未能。

另外，我有一部武侠小说，叫《中原豪侠传》，那是后若干年，在《南京人报》发表的。故事是说晚清王天纵这类人物，那是河南朋友告诉我的。这书后在重庆出版。其实这已不是纯技击小说，而是一个故事的演化。顺便附带报告于此。

忙的苦恼

在民国十九至二十年间，这是我写作最忙的一个时期。其实我的家用，每月有三四百元也就够了，我也并不需要许多生活费，所以忙者，就是为了情债。往往为了婉谢人家一次特约稿件，让人数月不快。所以我在可以凑付的情况下，总是给人家答应写。就以民国二十年开始说，当时，我给《世界日报》写完《金粉世家》，给晚报写《斯人记》，给世界书局写《满江红》和《别有天地》，给沈阳《新民报》写《黄金时代》，整理《金粉世家》旧稿，分给沈阳东三省《民报》转载。而朋友们的特约，还是接踵不断，又把《黄金时代》，改名为《似水流年》，让《旅行杂志》转载。我的慈母非常的心疼我，她老人家说我成了文字机器，应当减少工作。殊不知这已得罪了很多人，约不着我写稿的“南方小报”，骂得我一佛出世，二佛涅槃。

这样的忙法，有了一年，而北平《新晨报》又改组。主持人全是极好的熟友，没法子，我给写了一篇《水浒别传》。这书是我研究《水浒》后，一时高兴之作，写的是“打渔杀家”那段故事。文字也学《水浒》口气。这原是试试的性质，终于这篇《水浒别传》，有点成就，引着我在抗战期间，写了一篇六七十万字的《水浒新传》。后文再说。由这些事情类推，我的忙，是无法减少的。我曾自己再三打算，怎样可以躲去这些文债。始终找不到一个良策。不久，“九一八”国难发作，新约才少见来。记得这一年中，人家问我情形怎么样，我的答复是苦忙，而这份苦忙，日本人都为之注意。记得某文人到日本，日本人正式问他，张恨水发表的写作为什么那样多？我知道，这可以让人家误会，我是一个惟利是图、粗制滥造的文人，但我为了少写，被人损骂的情形，有谁了解呢？

就文字批评我，我是始终乐于接受的。记得有一册前进的杂志，在某一期，由第一页至最后一页，几乎全是骂张恨水。朋友寄给我看了，我倒很钦佩，有些地方，骂得我是很对的，我正可以予以改进。像《论语》杂志上也挖苦我，我就一笑置之。我觉得他们并不比我前进着多少。至于那些小报，就骂得我啼笑皆非了。有人说，我的写作，全是假的，有一老儒代为执笔。也有人反问，这老儒为什么不出名，一切便宜张恨水呢！他们说另有秘密。也有人说，小说是我作的，但不是我写的。学了外国办法：张恨水说，别人写。这样代写的人，共有三位之多。更有人说，我写小说，是几个人合作，由我一个人出名，得钱瓜分。甚至还有人说，有一位女士代我写小说，她不便出名。张恨水本人，根本狗屁不通。我看到这些黄色记载，除了发笑，简直不能作一个字的辩白。总而言之一句话，就是合了那句俗言，“人怕出名猪怕肥”。社会上名字老被人提着的，多是盛名难副，而我尤甚！我少应酬，卖剪刀又必写出“真正王麻子”不可，其必给小报添些材料，倒也似乎是理有固然了。

《新闻报》的续约

这里要回忆到我和《新闻报》的继续契约。在《啼笑因缘》登完以后，因事前的接洽，《新闻报》又登了一篇武侠小说。但这时的武侠小说，已经不大合乎上海人的口味了。所以不等那小说登完，独鹤就再三地写信给我，要我再写一篇，而且希望长一点的。我因为中国连年苦于内战，就写了一篇《太平花》。这小说的意识，在题目上，是可以看得出来的。但也有我的苦处，那时，我既住在北平，这里也脱离不了内战的圈子，下笔不能不慎重考虑。因此，我写的内容、地点、人名、时间，一齐给它一个含混不清，大概地说，就是前两年的事，地点是在黄河两岸吧？

《太平花》

这样，就不会触犯到谁了。故事是写人民流离之苦，而穿插着一段罗曼司。不料写到了一半的时候，“九一八”事变。这时，全国的人民，都叫喊着武装救国，我这篇小说是个非战之篇，大反民意，那怎么办呢？而《新闻报》的编者也同有所感，立刻写信给我，问何以善其后？我考虑着这只有两个办法。第一，书里的意识，一百八十度大转弯跟着说抗战。第二，干脆，把这篇腰斩了，另写一篇。考虑的结果，还是采取了第一个办法，说到书中主角，因外祸突然侵袭，大家感到同室操戈不对，一致言好御侮。陡然一个转变，自是费了很大的力气，而全书的故事，也不能不大为改变了。后来书作完了，自己从头到尾，审查过一遍，修订过一遍，居然言之成理，民国二十二年，也就出版了。抗战期间，后方也要出版，但到出版的日子，日本人又投降了。在日本人又投降之后，我们还要提倡战争，也觉得不对。于是我又来了个第二次订正。民国三十四年，我到上海，将订正本交给书局，言明以后出版，以此为准，原版给它消灭了。《太平花》这部书，不是什么了不起的写作，但在这两度大改之下，也就可以看到“白云苍狗”，人事是变幻得太厉害了。

抗日的方向

“九一八”国难来了，举国惶惶。我也自己想到，我应该作些什么呢？我是个书生，是个没有权的新闻记者。“百无一用是书生”，惟有这个时代，表现得最明白。想来想去，各人站在各人的岗位上，尽其所能为罢，也就只有如此聊报国家于万一而已。因之，自《太平花》改作起，我开始写抗战小说。不过中日之战虽起，汪精卫这般人的口号，是一面抗战，一面交涉。所以，尽管愤愤不平，谁也不敢公然反抗日本，政府就不许呀。我所心向的御侮文字，也就吞吞吐吐，出尽了可怜相。

那时我在北平，在两个月工夫内，写了一部《热血之花》，主题是国人和海寇的搏斗，当然，海寇就指着日本了。另外，我出了一个小册子，叫《弯弓集》，都是些鼓吹抗战的文字。这个，我没有打算赚钱，分在上海、北平出版。这谈不上什么表现，只是说我写作的意识，又转变了个方向。由于这个方向，我写任何小说，都想带点抗御外侮的意识进去。例如我写《水浒别传》，我就写到梁山招安以后，北宋沦亡上去，但我不讳言，这些表现，都是很微渺的，不会有什么作用可言。仅仅说，我还不是一个没灵魂的人罢了。想不到这个，也会引起日本人的注意，他们曾向在北平的张学良提过抗议，后来，我也终于离开了北平。

《东北四连长》

当我在《新闻报》写了一年小说之后，《申报》方面，就有人约我写小说。而我首先以忙婉谢了。后来有朋友告诉我，国内两大报的长篇，都归我一人包办，那自然是盛举，但也应当考虑到文坛上的反应，这是我早有同感的。我为人向来不拆烂污，而一切事情的开始，总有个考虑，既然如此，我就更不要写了。不过这里又牵涉到了友谊问题。上海编副刊的，号称一“鹃”一“鹤”，“鹤”是《新闻报》的严独鹤，“鹃”是《申报》的周瘦鹃。周先生是个极斯文的写作家，交朋友也非常的诚恳。他和我同年，在上海相见之后，非常的说得来。那时《申报》的“自由谈”，改载新文艺，鲁迅先生常化名在上面写散文，非常的叫座儿。“自由谈”原来地盘，改名“春秋”，还是周先生编。他以友谊的关系，一定要我写个长篇。他说，章回体小说，要通俗，又要稍微雅一点，更要不脱离时代，这个拿手的人，他实在不好找，希望我帮忙。我虽然自知够不上那三个条件，而瘦鹃的友谊，必须顾到，终于我给他写了一篇《东北四连长》。

这书名，很显然，就是说东北御侮的故事了。我对军事，是个百分之二百的外行，怎能写起军中生活来呢？也是事有凑巧，我有一位学生，当过连长。他那时正在北平闲着，常到我家里来谈天。我除了在口头上和他问过许多军人生活而外，又叫他写一篇报告。我并答应给他相当的报酬。报酬他不要，报告却写了。我就以另一种方法，帮助了他的生活。在这情形下，有两三个月的合作，我于是知道了很多军中生活，就利用这些材料，写为抗日的文字。

我为什么写四个连长呢？我的意思，那时南京方面，正唱着一面交涉，一面抵抗，实在不能找出一位大人物采作小说主角。还是写下级干部的好。这样，也就避了为人宣传之嫌。这长篇登报一年多，并没有什么大漏洞。而这四位连长，我是写他们有三位在长城线外成仁的。多少也给大人先生一点讽刺。后来我在上海遇到电影界的王次龙，他说这不失为硬性的作品，他要编写电影。但以时局的日见严重，这文字却拿不出来。

胜利后，这书已经写过十年了。上海出版商人抄写了报上的稿子，寄我审查，要我出版。我自己看了一看，我有些失笑。因为经过八年的抗战，又经过二次世界大战，就根据我在书报上看的战事新闻而论，我当时描写的是太幼稚了。不过书中的个人故事，倒还可以利用。于是我把作战部分的描写，完全删掉，只着重故事的发展，结局我以人道主义去发作感慨。这不用说，对于整个宇宙里的战争，我是不赞同的。而这书归到日本人的侵略，逼出战事来，也不大违反原意，就是这样交了卷。书名也改了，利用了那仅传七字的一首诗，“杨柳青青莫上楼”，题曰《杨柳青青》。这书前年已出版，大概到现在是三版了。

《啼笑因缘》的尾巴

民国二十二年春，长城之战起。我因为早已解除了《世界日报》的聘约，在北平无事（我在北平后十年来，除了《世界日报》的职务外，只作了《朝报》半年的总编辑，无关写作，所以未提）。为了全家就食，把家眷送到故乡安庆，我到上海去另找生活出路。而避开烽火，自然也是举室南迁的原因之一。

我立刻觉得这是另一世界，这里不但没有火药味，因为在租界上，一切是欢天喜地，个个莫愁。有些吃饱了饭，闲聊天的朋友，还大骂不抵抗主义。在这种过糜烂生活唱高调的洋场里，文字生涯，依然是宽绰的道路。而我到了上海的第一件事，就是出版业方面，包围我，要我写《啼笑因缘续集》。

在我结束该书的时候，主角虽都没有大团圆，也没有完全告诉戏已终场，但在文字上是看得出来的。我写着每个人都让读者有点有余不尽之意，这正是一个处理适当的办法，我绝没有续写下去的意思。可是上海方面，出版商人讲生意经，已经有好几种《啼笑因缘》的尾巴出现，尤其是一种《反啼笑因缘》，自始至终，将我那故事，整个的翻案。执笔的又全是南方人，根本没过过黄河。写出的北平社会，真是也让人又啼又笑。许多朋友看不下去，而原来出版的书社，见大批后半截买卖，被别人抢了去，也分外的眼红。无论如何，非让我写一篇续集不可。我还是那句话，扭拗不过人情去，就以半月多的工夫，写了短短的一个续集。我把关寿峰父女，写成在关外作义勇军而殉难，写到沈凤喜疯癫得玉殒香消，而以樊家树、何丽娜一个野祭来结束全篇。我知道这是累赘，但还不至拖泥带水。当然，在和我表示好感的朋友都说我不该续的。

二次加油

在上海住了半年多，安排了一个亭子间作书房，继续我一切没有写完的稿子，没有敢接受什么新契约。不过我于上海，倒有更多的认识。我以为上海几百万人，大多数是下面三部曲：想一切办法挣钱，享受，唱高调。因之，上海虽是可以找钱的地方，我却住不下去。民国二十二年夏季，我又回到了北平。

我四弟牧野，他是个画师。他曾邀集了一班志同道合的人，办了个美术学校。我不断地帮助一点经费，我是该校董事之一。后来大家索性选我作校长。我虽能画几笔，幼稚的程度，是和小学生描红模高明无多。我虽担任了校长，我并不教画，只教几点钟国文。另外就是跑路筹款。柴米油盐的琐事，我也是不管的。不过学校对我有一个极优厚的报酬，就是划了一座院落作校长室。事实上是给我作写作室。这房子是前清名人裕禄的私邸，花木深深，美轮美奂，而我的校长室，又是最精华的一部分，把这屋子作书房，那是太好了。于是我就住在学校里，两三天才回家一次。除了教书，什么意外的打扰都没有，我很能安心把小说写下去。

这一阶段，我给《新闻报》写完了《太平花》，跟着写第三个长篇，是《现代青年》，《旅行杂志》的《似水流年》也写完了，改写作《秘密谷》。这书是抽象的，我说大别山里，还有个处女峰，峰下有个秘密谷，里面的人，还是古代衣冠，因为他们和外面社会，隔绝一个时代了，借着这些人，可以象征一些夜郎自大的士大夫。后来那个国王出来到南京，拉洋车死了。因为他不会干别的。这写法不怎么成功，可是这个手法，我变着写《八十一梦》了。同时，我在上海临走以前，接了《晨报》的契约，给他们写一篇以女伶为背景的小说，叫《欢喜冤家》。这时还继续地写。

在我未去上海以前，我还给《世界日报》写了个长篇，叫《第二皇后》。去上海以后，就中断了，回到北平，我也没有继续。这时我住在北平，北平倒没有特约稿。因此，有些人误认我很闲，又来找我写东西。

有两位《新晨报》的朋友，在《太原日报》服务，一定要我写个长篇，磋商数日之久，情不可却，我写了一篇《过渡时代》。这是说社会上新旧分子的矛盾现象，信手拈来，自己不觉得有什么成绩，只听到朋友说，还有趣而已。因为《南京日报》也要稿子，我就多抄了一份，两地发表，算是多完了一份人情。

这时，我虽忙，却不像民国二十年那样忙。借了学校的好环境，多看一点书。每当教授们教画的时候，我站在一旁偷看，学习点写意的笔法。并直接向老画师许翔阶先生请教，跟他学山水。这算是二次加油时代吧。

西　北　行

自“九一八”以后，东北整个沦陷，国人鉴于国土日蹙，就有开发西北，以资补救的想法。西北自唐宋以来，日渐荒芜，于今是大片的成了不毛之地。想用西北的土地，来补救东北所失生产，那根本是不可能的事。西北无水，无森林，无矿产，无交通，一切都谈不上。但开发西北这个呼吁，究竟是不错的，便是东北没有沦陷，也该去开发。所以那个时候，很多人都想到西北去看看，以求得一个认识。我这时除了写作，没有固定的职业，倒是落得趁机一行，于是我就赶写好了一个足够用的稿件，于民国二十三年五月十八日由北平到西北去。

我原来的计划，先到陕西，再到甘肃，由甘肃往新疆，回头经河套，由平绥路回北平。预定的旅行日期是半年。我知道西北旅行，用不了多少钱，带了学校里一位工友，两个人共预备了一千五百元的川资。后来又打听得汇兑还十分方便，带多了钱，也不好，又减少了五百元。行程先是南下，坐平汉车到郑州。在郑州改坐陇海车到洛阳。本来由郑州可以直达潼关的，但这个历史名都，我总得看看。所以到洛阳游历了几天，才去潼关。当年，陇海路只通到潼关为止。在潼关住了几天，上了一趟华山，重回潼关，才坐汽车去西安。在西安住了将近半个月，然后坐汽车到兰州。在兰州的时候，我原是打算继续西行，因接到上海几封电报，劝我别去新疆。兰州朋友，也告诉我新疆的盛世才是不好惹的，去了不得回来，那可是个麻烦。而且由兰州到猩猩峡，猩猩峡到迪化[①]，路途遥远，交通工具也有问题。这样，我只好在兰州徘徊着，最后，依然坐了便车回西安。

① 迪化：今新疆乌鲁木齐。

这一次旅行，虽然没有完全符合我的愿望，但是我拜访了我们祖先的发祥地。在历史上，在儿童时代所读的经书上，许多不可解的事，都给我解答了。我的游历，向来是不着重游山、玩水。因为山水是静的东西，在历史过程中，除了大遭难，很少有变迁。唐宋人看了那山水，作下一篇游记，可能现在去看，还是那样，你再写一遍，也不见得有什么新鲜。何况那里的山水名胜，也不断地有人记载。我的游历，是要看动的，看活的，看和国计民生有关系的。我写出来，当然也是如此。这种见解，也许因为我是新闻记者的关系，新闻记者是不写静的、死的事物的。

在我去西北的时候，陕甘的军政当局，颇为注意，以为我去干什么？虽然有人说我是找小说材料来的，但很难引起人家的相信，因为很不容易遇到这种傻人而发这种傻劲。这我得感谢布衣主席邵力子。他原和我认识。在潼关，我托县长给我通了个长途电话，邵先生就答应用省政府的便车接我。到了西安，邵先生因坠马受伤，病榻边一度谈话，他非常了解我。他对人说，张恨水是个书生。大概他暗示着部下，给我一点礼貌就够了。此外是尽量给我创作上的便利。而绥靖主任杨虎城也就这样办了。

在西安几天之后，各方面全明白我真是来找材料的，大批的碑帖，大部头的县志书，纷纷用专人送给我。还有那社会上的热心人士，跑到旅馆里和我长谈，把民间疾苦，向我和盘托出。其中有一位军官，愿意和我共坐一架战斗机去天水看看。坐战斗机这勇气我虽然还有，可是我考量我的身体，恐怕不行。只好婉谢。然而这证明一个人若为他的工作而努力，而没有其他企图的话，是很能引起人家的共鸣的。因此，我由西安去兰州，就得着公路局的伟大帮助，和总工程师同坐一辆轿车而去。这轿车是宋子文留在西安的，其舒适自不待言。连我同行的那位工友，也沾着很大的光，坐了公路局的工程车。要不然，西北公路的初期交通，是有让人难于忍受的艰苦的。

西北回来

在陕甘一度旅行，自然是得着关于历史的教训不少。但我更认识了中国老百姓真有苦的呀。陕甘人的苦，不是华南人所能想象，也不是华北、东北人所能想象，更切实一点地说，我所经过的那条路，可说大部分的同胞，还不够人类起码的生活。你不会听到说，全家找不出一片木料的人家；你不会听到说，炕上烧沙当被子盖，你不会听到说，十八岁的大姑娘没裤子穿，你不会听到说，一生只洗三次澡，你不会听到说，街上将饿死的人，旁人阻止拿点食物救他（因为这点救饥食物，只能延长片时的生命，反而增加将死者的痛苦）。由民国初几年起，陕甘人民坠入了浩劫的深渊。民国十九年的旱灾和西安一年的围城，发生了人间不可以拟议的惨象。我到陕西的时候，浩劫已过两年多，而一切遗痕都在。人总是有人性的，这一些事实，引着我的思想，起了极大的变迁。文字是生活和思想的反映，所以在西北之行以后，我不讳言我的思想完全变了。文字自然也变了。

我为了要描写西北那些惨状，曾用一种倒叙法，将民国十九年的灾情写出。将一个逃难的女孩子为骨干，数年之间，来回两次西北，书名是《燕归来》。这书发表于《新闻报》，后在上海出版，天津也有人盗印。敌伪时代，曾拍电影，听说被日本人禁止。《燕归来》之外，我又写了一部同类的小说，叫《小西天》。这是用名剧《大饭店》的手法，以西安一个大旅店为背景，写着各阶层的人物。这书紧接着《东北四连长》发表于《申报》。

由西北回来，我自然是先回上海接洽稿件。但我有意找西北一个反照面，我也和阔人一样，立刻跑到庐山去避暑，在五千公尺的牯岭上，面对着那些夏屋渠渠的富贵山谷，我住了一个多月。不过这里材料虽多，我却没有勇气去写，写了谁和我出版呢？我只写了一篇轻松点的《如此江山》，在《旅行杂志》上发表，那是全以庐山风景为背景的。

对西北的印象，我毕生不能磨灭。每当人家嫌着粗茶淡饭的时候，我就告诉人家，陇东关西一带，人民吃莜麦的事实。莜麦是一种雀麦磨的粉，乡人只用陶器盛着，在马粪上烤干了吃，终年如此。不但没有小菜佐饭，连油盐都少见的。所以那里的东方人，盛传着老百姓过年吃一顿白面素饺子，活撑死人的故事。因此，我每每想着，我们生长在富庶之区，对生活实在该满足。

参加《立报》

民国二十三年秋季，我又回到了北平，还是住在美术学校。我继续写着上海几家报纸的小说。《晨报》的《欢喜冤家》完了，我换了个长篇《北雁南飞》。这书是清朝末年，一段不自由的婚姻。因为我觉得写当前的社会小说太多了，故意写个有历史性的。这一年的小说不太多，经常是四五篇在手边写。

约莫是一年工夫，北国的风云，时紧时松，我也有点感觉，北平终非乐土，又动了全家南迁之意。在民国二十四年秋天，成舍我君邀着一班朋友，在上海创立小报《立报》，约我南下，担任一个副刊编辑。他知道我不能久住上海，约以三个月为期，我也就答应了。

《立报》由事务人员到编采人员，可以说人才济济，那由于加入这公司的股东，都是老新闻记者的原故，他们拉拢人才，自然是比较容易。我于十月间到上海，替《立报》编一个副刊，叫《花果山》，我并自写了一篇小说，叫《艺术之宫》。这个题材，是以模特为背景的。写一个守旧的女子，为家穷而去学校当模特。完全是以一个悲剧姿态出现的。自信和他人写模特不同。这书写完之后，好几个出版商要出版，竟因搜罗报上稿件不易，未能实现。

我在上海约期即满，正打算回来。一夜之间，接到北平去的两个急电，叮嘱缓归。那时，平津一带，迭次出事，冀东已出现伪政府。我知道事情不妙，就中止北行。过了几天，得着家信，说是日本人捉拿北平文化界人士，有张黑名单，区区竟也忝列榜尾。我根本已不留恋北平了，自然就不冒那险而北上。

办《南京人报》

我虽然讨厌上海，我的生活，却靠了在上海发表文字，要离开上海，而又不能离得到交通不便的地方去。于是我临时选择了个中止地点，南京。南京除了到上海很近，到故乡也很近，而尤其可以住下的，是朋友很多。

我在南京住下两三个月，除了写稿子，只是和朋友谈天。而我对于南京，又有个不好的印象。在很早以前，欧美人士，就预算出来了，一九三六年，将是世界大战年。当时德意日军事力量的疯狂发展，正吻合了这些预言。以南京首都[①]所在，人材荟萃，对于这个说法，应该有所感觉，可是南京士大夫阶级，很能保持“六朝金粉”的作风，看他们的憩嬉无事，不亚于上海，我又想走，但我向哪里去呢？国内找不着桃花源，而我又需要生活，正徘徊踌躇着，老友张友鸾君鼓励我在南京办一张小型报。不过他比我还穷，钱是拿不出来的，只能出力。这时，我私人积蓄，

① 国民党政府的首都。

还有四五千元。原来的打算，是想在南京近郊，买点地，盖几间简陋的房子，住在乡下，钱是够了的，就因为我对南京已不感觉兴趣，这计划没有实现。这时据友鸾的计划，在南京出一张小型报，一切印刷条件在内，开办费只需三千多元，我尽可拿得出来。我原来还是有点考虑，经友鸾多方的敦促，我见猎心喜就答应了。

经过两个月的筹备，我约共拿出了四千元，在中正路租下了两幢小洋楼（后来扩充为三幢），先后买了四部平版机，在《立报》铸了几副铅字，就开起张来，报名是《南京人报》。读者在报上或尚可看到《南京人报》消息，就是那家报，不过胜利[①]以后，我为了和陈铭德先生北上办《新民报》北平版，我以最大的牺牲，报答八年抗战的友谊，把《南京人报》让给友鸾去办了。现在的《南京人报》与我无关，附带一笔。

办《南京人报》，犹如我写《啼笑因缘》一样，震撼了一部分人士。这报在不足一百万人口的南京市，出版第一日，就销到一万五千份。我当然卖老命。张友鸾君和全部同人（我们那个报，叫伙计报，根本没有老板），没有一个人不使出了吃乳的力气。我那时的思想，虽还达不到“新闻从业员有其报的程度”，可是全社的人，多少分一点钱，我却是白尽义务，依然靠卖稿为生。我并不是那样见利不取的人，因为有个奢望，希望报业发达了再分红。自己作诛心之论吧，乃是“欲取姑予”。不过“予”的数目很可笑罢了。除了印刷部是照其他报社一律待遇，总编辑才拿四十元一月的薪水，副社长支薪一百元，还编一个副刊，又写一篇小说。普通编采人员，月支二十元。请问，我怎忍心要钱？但这点与同人共甘苦的精神，把《南京人报》办得如火如荼，让许多人红眼。我并非卖瓜的说瓜甜，我这点经验，觉得还值得介绍出来。可见穷办报也未尝办不好。

我在《南京人报》，除了管理社务，自编一个副刊，叫《南华经》。自写两篇小说。一篇叫《鼓角声中》，写着受日本人威胁的北平。一部就是近乎武侠小说的《中原豪侠传》。我写这篇武侠小说，不讳言是生意

① 指一九四五年抗日战争胜利。

经。但我对武侠小说的见解，已如前文，所以这篇《中原豪侠传》，更写得近乎事实。而是以辛亥革命前夕，河南王天纵的故事，作影子。并请刘亢先生每日插一幅图。出乎意料，这篇小说比《鼓角声中》还叫座儿，我倒是聊可自慰的。除了这些，我每日还自写许多散文和一篇故事新闻，所以每日直到夜深三时才回家。我这种苦干，博得许多朋友帮忙。例如远在北平的张友渔兄，无条件地给我写社论。一度盛世强兄在北平和我打长途电话，也是义务。而张萍庐兄编了一年的《戏剧》，只拿了一个多月稿费，令我至今不忘。

被腰斩的一篇

我办报既然还靠稿费为生，写作自然是要加多。我统计一下，这时是《新闻报》写《燕归来》结束，改写《夜深沉》，《申报》《小西天》完了，改写《换巢鸾凤》，《晶报》有一篇《锦片前程》，登了两三年了，因为登的太少，还在写。《立报》继续着《艺术之宫》，无锡的《锡报》，快将《天上人间》的旧稿登完，也开始补写。南京除了《南京人报》两篇，还有《中央日报》的一篇。而《旅行杂志》一月一次的长稿，也短不了，这时我写着《平沪通车》。办报而外，这样多的长篇，我在四十之年，又发挥牛马精神，而作文字机器了。

提到在《中央日报》写稿，这倒有一段小插曲，开始，我是无意在《中央日报》写稿的，因为我不会党八股。那时总编辑周帮式，是《世界日报》老同事，再三地要我写，我就只好答应下一篇。为了适合人家的环境，我写的是太平天国逸事《天明寨》。那几年，我特别的喜欢看太平天国文献，所以有此一举。这书里说了许多天国故事，还很能引起读者的注意。书完了，《中央日报》又要我写，我就写了一篇义勇军的故事，以北平为背景，叫《风雪之夜》。大概也写了四五个月了，忽然周君给我来封信，说对我的稿子，“奉命停刊”。不客气地说：腰斩了。当时抗日有罪，是不算一回事的。

不过，这事也未完全过去。抗战期间，《中央日报》在重庆出版的时候，又有人拉我写稿，而且不止一年，不止一次。我当然没有求腰斩的洋瘾，只好微笑婉谢。

在南京苦撑的一页

《南京人报》办了一年多，终于大难来临，中日战事起了。八月十五日，日本飞机空袭南京，立刻将南京带进了严重的圈子里去。一切的稿子都不能写了，但报却是要办。这个报，开始就是小本经营，自给自足的。这时，南京人跑空了，没有人看报，更也没有广告，报社的开支，却必须照常。我身为社长，既是家无积蓄，又没有收入，那怎么办呢？让我先感谢印刷部全体工友，他们谅解我，只要几个维持费，工薪自行免了。甚至维持费发不出来也干。他们为了抗战而坚守岗位，不愿这“伙计报”先垮，而为“老板报”所窃笑。这实在难得之至！编采同人更不用说，除了几个胆小的逃去芜湖（后来又回来了），全体十之八九同人，拍拍颈脖子，“玩儿命，也把《南京人报》苦撑到底”。张恨水有这样的人缘，那还有什么话说，我就咬着牙齿，把《南京人报》办下去。这时，全部家眷，疏散到离城十几里的上新河去住。我在报社，由下午办理事务和照应版面，一直到次日红日东升，方才下乡。下乡之后，什么也不干，就是放倒头，补足这一夜睡眠。醒来之后，吃点东西，又赶快进城。这“进城”两个字，在当日并非简单的事，每每行到半路途中，警报就来了。南京城郊，根本没有什么防空的设备，随便在树荫下、田坎下把身子一藏，就算是躲了警报了。飞机扔下的炸弹，高射炮射上去的炮弹，昂起头来，全可以看得清清楚楚，那种震耳的交响曲，自然也就不怎么好听。但身入其境的，是无法计较危险的，因为天天的情形都是如此，除非不进城，要进城就无法逃避这种危险。炸弹扔过，警报解除了，立刻就得飞快地奔到报社。其实这种危险，倒没什么痛苦，至多是一死而已。而到了报社，立刻把脑子分作两下来运用，一方面是怎样处理今晚上的稿件，一方面是明天社中的开支，计划从哪里找钱去？这个时候，不用说向朋友借钱有着莫大的困难，就是有钱存在银行里，也受着提款的限制，每日只能支取几十元。二十四小时，无时不在紧张恐慌中挣扎。这样的生活，是不容日久支撑维持的，不到一个月，我就病了。病得很重，主要的病症，是恶性疟疾，此外是胃病、关节炎。报社里的事，只好交给别人，我就在上新河卧病。虽然卧病，问题也不简单，自己的家眷和南下逃难的亲属，一家之中，集合到将近三十口人。不说生活负担，不是个病人所能忍受，而每当敌机来空袭的时候，共有十七八个孩子，这就让人感到彷徨无计。因之这一时期中，没有写作，也没有心去看书，几乎和三十年来的日常生活完全绝缘了。因为病，我是十一月初首先离开南京，到芜湖医院治病。病将好，南京也快陷落了。我和家眷在安庆会合，再避居故乡潜山县城。《南京人报》于十二月初，南京陷落的前四五日停刊。由我四弟负责收束。结束了我办报的一页。

入川第一篇小说

我在民国二十六年十二月底，离开了故乡潜山，由旱道到武昌，乘轮到汉口。因为《南京人报》在结束时期，借了朋友两千多元。并无借据。这位朋友，是径向四川去了。为保持信用，我必须还这笔钱。四弟同意我这办法，把一部分机器、铅字，用木船载着，由南京溯江西上，最后的目的，也是重庆。这意思是或者在重庆复刊，或者卖了机器还债。我是债务人，自然得赶向重庆。后来就走的是第二条路。

民国二十七年一月十日，我到了重庆，去《新民报》在渝复刊之期，只有五日。同事张友鸾君，原早在《新民报》当过总编辑，这时是主笔，他建议陈铭德君，约我加入《新民报》。我根本无事可做，就答应了。但我和《新民报》合作，不自这时起，在前四五年，我写了以电影题材为故事的小说《旧时京华》，在《新民报》发表过，但未登完。民国二十五年，我也写了一篇《屠沽列传》，在《新民报》发表，这书是和《武汉日报》，成都另一家《新民报》，三家合载的，也因故未能登完。这该算是我们三度合作了。

那时，《新民报》是由一张对开报，改为小型四开的。倒有两个副刊。一个副刊叫《最后关头》，由我编，我并由社方的要求，写一篇小说，叫《疯狂》。为什么叫《疯狂》呢？在南京，在武汉，我看到有许多爱国有心，请缨无路的人，十分的感慨，觉得爱国也有包办之可能了。在汉口，我四弟叫我不必西上，机器丢了罢，回大别山打游击去。他说，在武汉有一部分同乡青年，有此主张，希望我年长一点，出来协助。我不但赞助，且非常兴奋，就写了个呈文给当时的第六部，请认可我们去这样办。我们不要钱，也不要枪弹，就是要第六部的认可，免得故乡人发生误会，然而被拒绝了。虽然我四弟终于打了一年的游击，那是另外找的一条路线。我对这事，非常的愤慨，觉得有爱国而发狂的存在，所以我就写了这篇小说。可是，重庆为战时首都[①]，写文章不能那样随便，《疯狂》这篇小说，越写越胆小，到写完的时候，几乎变了质。书写完，发现完全违背了我的原意，连报上的陈稿，我也不愿剪集，更不用说是出版了。这是我抗战军兴后，第一次写作的失败。

---

① 国民党政府的陪都。

《游击队》

在《疯狂》发表的期间，老友张慧剑兄，到了重庆。原还没有加入《新民报》，而是替《时事新报》编一版副刊。他非要我写一篇小说不可，我抽空写了个中篇，叫《冲锋》，是写日本人侵犯天津时的一段人民自卫故事。后来慧剑建议，可改名《天津卫》，以双关的意义来笼罩一切。这意思当然很好。不过这书在民国三十年（一九四一年）出版的时候，我得着许多游击队的消息，又鉴于大后方豪门的生活令人愤慨。于是我在书前后各加上了一段，将书名改为《巷战之夜》。我的小说单行本，恐怕要以这书和《银汉双星》是字数最少的了。

提到游击队，我曾另外写过几篇，计有发表于香港《立报》的《红花港》《潜山血》（此篇未写完），《立煌皖报》的《前线的安徽，安徽的前线》，《申报》汉口版的《游击队》，这两篇也都没有写完。在《立煌皖报》发表的那篇小说，我完全以安徽人的关系，大半义务地写稿，并没有含着任何作用。可是安徽的统治者，认为这篇小说，夸张了游击队，那是和他们的政治作风不对的，也宣告了腰斩。写游击队有什么不对呢？我决不因未能写完而灰心。相反的，我更积极地搜罗材料。重庆也很有几位朋友，愿供给我这路材料。但究因这路材料太片断、太零碎，不能集合成书。这话现在可以公开，《新华日报》的资料室，就曾允许我任意索观有关文件。我很惭愧，我竟无以报命而写成一部书。其实这里面可歌可泣的故事是太多了。希望将来有人写一个宝贵的长篇。

抗 战 小 说

我在重庆从民国二十八年（一九三九年）到民国三十年（一九四一年），这是我生活最艰苦的一段，自己由重庆扛着平价米，带到十八公里的南温泉去度命。所以我还不能不努力写稿。那时，上海虽然沦为孤岛，《新闻报》还不曾落于汉奸之手，重庆到上海的航空信，可以由香港转。《新闻报》继续要我写稿，我就写完了《夜深沉》，又继续着写了一篇《秦淮世家》，这是以歌女为背景，而暗射着与汉奸厮拼的。最后，我就写《水浒新传》了。

《水浒新传》当时在上海很叫座儿。那完全吻合上海人“过屠门而大嚼，虽不得肉，聊以快意”的口味。书里写着水浒人物受了招安，跟随张叔夜和金人打仗。汴梁的陷落，他们一百零八人，大多数是战死了。尤其是时迁这路小兄弟，我着力地去写。我的意思，是以愧士大夫阶级。汪精卫和日本人对此书都非常不满，但说的是宋代故事，他们也无可奈何。这书里的官职地名，我都有相当的考据。文字我也极力模仿老《水浒》，以免看过《水浒》的人说是不像。书写到四十多回，太平洋战起，上海已整个沦陷，我才停止寄稿。民国三十二年，我受书商之托，加上二十多回，完成了这部书。共六十多万字。抗战期间，这是我写的最长的一部了。

民国二十九年，我另写了一篇《大江东去》发表于香港。中间有日本屠杀南京人民的一段描写。民国三十一年（一九四二年）出版，这倒是销数较多的一部书。在大后方，仅次于《八十一梦》。这书在美国听说有节译本，发表在报上。报，我未见之，是朋友告诉我的。

《八十一梦》

《八十一梦》这部书，在大后方是销路最多的一部，延安也翻过版（《水浒新传》好像也翻过）。这书我不敢说是什么好作品，但在痛快两字上，当时是大家承认的。

在《疯狂》写得我无法完篇的时候，我觉得用平常的手法写小说，而又要替人民呼吁，那是不可能的事。因之，我使出了中国文人的老套，“寓言十九托之于梦”。这梦，也没有八十一个，我只写了十几个梦而已。何以只写十几个呢？我在原书楔子里交代过，说是原稿泼了油，被耗子吃掉了。既是梦，就不嫌荒唐，我就放开手来，将神仙鬼物，一齐写在书里。书中的主人翁，就是我。我做一个梦，写一个梦，各梦自成一段落，互不相涉，免了做社会小说那种硬性熔化许多故事于一炉的办法。这很偷巧，而看的人也很干脆的得一个印象。大概书里的《天堂之游》《我是孙悟空》几篇，最能引起读者的共鸣。书里我写着一个豪门，有一条路可通半空，给它添上个横额，《孔道通天》。朋友都说，这太明显了。又孙悟空和一位通天圣母斗法而失败，朋友也说这可能是个“漏子”。某君为此，接我到一个很好的居处，酒肉招待，劝了我一宿。最后，他问我是不是有意到贵州息烽[①]一带，去休息两年？我笑着也就只好答应“算了”两个字。于是《八十一梦》，写了一篇《回到了南京》，就此结束。

事过境迁，《八十一梦》，无可足称。倒是我写的那种手法，自信是另创一格。《新华日报》曾有几篇批评，谈到了小说的形式问题。

① 当时在息烽设有国民党特务监狱。

生 活 材 料

在抗战期间，大后方的文艺，也免不了一套抗战八股。这个问题，曾引起几次论战。当然，在抗战期间，一切是要求打败日本，文艺不应当离开抗战，这是对的。不过老是那一个公式，就很难引起人民的共鸣。文艺不一定要喊着打败日本，那些间接有助于胜利的问题，那些直接间接有害于抗战的表现，我们都应当说出来。当年大后方时常喊着"讳疾忌医"这句成语，因此有些从事文艺工作的人，就不注重公式的抗战文艺了。

我向来看得我自己很渺小，没有把自己的作品，看着能发生多大的作用。严格地说，不但是我，一切从事文艺的人，应该有这个感想。从国民党执政以来，压根就没有重视过文艺，至多，录用几个御用的政论家，就算没有忽视文艺，一直到最近，他们的这个作风没有改。所以这二十多年来，文艺家为生活所苦，为思想束缚所苦，没有法子产生伟大的作品。像我这样车载斗量的文人，自是写不出有分量的东西。我也就变了那公式的文章写法，在此期间，除了和《旅行杂志》，写了一篇无关痛痒的《蜀道难》而外，我另辟了一条路线去找材料。计在《新民报》发表的，有一篇极长的《牛马走》，和一篇二十多万字的《第二条路》（后在上海出版，改名《傲霜花》）。还有一篇二十多万字的《偶像》。接着《蜀道难》，给《旅行杂志》写了《负贩列传》（后来改名为《丹凤街》）。这里所写的人物，都是趋重于生活问题的，尤其《牛马走》《第二条路》和《负贩列传》。

抗战是全中国人谋求生存，但求每日的日子怎样度过，这又是前后方的人民所迫切感受的生活问题。没有眼前的生活，也就难于争取永久的生存了。有这么一个意识，所以我的小说是靠这边写。可是，当年在大后方的报纸杂志受检查，而书籍也是受检查的。我既靠写作为生，我决不能写好了东西而“登不出来”（当年《新华日报》被检的文字，以此四字作声明）。所以我虽然要写人民生活，只是在写作技术上兜圈子，并不能做什么有力的表现。

在民国三十五年（一九四六年）间，我例外地写了一篇纯军事的小说，那就是《虎贲万岁》。我说过，对军事是百分之二百的外行，怎么写军事小说呢？在《虎贲》序文上，我交待得很清楚。乃是在常德作战的残余官长，有两个参谋，他们要求我写的。他们无条件地借给了许多作战文件我看。同时，这两个参谋，不断地到我茅居里来现身说法。这个要求，几乎有一年之久，我为他们的诚意所感动，就写了这篇小说，而直到抗战胜利以后才完卷。至于他们何以要这样做？他们说是对那战死的一师人，聊尽后死者的责任。我相信，这不是假话，因为他们并无所得，也无所求。我写战地里的一个伙夫，都是真姓名，而这两位参谋的姓名，为了避嫌，却不在其列，这是可以证明他们的态度的。

茅屋风光

我这里所说的生活材料，是眼见社会上一般人的生活，而不是我个人的生活。我个人的生活不会明显地反映到文字里去。但文字终究是生活的反映，人不经过某种生活，是不会写出某种文字的。

我觉得我自己没有生活上的一种艰苦的锻炼，就不会知道人家吃苦是什么滋味，自己也就体谅不到吃苦。天下尽有在咖啡座上可以谈农人辛苦的人，但是不论怎样地谈下去，决不能丝毫搔着痒处。我虽然没有历尽人世的艰辛，可是社会各阶层，我都有过亲切的接触，而我们身为知识分子，在战前很不容易得着的茅屋生活，我就过了七年。自信，这种环境，比我读了许多书的教训还要深切有益。这对于写作，不但有莫大的帮助，就是对于为人，也有了莫大的指示。这一点，倒不宜抛弃的。我写的是写作生涯回忆，既涉及写作，而又是生涯的事，我也不妨写一点。

因抗战而入川的人，像潮水一般地涌到了四川，涌到了重庆，重庆的房子立刻就成了不能解决的问题，加之民国二十八年夏季的日机大轰炸，将重庆的房子，炸去了十分之五六，让在重庆住鸽子笼的人，都纷纷地抢下了乡。乡下也是没有房子的，于是下乡的人，就以极少的价钱，建筑起国难房子来居住。这种国难房子，是用竹片夹着，黄泥涂砌，当了屋子的墙，将活木架着梁柱，把篾子扎了，在山上割些野草，盖着屋顶。七歪八倒，在野田里撑立起来，这就是避难之家了。这种房屋，重庆人叫着捆绑房子，讲的是全用竹篾捆扎，全屋不见一根铁钉。

我也有这样一所茅屋，但这茅屋不是我盖的。也不是我租的，是朋友送的。原来我住在一幢瓦房子里，有两间房，相当的干净，房东要发国难财，撵我们出去，要卖那房子。这房子后面有十间茅屋，除了出卖了四间，将六间租给了文艺协会。后来文协搬走了，房东是我的朋友，他让我搬了去，议定自修自住，不取房租。我也无须六间屋子之多，住了三间，又让了三间给一位穷教授。于是安居了好多年。除了我故乡那间老书房，这三间茅屋对我的写作生涯，是关系特深的。

在我的小品文集《山窗小品》里，对这茅屋是描写得很清楚的。简单言之，窗子外是走廊，走廊下是道干涸的山溪，上面架有木桥，直通走廊，木桥那头，是丛竹子。竹子后面，是赶集的石板路，石板路后面是大山。山上原来有树。而国民党的军队，来一回砍一回，砍来将柴卖给老百姓（我说这是一幕喜剧。我们窗子外的树，我们不敢动。人家砍了，还卖给我们拿了钱去。我们真是白痴呀）。这样山就光了。不过，下雨，溪里有洪水；出月，山上有虫声；下雾，眼前现出变幻的风景。这里还是很有趣的。当然，这里却不会引起高人隐士之风。第一，在这个溪两旁，全是受难的公教人员，穷的教员，穷到自己浇粪种菜。大家见面，成日地谈着活不下去。第二，村子里也有极少数的投机商人，对我们的生活，很是一种刺激。第三，隔了面前这座山，就是孔公馆。孔公馆建筑在一座高山上，绿树葱茏。石磴上拔，环曲千级，四层立体式的洋楼，藏在一个树林的峰尖下。不说里面的布置，单是穿山的这一座防空洞，里面有无线电，有沙发，有电话，也就可知其阔绰了。这不过无数孔公馆之一，孔院长、孔夫人、孔二小姐，根本不来，只有几十个副官，在这里落寨为王，打家劫舍。这不但文艺人看了心里不平，所有的老百姓，都侧目而视。这一点，往往是引起了我写作的愤慨情绪的。我茅屋里夹壁上，自书了一副对联：

闭户自停千里足

隔山人起半闲堂

《上下古今谈》

我平生所写的散文，虽没有小说多，当年我在重庆五十岁，朋友替我估计，我编过副刊和新闻二十年，平均每日写五百字的散文，这累积数也是可观的。但我的散文，始终用“恨水”的笔名，而为社会所注意的，要算是在《新民报》的《上下古今谈》。当我写第一篇《上下古今谈》的时候，我曾说过，上至宇宙之大，下至苍蝇之微，我都愿意说一说。其实，这里所谓大小也者，我全是逃避现实的说法。在重庆新闻检查的时候，稍微有正确性的文字，除了“登不出来”，而写作的本人，安全是可虑的。我实在没有那以卵碰石的勇气，不过我谈了谈宇宙与苍蝇，这就无所谓。我利用了我生平读历史的所得，利用了我一点普通科学常识，社会上每有一个问题发生，我就在历史上找一件相近的事谈，或者找一件大自然的事物来比拟。例如说孔公馆，我们就可以谈谈贾似道的半闲堂，说夫人之流，我们可以谈杨贵妃，说到大贪污，我们可以说和珅，提到了重庆政治的污浊，我们可以说雾，提到狗坐飞机，我们可以说淮南王鸡犬升天。这样谈法，读者可以作个会心的微笑。但我并没有触犯到当前的人物。

当然，检查人物，他是看得出来的，有时也被扣除了。但很能因文字对表面上的“言之有物”，他们没有理由扣除。当政协初开的时候，我曾一时灵机触动，将清朝隆裕的退位诏书，删去不相干的段落，转录一道，作了《上下古今谈》。我并知道，最好不要参加自己的意见，所以文前只有很少的几句介绍话。这篇文字登出来了，在重庆竟是一个雷。有些作会心微笑的朋友，还转录到别的刊物上去，虽是许多朋友们为我捏一把汗。而《上下古今谈》，当时能被社会注意，就在这一点。后来很多人劝我出书，我说这虽是谈古事，实在是有时间性的，出书没多大意思，所以不曾出版。

《上下古今谈》，写了好几年，大概有一千多条，有百万字上下。除了很少数几十条是用文言写的而外，百分之九十几，全是白话。不过都像隆裕退位诏书那样引用恰到好处的，也并不多见。

散　文

为了说到《上下古今谈》，可以顺便谈谈散文。远在北平《益世报》写小说的时候，我就担任过每日一篇的散文。不过《益世报》有宗教的关系，散文不好写。那个时候的散文全是文言，只是在语助词上兜圈子，除了运用子史格言，很难发挥什么意见。这样的散文，大概写了二三百条，完全是一个作风，那时，给《益世报》写社论的颜旨微君（此君早已去世），就很主张我继续写。但我都以词穷而婉谢了。至于我历年编写副刊，那都是每日为补白而作，虽写得很多，却不成格式，差什么，写什么，差多少，写多少，事后只有送进字纸篓。倒是在大后方，写了两个散文集。一个是《山窗小品》，一个是《水浒人物论赞》。《山窗小品》，就是我在那茅屋写的，写的全是眼前事物。《水浒人物论赞》，那是我搜集当年为《世界晚报》《南京人报》写的稿子，再补上若干篇成的书。关于前者，我走的是冲淡的路径，但意识方面，却不随着明清小品。关于后者，我对水浒人物，用我的意见，对那些人做一个新估价。不过这两部散文，全是文言的，和《上下古今谈》的作风，完全两样。

我本也无意出书，因为在重庆的出版家，要求这样办，我就当古董卖了。

此外，我和国内刊物写的散文，三十年来，也不会太少。三十岁以前的作品，我自己都淡忘了。三十五岁以后，对散文我有两个主张，一是言之有物，也就是意识是正确的（自己看来如此），二是取径冲淡。小品文本来可分两条路径，一条是辛辣的，一条是冲淡的，正如词一样，一条路是豪放的，一条路是婉约的。对这两条路，并不能加以轩轾，只是看作者自己的喜好。有人说辛辣的好写，冲淡的难写，那也不尽然。辛辣的写不好，是一团茅草火，说完就完。冲淡的写不好，是一盆冷水，教人尝不出滋味。

斗米千字运动

再说到抗战时候的写作生活。所有在大后方的文艺人，没有一个能例外，都是穷得买不起鞋袜的。有些人教书，有些人当不被重视的公务员，有些人干脆打流浪。我还好，兼作新闻记者，多少有些固定的收入。吃的是平价米，那是征买来的粮食（提到此，让人永远不能忘了四川人），分配各团体机关，再以极廉的价钱，配给薪水阶级人物，所谓平价是也。其实，谈到平价，等于白给。因此，米是古人所谓“脱粟”，仅仅是去了糠。砂子稗子谷子，总不下十分之一，我吃饭为挑去这些东西，时常戴起老花眼镜来，其苦是可知的。穿呢，由入川起，三个年头没缝一件小褂子。住，就是那茅屋了。行，这是比吃平价米还要头痛的事。重庆市是山城，无处不爬坡。马路也是在高低不平的山梁上建筑起来的。文艺人没有人能坐得起车轿，而且在重庆，也不忍心去坐车轿。石达开说的话，“万众梯山似病猿”，可以形容这一个轮廓。人力车夫拉上坡，头就和车把靠了地。轿夫上坡，气喘如牛，老远就可以听见。这样，只有挤公共汽车。城里的汽车，挤得窗户里冒出人来。下乡的汽车，甚至等一天，买不着那张汽车票。南温泉到市区十八公里，还要过一道长江。十次至少五次我是步行。为了争取抗战的胜利，并没有谁发出怨言。可是当我们到疏建区，看到阔人新盖的洋房，在马路上看到风驰电掣的阔人汽车，看到酒食馆子里，座上客常满，就会让人发生疑问，一样在“抗战司令台”畔，为什么这些人就不应该苦？这样，文艺人站在他自己的立场上，呼吁出改善生活来。

在民国二十九年以后，文字在大后方，开始有点出路了。除了报纸收买稿子，也有些刊物出现。写文章的人，所谓改善待遇，当然以提高稿费为惟一的目标。于是由在桂林的文艺人发出了呼吁，要千字斗米的稿费。若在战前，江南的米，不过是十元以下一担。小都市里，四五元就可买到一担米了。一斗米的价值，不上一元钱，这种要求，可说是极低。可是大后方的粮价，始终是涨得太凶的，在我们要求千字斗米的时候，重庆的米，已经超过了一百元一斗。不过川斗和普通市斗不同，它是三十二三斤一斗，一斗等于两市斗强。折合下来，一市斗米，也需六七十元。稿费怎么样呢？最高的稿费，没有超过十元。一下子要把稿费涨上去六七倍，这是不可能的。我还记得，在抗战胜利接近的前夕，重庆最好的纸烟华福牌，是每盒一千元，而打破纪录的特等稿费，也是每千字千元。那就是说写一千字，只好买盒纸烟吸吸而已，而这还是特等的，稀有的。自此以下，那就不必提了。因此，千字斗米运动，只是一句口号，决不曾实现，而文人也就为米焦碎了心。

四川很少麦粮，除了米，就是包谷（玉蜀黍）红苕（红薯），及少数的高粱。而这些杂粮，只有乡下有，市上不大多见。所以当时的文人，都是为米而奔波。若是一个光杆文人，那还无所谓，在重庆还不难每日混到两顿饭。若是有家眷的文人，这就难了。我们在长途汽车边，在轮船码头上，常常可以看到一些穿破烂西服或中山服的人，身边带着一个米袋子，那就是公教人员带平价米回家。自然，这包括文人在内。这情形，谁出斗米买一千字呀？

米价越来越贵，千字斗米运动，终于成为泡影。那时，我也就死了那条卖文的心，除了和《新民报》写着固定的文字而外，把写稿子的工夫余下来，看看架上残余的几套破书，或者念“无师自通”的英文，或者画“无师自通”的画。再有剩余的时间，就是和邻居谈天了。抗战八年中，平均每天不能写到三千字，可说是比较工作轻松的时期。假如那时能办到千字斗米，或许我可以多写出几部小说来。

夜 生 活

过了黄昏摸黑坐，无灯无烛把窗开，等她明月上山来。

这是民国二十九年，我填的几阕《浣溪沙》的半阕，说的是无油点灯。当然有人说，何致于穷得买不起菜油点灯呢？那也所费有限啦。这是有原因的。南温泉镇市上，有时是缺油的，非点鱼烛不可（北平叫洋烛）。一枝鱼烛，等于一斤多菜油的钱，这算盘不能不打。煤油又是珍品，也没有煤油灯（到胜利前夕，有煤油灯了）。尤其是冬天，不要说是月亮，重庆为雾所弥漫，整月看不到太阳，那明亮的月光，有时临到山窗，那是让人苦闷的情绪为之一振的。不过天下事有一利就有一弊。在太平洋战争未发动以前，日本飞机，大批停在汉口，有空就会来袭重庆。月夜，是他们肆虐的好机会。因之有了月亮，又有躲警报的恐怖，我们总是在这矛盾的情绪下过着月夜。

若是没有月亮之夜呢（多数的时间是这样的），我们就在屋子里呆着。三间屋，照例是两盏菜油灯。夏天，窗子开了，蚊虫，小蛾子，以及一切不知名的虫豸，像雨点向灯上乱扑，两条光腿，若不是坐在雾气腾腾的蚊烟下，就得拿着扇子手不停挥。冬天，四川是不需御寒的炉火的，破袜子单鞋，坐久了也冷。春秋良夜，可以对灯小坐了，而油碟子里两三根灯草所放出的光亮，照着屋子里黄澄澄的，人影也模糊着，看书实在是有损目力，写稿是更无此心情了。所以在四川八年的夜间，除了进城，住在报社里，有电灯还可以做点事。若在乡下，夏天是乘凉而早睡，冬天是煨被窝而早睡。写文章的人，多半喜欢过夜生活，在重庆乡下的文人，可以把这习惯扭转来了。

意外的救星

我的时间是这样地支配着，写得不多，而又无法多写，这生活是怎样地度下去呢？第一，报社里分的平价米，勉强够吃，第二，屋子不要钱（但是怕修理），第三，根本不做衣服，所欠的，也就是小菜和零用钱而已。在太平洋战争未发动以前，遥远地靠着上海转来的一点稿费，还在学校代过两年的钟点课，有时将报社的薪水前拉后扯，有时托朋友垫借几文，就这样穷对付着两三年。好在肉体上的艰苦，那是看在其次的事。我不幸住在这南温泉，乃是二陈[①]的陈家寨所在，周围几十里，都是他们的

① 二陈指陈立夫、陈果夫。——张伍注

教化圈子，精神上有一种莫名其妙的不舒服。而这种不舒服，日久也安之若素了，自然更不计较衣食的困苦。

天下事，也有飞来的福分。正在太平洋战争起，香港新加坡都为日本魔爪席卷而去以后，我竟有些意外的收入。那就是在上海所出版的我的写作，崭新的封面，由香港兜个圈子，到了重庆。这些书，有的是我已经卖了版权的，有的是版权没有分明的，有的是版权还保留着的。我本人现在重庆，这大批的心血结晶品在街头出卖，我不能熟视无睹。出版家也非常的明白，就自动地来找我，告诉我他们是由香港转进的。过去，他们对发表的报社，已纳过版税。现在到了重庆，不管我版权谁属，凡是在重庆出卖的书，都打算翻印，也都给我百分之二十（新著），或百分之三十六（旧著）的版税。我当然也不过问过去，就和出版家订了新约。由民国三十一年到民国三十四年，在后方出版和翻版的（世界书局翻版的不在内，因为那是我抽不到版税的），共有二十几种之多。每月所得的版税，可能超过我薪水十倍。于是我有钱做几件衣服穿了，也有钱买肉给小孩子吃了，而且还有些剩余。直到胜利回家，我都利用着这点版税作川资。

土 纸 书

我在后方出的书，有一个特别的标志，那就是纸张是极恶劣的。因为在四川被日寇封锁之下，外国报纸是不能进去。在四川所有的任何刊物，全是用土纸印刷。这类土纸，是用手工制造出来的，质料比江南所谓表芯纸还要坏些，比北平的所谓豆纸，也高明无多。有个时期，北平有许多刊物，用片艳纸印刷，大家就都觉得不舒服。其实片艳纸还有一面是光滑的，而四川的土纸，两面都粗糙黄黑，不但印字不清楚，而且印料太薄，先印的一面往往是“力透纸背”。平常的一份报纸，传观几个人，向口袋里一揣，再拿出来，那报纸就成了一团糟了。印书的纸，虽然尽量挑那些好的，可是印出书来，不清楚和“力透纸背”的事，依然在所难免。所以在后方小说得推销出来，那实在也足以证明精神食粮的缺乏，而有饥不择食之嫌了。一个在车站上等时间的朋友，他拿着一张报，可以看三四遍的，甚至报上的广告，他也可能一字不漏地看下去。我们可以知道，不是那张报编得连广告都精彩非凡，而是那个等时间的人，需要精神食粮，以度过他那个枯燥无味的光阴。所以我想到，我一二十种著作，在后方以土纸印刷，都可以出几版，大后方的人需要书籍，是很可证明的。

中国的小说，还很难脱掉消闲的作用。除了极少数的作家，一篇之出，有他的用意，此外大多数的人，决不能打肿了脸装胖子，而能说他的小说，是能负得起文艺所给予的使命的。我承认那种土纸印的小说，尽管看得让人大伤目力，而读者还不过是消遣消遣。问题就在这里，我们是否愿意以供人消遣为已足？是否看到看小说消遣还是普遍的现象，而不以印刷恶劣失掉作用？对于此，作小说的人，如能有所领悟，他就利用这个机会，以尽他应尽的天职。

这些土纸书，在胜利以后，也有人带到上海和北平来，大家看了，都摇头不止，不相信这种书可以卖钱。我这里就得附带一笔，有几部书，印刷也不坏，一来是带了上海的纸型，入川翻版，二来纸张也是好些的。

榨出来的油

现在我可以记一笔账，在抗战以后，在大后方完成和未完成的小说，是以下这些。《疯狂》约五六十万字。《八十一梦》，约十七八万字。《牛马走》，约百万字。《第二条路》，约三十万字。《偶像》，约二十万字。以上发表于《新民报》渝蓉两版。《巷战之夜》，发表于重庆《时事新报》。《夜深沉》《秦淮世家》，各约三十万字。《水浒新传》，约六十万字。以上在上海《新闻报》发表。《红花港》，约二十万字，《潜山血》（未完），发表于香港《立报》。《大江东去》，约二十万字，发表于香港《国民日报》。《游击队》，发表于汉口版《申报》（未完）。《前线的安徽，安徽的前线》，发表于安徽《皖报》（未完）。《雁来红》，发表于《昆明晚报》（未完）。《虎贲万岁》，约四十万字，未在报上发表，由上海百新书店出书。《蜀道难》，约六万字，《负贩列传》（《丹凤街》）约二十万字，发表于《旅行杂志》。补足一部书，《中原豪侠传》，约三十万字。改掉一部书，《太平花》，约三十余万字。补足一集散文，《水浒人物论赞》，约五万字。写成一集散文，《山窗小品》，约六万字。此外，各种散文，八年来，约写一百四五十万字。

八年的年月，不算短暂，平均每日能写三千字的话，就当有八百多万字的作品。根据上面那些账，大概相去也不会太远。在生活安定的日子，文人可以去安心写作，这实在不算多。可是回想到那八年所度过的生活，就没有能写出这些文字的理由。当然，诗以穷而后工，这话还不能完全否定。但我作的不是成行的诗，而是连篇累牍的小说和散文。尽管不工，以量来说，以日计之，那是太平凡了。很多文人，伏在桌上，一口气就可以写三千字。而把八年的总和来计算一下，自己倒要反问自己，我怎么会写出这些字来？

我还记得两个故事。一个故事，是日本敌机群，八天八夜，对重庆作疲劳轰炸的时候，我在一座天然洞子外的竹林下，睡了三天三晚。白天怪心烦的，看上两页书，但并没有几个字印到脑子里去，而嗡嗡然的机群声，又在远处云天脚下发生了。输入都不能够，还谈得上什么输出？又一个故事，茅草屋顶，被风吹去了，成了个小天井，仰在竹板床上，可以吟那句《卧看牛郎织女星》的诗。这“烟士披里纯”[①]，并不怎么好。大雨

① 烟士披里纯：英语inspiration的音译，灵感的意思。

来了，这屋顶天井，几条很长的水柱，向屋子里斟着天然水，地面就成了河渠。我吃饭写字的那间屋子，就在隔壁，雨点向桌上飘，文具全为之打湿。躲向屋里一张小方桌上写字，倒是躲开了水灾。而四川乡下那种小黑蚊，小得肉眼看不见，这时全涌进了屋子。半小时之后，不但两腿奇痒难受，而且起疱之后，还相当的痛。这怎么能安心地写稿呢？

可是在这两个故事过去之后，我立刻就得写。不写怎么活下去？我自己对自己的稿子，笑着下了一个批评，就是榨出来的油。

胜利后的作品

自从“九一八”以后，脑力劳动，就没有得着水平以上的待遇。抗战八年中，这辈人是更苦。日本人的无条件投降消息传来了，大家都唱着杜甫“白日放歌须纵酒，青春作伴好还乡”的闻捷诗，我也是被这天上掉下来的胜利，冲昏了脑瓜。把写作生涯，暂时告一段落，预备东归以后，在半村半郭的地方，盖三间小屋，读书种菜，卖文课子，带着一群孩子，实行我的口号，就是“出自己的汗，吃自己的饭”。东归计划，除了回乡探亲一省七旬老母不曾变更而外，其余是全推翻了。我还是住在都市里，我还是当一名新闻从业员。

在胜利以后，币制是一直紊乱，物价是一直狂涨，对于国民党的金融政策，谁也不敢寄予以丝毫的信用。这样，自由职业者，就非常的痛苦，尤其是按字卖文的人，手足无所措。因为卖文的人，都是把稿子寄出去，一月之后，才能接到稿费的。可是这就是个无比的吃亏。月初，约好了每千字的稿费，也许可以买个两三斤米。到了下月初接到稿费的时候，半斤米都买不着了。有些收买稿子的报社和杂志社，体恤文人，也有半月一结账的，也有预付一部分稿费的，但这都不能挽救文字跟着“法币”贬值的命运。物价的跌跃，每月加百分之百以上，那是常事。稿费根本不能按月调整，就是按月调整，也不能一加就是百分之几百。所以对任何收买稿件的人，订好了稿约，总维持不了两个月。到了后来，几乎寄一次稿子，就必须商量一次稿费。多数人如此，我也是这样。这种趋势，让写稿的人和收稿的人，都感到一种“过分的无聊”。既然无聊，这卖文生活，又何必去继续呢？

在这种情形下，胜利后的两年间，我试了一试卖文的生活，就戛然中止。所幸除了《新民报》经理职务的薪水而外，上海两三家书店的版税，依然是超过薪水的几倍收入，我不出卖稿子，也还不至于影响到生活。所以这期间，我只给《新民报》写了个长篇《巴山夜雨》，又给上海《新闻报》写了个长篇《纸醉金迷》，如此而已。这两部书，都是以重庆为背景的，在别人看来，不知作何感想，至少我自己是作了一个深刻的纪念。《巴山夜雨》在我收束之下，还没有把稿子重订，而时局已经变化了，只有将来再说。《纸醉金迷》在没有完篇的时候，已经被电影公司拿去作题材，上两个月，由我把上半部故事，编了一个剧本。这两年来，稿费的收入，可说是比抗战期间，无以加之。

到了民国三十六年，纸价已经贵得和布价相平了。上海的书商，有了纸张在手，宁可囤纸，也不印书，因之我在上海出版的二三十种书，全不再版。出版家虽也陆续地寄给我一些版税，较之民国三十五年，已不成其为比例。起初，我以为纸张的昂贵，影响到书的出版，这是暂时的现象，还忍耐地等待着，后来一月不如一月，我把版税当养老金的算盘，暂时就得搁上一搁，于是把那老话再拿出来，对家庭用度，要“开源节流”。“节流”除了吃的以外，一切以不办为宗旨，而“开源”只有多写文章出卖了。好在找我写稿子的人，倒是机会不断的。于是我又先后写了三个长篇是《一路福星》《马后桃花》《岁寒三友》。但这三篇小说，都因稿费的商榷，不能得着一个合理的解决，都没有写完。最后有《雨淋铃》和《玉交枝》两篇，都是因交通中断而停止的。

为了交通关系，我也觉得向外寄稿，写长篇是不大好的，我很想改变作风，多写中篇。所以这两年以来，我很写了几个中篇，如《雾中花》《人迹板桥霜》，及最近写的《开门雪尚飘》。这一试验，并没有失败，将来，也许我常走这条路。①

伪　书

由我写那篇不知名的小说提起，直到上节为止，关于我的小说，可以作个总账交待了。这仿佛是篇流水账，无情趣可言。但要详细地知道我三十多年的写作，不能不这样地报告。现在在总账以外，对写作生涯有关的，我摘要的要找几件事说一说。第一件，便是张恨水伪书了。

民国三十二年，舒舍予的夫人到了重庆，因老舍兄的介绍，我们认识了。舒夫人是由北平到后方去的。见了面，不免谈起了一些北平的别后风光。舒夫人说了几件事之后，就提到我的小说，在华北，在伪满洲国出版得太多。她又笑说："您不用惊讶，那全是假的，看过张恨水著作的人，一翻书就知道，那笔路太不一样了。"我当时相信事或有之，而伪书不会太多，及至我到了北平，据朋友告诉我的，和我在伪书底页上所看的广告，统计一下，实在让我大大地吃了一惊，这种书约有四十几部之多。这些作伪书的先生们，太和我捧场了，自己费尽了脑汁，作出书来，却写了张恨水的名字，这不太冤吗？不过一看了书的内容，甚至一看书的名字，就知道太冤的是张恨水，而不是作伪书者。记得这些书里，有一部叫《我一生的事情》。张恨水一生的事情，由张恨水自己写出来，这实在是不折不扣的黄色小说。喜欢低级趣味的人也好，好奇的人也好，怀疑的人也

① 这期间尚有《五子登科》长篇，连载北平《新民报》，未完；一九五六年续完后出单行本。中篇《步步高升》亦连载该报。

好，还有替我爱惜羽毛的人也好，少不得要买上一本看看。而作伪书者其计得就矣。我不知道这书里，把我糟蹋成个什么人物，以这种手段和张恨水作伪书，那不仅仅是骗读者的钱，对张恨水是恶意的侮辱，乃是无疑问的。记得我当《新民报》经理的时候，经理室的工友，就拿了一本张恨水作的肉感小说在看。同事拿来给我过目，我除了向工友解释，请他别看而外，我就难过了两天。可是我没法子把市场上这些伪书烧了，除了听其自生自灭，实无第二良策。

凡是彻头彻尾的伪书，究竟难逃读者之眼，我相信它是会消灭的，至少是三四年以来，已不再版了。所难堪者，却是半伪书。怎么叫半伪书呢？就是把我的书，给它删改了，或给它割裂了，却还用我的名字，承认不是，不承认也不是，这都教人啼笑皆非。例如我在《晶报》上发表的《锦片前程》，我是没有写完的，上海就有一家书店给它出了版。除了改名为《胭脂泪》而外（改书的人，可能不懂《锦片前程》是什么意思），加了许多文字进去，而且把书足成。众所周知，我一贯主张，写章回小说，向通俗路上走，决不写出人家看不懂的文字。而这位改写的人，就用的是空洞堆砌的美丽长句，时而通俗，时而高雅，这成何话说？又我写的《春明新史》，是用回目老套，也有人改了，改名为《京尘影事》[①]，一回分为两回，一个回目管一回，把书分成两集。这样一来，章法太乱，不但文不对题，甚至下文不接上文，简直一团糟。俗言道得好："文章是自己的好。"我不敢说我的文章好，但我决不承认我的文章下流。七八年来，伪满洲国和华北、华东沦陷区，却让我尊姓大名下流了一个长时期，我想，社会上许多我的神交，一定为我太息久矣！

我初回到北平的时候，有人问我："你在重庆开了豆浆店吗？"我说："何以见得？"他说："日本人的报上，这样登的。"我笑说："这是抬举我，我在重庆过的日子，远不如开豆浆店的老板。"牛角沱和海棠溪，有几家豆浆店，早上的生意之好，那还了得？我若能在重庆开八年豆

① 《京尘影事》应是经篡改的《斯人记》，而不是《春明新史》。

浆店，我真发财了。但日本人原意，绝不是抬举我，这和作伪书的人自己费笔墨，替张恨水出名，其用意是一样的。

我　死　了

提起我开过豆浆店的笑话，就联想到日本人传说我死了！这也很有趣。事情是这样的。大概是民国三十年秋夏之间，乡居无事，又不免发点牢骚，作了若干首《村居杂诗》。其中有一首这样说：

茅草垂檐漾晚风，蓬窗斜卧一衰翁。

弥留客里无多语，埋我青山墓向东。

这当然说的是另外一个衰翁（当时，我才四十几岁，既不衰，也非翁）。假如衰翁是我，我死了，怎么还能作出这么一首诗呢？除非是我死了又返魂，或者是有人扶乩，我降坛作诗。不然，这话是说不通的。然而，这些村居杂诗，香港的报纸转载了，沦陷区的各处报纸，再转载了。日本人就神经过敏的，在我诗的后面，加上按语，说我死了，这是我的绝笔。意思就说：中国的文人啦，你们别抗战，抗战就同张恨水一样，饿死于重庆。

当今之时，文人发牢骚，实在也当考虑。记得我在重庆作的一些打油诗或歪诗，凡是悲叹生活艰苦的，只要是登了报，不用多久，日本人报纸，就转载了。他绝不是捧场，而是反宣传。记得某老悲痛他大小姐之夭折，以新四军之被解散，也曾吃过一瓶“奎宁丸”，这很给当时重庆文艺界一个刺激。报纸上不免宣传一番。而这事辗转到了日本人报上，就是加倍的渲染，也作了很热闹的反宣传。所以在这些关节上，文人下笔，倒是不可不慎的。

故事的利用

小说就是小说，并不是历史，我已经说过了。但例外的将整个故事拿来描写，这事也不能说绝无。若以我从事写作三十年而论，这样的事情也有两回。

第一回，我替《申报》“春秋”写的《换巢鸾凤》，就是有故事的，而且是受朋友之托的。在一个秋天，苏州的一位朋友，请我由上海到苏州去看菊花，并介绍许多苏州文人和我见面。我是个忙人，不能有此雅兴。不过那位朋友郑而重之地写了封信给我，叫我务必去一天。意思并不光是要我去雅叙一番。我就只好坐快车去了。朋友是亲自在公园的菊花会上，把我接到他家，他家也小有花圃，畅叙之后，他把我引到内书房，拿了他私人的许多秘密文件给我看，他说这是他生平一件伤心事，在过渡时代，他和另一个女子为旧礼教牺牲了。这事虽已过去二十多年，但这心灵上的伤痕，却是不可磨灭。他希望我运用这个故事，作个反封建的长篇小说。我当时曾笑说，你何不自己写呢？他说，那会犯主观的毛病，会把主角写成两位圣人。我倒是赞成他的话，我就答应了下来，写了这部《换巢鸾凤》。可惜这书没有写成功，中日战起，就中止了。

另外一件事，就是写《虎贲万岁》，这已经交代明白了，不再赘述。不过《换巢鸾凤》和《虎贲万岁》不同。后者，我根据了参考文件，真名真姓真时间真地点，我都给他写出来了。前者却把这些都换了，只留下了那类似悲剧的故事。此外，有一半运用故事，一半是抽象的，那就是《欢喜冤家》和《大江东去》。《欢喜冤家》是间接地传来一个故事，那是可以反映出女伶的生活的痛苦的，这是个社会问题。《大江东去》呢，一半是人家传说的事，一半却是主角自己叙述他亲身的遭遇。也是抗战中一个社会问题。因此，两个故事都是生成的小说题材，我自然不会放过这种题材的，所以我都把它写成了。

底稿 · 尾声

文人写文的习惯不同，所用的工具，也各有不同。在胜利以前，我写散文，还不用钢笔，因为我写成了习惯，用毛笔并不比钢笔慢。但去年利用了报社里的破纸头印了稿子纸，因为比普通纸厚得多，我就试用自来水笔，结果，比毛笔快些，我就改用了钢笔了。但我向外寄的小说稿，二十多年来如一日，我总是用铅笔和复写纸。这样，寄出去的稿子，挑选那清楚的一份，而留下那较为模糊的，作为底稿，以便自己参考。我并没有估计到，在文字登过报或印过书以后，这底稿还会有多大的用处。到了民国三十六年（一九四七年），我发现底稿有用了。在四川江津的中央图书馆[①]，曾写了两封信给我，问我写的作品，有多少底稿。他们希望我把这底稿捐赠给图书馆。但是在战前我写的底稿，早是片纸不存了。在四川写的底稿，虽然有，却是拿不出去。它是类似竹纸的夹江薄纸复写的。复写纸印出的一张，比较清楚，我都交出去了。留下来的是浮面铅笔写的一张，只有些清淡的铅笔影子，而且有些纸已经划破了。我只好函复江津图书馆无以应命。后来，我写《虎贲万岁》，因为不是寄给报馆的，就用毛笔写，全书完工，誊录了一份，拿去印书，自己保留着原稿。这要算是生平写作中最完备的一份底稿了。

写到这里，关于我的写作生涯，仅仅是直接和文字牵扯，我都已略略谈到。若要再详细地写，再写这么多的文字，未必可以谈完，我想适可

① 指国民党中央图书馆。

而止，就此打住罢。零零碎碎写到现在，我也是粗分个大纲，想到就写，何者是读者所愿意知道的，何者是读者所不喜欢的，我不能知道。但我相信，这篇写出以后，对于爱好我小说的读者，总可以加进一层认识的，在我自己而言，应该不会是白写。其余的只好作覆瓿之用了。

小说考徵

小说考微

（一）

予不自量，曾拟作一中国小说有统系之考证，补已往作家之未尽，友朋闻之，亦多怂恿其成，顾佣书苦忙，参考书苦少，着笔辄止者三四。北平晨报同人，近索予小笔记，因就便将所知末屑，随笔录若干则应命，读者或不仅茶余酒后之助欤？

小说家与道家，其始颇混杂，《汉书·艺文志》所列两家书目，乃有同者。道家有《伊尹》五十一篇，小说家有《伊尹说》二十七篇。道家有《鬻子》二十二篇，小说家有《鬻子说》十九篇。而黄帝诸说，尤两家并出。小说家中虽多一说字，不能必二书之绝无关系，惜此大问题，无尽可考矣。

（二）

小说家之同于道家，《山海经》一书，尤可证明。《山海经》固为道家末世之书，而小说家之西王母，实由此出。从来子书，本不厌寓言以明道，而此寓言，扩而充之，遂成小说。则小说不仅同于道家，或竟道家之支流也。

周官三百六十，各执专书，《汉书》谓小说出于稗官。此稗官与庄子所谓“饰小说于县令”，若合符节，则周之时，小说亦有官专掌之也。

（三）

自《敦煌秘笈》发现，遂知白话小说始于唐。然此种小说，如今日传抄《唐太宗入冥记》之一页，既非妇人孺子所可尽解，亦不足登大雅之堂，为文人所赏鉴。然则著者之目的何在？大可研究，以予推之，十之七八，当为僧道演释劝善之书。真正之小说，此时已为极富丽典雅之文字，专写儿女英雄之事矣。

（四）

唐以后白话小说，今得见于社会者，共有四部，计为《大唐三藏取经诗话》（略残），《新编五代史平话》（残三分之一），《京本通俗小说》，《大宋宣和遗事》。《大唐三藏取经诗话》，其笔调甚类敦煌抄本，即为宋书，亦为宋初之作。若《京本通俗小说》，《大宋宣和遗事》，则大抵为南渡以后问世之书，盖其京话，不免汴梁语与杭州语，间杂并出矣。

（五）

宋代小说，百年前，当尚有十部，流传于世，惜藏书家不收，遂致渝亡。闻《日本文库》，尚有数部，其中《武王伐纣书》一书，国人亦有抄写本，但不知落于谁手耳。

（六）

就吾人所见，短篇小说集，以《京本通俗小说》《大宋宣和遗事》

为最古，次则《拍案惊奇》，次又《今古奇观》，次又《豆棚闲话》，次又《十二楼》，最后二书，各为一人所作，余则摭拾古 今故事，集而成书，非一人之笔也。

（七）

前述短篇小说集之外，则有明末盛行之三言，即《喻世明言》《警世通言》《醒世恒言》是也。此书明言先出，盖割集古 今小说一百二十种之一部分者，书贾利之，乃继出《通言》《恒言》，将古今小说，搜集无遗。书非一家所出，遂致错乱重复，而书首列冯梦龙先生增订字样，似与冯不无关系，但亦未必全出冯手。盖冯本爱编订小说者，而一人编一小说集，又不应重复也。

（八）

《水浒》之始祖，人尽知出之于《大宋宣和遗事》，《封神》之始祖，出之于《五霸七雄传》，与《开辟演义》，先后问世，均有姜子牙事，或出之于《武王伐纣书》，未可知也。

（九）

《封神》作者，向不详其人，鲁迅《小说史略》，亦未及之，郑振铎于小说月报考三国演义，言及《封神》为许仲琳作，予特函询，出自何典，蒙复，谓于日本见明刊本，有作者姓名，其他未详。予乃索然。去岁，偶于小书堆中，见乾隆版一部，第六回下，刻有钟山逸民许仲琳编次，竟陵钟敬伯评订字样，大喜欲狂，以重价购归，郑氏之言，可以证实矣。

（十）

《封神》作者许仲琳，吾人亦仅能知其为钟山逸民而已，钟山，当指南京之紫金山。盖明末拟宋人平话小说者纷起，金陵福州杭州三处，所刻独多。书贾所在，当地寒士，因利之所近而为书，自属人情中事。至书成日，当在隆庆、万历之间，因此书由《五霸七雄》传前数卷，扩大成之，不能先于《五霸七雄传》，而《五霸七雄传》似为嘉靖时书。至不能后于万历者，则证据尤充足，盖评订之钟伯敬，万历三十八年进士也。

（十一）

钟伯敬，名惺，湖北竟陵人，以诗名。自明七子诗非盛唐不言，优孟衣冠，徒成剽窃。钟一反粗厉之气，变为幽峭，与同里谭元春自树一帜，人谓之为竟陵派。钟为人少年负气，后渐严冷，卒逃于禅。至其评小说，则三百年来，士林未尝注意及之也。小说标明钟伯敬先生批评或订正者，予见有数种，已忘之。家藏者，封神而外，惟《西汉演义》而已。

（十二）

《西汉演义》，首标钟伯敬先生批评，而演义之出于万历以前，遂得一证，书前有袁宏道序，袁明万历二十年进士，为公安诗派之领袖，友明七子所为，一同钟惺，惟趋于浅率耳。《西汉》一书，有竟陵派首领为之批评，即便有公安派首领为之序，如果非书贾伪托，则作书者，不亦人杰也哉？

（十三）

予尝谓金圣叹以不世之才，薄一切著述而不为，专致力于小说，其事绝非偶然。今研究明末小说，则知先圣叹介绍或著述者，大有人在。如李卓吾，钟敬伯，陈眉公，皆为一时惊动朝野之士，其视小说，并不等于街谈巷议也。而李卓吾为当年文坛怪杰，其所评小说尤多。今之木刻小说，有称卓本者，皆为李批评之物。惟李氏之文，在明犯禁，两焚于火，所传不得一二，故今日所称卓本，亦仅有其名，书中之评，盖不免为清书贾所伪托矣。

（十四）

李卓吾，贽，泉州晋江人。生于明嘉靖六年，少年即读书成名。乡荐后，先为共城校官，后为姚安知府，有政声，反为当道忌，遂入山学道，继而出山，遍游南北，闲则著书，其立论以为儒家只以孔子为是非，不足治国。专心向佛，以有发多梳洗之劳，剃之，遂无形为僧焉。年七十，因著书犯禁，在通州被逮，以剃刀自杀于北京狱中。其所发议论，多与当时士人异趣，举世欲杀，非无由也。至所评小说，有《两晋志传》《三国演义》《隋唐演义》《残唐五代》，一百二十四回本《水浒》，今本无真者，按其风趣不减圣叹，其所评小说文，自不下于《圣叹外书》，惜不得见之矣。

（十五）

明清之间，与圣叹同时，而致力于小说者，则有长洲褚人获氏。褚号石农，字学稼，亦字稼轩。明人所为演义，十之六七，曾经褚作序，故著者不传之演义，人多误为褚氏作。其实褚自著者，只《圣瓠集》八十卷，今存。一时小说家，毛宗冈、张潮、洪昉思，无不与褚有文字缘，褚之在当日，殆亦风雅知名之士也。坚瓠集各集，多名人序，均未曾称褚之官爵，但云逸庶。而集中对明逸事，亦收入尤多，然则褚其明之逸民乎？

（十六）

褚人获《坚瓠集》自序，有云："二十年前，方在少壮，已不敢有分萌一念，今则百岁强半，如白驹之过隙，忧从中来，悔恨交集。"褚，吴门一老书生，拥书万卷，不求闻达（他人序中语），何悔何恨，更何忧从中来？其言可思也。序成于康熙庚午，去明亡四十七年，褚云百岁强半，自是崇祯时人。所云二十年前，乃明书生痛心疾首之时，云不敢有分外之念，正见此念之有时或生也。

《坚瓠集》汤传榘序，曾以犹龙氏与褚比，谓一浓而纤，一淡而雅，冯梦龙之治小说，亦多得一小证也。

（十七）

褚人获之订正小说，实不止于订正，有时竟大为删改添著。而其添改最多者，又莫过于《隋唐演义》。此书本罗贯中手笔，明正德年间，三山林瀚太史，复加修纂，至康熙己亥，褚又加入隋帝唐帝贵儿阿环两世会合之事，为一部之关目，其他唐人逸事正史之有趣者，亦隋处篡入。最后二十余回原缺，褚于是书凡例中，称为得友人秘本足之，恐即褚氏自著，伪为托古本者也。准此，则褚之改著此书，有甚于毛宗岗之改三国演义矣。

（十八）

《红楼》一书，续者甚多，就愚所见，计有六种，为《红楼后梦》《后红楼梦》《红楼续梦》《红楼梦影》《红楼圆梦》《绮楼重梦》。其间大抵为宝黛复合，了却一重公案，合之之道，则走者归之，死者活之，嫁者屈辱之，快则快矣，固味同嚼蜡，且不近人情也。《绮楼重梦》，更属荒谬，写宝玉投宝钗胎为小钰，黛玉投湘云胎为舜华，复缔婚姻。其他如探春、迎春以及诸亲，莫不生女。于是群儿嬉戏，复聚首名园，七八岁儿女，居然真个销魂。而小钰又文武绝代，率军征寇，童年受封。盖既效《金瓶梅》，复效《野叟曝言》矣，曹雪芹高鹗地下有知，能不哭乎？

（十九）

红楼梦首，读花主人论赞，短小精悍，余韵不尽，予最爱之，曾欲一考主人为谁，久未得其道。无意中翻旧书，得评《红楼》者太平闲人之身世。闲人姓同，名卜年，山西平陆人，嘉庆辛未进士，太平，其号也。闲人评《红楼》，好引经传为证，腐气逼人，未足称道。然有其批本后，刊本愈多，介绍之功，则又未可没耳。

（二十）

《西游记演义》，为明儒吴承恩作，今人犹多误认为元道士丘处机手笔。其实丘未著是书，《道藏》中之西游记，其门弟子李志常所述也。元兵既侵入中国，成吉思汗闻丘能长生不老之术，两手诏至山东召之。丘不获已，携弟子十九人会于今之北平，然后沿太行山而西，于元都见成吉思汗，三年乃返。书中述当时蒙回风俗，颇可为史书之助。然称成吉思汗曰成吉思皇帝，无汗字。岂此汗字或有可汗意味，为后人所加者欤？书名《长春真人西游记》，分上下二卷，约四万言。

（二一）

《长春真人西游记》，后附元太祖手诏数道，有白话者二。兹录其一：

> 宣差阿里鲜，面奉成吉思皇帝圣旨：
>
> 丘神仙！奏知来底公事，是也煞好我前时已有圣旨文字与你来，教你天下应有底出家善人，都管著者，好底，歹底，丘神仙你就便理会，只你识者。奉到如此。

文中颇多费解句，胡人初学汉语，或不免如此。然其间底字，来字，者字，以及理会字，于宋人今留说本中，常散见文内，录之，亦分别元明小说之一小小助证也。

（二二）

《西游记》如《水浒》《封神》，原系数次改编扩大而成。吴承恩《西游记》之上，有《四游记》中之《西游记》，《四游记》之上，又有《大唐三藏取经诗话》，此所谓诗话，非论诗者，盖说话人以诗开篇之谓也。《四游记》甚雅，作者非一人，《东游记》为兰江吴元泰著，西游记为齐云杨致和编，《南游》《北游》，则均为余象斗编。余氏为明季福建印书商人，翻刻小说极多，而又好弄笔墨，藉以生财。其所编南北游，大抵因翻刻东西游之便，加此二书，以成其所谓四游，而四游之中，则又以吴元泰之东游较为笔墨干净也。

（二三）

《大唐三藏取经诗话》，仅路过王母池一段，涉及道家，此外不失和尚本行语。至杨致和之《西游记》，开卷便叙石猴学道，已不免佛道之事合参。吴承恩《西游记》变本加厉，悟一子陈士斌逐节批评，且全以道家语出之，更不知所谓矣。《西游记》补及《后西游记》，作者不传，文字亦较差，后西游叙不老婆婆，及造化儿两大段，亦取径道家。此可知西游之搬演，无非文人游嬉笔墨，取快于一时，绝非演释金丹大道。盖向来宗教家，道家或不免剽窃佛乘，而佛家子弟决不肯用道家来装点门面也。

（二四）

小说之专为道家张目者，厥为《绿野仙踪》，此书取法《水浒》，描写几个学道者，其中杂以社会言情，实为有结构之佳作。论其才力，决不下《野叟曝言》作者夏二铭也。书成于乾隆初年，作者姓氏不传。书前有序二篇，均不著姓氏，谓系其友百川所作。书中主人翁冷于冰，系作者自托，而于冰之父又外号冷水，凡此，似作者之姓，必有三点水旁。开卷并谓冷于冰之塾师为王献述，顾名思义，作者其汪姓乎？作序人一称山阴，一称洞庭，且以兄弟相称，则作者亦必苏丹附近人物矣。他日当一细考之。

（二五）

《绿野仙踪》而外，有名《希夷梦》者，亦借径道家小说也。书中谓韩通之弟韩速，与其友邱仲卿，耻为宋臣，谋复周室。不成，访道士陈抟于山洞中。仲卿与韩，各由洞出，漂流至海外，各阻音讯，一仕浮金岛，且成敌国之人，以兵戎相见。继而探悉为友，乃使两国联好。仲卿出游坠马，则蘧蘧一梦。韩亦然，相与大笑而悟道。命意与布局，均甚高妙，而文字粗疏迂拙，往往不达其意，甚可惜也。书前有三序，对于著者，惝恍迷离，故设疑辞。仔细考之，则作者安徽歙县人，姓汪名与石，而托之为蜉蝣汪寄所著者也。书四十卷，计在乾隆年间撰成，刊于嘉庆之初。

（二六）

予作小说考微，乃就记忆所及，走笔书之。书及半，或觉仿佛，始于故纸堆中偶一觅其证据，甚知其语焉而不详也。友或读之以为善，曾书质数事，除略答所知外，而中国是否旧有女小说家一节颇苦于复命。就予所阅说部而论，惟《天雨弹词》是清初大家闺秀手笔。作者于“序”中自称梁溪陶怀贞，谓其父曾许以木兰之才，有曹娥之志，则其身世，乃可想见。又谓其父有水镜知人之明，抱辋川卷怀之首。家学渊源，自非小家碧玉。而其末处谓烽烟既靖，忧患频仍，澹看春蚓之痕留，自欲春蚕之丝尽，五载药炉，一宵蕉雨，行将化石以立，其能使顽冥点头也乎？则又一病态美人，有天壤王郎之叹者矣。“序”作于顺治八年，斯人为明宦之后，所可断言。

（二七）

子尝谓中国小说家之祖，与道家混。而小说之真正得到民间，又为佛家之力。盖佛教流入中国，一方面以高深哲学，出之以典，则之文章，倾动士大夫。一方面更以通俗文字，为天堂地狱，因果报应之说，以诱匹夫匹妇。唐代以上，乏见民间故事之文，佛教通俗文字既出，自为民间所欣赏。而此项文字，冀便于不识字之善男信女之口诵，乃由佛经偈语脱化，而变为韵语。在敦煌文字中，今所见太子赞与董永行孝等文，即其代表也。惟故事全用韵语，或嫌呆板，于是一部分韵语故事，间加散文，盖套自佛经中之“文”与“偈”而成者。久之，又变为两体，一部分韵语减少，成为诗话词话，一部分仍旧，而弹词生矣。

（二八）

《十二楼》三字，颇似一弹词小说名，其实则清人李笠翁所著之短篇小说也。书凡集短篇小说十二，每篇以楼名之，计为合影楼、夺锦楼、三与楼、夏宜楼、归正楼、萃雅楼、拂云楼、十卺楼、鹤归楼、奉先楼、生我楼、闻过楼，一十二种，每种至多四回，少则一回，在中国白话小说中，真正面别开者。书亦名《觉世名言》，皆有步“三言”继起而述之意。书中亦述男女社会问题，惟如《乔太守乱点鸳鸯谱》《卖油郎独占花魁》等，则绝无之，盖有如序中所云：以通俗语言，鼓吹经传，以人情啼笑，接引顽痴者也。

（二九）

通俗小说，续集最多者，殆莫过于《济公传》，以愚所见，已有二十四集矣。老妪说鬼，愈说愈奇，而对首集命意，遂无复丝毫存在。首集之出，大概在《七侠五义》之后，故雷鸣、陈亮，无非黄天霸、白玉堂化身。其于济颠除以诙谐玩世出之而外，并不涉及佛学。殊无若何艺术价值。至真正之济公传，实曰《醉菩提》，共二十回，仅述济公来去，不及武侠。诙谐之处，亦多可取。书中称谓，如官人虔婆婆娘等字样，尤多元人小说口吻，于杭州路径，亦是个中人语，绝非《济公传》中北人向壁虚造可比。书原本当已失，今木刻本为清文人所改编，故文甚通顺，而题曰天花藏主人编次也。

（三十）

《醉菩提》在光绪甲午年，另有石印本，改名为《皆大欢喜》，旁注济公佳话，市面通行亦不多，故两书均不为小说迷所知，而《济公传》转夺其席也。民国三四年间，小杂志盛行，某旬刊上，亦有小说曰《皆大欢喜》，以济颠混入现代社会为主干，意在讽刺。惟文未佳，无单行本问世。此外另有《醉菩提朋皆大欢喜》院本，演义本此，亦未可知。

又按道济，南宋实无其人。六朝宋释宝志，癫狂如道济，其事杂见史书，至梁武帝时死，颇多异迹，道济之事，盖由此讹传。宝志俗姓朱，小说则作姓李，著书者或亦未深考也。

（原载1931年2月10日至8月25日北平《晨报》）

小说艺术论

谈长篇小说

作长篇小说，前头例应有个楔子。可是有些长篇小说不必要楔子，硬在前面加一个楔子，无味得很。

长篇的起法，像《红楼梦》《西游记》都不好。《花月痕》更是废话。《野叟曝言》用解黄鹤楼诗一首为起，生吞活剥，而且用法过腐，也不好。最好的要算《水浒传》，用仁宗年间已远一语，下面接上故事。自有褒贬在内，而能统罩全书。《三国演义》，用话说天下分久必合，合久必分十二字为起，亦有力量，不过下面引的史事太多，美中不足。

《儿女英雄传》，起法揭明楔子由来，未免外行。因为楔子和本文的关系，是应该暗示的。

京朝派的小说，很能代表北京中等社会以下的思想。他的起法，照例一阕《西江月》。不过不讲平仄，不讲韵叶，其实不是词，更不能说是《西江月》。向来小说一行，北方是平话式的。□以《施公案》《彭公案》《七侠五义》，换汤不换药，全是一路货色。《儿女英雄传》的作者，心胸那样高超，他小说里也有著者大发议论。北派小说，似乎没法打破平话的范围了。这与思想习惯，大概都有关系。

长篇小说，必须用章回体，若是笼统一篇，一线穿底，有许多不好处。第一，书里的精华提不出。第二，读者要随便寻找一段，没法寻。第三，为文不能随收随起。

若是分章，必要安一个题目，统罩全章。若是分回，回目不要用一个，必要用两个。回目的字面，无论雅俗，总要对得工整，好让读者注意。

（原载1926年11月3日—4日北京《世界晚报》）

长篇与短篇

（一）

近来常有读者不弃，致书与我，询问小说作法。吾虽以此为业，然以吾所业，合之于文学原则，举以告人，则实无所谓能。假曰能之，则按章为节，等于演义，要亦不适于报章之揭载也。兹姑于佣书之余，就立刻想到者，随录若干，以事补白，作读者之读助，不必即引以为法也。

长篇小说与短篇小说，其结构截然为两事。长篇小说，理不应削之为若干短篇。一个短篇，亦绝不许搬演成一长篇也。

短篇小说，只写人生之一件事，或几件事一焦点。此一焦点，能发泄至适可程度，而又令人回味不置，便是佳作。

长篇小说，则为人生之若干事，而设法融合以贯穿之。有时一直写一件事，然此一件事，必须旁敲侧击，欲即又离，若平铺直叙，则报纸上之社会新闻矣。

短篇小说，不必述其主人翁之身世，有时并姓名亦省略之。而长篇小说，则独不许。因短篇小说，仅在一件事之一焦点，他非所问。长篇欲旁敲侧击，自必须言主人翁之关系方面，既欲知主人翁之关系方面，主人翁之身世，不得不详言之矣！中国以前无纯小说之短篇小说，如《聊斋志异》，似短篇小说矣。然其结构，实笔记也。

（二）

笔记与短篇小说，有以异乎？曰：有。其异在何处？一言蔽之曰：有无情调之分耳，古人笔记，固亦有情调者。然此项情调，只是一篇中有若干可喜之字句，非对于一事，有若何着力之描写，《虞初新志》所撰各短篇，几乎完全类此。然其文中，无论如何，必注重述事，而轻于结构，故终不能认为纯小说也。

长篇小说，亦有注重述事者，若《列国演义》，然旧小说令人不能感兴趣者，亦以《列国演义》为甚，此可以知小说与历史之必异矣。

长篇小说团圆结局，此为中国人通病。《红楼梦》一打破此例，弥觉隽永，于是近来作长篇者，又多趋于不团圆主义。其实团圆如不落窠臼，又耐人寻味，则团圆固亦无碍也。

（原载北京1928年6月5日—6日《世界日报·明珠》）

短篇之起法

我们要谈到短篇小说，先要商量他的起法。作小说也和作诗一样，敷衍的起法固然不好，平铺直叙的写法也要不得。现在许多新派的小说，多半是用写景起，像什么蔚蓝色的天空，或者一个岑寂的夜里，千篇一律，毫无意思。固然，写景起也是一法，但是这一片景致，必须和书中结构，有密切的关系。总之，写景也是在作小说本文，绝不要把这一段景致，当作入题的套子，而是这种写景之句，也不宜太多，以免拖沓。

“在一间小书屋坐着一个少年。”这也是新派小说的老帽子。且不问其是老套子不是，一念之下，便觉得枯寂无味。我记得有人译《弱妹救兄记》的开头说：“嗟夫，吾儿其死矣。言者为一老农……”

这种起法，非常跳脱，而且极合西文的笔法。我们读小说的人，看到这几句话，没有不注意往下读去的。若直译为：

“唉！我的儿子要死了，一个农人说……”

如此说法，下面固然不好接，就是文势也平淡得多。读者必以这是文言白话之分，那也不然。我们再把文言译成白话试试：

“唉！我那儿子恐怕是死了，说这话的是一位农人……”

我们咀嚼这种文势，也就和文言差不多了。

写景起、叙事起，都无不可。但最能动人的，莫如描情起。这样起法，是容易引起读者兴趣的。我曾作过了一篇《工作时间》，是这样起的：

“小说家伏案构思，酸态可掬。文中时方状一剑侠，舞剑有光，光闪闪逼人，意至酣也，忽有一温软之物，加若肩上……”

开首使用这些风趣的笔墨，最能使主篇不呆板，但也不可太趣，太趣，就不免油腔滑调了，至于像《聊斋志异》那种报名式的起法，偶然为之，也未尝不可。但报名之后，就不可背履历过多，要赶快由他的性情或行为上，递入一件事，归到本题，不然就是笔记了。

短篇小说，原不用首尾相照，但能相照，那尤其得有精神。不过倒装法，把结果写在前头，照后来径入题，不可为常；而且倒装要极含糊，不然，结果人都知道了，这小说读着还有什么意思呢？

（原载北平1928年6月20日《世界日报 · 明珠》）

小说与事实

小说家虽不免借事实为背景，然而当以事实章就文字，决不以文字章就事实。故事实而入小说，亦十之七八，非事实矣。某不才，尚知天壤间有公道。好好恶恶，必社会同情者，初不以个人之见解，而加诸膝，而坠诸渊也。毕倚虹先生，予所心折，然其为人，友朋中颇有微议。如《人间地狱》中写江湖源事，完全虚造，而又故意与人以索隐之地，毁其人甚深。实则所拮牛斯洋行之江某，偶因私事得罪毕先生耳。倚虹死且久，不愿多摘先死者之短，录此，可以知恨水之为恨水耳。此覆读小说者。

（原载1929年3月29日北平《世界晚报·明珠》）

《玉梨魂》价值堕落之原因

在十年前，二十岁以下之青年，无人未尝读《玉梨魂》，以言其销行之广。今日新出刊物，如鲁迅、张资平诸人所作，均不能望其项背，惟张兢生之《性史》，差胜之耳。曾几何时，“玉梨魂”三字，几为一般青年所未知。而稍读三五册小说之人，亦向著者作猛烈之攻击，即向之好之者，亦不惜恶而沉诸渊也。

一般人考此之事之由来，以为其故有二。（一）文字堆砌；（二）思想落伍。关于此二点，吾以为一言以蔽之，缺少小说的条件。其实小说不怕堆砌，亦不怕思想落伍也。盖一部小说之构成，有四大要素，曰：情、文、意、质，而质的部分，与情又甚混合，然细辨之，亦实为二，如《红楼梦》中之三宣牙牌令，叙事体，质也。然其事之如何支配，使读者喜阅，此则须在有情调，其间如鸳鸯之行动与言论，及刘姥姥之诙谐，皆其一端。有质与情矣，而文必须有以达之，如《红楼梦》元妃省亲一段热闹之中，杂以凄怆，情质均佳，如文不达意，又毫无意味。曹氏写来，恰到好处，故令人欣赏备至，至其意，则为下部无好结果，先极力一扬，言富贵之不可恃也。

吾人再试观《玉梨魂》，对以上四点，究竟若何。其质的方面，不过一书生恋一幼孀，因守礼而自封，固极简单，而章法又是平铺直叙，并不见情调（情调是最忌直率的）。至于行文真如秀才写卖驴文契三千言不见驴字，实是浮泛，非堆砌也。惟命意则尚不恶，盖对婚姻不自由，及旧礼教害人，表遗憾者耳。顾情质文三点，均不能成立，而其意义，遂亦埋没矣。此玉梨之为玉梨，而竟成道旁苦李也。

此外，予尚有一言。即是书曾轰动一时，论近二十年来之文字史，此书尚足占其一页之地位，又不幸中之大幸矣。至于谓其文字堆砌，然堆砌得法亦无大关系。思想落伍云云，在小说界尤不成问题，现在真能到民间去之小说，几何而不思想落伍耶？故《玉梨魂》之落价，原因在彼而不在此也。

（原载1929年7月9日北平《世界日报·明珠》）

《金瓶梅》

以文艺眼光过之之感想，《金瓶梅》一书，为自好者所不愿道。予为小说迷时，此书不读，认为遗憾，故亦极力搜索观之。当时只觉其为淫书，弃置十年，未尝再读。其后余对小说，颇欲加以研究，人近中年，亦不嫌其有挑拨性，于是又于工作之暇，检视一遍。窃以为除却诲淫之处外，固亦不失为社会小说中上品也。

书中写西门庆，只是一个凶狠的淫徒，风流温存，一概不懂，而于挥霍钱财，则不甚吝惜，此颇写出富家子弟之一般现状。十兄弟应伯爵谢希大等均长于西门庆，而以西门庆有钱，称之为兄，骂尽世人。其间十弟兄之逢迎西门庆，亦无所不至，而其于拜弟兄时，出八分银子之份子，及西门庆死后若干日，尚伪为不知，皆能写出市井小人龌龊原形。又西门庆死后，婢妾分散，僮仆拐逃，将如火如荼人家，写得冷淡冰消，亦有章法，打破以前小说之团圆主义。此书实出《儒林外史》《红楼梦》前，而外史之写社会龌龊，红楼之写家庭盛衰，亦即各袭《金瓶梅》之技，发扬而光大之也。《金瓶梅》之于少年，诚不应看，然其书之价值，实在《杏花天》《灯草和尚》之上，用文学眼光看之，固不忍一笔抹煞也。

书中写女性，均是一班淫荡之人，而人各有其个性。如潘金莲之毒狠，李瓶儿之柔懦，吴月娘之糊涂，李娇儿之刁滑，均各有一副面孔，其各女子口吻，亦颇妙肖，徒以写淫荡之处，太赤裸裸的，遂不能为文艺界公开之研究物，良可惜耳。

（原载1929年8月13日北平《世界日报·明珠》）

小小说的作法

《明珠》的读者，近来有许多小小说的稿子投来，大家好像很是有趣似的。然而，我检查之下，觉得大家有一点错误。这错误是什么？就是小小说的组织，只是在一反与一顺的文理。

固然，短篇小说的组织，是要有一个交错点，只是这个交错点，并不一定在文字里要表现出来，鄙人作的《死与恐怖》，树先生作的《插旗的大车》是个明证。此外，小小说，还有写一个极简单极单纯的感想或环境的，很不容易动手，他日有工夫，当写一篇出来，大家研究。

（原载1929年9月14日北平《世界日报·明珠》）

小说也当信实

一部《三国演义》支配大半个中国社会思想，小说之力，岂不伟哉？但《三国演义》之厚诬古人处，正复不少。如周瑜本是一位宽宏大度人物，少年就曾指囷赠友，《演义》却形容他成了一位气量狭小的汉子，卑鄙几近于小人。公瑾何辜，饮冤千古？

赵瓯北说：文坛代有才人出，各领风骚数百年。以中国社会之进步，教育慢慢普及，《三国演义》的鸿运，再不会有好久的时代了。中国当有高尔基或者雷马克的作家出来，另以新作来领导社会思想。果有其人，我倒愿早献一言：小说也当给社会留些信史，好比渲染关羽，不妨过火，描写周瑜，却千万不可颠倒黑白。五步之内，必有芳草，小说作家内亦有董狐在乎？予日望之。

（原载1940年9月10日重庆《新民报》）

武侠小说在下层社会

××兄：

您要我写点杂感，我很为难。我常和朋友定约，别拉我演讲，也别拉我写杂文，硬是推不掉。演讲我就讲落了伍的章回小说，杂文我就写点风花月扯淡的东西。我想，你们根本不和人帮闲，我也不好意思在你报纸上扯淡。那末，三句话不离本行，我还是谈点章回小说罢。若是您认为还不算过分敷衍的话，以后，有工夫就谈点章回小说。但是我保证，决不藉着章回小说散毒菌。现在，我先来谈散在下层阶级里的章回体武侠小说。手边没书，全是靠记忆写的。如有错误请代为纠正。下面是我对武侠小说的感想。

中国下层社会，对于章回小说，能感到兴趣的，第一是武侠小说，第二是神怪小说，第三是历史小说。爱情小说，属于小唱本（包括弹词），只是在妇女圈子里兜转。江浙人有一部分下层社会，也爱看爱情故事，但那全是弹词，不属于章回范围，这里不谈。所以概括地说，中国下层社会里的人物，他们的思想，始终有着模糊的英雄主义的色彩，那完全是武侠故事所教训的。这种教训，有个极大的缺憾。第一，封建思想太浓，往往让英雄变为奴才式的。第二，完全是幻想，不切实际。第三，告诉人的斗争方法，也有许多错误。自然，这里不是完全没有意义的。武侠小说，曾教读者反抗暴力，反抗贪污，并告诉被压迫者联合一致，牺牲小我。因为执笔者（包括说话人）他们不能和读者打成一气，他们所说，也只是个“想当然耳”，所以他们的说法和想法，不是下层社会心窝子里的话，也就不能帮助他们什么。

那末，为什么下层阶级被武侠小说所抓住了呢？这是人人所周知的事。他们无冤可伸，无愤可平，就托诸这幻想的武侠人物，来解除脑中的苦闷。有时，他们真很笨拙地干着武侠故事，把两只拳头，代替了剑仙口里一道白光，因此惹下大祸。这种人虽说是可怜，也非不可教。所以二三百年前的武侠小说执笔人，若有今日先进文艺家的思想，我敢夸大一点说，那会赛过许多平民读本的能力。可惜是恰站在反面。

截至现在为止，武侠小说在下层社会势力最大的，是如下几部分：

《彭公案》《施公案》《济公传》《七侠五义》《小五义》及七十一回本《水浒》。此外如《七剑十三侠》《五剑十八侠》《隋唐演义》，也拥有相当的读者。《彭公案》《施公案》是康熙、雍正年间的说评书人底本，乾隆年间出版。《七侠五义》来源相同，出世稍晚，是北人石玉崐写的，原名《忠义侠烈传》，又名《三侠五义》。俞曲园后加修正，改名《七侠五义》，比较上是有点文艺性的作品。《济公传》，原是明人的《醉菩提》，其原书不过十回。到了清代改为《济公传》，一续再续，有七八续之多，完全是说评书人胡闹的底本，最缺乏文艺性（但《醉菩提》相当幽默）。《水浒》《隋唐》来源，人所周知。七剑八剑，无从考证，总括地说一句，都是清初以来，盛行民间的书，他们所反映的，也是那个时代的社会。若要找社会背景，倒是彭公施公两案，含有着丰富的材料。这两书里，告诉了我们奴才主义横行天下，清朝帝室管“皇粮”守“皇庄”的小奴才，整百万亩地没收人民的土地。而且鱼肉人民，贱视官吏，无恶不作。其次是无官不贪，绿林中人，简直不单称官，而统称之曰“贼官”。保甲长是小奴才的小奴才，和土豪劣绅打成一片。于是乎，农村社会，被迫着只有走上两条路：其一是各村筑堡自守，但必须一方面敷衍奴才，一方面与盗匪妥协；其二是干脆去当强盗，整个村子化巢穴。大地主当寨主，佃农和自耕农当喽罗。这样，中国变成了寸步难行的国家（至少黄河两岸，淮河两岸是如此），大路上到处是黑店，商人搬运货物，没有人保镖，休想走。亲民之官，如知府知县，装着一概不知。上面的人更是不管，一切听其自然。文学史上，不是告诉我们，这个时代，由考据到一切文艺（除了谈理学的文艺，因为那包有民族思想问题在内），都在勃兴中吗？而社会却是黑暗到如此。这可见庙堂文艺和人民不关痛痒到什么程度了。

虽然，人民的不平之气，究竟是要喊出来的。于是北方的说书人，就凭空捏造许多侠客锄强扶弱，除暴安民。可是他们不知道什么叫革命，这八个字的考语，不敢完全加在侠客身上。因之在侠客之外，得另行拥出一个清官来当领袖。换一句话说，安定社会的人，还是吾皇万世爷的奴才。因为如此，所以他们写出来的黄天霸、白玉堂之流，尽管是如何生龙活虎的英雄，见了施大人包大人就变成一条驯服的走狗。试就《施公案》说说，由剪除大恶霸到小土匪的指挥官，都是施大人。而制造恶霸土匪的贪官污吏，却轻描淡写地放过。只是在强盗口里多喊几声贼官而已。这样的武侠小说，教训了读者，反贪污只有去做强盗。说强盗，又不能不写他杀人放火，反成了社会罪人，只好再写出一批侠客来消灭反贪污的强盗。而这些侠客呢，他们并非社会的朱家郭解，都是投入衙门去当“捕快”，充当走狗。以侠客而当捕快，可谓侮辱英雄已极，作者自己，大概也难于自圆其说，只有他们是拥护清官，便又写一批反贪污的强盗，也来投降当走狗。因之，他们的逻辑是由反贪污当强盗，再由反强盗而当走狗，这才算是英雄。这种矛盾复杂的说教，请问，知识有限，甚至不曾识字的下层社会大众，有什么手腕来处理？所以他们崇拜英雄的认识，是十分模糊的。不过，公道究竟是存在人心的，你只看搬演施公的京戏，在《三义绝交》里面，并没有人同情黄天霸。而对《连环套》这出戏，观众都是百分之百，同情窦儿敦。可见以英雄而当走狗，却非大众所许可。只是武侠小说，并不赞扬民间英雄，读者也无从去学习。你尽管不赞成当走狗，却也不能在走狗以外你做一个标准英雄。因此，有一部分人，反模糊地走上了绿林的一条路。总括地来说，武侠小说，除了一部分除暴尚可取而外，对于观众是有毒害的。自然，这类小说，还是下层社会所爱好，假如我们不能将武侠小说拉杂堆烧的话，这倒还是谈民众教育的一个问题。

（原载1945年7月1日重庆《新华日报》）

《儿女英雄传》的背景

在清朝二百多年间我们真没想到，最初两个成功的章回小说家，都出于旗人。第一个自然是曹雪芹，他是汉军旗人，成了《红楼梦》千古不朽之作。第二个却是满族赞莫氏文康（字仙）作下了一部《儿女英雄传》。笔者零碎在报章杂志上，所收得关于文康的身世材料，大概他是满族镶白旗人，家住在北平海甸附近（也就是安水心之家了）。他是个不第的举子，文学有相当修养。因为出自旗人是个有钱阶级，也是个有闲阶级，早年是过着公子哥儿的生活，旗人的吃一点儿喝一点儿乐一点儿，“老三点儿”主义，他全有。晚年，儿子们不争气，以十足纨绔子弟的生活，倾没了他的家产。他受着刺激，下帷读书，还中了点儿朱程理学的毒。本来满族人是不爱谈朱程的，因为其中多少有点儿思想问题，他这一变已有点儿奇怪了。同时，他是个不第的举子，以久居北京，对政治也有点不满。因之他对当时一个盛传着吕四娘刺死暴君雍正的故事，也有点爱不忍释，于是不平淡的生活，愤激的思想，新奇的故事，有闲的岁月，读书有得的文学修养，这五者融合为一，让他作成了这部《儿女英雄传》。

“说其书，不知其人可乎？”我们了解了文康的为人，就知道近人读《儿女英雄传》，痛惜他化神奇为腐朽这一点，毋宁认为是当然的结果。因为他生活的反映，不会写得比这更好。我们不妨再来解释一下：第一，他痛恨他的儿子的败家，他就幻想出一个安公子龙媒来大大地安慰一下。安龙媒不但中了探花（清朝初例，旗人不点元），而且是个孝子呢。第二，根据传说，吕晚村的女儿吕四娘，是成功之后，嫁了一个孝子的，而这孝子还是文士。《聊斋》上侠女一篇，不也是这样隐射着吗？于是文康就把这个侠女收做了他的儿媳妇。他用十三妹三个字，隐射着吕四娘。他又怕这犯了忌讳，解说着十三妹是何玉凤的玉字拆开的。第三，他自己幻想出一个安水心来寄托着，不但道德（当时的道德）文章都好，而且也会了进士。也许他家祖和父，有人吃过贪官的亏，他就现身说法，作了一任知县，在河漕总督手上栽了个大筋斗。河漕总督，是当年最能贪污的一个肥缺，他在举世公认之下，毫不隐讳地写下来。第四，雍正被刺而死，这是当时一个盛大的传说，因为他头一晚上还活跳新鲜，第二天早上就死了。国人是不能无疑的。雍正弑父杀兄，屡兴大狱，一手养成“血滴子”的暗杀团，满中国杀人。汉族知识分子，稍有不逊，都全家族灭。这是一个不折不扣的暴君。不但汉人，也许满人都胆战心惊。一旦被刺，这是大快人心的事。可是文康究竟是个奴才主义者，他不敢写，也不忍写，就把吕四娘之行刺雍正，变为谋杀“血滴子”头领年羹尧。书里的纪献唐隐射年羹尧三字，是再明白没有的了，但文康既宗学朱程，他不能同情刺客而作刺客列传，所以写纪献唐是被正法的，直用了年羹尧的故事。而十三妹有报仇之心，无报仇之事，也符合了作者那份儿迂腐的思想。这样解释，便可知道文康在他的儿女英雄之见解下，怎样作成这部书。论他的全书，和中国多数章回小说家一样，是托诸幻想，来聊以自慰的。不过论其动机，我揣测着他还是太爱惜吕四娘这位女英雄的原故。

回头我们再就书的文艺价值说。本书原名“五十三参”，有五十三回，现传的却是四十回。十三回失传了。另有三十回，是说评书人续写的等于胡扯的《济公传》，不足一观。所以我们只能说正本四十回。先论布局，前二十回很好，故事的运用，也很紧凑。自安龙媒点元以后，就有些扯淡。在个性的描写上，前一半也相当成功。十三妹，邓九公，舅太太，张老实，张亲家太太，都写得恰如其分。就是写安龙媒一时是无用的书生，一时是要变成纨绔式的名士，都也把握住个性的发展（不过做了官就完了）。写安水心，现在看来，有点像伪君子，是《红楼梦》贾政型的。不过红楼是有意这样写，而文康是无意地流露。大概他的思想，是以这种人为正确的吧？后半部故事坏了，人也就坏了。到安龙媒被任命为乌里雅苏雅台大臣，全家像听到宣布死刑，这一幕悲喜剧，也小小地暴露了旗人是怎样地对付国事。可惜全书很少这样委婉而又深刻的描写。由悦来店到红柳村这是书中一个高潮，写得有声有色。也可惜后部几个高潮，越比越坏。总而言之，是受了作者思想的拘束，一定要“化神奇为腐朽”，以致创伤了全部主角。对河漕大人的贪污描写，也嫌不够深刻。最后，让这位谈大人去赶庙会画三花脸儿唱道情，也可见作者对于贪官，有一种不可忍耐的笑骂。此外，道路难行，强盗结案，和尚设地窖，民间秩序之糟，和其他武侠小说一样，并无顾忌的叙述，这虽落了武侠小说的窠臼，也可见当年强盗遍地，为统治阶级不讳言的一件事。以文康的身份，他描写落草的强人，并没有说教的企图。这又可以反映到当时社会的思想，还不免把忠义寄托在上风杀人，下风放火者的身上，我们不能不为当年一班老祖父，叹息几声。其他对科举，对官场，都也有点儿暴露。虽是粗枝大叶地写来，却也不少供给研究清代社会者一番咀嚼。

《儿女英雄传》的对白，太好，有些地方，简直胜过《红楼梦》，纯粹的京白，流畅的语气，相当合乎逻辑的文法，章回小说里，很难找到对手。书里许多俏皮句子，也有其幽默感。虽然有时啰嗦一点，似乎不怎么讨厌。近时文坛，除了老舍兄，很难找到能写出这种漂亮对话的。至于书里，常常跳进作者叙述一顿，这是不可为训的。可是章回小说，受说评书人的影响，北派小说家就有这么个习惯，也不能独责文铁山。至于意识方面，本书是不必去嗅察就知道有一种浓厚封建气味的。我们只有在时代上面，宽恕了作者。本书原不必让他在民间普及，可是北方民间，除了《红楼》《水浒》《三国》，恐怕他的深入性也不会让过《封神》与《西游》（武侠小说除外）。好在科举早已过去了，这种劝人读书中状元的说教，也许不会流毒太深。至于欣赏文艺者，我倒劝他不必抹煞这部书。

最后说句题外的话，吕四娘刺杀雍正的故事，虽然当时盛传，恐怕还是民间无可奈何的幻想。我疑心不可能。至于雍正的确暴死，也许事出宫闱，因为“一舟敌国”，宫里也不少他的仇人啦。

（原载1945年8月5日重庆《新华日报》）

小说的关节炎

长篇小说中的关节，的确不容易，由这事渡到那事，必须天衣无缝，使人丝毫看不出来，这才是高手，否则硬转硬拐，不仅接不上气，读者也不能聚精会神了。

旧小说多半是“花开两朵，各表一枝”，或者是“按下不表，且说……”可谓其笨如牛。新的小说中，另有办法。然而弄好了的也不多。

当年刘半农曾经大大地挖苦过一阵，他拟了一个格式，即是“老王去找老刘，半路上遇见老李，于是写老李回家，由老李回家，在街上碰到赵大和孙三打架，于是叙上了赵大，结果是红头阿三来排解，赵大孙三都跑了，底下就拉住红头阿三不放，等到红头阿三下班，又瞧见了钱六，赶紧写钱六，钱六当晚应个宴会，于是老侯、小马、周七，一齐出场，乱成一片，结果，老王找老刘的事早丢到天外去了。”这个是开玩笑，但确有此种情形。

平江不肖生（向恺然）的《江湖奇侠传》总算是脍炙人口的小说了，但他也犯这个毛病，正说两派之争，忽然说到某甲的学艺，由某甲又说到他师傅某乙，便又由某乙从师傅某丙谈起，某丙有一天上山打柴，遇见了老虎，打不过它，被某丁一箭将虎射死，底下就写上了某丁，由某丁说到他的妹妹某戊，而某戊又是跟老尼某己学的，某己是高僧某庚的徒弟，结果把两派之争全忘了。

这些硬渡的办法，无以名之，名之曰“小说的关节炎”。

（原载1946年4月17日北平《新民报》）

章回小说的变迁

什么是小说？照普通人看来，凡叙述民间小事，情节动人的，这个叫小说。但是这不能归入小说的定义。我们就拿《三国演义》来说，这岂不是历史上的大事吗？怎么也叫小说呢？我个人的意见，应该说：“凡是宇宙间的故事，说起来很动人的，这个叫小说。”

我们首先要考一考，小说二字的来源。《庄子·外物篇》上说：“饰小说以干县令，其于大达亦远矣。”这是最古的小说两个字。但是那个时候的小说，与现在的小说，完全是两回事。下及隋朝（唐朝已经有类似小说的抄本，不过词句非常拙朴，这在敦煌石窟里发现的），都是此类。《汉书艺文志》说过，“小说家者流，盖出于稗官，街谈巷语，道听途说者之所造也”。不过，这个书自唐朝以来，已是亡个干净。好在它是街谈巷语，完全写些小事，我们可以想得出来的。

唐朝虽然有书，但也不过万来言短篇故事（《秋胡》《唐太宗入冥记》等），而且抄的别字很多，也不为文士所喜欢。但是不为文士所喜欢，却是民间喜欢这类故事。传到宋朝手上，皇帝都要看这一路书。《七修类稿》上说："小说起宋仁宗，盖太平盛久，国家闲暇，日欲进一奇怪之事以娱之，故小说'得胜头回'之后（后面有说'得胜头回'故事那时再说），话说赵宋某年。"这就是小说这类文章，已经打入宫廷了。然这里小说，已经不是《新唐书 · 艺文志》里的小说，完全是《都城纪胜》《梦粱录》上面的，"话说人分四家"这一路了。

说到这里，就是南宋（都城为杭州）元朝，这连接年间里。这南宋"说话人"，好像现在唱大鼓书一样，颇为盛行。我们所认为小说，大多数是仿他们"拟话本"来的。因为就是那个时候，先生教徒弟，就以他所说的"话本"相授。我们看到这"话本"，有些文字颇欠工夫，就搞了个"拟话本"出来。当然我们看了"拟话本"，比"听话"所费的工夫，耗的钞财，那节省得多；这就是小说兴起原因之一。

"说话人"分四家，哪四家呢？"说话人"说的，统名之为小说，小说细分为四家，我现在拟个表如下：

烟粉

银字儿　灵怪

传奇

公案

小说 铁骑儿　扑刀——杆棒——妖术——神仙

说经——佛书

讲史——讲述历代争战之事

不过这个表里，也有分别的说法。就是"公案"这一路，归之于"银字儿"。"银字儿""铁骑儿"统名之为小说，余外"说经""讲史"，那就不名为小说。但是这话，很难说的。比如说"灵怪"，这就和"妖术"差不多，"神仙"和"说经"也极为相似，战争和"扑刀""杆棒"，也有类似之处。至于有的名为小说，有的不名小说，那更是不好强为分开。所以宋朝认为怎样好，我们就也以为怎样好罢。

“说话人”既认为“话本”为他不传的秘本，所以章回小说以倚靠“话本”为准绳。他们头里有“诗话”，有“词话”，有“得胜头回”，文里有“花开两朵，各表一枝”，有“看官”，有“欲知后事如何，且听下回分解”等等词句。这是“说话人”对“听话”人说的话。这里的“诗话”“词话”，是一首诗或者一阕词，和这故事有关，拿来说一遍，然后引入正文。至于“得胜头回”，若不说出它的原故来，就令读者莫名其妙。因为从前，说书的在各处敞地说书，先把喇叭一吹，号召听众。这喇叭所吹的，曲牌子就叫“得胜令”，这里省了一个字罢了。头回，是书上的第一回。书上用了这“得胜头回”，就是说，给下面这一段书，作了个引子。

我说“拟话本”的时代，这是小说第一时期，大概从唐宋时期起，至明初止，这是短篇小说最流行的时期。到了元朝时间，有了《三国志平话》和《水浒传》，又到《三国演义》，这时，长篇小说，慢慢乎兴起了。而同时在“拟话本”里，文字上也仔细一点。这是在明季中叶，算是第二时期吧。后来《西游记》《封神榜》，一直到清朝出了《儒林外史》《红楼梦》，自明朝末年起，到清朝中叶止，这就是第三个时期，也是章回小说最活跃的时期。我们看《儒林外史》，那话多么俏皮。又看《红楼梦》，那场面多么伟大。至于“拟话本”那些短篇小说，不但是没落，简直中断了。自《红楼梦》那时起，一直到现在，至少是第四个时期了吧？若论小说的名字，那真是浩如烟海。不过论到章回小说本身，这里还没有哪一本小说，够得上和《红楼梦》《水浒传》比上一比的（我这里论章回小说，别的小说不在内）。不过文章词句里面，这又有一点变迁，好坏那另为一说，这就是用“话本”的老路子，越发的少了。

因时代的转变，章回小说受了转变的影响，也就变化起来了。不过这变的范围，似乎还很小，我们干这行的，也看到这一行没有起色，就转向别的方向去了。我们本应当变的，因为看死了不变，这就莫怪人家往另方面跑。比如说：“欲知后事如何，且听下回分解。”我们看，这里有一个“听”字。我们要不是对人讲话，这听字就用不着。我们拿了书，让大众观看，根本上不能听呀。这本是“拟话本”的人，故意装成对大众讲话的样子的。后来作书的人，未加审察，也就这样子用着（我初年也是如此），其实，是不对的。

这就要说上这个“回”字。回，就是一章的“章”字。在小说上，有时写成章回两个字，也是作一回讲。这有好的例子，这里不是一段交代之后，说“且听下回分解”吗？这就是这段书完了，下一段再来分析。所以“说话人”在说书时，一回书完了，把惊木一拍，这也就是说这一回书完了。

我们现在可以谈谈宋人留下来的小说，给我们一点摸索的影子。我们现在只谈两种书，一是《大唐三藏取经诗话》，一是《武王伐纣平话》。这两种书，大约都是宋朝人作的，不过此书出版，“诗话”本有“中瓦子张家印”，这是南宋杭州书店招牌，所以认为是南宋本。不过也许这个张家，虽然经一度大变，说不定还依然存在，开着书店。所以“南宋本”也要加一个问号。《武王伐纣》一书，那就证明完全是元本。

这两种本子看定了何年出版，我们再看它的内容。这“诗话”本，没有回目，但是有“入香山寺第四”，“经过女人国处第十”等等小题。至于“平话”本，除了有诗句而外，那就一线到底，没有回目的。所以我们摸索，元末明初罗贯中撰《三国演义》，开始才有目录（在前元时《三国志平话》，没有回目）。但目录开始的时候，并不好，而且有一回一个回目的，像《封神榜》就是。到后来慢慢地改良，像《花月痕》它的回目，极为整齐。这在小说成为大众读物的时候，已在五百年以上了。

我们看小说，那样成为人的嗜好，明朝才有的。可是听说书，在唐朝就有了。李商隐的诗，“或谑张飞胡，或笑邓艾吃。”这是一个证据。不过那时，就是听“说话人”讲故事。至于“话本”留传，在宋朝末年才有的。而且这种“话本”，是极为粗糙的，经文人仔细地删改，而后才有小说可读。但那个时候，小说终为不登大雅之堂的，虽有二三部为不朽之作，究竟是太少了。直到后来，《儒林外史》《红楼梦》，这些作品问世以后，仿佛开放了一点。不过经了那么多岁月，已经是太长而又太长。而且那反动政府，像以往那些政府一样，一般对这章回小说，不屑一看。我们稍微有点希望，还是民间爱好。我们幸得这民间爱好，才有我们这班人弄章回小说，就这样勉强过了几十年。

现在好了，在共产党领导之下，非常重视文艺工作。对我们这班作章回小说的人，给我们许多便利与照顾。就我私人说，党对我的创作以至个人的生活都无不关怀备至。因此，我希望章回小说家，努力创造，能够多写几本大家爱看的书。

最后，关于章回小说，我还想说以下几点：

第一，这章回小说，大部分是“拟话本”的，我们首先要研究它的优点与缺点。第二，它的优点，大部分是这样，如说话好，故事非常丰富，结构也很紧密，最好的是一线到底。第三，人物动作似乎太少了。“小动作”更少。至于写景，也少得可怜。第四，关于分回，那当然不动为是。可是它那些套语，像“各表一枝”，“且听下回分解”，“有话即长”等等无关重要的句子，可以去掉。第五，如“得胜头回”等类，无论是短篇或长篇，可以不要。第六，关于回目，还是要的好，它能够吸引观众，从何处注意，既然是要，做得工整一点好些。我想到这些，当然还有。至于要写或不当写，我这里听大家的意见。

（原载1957年10月号《北京文艺》）

从自己的著作谈起

一九五六年的国庆，我曾经写过一篇文字，现在一九五七的国庆又来了，我写什么呢？当然，这一年内，钢铁、运输、铁路、矿产等等建设，都有着惊人的发展。但是我不写它，我想从一个最低的自己的角度上写，我是一个从事文艺工作的人，自觉创造得不够，真是对不起读者的盼望。不过虽是一个不成熟的作家，各方面依然在督促我写稿。这一方面感到自己惭愧，一方面又觉得中国文化发展得有令人不可信的程度。

我们先说一个出版已久的《啼笑因缘》吧。这书从我们知道的算起，出版也有三十次。自然，有些地方，私自翻版的还不算在内。那个时候，重版的书印数，少得可怜，每次约自三千部到一万部，所以大约也有十几万部。现在看起来，当然是很少的。可是那时为旧政府统治下的地域，这销数，已属难能了。可是现在怎么样？就是翻版两次，已经达到已往三十次出版数的水平。我们要知道，这书已出版三十年，虽然有点回忆，可是根本不足道的。有这样的销数，这是现在政府，把文化水准一年比一年提高的结果。我敢大胆说一句：这是已往的旧政府统治下，做梦也想不到的事情。

还有一部书，叫《魍魉世界》，原来叫《牛马走》，是中国抵抗日本军阀，在重庆《新民报》披露的一本，约有五十余万言，这在从前，没有资本出这样的书。现在由《大公报》先披露大部分，后由上海文化出版社出版，到今不到几个月工夫，就重印一版了。还有一部叫《五子登科》，也是在文化出版社印的。这书是写当年国民党的事，是派专人到北京来接收屋子、金子、车子等等。这书也快出了，若是这书，送在国民党手上，当然没有出版的希望了。

这都是写解放以前的书。现在陆续付排的书，北京出版社共有三部，一为《孟姜女》，二为《孔雀东南飞》，三为《磨镜记》。关于这三部书，《孟姜女》虽然各地都有传说，而且传说大致相同，可是没有一本真正的小说。其次为《孔雀东南飞》，这是一首古诗，各种戏，早已就有了，可是照诗的境地，演为一本小说，也似乎没有。这书中小说人物，出在笔者的家乡（安徽潜山县），所以笔者对书中的人物背景，比较的熟习。去年曾在上海《新闻日报》披露，今年就交北京出版社出版。最后说到《磨镜记》，这就是福建戏（如今各处戏都有），叫做《陈三五娘》。

我也有两部新书，一是《翠翠》，这是个中篇，约五万字上下。是《剪灯新话》，有这么点影子，后来《拍案惊奇》里把这文重编了一番。但这是个悲剧，很少英雄人物。我把它编成喜剧，写了几个人物有英雄气概，大概约十月尾可以交卷了。其二，是《记者外传》，这有五十万言以上的长篇，每回约有一万字，约有四集。现在第一集，快要交卷了。这本《记者外传》是描写我从来北京时候起，到我第一次离开北京为止的亲身经历过的记者生活。上海《新闻日报》和其他报社记者来北京和我谈起时说，都很赞成，并争预定稿。这本书将交《新闻日报》发表，然后由通俗出版社出版。

本来这里既担任一个长篇，又担任一个中篇，我自己审查自己的能力，半年的工夫，恐怕有点不够。虽然在审查之后，又加以审查，最后又尽力之所能，复加以审查，但是我的能力，究竟有限。所以在自己审阅一过，拟还请我的朋友看看，有何处不好，再加以删改。我们在国庆这一天，看见我们的国家，这样事事物物，都在一日比一日进步勃兴，是多么令人鼓舞、兴奋。

（原载1975年6月版香港通俗文艺出版社《山窗小品及其他》）

关于读小说

如今是新年了。有的放两天假，掩上门来，伏在案头读小说。有的在旅行中，在车上，在船上，以及在旅馆中，找着一个安适的地方读小说。有的本来喜欢读小说，在这假期中越发地去读小说。小说这样引起人的爱读，究竟这里面有益处或者有毒处呢？我斗胆答复一句：这要看你找什么小说读。好的小说，很多可以帮助你增长知识，开拓思路，这都是有益的，可是，你若不去选择，只要是小说，拿起就读，这里很可能有些黄色故事，读了我们不但没有好处，很多地方诲淫诲盗，那是有害的。尤其一般青年，不可读这类小说。

宋朝有一种卖“说话”的人，为了教授徒弟或者自己怕忘了，就编一个本子，给自己查看，这个本子就叫做“话本”。话本的出现就是中国小说的一个重要的发展。卖“说话”的人，在哪个地方卖呢？都是在空地里的。既是在空地里，又怕别人不知道，就用乐器奏一个《得胜令》。奏完了之后，人家知道是卖“说话”的，就从四方来听他的“说话”。卖“说话”的就在这“说话”之前，讲上一段小故事，以作引子，这就叫“得胜头回”。“得胜”是把“令”字缩掉了，“头回”是头一回了。在这引子里头，“说话”的总要批上几句，对这故事里的事，或褒或贬，作一个公平人。“话本”如此，“拟话本”不但如此，还在批评里头多加上一点。可见当时作小说的是要劝人往有益的方面走了。

有人就问：这“得胜头回”，何以后来没有了呢？难道有益有害，后来就不问了吗？我说：不是的。这是由于小说的写作技巧进步，用不着这“得胜头回”了。例如中国最有名的长篇小说《红楼梦》同《儒林外史》等几部书，读过的人，当不难看出大家庭腐败，婚姻压迫，以及官僚肮脏的是非，用不着在书前面再说他几句。读《儒林外史》等书的人，如果读完笑一笑就算了，这还不一定是会读小说的，必要心里明白了作者的主要意思，这才是善于读小说的。

小说还有个时间问题，不可不知道。《儒林外史》本来明明要说清朝的事情，但作者故意一隐，就说明朝的事情。在清朝的人读它，明明被它挖苦一顿，却是不好如何，因为他扯上明代了。现在清朝也过去了，但是书中描写那些文人腐败，还是生灵活现在我们面前。所以这里可分两部分读：他说的衣冠住室，这完全过去了，我们无从捉摸，就是捉摸得到，也少有用处。至于他写的人，声音笑貌，那完全没有变动，我们就完全赏识这一点。因此我们看小说，要分别这里面的年代。可以移动的外表，过去算它过去了，至于不移动的内容，只要写得好，我们要尽量鉴赏它，这才是善读小说的人呵！

这里又有问题了。《红楼梦》写的宝玉黛玉虽有爱情却不能配合婚姻，两人都饮恨千古。这样的事，现在少了，将来可能没有。但是前四五十年，几乎青年男女都会碰到这样的事。所以《红楼梦》一书，当时青年男女最爱读。我们生在现时代，要读古典文学的书，就得先明白古今风俗有所不同。

再顺便谈到我自己。我写的小说，已出版的大约有六十部。照说，也就不算少了。但是我自己鉴定，可读的真是太少。不过我作小说，虽然信笔所之，这内里多少有一点风俗及各种习惯吧？因此，就风俗习惯上说，可以翻翻罢了。大概我写小说，可以分三个时代。第一是我出版《春明外史》《金粉世家》等小说的时代。第二是国难严重，我作《疯狂》《魍魉世界》的时代（原名是《牛马走》）。第三就是现在。我自己知道所学的太不够了，要多读，多看，多跑。虽然我的年纪也不算小了，但是现在人寿长了，活个八十九十，那真算不得一回事。所以我愿多接触一点，多见识一点，这于作小说上，有很大的帮助的。

各位不爱看小说，那就罢了。若是爱看小说，又不经意地碰上了我所作的一部，那就奉劝各位，先把年代翻上一翻，看是何年作的。当然，我自己就“有则改之，无则加勉”了。

比我作小说还早一点，上海出了黄色小说，报章杂志大登而特登。至于内容说些什么？我不愿说它，反正两条路，一是诲淫，二是诲盗。上海一兴，全国就跟着来。由于看了这项小说，有十几岁的小子，学会了偷盗，还有到峨眉山去寻师的。至于诲淫，我不说，诸位也明白的。这种风气，闹了二三十年光景，现在国内已经没有了。可是据朋友说，国外还有。朋友，这般小说，千万看不得。要看了的话，小则丧失志气，大则无所不为。只要没人看，这些黄色刊物，自然慢慢就淘汰了。

小说的力量是不小的。清朝进关，多少得力于《三国演义》。当时带兵的人，多有一部《三国演义》，当作兵书。他们最所崇拜的，就是书里的关羽。羽字还不能提，称关羽做关公。这样皇帝既供奉，老百姓也跟着供奉。所以在清朝统治之下，无论什么地方，都有关羽庙，这庙呵，大则高殿崇楼，小则一个人也不能站立。这为着什么？不就为的受了《三国演义》的影响吗？所以小说，你别小看它！你要看小说，就要善于选择。

（原载香港通俗文艺出版社1975年6月版《山窗小品及其他》）

作小说须知

小说怎样作？怎样能作成一篇好的小说？许多人这样问我，而且想我用很简单的话来答复他。但是这却很难。在文艺上无论哪一门的东西，都可以发挥起来，作成几十万言的讲义，何独至于小说不然。而且小说在文艺上占着很重要的位置，“小说怎样作”，“怎样作成一篇好的小说”，如此两个重大问题，岂是三言两语所能解答的？不过我们办这个周刊，原意就是要在这一层上面，多多贡献一点。我们虽不能整本整本的，编出讲义来贡献，但是零零碎碎，提出些要紧的来，随便谈谈却未尝不可。

今日是我们贡献的第一次，我们说些什么呢？中山先生说：知难行易。我们要会作小说，当然先要知道作小说。要知道作小说，现在没有教员来教我们，我们只有自己去求得了。因此，我由我的经验上，定一个求“知”之方。诸位虽不必照方吃炒肉，这好比是一张游艺大会的入门券，介绍诸位进门。至于各人喜好哪一站，那就非我所能问了。闲言少说，且把单子弄出来。

（一）要投身到社会上去。你能知道的，尽量去求得。不曾知道的，眼不能见，至少也当请教于知道的人。（二）因为第一点，要养成观察的习惯。观察不是闭门卧游的事，有机会就要去游历。（三）要知道美术，尤其是在图画摄影一方面，因为可以供给你描写风景的绝妙方法。（四）要学一种外国文，至少要有查字典的能耐。因为现在是世界的社会，作小说难免有适用外国字的所在。（五）对于文学，要有基本知识，而且要注意修辞学。（六）要学词章。知道词章，然后文字可以作得美一点。而且写情（不专指男女之爱）的地方，学诗的人，很占便宜。（七）要注意戏剧一类的艺术，他能告诉你剪裁的方法（电影是最好的范本）。（八）要有尝试，不然，很容易说外行话。（九）对于你所爱的东西，要大量去研究。因为你照此写出来，有事半功倍之效。（十）中外名家小说，至少读五十种以上。

章与回

我很对不住本刊的读者。上一期，适在我的病中，稿子是由舍弟代发的，我竟不能有什么贡献。这一期，我本想做一点东西，又因外埠两篇长篇正在催稿，不能让我有查书的工夫，所以关于考证的东西，只好延一期。昨日有一个朋友，问我长篇的章与回之分，我曾说了一点，现在撮记起来，就算是我的份子。

章，中国的白话旧小说，很少这种体裁。至于传奇弹词，虽然分章或分折，但那又是韵语本，不能为标准的。回，大概是汉文小说独创的，拼音文字的小说里，绝对没有，也不可能。

分章的小说，每章要自成一个段落。这一个段落，大概总是整个的。所以本文前面，按上一个题目，自然能包括全章。至于它在全篇小说里面，大致因起承转合分成部位。虽不必恰好是四章，但它的性质无非是由四章扩充起来的。回目的小说，它却与分章的不同，每回不是整个的一段。它不过是在全篇小说里，找两三件事，合成一回。而这一回，有时与全篇起承转合有关，有时一点关系没有。例如《红楼梦》的三宣牙牌令，这不过描写全文极盛时代之一斑，把它删了，与本书无大关系。这是与章最不同之一点。因为若是全书里的一章，就万不能删割的。

章回性质，既各有不同，长短自异。照说，章只能作一二十段。若是回目，接长作到一百以上，那是常事。因此章的命名，总求笼统。回目照例说两件事，作一副对联（也有只写一联，与下回相对的，但是究嫌不美），这一副对联，为引起读者注意起见，要下点功夫才好，但是倒不妨琐碎。

由以上所说的几件事看来，你作长篇小说，未下笔之先，打算分章或分回，很可先审度一下子了。

剪　裁

一个小说家，他若不知道戏剧一类的艺术，他的作品，是不容易成功的。我贸然说出这一句话读者或会莫明其妙，但是我一指出“剪裁”两个字，诸公就会恍然大悟了。

一本戏剧，或一部电影，甚至一张风景画，它所包含的，只是在一个整个事实或情绪中，挖取一部分。看的人，只看了这一部分，对于全体，自然会明白。演剧的人，要演王三姐抛彩球，并不在乎把做彩球的那一段事实，也要加入戏剧里去的。这一个道理，粗枝大叶，是很显明的。再往细处一点说，有极小的事，要扩大写出来的，像《新年之一夜》的影片里，查票员在电车站外，捡到一双女鞋，这是无关本片情节的，然而这可以写出坐客上下拥挤的情形。又像京戏《翠屏山》，海和尚到杨雄家去的一晚上，这是极富写出的关键，而又极不堪的事。然而戏里，只写迎儿开门关门而已。而观众自然明白，这个是什么，这就叫作剪裁。

作小说，若是把整个的事实，整个地搬来整个地写出，平铺直叙，不但毫无意趣，而且那事实上的精华，也必定因作者写得拖沓复杂，完全失去。所以作小说的剪裁工夫，是要紧的一件事。同时，我愿把我一点经验，介绍本刊的亲爱的读者。诸公若是愿意作小说可以多看外国电影。因为那上面给予我们剪裁的教训，既明显而又精粹。

附志：剪裁和穿插，我们看去，好像是一件事。其实不然。譬如短篇小说，短到一千字以下，是用不着什么穿插的，然而剪裁工夫，却更要仔细。所以剪裁和穿插不是一回事。至于穿插怎样适当，下期可以谈谈。

《水浒地理正误》（一）

我这篇里面所说的，是读《水浒传》的人，向来所忽略的一件事。而《水浒传》一个最大的缺点，就在这里。是什么呢？就是地理。

《水浒传》上所引的地名，有许多还和现在的地名相同，这是我们不必费考证的工夫，可以看得出来的。就是地名现在或有不用的，也很容易证得所在。我现在先把梁山泊老巢考证一下。在《水浒传》第十回上，柴进对林冲说出梁山所在。他说：“一是山东济州管下，一个水乡，地名梁山泊……”由此，我们知道作者以为梁山在山东济州了。我们再考一考济州。

东晋，在茌平西南，立城。后魏，设济州。隋，废济州。唐，在卢县设济州，河水冲废（卢县在现在长清县附近）。五代周，复设济州，在现在巨野县。宋，沿用周制。

据上面的沿革看来，我们知道那个时候的济州，就是巨野，决不是茌平，也不是金以后的济宁。这个地方不是平陆吗？何以周围有数百里的水泊呢？原来汶、济二水，从前在郓城之北，会合成湖，宋朝黄河决口，水又流入，所以成了很大一个湖泊。它的界限，南是郸城，北是寿张，东是东平。寿张的南方，有一个小山，名叫良山，后改为梁山。湖水大了，将山围在中间，所以名梁山泊。后来黄河淤塞了，济、汶二水，也改了道，就成为平陆。现在的雷夏泽，蜀山湖，是它的遗迹。

梁山泊的地方，既然如此，似乎不是宋济州附近。书上大书特书济州，无论是巨野或是茌平，都不对的。我们在这里，还可以找个有力的证据：

《宋史目》：宋江起为盗，以三十六人，横行河朔，转掠十郡，官军莫敢撄其锋，知亳州侯蒙上书，言江才有大过人者，不若赦之，使讨方腊以自赎。帝命蒙知东平府，未赴而卒。

据此，可以知道要招抚梁山，用得着东平府。东平在济州北，当然梁山在济州北了。可是《水浒传》第十四回，吴用说阮氏三雄云："这三人是弟兄三个在济州梁山泊边石碣村住。"又晁盖说："石碣村离这里，只百十里以下路程。"按晁盖所住，在郸城县东门外东溪村，郸城在巨野之西北，靠近东平，何以晁盖要到梁山泊下边，转向南跑到百里路程的济州去呢？

《水浒地理正误》（二）

《宋史》上曾说到：宋江三十六人横行河朔，转掠十郡，官兵莫敢撄其锋。这样说来，也不过是在黄河以北，很为猖獗。转掠十郡，也不过鲁豫幽燕各处，离着梁山泊不远的地方，绝不能像天兵一般，可以在半空中来去，不论远近地干。但是《水浒传》上所载梁山军所到的地方，就神妙莫测，在全国都如入无人之境。现在以梁山为中心，把四围用兵的地方，统计于下：

梁山以北

大名府今为大名县（河北省）

高唐州今为高唐县（山东省）

祝家庄由蓟州到梁山之路上（山东省）

东昌府今为聊城县（山东省）

梁山以东

青州今为益都县（山东省）

曾头市在青州（山东省）

东平府今为东平县（山东省）

梁山以西

华州今为华县（陕西省）

少华山华州境南（陕西省）

梁山以南

江州今为九江县（江西省）

芒砀山今沛县境（江苏省）

无为军今无为县（安徽省）

以上各地，除了东北两部分而外，西南两处，是万说不过去的（三山聚义打青州，亦极荒谬，后详言之）。我们先说华州一战。

华州属陕西省，在潼关以内。若是由梁山去打华山，正是自东而西，非穿过河南不可。梁山军马起程，必是在水泊西岸登陆，由寿张之南，经过观域濮阳卫辉孟津洛阳潼关等地。那个时候，宋都开封，开封叫作东京，洛阳叫作西京。梁山军马若走卫辉，直抚东京之背。宋朝决不会让他们过去。况且那个时候，金兵年年南犯，河北是东京的门户，自然有重兵把守着。梁山军入陕，正好穿过东京河北这一条军事直线。纵然瞒着过去，在打破华州之后，东京必然知道消息。马上传令河北各处，用兵断其去路。梁山兵孤军深入，插翅也难飞吧？况且洛阳是西京，又有虎牢潼关之险，来去都不容易的。

就以华州而论，《水浒传》也有绝大的漏洞。《水浒传》八十五回说："且说一行人等离了山寨，径到河口下船而行。不去报与华州太守。一径奔西狱庙来。戴宗先去报知云台观主，并庙里职事人等，直至船边，迎接上岸。"这几句话，可以总结本回地理之糟。按华山在华阴县之南，少华山在华州之南，渭河在华阴华州之北。用不着到华州去，华阴却在华州之东。由东京到华岳庙进香，过了潼关，就可在华阴以北停船。和少华山正是一个东北，一个西南。梁山军自少华山来劫使船，必定穿过关中大道（华州华阴之间）。那个时候，华州固然是开了城，华阴却没有提到。梁山军把进香官劫上山，回头又上船到华岳庙去，来来往往共有四次。最后入庙进香，是非经过华阴不可的。华阴官军一点不知道吗（华州被围，华阴当戒严）？再说华岳庙在华阴西门外五里。灵台在岳庙南十里（此以《徐霞客游记》为证），在岳庙厮杀，绝无华阴县官军不闻不问之理。参观《水浒传》原书，是以为渭河在华阴之南，少华山又在渭河之南，因之本回如此作法。而且以为渭河直通华山与少华山脚下。到华州城边。所以五十八回，又有如下几句："宋江急叫收了御桥吊挂下船，都赶到华州……众人离了华州，船回到少华山。"这一条渭河，如随身法宝一般，书上爱放在哪里就在哪里，无怪船是无处不可到了。然而华阴人看了，必定纳闷。

免费邮筒[1]

左人先生：

大札拜读过，奖许之殷，溢于言表，进德无方，愈增惭感。吴敬梓书剑飘零，扬州客死。曹雪芹室家荒落，憔悴京华。二百年来，小说家抗手

① 复左人君1927年6月16日北京《世界晚报》。

古人，垂诸不朽，宁有过于二公？然《儒林外史》《红楼梦》，非自著之而自刊之也。仆风前野马，草底秋萤，万万不足以拟二公之万一，而二公之所不能者，阁不乃欲责之于我，此亦过于重视我矣。近颇学佛，不敢作无病之呻。欲言不尽，诸维亮察。来示未详所自，故代布焉。

恨水拜复

律初先生：

示悉，弟为人尚不十分顽固。然有一主张至死不变。即中国人说中国话，用中国话作中国文也。高明以为如何？

恨水并复

（原载1929年9月16日北平《世界日报》）

免费邮筒[①]

牧人先生：

大示拜读，深知足下富于感情之人也。承询一切，实无从答，盖作社会小说，例须以一人为全篇线索，而此人之人格，自然不能写得太下流。此有例，如《野叟曝言》之文素臣，《绿野仙踪》之冷于冰皆是也。《春明外史》中之杨杏园，当作是观。如必为不才之自传，殊不敢承认。吾友曾云：人生快活，莫如作小说，欲自己为神仙，便写自己为神仙。欲自己为豪杰，便写自己为豪杰，为深知自道之论。不才果自传，何不写杨杏园为神圣，为天人，而独写为落拓京华之旧文人乎？此可见杨杏园之杨杏园，仅在为一篇之线索物而已。谨复。

① 一篇之线索物。

半瓶醋斋戏谭

《打渔杀家》之两谬点

旧戏词之不通，改不胜改，但其于情理大谬悖者，吾人似有指正之必要。若听之伶人做主，百年不能改也。故吾于改订《贵妃醉酒》剧本之后，尚欲继续予之工作。但全本改造一遍，颇嫌费事，姑就意想所及，随意编订之。今日所谈，则为《打渔杀家》。当李俊倪荣见萧桂英时，便问萧恩此位是谁，萧答以小女桂英。此处有两种说法，一种问今年多大年纪？萧说一十六岁了。李问但不知许配哪一家？萧答花荣之子花逢春。李倪合言，倒也门当户对。一种是见过桂英之后，萧即留二人饮酒。直至李倪告别，才问令爱多大年纪云云。于是接唱：听说令爱出花家，门当户对也不差。但等令爱来出嫁，花红彩礼送到家。四句摇板。由前之说，则后面之唱，突然而来。由后之说，则分明一句问话，分作前后两截说，于理都不可通。吾以为莫如将四句摇板，亦移到前面。或将后面四句摇板，改为饮酒告别及约再会之事，否则两说总无可顾全也。

《打渔杀家》，尚有一事，万万须改者，则为萧恩唱夜晚一段后，桂英唱两句摇板。词云：遭不幸，我的母，早已亡故。撇下我，到如今，一双大足。将嫌大脚入于唱词，实属不雅。有某投稿家（投稿亦成家，奇矣。然而不奇，彼固担任三百余家新闻事业也）书窗上系一联云：有天足以悦目，无案牍之劳形。与此戏词，真是同出一手也。唱后接萧恩云：为父叫你不要渔家打扮，为何偏偏渔家打扮？桂英云：孩儿生在渔家，长在渔船，不叫孩儿渔家打扮，怎样打扮（自然有理）？萧恩云：哽！不听父言，就为不孝（这叫无理取闹）。桂英云：爹爹不必生气，孩儿改过就是。萧恩云：这便才是。不知为何要加入此一段。殆编剧者甚恨大脚借题发挥欤？

（原载1927年4月6日北京《世界日报》）

绮鸾娇之艺术

绮鸾娇出演《游园》后，友朋有倾倒其色艺者，历次怂恿前往一观。予惑于所言，日前于其演《蓝桥玉杵》时，曾特往拜会一次。觉其本领，不过如此，则亦置之。昨与友人谈及，嘱予一言以志其艺，且请勿骂。予笑曰：可！但捧亦我所不欲，则不能不就其艺，为公正之批评矣。请先言绮之色。其面为瓜子脸，尚不讨厌。双眸点漆，为其最动人处。但演戏脸上不能传神，虽有时刻画一二，亦不自然，一言以蔽之曰：稚气未脱……

次言其唱。吾以为其嗓唱老生，或可以……若唱青衣，须得玉润珠圆之致，绮力似有未逮。绮之腔，颇欲学程艳秋，每于得意处，极力压低，若游丝之曳摇，然后挑起，以得抑扬之乐。但程之调门极高，既清且脆，欲低欲高，措之裕如。以言绮平唱则失润，高挑更费力之嗓子，不宜出此。夫孟丽君未尝不哑嗓，而其唱尚自然者，正以其能以平贴出之耳。小生之腔，近于老生。故孟有时反出小生，且能讨好。盖小生之腔，只要平稳，不如青衣之腔，须流利婉转也。绮之唱与白，尚有一大病，即其尾，无论如何，每句必带一哑音（阿钩切）。曾听绮戏者，几乎尽人能道。此非某一人之论也。宜力矫正之！

吾言尽此，未免有求全之责。然皆就艺术立论，而具有望其改善之心者。新成名之人，似亦当以多得此种苦口良药为利耳。

（原载1927年5月2日北平《世界日报》）

文明戏落伍之原因（一）

我对于旧剧，虽然是个半瓶醋，我对于白话剧，却是亲自试验过的。自然，我不敢扯着什么艺术家的旗子，自命懂得艺术的戏剧，至多也不过是实地研究过文明戏的一分子罢了。可是这话又说回来了，在戏剧史上，无论如何，文明戏是要在过渡期中，占上一页的。就是现在代表拆白党的“唱文明戏的”，里面未尝没有懂得艺术的人。然而在这提倡白话剧的时期中，何以文明戏，会落得为自好者所不屑齿？这原故，不妨拿出来谈谈。

第一是文明戏分子，人格卑污的太占多数了。他们除了在台上胡说八道、乱跳一顿而外，下台以后，就是研究卖身主义。自然大多数是卖给异性的人物，而也有百分之几，卖给同性人物的。至于抽鸦片烟，赌小钱，那是很规矩的人了。因为有这个大毛病，对外自然是大遭社会上的蔑视，让人家看作洪水猛兽。而对内而言，绝对是没有人去研究艺术进步的。艺术界素来藐视皮簧戏子，人家除了坐科的时候及学习的时候不算而外，在家里，练功夫，吊嗓子，那是不间断的。唱文明戏的，哪里知道此事？所以他们除了恃着几分歪聪明，上台去瞎闹瞎诌而外，在艺术界上，丝毫无立足之地。本来他们个人所作的事，社会上已不能同情了，而艺术上又极端的低下，怎样能挣扎得起来呢？盖为人若为社会上所厌恶，即有所长，亦不能掩其恶，况固无有之乎？

（原载1927年6月11日北京《世界日报》）

文明戏落伍之原因（二）

文明戏虽不下一两千本，可是有剧本的戏，竟找不到几本。除了从前春柳社，还知道用剧本排戏而外，其余一律是在后台挂一张幕表，演戏的人，化装以后，在上场的时候，对幕表随看一看，就上场了。幕表果然详细，那还罢了，而他们的幕表，又是极其简单的。试举一例于下：

第×幕　客厅景

登场人物

朱一是

牛二非

杨泰

马四喜

马太太

马小姐

婢　仆

开幕，马夫妻在场，谈家事，小姐上。朱牛羊上，提亲，闹滑稽，闭幕。

以上所举，便是一幕戏。至少占时间十分钟以上。其间说话，做表情都由场中人自诌，至于那戏，要如何演法，是新编的呢，编戏人或在演戏以前，对演员略为说明，或在开演的时候，抓住演员，在后台略说两句。若是旧戏重演的呢，无论演员里面有没有不懂的，一概凭这一种幕表做去，读者想想看，一台的瞎摸海，这戏怎样不糟呢？旧戏虽然胡闹，只是理由不充足。就戏论戏，他们一举一动，都有规矩的，戏的本身好，固然决计演不坏（譬如《连升店》）。戏的本身不好，一场是一场，也有头绪可寻，文明戏的演员，在戏里面，行动自由，言论自由，他们自己时常演了第一幕，不知第二幕的情节要怎么样，这个戏，如何演得好？所以文明戏，便是演员十一分卖力，也不过像电影一样，令观众当时看了，了解这一段情节，不能像旧戏，有所玩味，叫人看了第一回，决不厌第二回。归总一句，就是引不起人家浓厚的兴趣。一种艺术，到了引不起人家的兴趣，那就没法子存在了。

（原载1927年6月12日北京《世界日报》）

文明戏落伍之原因（三）

一种艺术，无论贵族式的，平民式的，总要有点启发思想，陶冶性情，千万不可落了俗套。况且戏剧这种东西，无论在外国，在中国，和文学都有极大的关系。你看人家莎士比亚，易卜生，他们把戏剧是怎样编撰的？再看看汤玉茗、孔东堂，他们把戏剧，又是怎样编撰的？就是皮簧戏，他由昆曲变化而来，多少还有点意味。所谓文明戏也者，专门迎合太太少奶奶的心理，把那十七世纪的淫词浪曲，改头换面，编撰成戏，用新的眼光来看，是极端的违背潮流，用旧的眼光来看又不登大雅之堂。这要叫它在艺术界占一个位子，岂不是笑话？有些人说：文艺本来是贵族式的。又有些人说：文艺都要到民间去。究竟哪一说为是，不是三言两语可以断定的，这且不言。我们不妨带下灰色的态度来说，似乎可以办得雅俗共赏。文明戏对于这一种定义，怎么样呢？不但是雅人不赏，不是极端俗的人，他也不去赏啦。

由上面三大关键来看，可以知道文明戏是应该落伍的了。现在文明戏子虽还有些人，已经失了独立的资格，只靠在游戏场里，占一部分的地盘，苟延残喘。大概，两年后，也就烟消火灭了。

（原载1927年6月13日北京《世界日报》）

戏的音韵问题答无知君

蒙无知先生看得起，提出戏韵问题来问我，其实，那是问道于盲了。不过盛意是不可违的，把我所知道的，凑合着答复在下面。

戏之辙一分十三，根据中州韵而来。所谓中州韵，就是河南的土音。现在把十三辙列出一个表来。

（一）中东辙

（二）人辰辙

（三）江阳辙

（四）发花辙（一作沙花）

（五）梭波辙

（六）衣齐辙（一作衣期）

（七）怀来辙

（八）灰堆辙

（九）苗条辙（一作遥迢辙）

（十）由求辙

（十一）言前辙

（十二）姑苏辙

（十三）叠雪辙（一作邪乜辙）

辙不分平仄，像前面讲可以押江阳辙，就是一个证据，但是不合辙，是不许的。犯了这个毛病，叫作跳辙。

阴阳之分，在伶人很是难说。不过我们读过几本书的，反是容易些。

大概阴平平直，阳平高重。这在国语学里面，说得很明白。而今唱戏的，十人九不懂，可以不必论。至于尖团呢，这纯是音的问题。能将唇齿舌腭的发音，弄得准确，尖团就不成问题，大概尖音限于齿头音和唇音如“子”“此”“私”。如“拨”“泼”“末”“费”“物”。其余便是团音了。

一知半解，只能这样答复。可笑得很啦。

（原载1927年6月24日北京《世界日报》）

小生人才之寥落

近日小生人才之寥落，可谓达于极点……直可谓现在无小生。而后生小子，专习此行者，又寂焉无人。将来之寥落，有甚于今日，亦未可知。尝问其故于熟悉梨园业者，其所持之理由有三：

（一）梨园角色中，以小生之艺，最为难学。有习小生之工夫，以习他角，不愁不成功。故人多舍此而就彼。

（二）梨园中向来不甚重视此行。而观众对于小生，始终认为配角，故从无以小生戏而叫座儿者。人既习一艺以谋终身衣食，何必走此死路。

（三）既要有文武老生之技艺，又要有与青衣花旦相衬之相貌，人才极不易得。

有此三大难关，故小生始终无法振作矣。此角不但男伶中缺乏，坤伶中亦极缺乏之。而坤伶中之小生，勉强凑成一二个，亦只能为扇子小生，而不能为雉尾小生。琴雪芳孟丽君偶反串《白门楼》，此不得视为雉尾小生也。

坤伶小生，改造者多。遇排新戏，十有七八，是以老生去须相代。此外，则丑角也，青衣也，武生也，时时可以兼任。降格论之，胡振升由老生改造之小生，尚略存典型……然则小生之难得，果至如何程度哉？

（原载1927年6月27日北京《世界日报》）

《马前泼水》之考证（一）

汪笑侬在上海演剧，海报上大书文艺哲学大家……好编新剧……《马前泼水》一剧，昆曲中名《烂柯山》，而徽班中亦有此戏，名《朱买臣休妻》，生旦并重。汪改编后，以唱大段二六为拿手，竟至大江南北，三尺孺子，皆能唱“这贱人说的是哪里话”。其实违背事实，蔑此为甚也。兹根据汉书（节录）及徽班戏，对汪本一一考证之。

《汉书·朱买臣》传载：朱字翁子，吴人，家贫好读书。常艾薪樵，卖以给食，担来薪行且诵书，其妻亦负戴相随，数止之，羞而求去。朱曰：我五十当富贵，今已四十余矣。妻怒骂，买臣不能留，听其去。

徽班戏：朱买臣负薪读书，家无隔宿之粮，妻崔氏怒而求去，买臣许之。

由《汉书》言之，买臣妻之姓，不可考，今剧《马前泼水》之崔氏系根据徽班而来。至崔氏向邻家借斧杖，而后逼朱采薪，竟形容其成一游手好闲之人。试问朱采薪以前，家中如何度日？此固不可通也。且《汉书》载妻亦一同负薪，则剧中讲崔氏到邻家打牌去，亦所以加甚之词。按打牌即古之叶子戏。

《归田录》：唐李郃为贺州刺史，与妓人叶茂莲江行，因撰骰子选，故谓之叶子戏。

这样说来，汉朝那里来的牌打？

（原载1927年4月21日北京《世界日报》）

《马前泼水》之考证（二）

《后汉书·舆服志》：自天子以至大夫，皆戴冠，冠以梁为别，是无所谓乌纱帽。在唐以前，乌纱帽为便服，用于私人之宴会。至唐时，官帽始有乌纱。柳宗元时，所谓官帽挂乌纱也。至插金花，系赴琼林宴时行之。无论其朝代合否，即令朱买臣果为进士，果插金花，然于其已分发上任之时，金花不应犹插在头上也。

《汉书》：初，买臣常从会稽守邸者，寄居饭食，拜为太守，买臣衣故衣，怀其印绶，步归郡邸，直上计。时会稽吏，方相与群饮，不视买臣。买臣入室中，守邸与共饮食且饱。少见其绶，守邸怪之，引其绶，视其印，会稽太守章也。守邸惊出。语上计吏椽。皆醉大呼曰：妄诞耳。守邸曰：试来视之。其故人素轻买臣者入视之，还走疾呼曰实然。坐中惊骇白守丞，相推排列中庭拜谒。买臣徐出户，有顷，长安厩吏，乘驷马车来迎，买臣遂乘车去。

此段故事，形容人世炎凉，足为戏中铺排之用，较之京戏买臣在庙中向和尚借住，抄袭连升店故事，一新一旧，一热闹，一单调，相去甚远。未知系编剧者不知，抑或不肯收入也。

（原载1927年4月23日北京《世界日报》）

《马前泼水》之考证（三）

《汉书》：买臣入吴界，见其故妻。妻夫治道，买臣驻车，呼令后车，载其夫妻到太守舍，置园中，给食之。居一月，妻自经死。买臣乞（赐也）其夫钱，令葬。

由是言之，买臣并不恨其妻。且以其妻嫁后，有一饭之德，特居而食之。此不但处心忠厚，即今日极开通人，其对于已离婚之妻，犹未必能如是。戏中朱买臣令崔氏在马前收覆水，及崔氏不认有嫁人之事，根本不同。戏情在惩所谓嫌贫爱富者。然对于朱买臣之一片忠厚待人，反埋没之矣。

然此种错误，不始于汪之剧本。徽班原来如此。不但徽班如此，昆曲《柯山传奇》，即有马前泼水之事也。夫马前泼水之事，既非朱买臣故事，然则有出处乎？曰：有。姜太公事也。

《坚瓠集》：光武本纪云：反水不收。何进传慕容超传，并云覆水不收。李太白诗：水覆难再收。又覆水再收岂满盆。刘梦得诗：金盆已覆难收水。皆用太公语。太公初娶马氏，读书不事产，马求去。太公封齐，马求再合。太公取水一盃，倾于地，令妇收水，惟得其泥，太公曰：若能离更合，覆水定应收。朱买臣传奇，泼水事借此。

据此，则太公之事，买臣顶之，真张冠李戴矣。且《汉书》载买臣有子曰山拊，官至郡守。以买臣四十余出妻而言，此子当系戏中所指崔氏之子。朱买臣为官时，子当已成人。崔之犹得居于后舍，事亦有因。然而崔氏无以对其前夫，又无以对其亲子，自经乃羞恶之心使之欤？或曰朱既为官，如念前妻一饭之德，当予钱而遣之远去。今本身富贵，而令前妻偕其现嫁之一穷汉，居于园中。是令其时时有自怨自艾之机会。加之，人情凉薄，人以朱妻如此，岂有不揶揄之者，是明明予以难堪矣，安得不死耶？是朱之忠厚，正朱之刻薄耳。此语亦不为无理由，可备一格。至朱买臣本人，亦未得善终。

> 《汉书》云：买臣为丞相长史，张汤为御史大夫。始买臣与严助俱侍中贵用事，汤尚有小吏， 趋走前后。汤以廷尉治淮有狱，排陷严助，买臣怨汤。及买臣为丞相长史，汤数行丞相事，知买臣素质，故凌折之。买臣见，汤坐床上亦不为礼。买臣深怨，常欲死之。后遂告汤阴事，汤自杀，上亦诛买臣。

是可见，朱亦恩怨分明之人。马前泼水之根据，或因此而出欤？

（原载1927年4月25日北京《世界日报》）

文坛撼树录

北海之较静，说者谓宜有以激扬之。然本刊体例，向不作文章外之空洞批评，所以 求别于他版，无已，尚论古人，乃以读书有间，上自周秦，下及晚明，随意所之，为之短策，曰《文坛撼树录》。此言撼树，以蚍蜉自况也。

《战国策》

刘向取周秦以上散文，集为一书，名曰《战国策》。治国文者，多读之，即今高中以上课本，偶亦取其一二篇。盖搜者读者取其简练警策，而又能变幻奇诡也。予之性适异，不主青年读此书。夫文章道德，初非二事，予人以智识，即所以予人以思想。教人读书，只取其技巧，而不取其立意，是不可也。《战国策》之文，多出于战国策士之手，其辞非曲为欺诈，即深为寓托，青年功力不深，不足以习此，习之而似，是以文章走纵横家途径矣。则此青年之操守，尚能出于正途乎？

司马迁作《史记》，文求其不平，事即有时失实，史家之公言也。而迁之误，即在好取《战国策》一类之书作蓝本。以司马之才，尚不免为《战国策》所误。则是书之不易利用乃可知矣。

（原载1947年11月27日北平《新民报》）

《苏东坡集》

才如东坡，可以无疵矣。然予读《苏东坡集》，则每一展卷，即若展两眼如堕五里雾，读坡公佳句，亦如雾中看花而得也，是言乍出，或为人所诧异，然道破之，则闻者必恍然大悟。盖坡公之诗题，十之八九，出于酬酢，而又好唱和，集中言次某韵者，触目皆是。故人即熟悉大苏佳句，翻书欲举其篇名以求之，往往不可得。且苏氏立题多不经意，有长至百余字者，题多于诗，几令人倦于看毕。夫大苏生平，足迹遍中国，生死升黜，至不平易，何得无佳题？且读书万卷，又焉得不知作书命题为大事？苏黄与李杜，亦一间耳。李杜集中，无一题泛设者，而老杜命题，尤不肯苟且。若苏集则随笔而定，不提纲，不点睛，亦不为诗外之意，此实其缺憾，不能为坡公讳也。

人亦有言，才大心细，而才大者，往往心粗。大苏为文，殆不免此。试观其黄州赤壁两赋，略无顾忌，指为周瑜破曹兵处。果如此，是曹军当年，已逾武昌而下也。有是理乎？苏在黄冈日久，竟以世俗所传，指赤鼻矶为赤壁，而不执书以为考。由是以言其为诗不肯留意题目，殆成习矣。

（原载1947年11月28日北平《新民报》）

《新五代史》

文与史若非两事，然实两事也。文求美，史求实；文可实，然不宜逾美；史可美，然不宜逾实。二十四史中，除《史记》外，余喜《新五代史》。以欧阳修之文墨美也。虽然，以言读史求事，则予所择者误。

薛居正《旧五代史》，诚现芜杂，然薛据梁唐晋汉周书而成史，首尾毕具，宁滥毋缺。虽笔法欠于谨严，而今日读史，贵在翻案，恰正不在此。欧阳一反薛氏所为，定春秋之笔，为韩柳之文，吾人把卷得浏览之适，固无待于思考。而具病乃又正在此，一卷之间，遗事之五六；一篇之间，遗事之四五。志考，史书最重要部分也，而新史考只有二，志付阙如。于是唐宋典章制度，五代何如沿革而为之桥梁者，亦无信可征。作史，不宜如此，读史，亦不能恃此也。

司马迁作《史记》，何尝不有意为文，然于传记之外，尚创年表与书二格，以为文献之供。是书欧阳公之矫枉过正，固是大失矣。故治五代史者，必新旧兼读。

（原载1947年11月29日北平《新民报》）

《随园诗话》

袁枚一生，可谓著作等身。除词曲非此公所长外，凡中国文学之所包涵者，袁无不一一笔述之，而《随园诗话》书，尤为百年来人所熟知。识袁子才者，几乎全由《诗话》始。然直以论《诗话》，则其价值殊浅薄也。《诗话》不置体例，不分层次，亦复不重议论，但将其生平酬酢往来所得，随意编入书中，而著三五语以介绍之，故实非“诗话”，乃断简残篇之诗录而已。

当时此书，固已不胫而走，而识者亦复甚讥弹之，谓其以此下结士林，上干公卿，人凡持白银若干见赠，即得禄诗数则于《诗话》，诗如不佳，袁则代为改削而存之。言或不尽可靠，顾亦非无据。只观其书中称尹文端公者，连篇累牍而不已，即可知其多所标榜。尹文端公者，即尹继善，当时最红之贵人，文华殿大学士，而四督两江，与袁有师生之谊者也。

袁诗主性灵，格律浅易，故《诗话》中所录，或不外此。初学阅之，自明爽易入。民初，诗话畅行一时，予随时好，即受其影响甚巨。年长读书稍益，颇悟其非。盖文气魄力，均为浅率，语一洗而空耳？故学旧诗者，甚不可以《随园诗话》为师。

（原载1947年11月30日北平《新民报》）

《白香词谱》

学填词者，无人不读《白香词谱》，正如学文言者，无人不读《古文观止》也。然习之稍久，则令人恒感不足。若云以文词藻丽胜，则如集中曾允元之《点绛唇》，折元礼之《望海潮》，（宋祁之《锦缠道》，“窃用牧童遥指杏花村”诗句，更不宜选入。）极为平凡；若云以音律精妙胜，则如《水调歌头》《念奴娇》《沁园春》诸调，又难为准则。若谓集词家之大成，然自唐宋而迄清初，实属挂一漏万。且以集中所选言之，一代词宗之作，而分量等于野史之无名氏，其杂乱无据，谓能胜于诗中之千家诗盖无几矣。故初学填词一以《白香词谱》为蓝本，而不参考他书，则受先入为主之病，殆永以为误而不能自正也。

“月上柳梢头，人约黄昏后。”本欧阳修词。往昔词品虽已误收为断肠词，而知者尚少。及《白香词谱》选朱淑贞之作，独取此一张冠李戴之生查子，遂益成此词坛一冤狱。人言舒白香选此集，甚为精到，观此，其非甚有愧于一精字乎？清谢韦庵作有《白香词谱笺》，近人天虚我生，亦有《白香词谱订正本》，盖均为原书袖救，免误初学者。由是言之，则学词初步，不如迳读词律为愈矣。

（原载1947年12月1日北平《新民报》）

《纲鉴易知录》

旧时三家村中读书，不知习史。除四书五经而外，子史集三部，向不备专书。关于史，为考秀才者略充知识，大致有以下三部。曰《纲总论》，曰《纲鉴易知录》，曰《袁王纲监合编》。其一在熟读，其二三则择一而备之，作不时之翻阅。试执学究而问之，何谓纲？何谓鉴？且瞠目不答，更无论于二十四史之书目矣。

上述三书，《纲鉴易知录》，最为销行普遍，即今无力置通槛大部者，犹以此书为习史之简本。然其书缺点太多，在旧日已不足备参考，今则全体落伍。且有毒素矣。其书大约详于纪言，而忽于纪事。喜于谈政，而厌于谈军，喜述典故小事，而昧于典章沿革。且对儒家理学之流，夸张过甚，而不知与史无关。此盖为当年习举子业者，供作文资料，非真能作编年史书之简本也。

予尝细读《易知录》明末一代，竟无只字涉及戚继光，因诧为奇事。又南北朝时，详南略北，乃令读者无从知魏周齐之演变。而五胡十六国及辽金之兴灭，尤不知所云。是焉得谓为史书乎？

（原载1947年12月4日北平《新民报》）

《玉谿生诗笺注》

李义山诗，格律谨严，声调铿锵，而词华藻丽，运典隐讳，读者苦之。元好问诗曾云："诗家总爱四崑好，只恨无人作郑笺。"诗如好问而尚有此恨，况他人乎？李诗屡有注本，而皆不传，直至清乾隆间，始有《冯浩笺注》，冯亦根据明择道安及清初朱鹤龄之本而为之者。今日研究李诗，惟有此集，书名本曰《玉谿生诗笺注》，出版商人亦有刻为《冯注李义山集》者。其实乃一书也。

冯所笺注，自言不穿凿附会，要不可信。如失猿一绝，冯认为系谐音失援，读其起句，视融南去万重云云云，乃不相似。又如隋宫南朝诸篇，明属讽刺，而冯注反无所发挥。盖冯等亦属人臣，注只限于李讥令狐，而不敢言其反抗武则天也，今日读李诗则必致力于此，而不可为冯笺所限。

唐人诗，好以汉比当代，故言飞燕则指宫妃，言五侯则指权贵，言匈奴则指突厥，言贾谊则指谏臣，以此而求李诗，更考之新旧唐书，不难略有线索。以时代言之，冯注殆已落伍矣。

（原载1947年12月5日北平《新民报》）

《续世说》

刘宋王义庆撰《世说新语》，搜魏晋逸闻轶史，逸趣横生，袁序言："简约玄澹，尔雅有韵。"减不愧也。刘宋去司马之朝不远，书中所述，不尽无据，足为正史之助，向来谈魏晋典者，不乏用《新语》中事，自是有故。赵宋孔平仲，袭此故技，作《续世说》，上自唐，下括五代，共十二卷，计三十八门，较新语为多，然以视新语，小巫见大巫矣。

《续世说》中所述，往往见于正史。例如檀道济唱《筹量沙》，魏征良臣忠臣之辨，皆耳熟能辞之事，何待摭拾？且其文泄沓乏味，读之不能增人兴趣。

上述《新语》文字评语，几皆无之。既不以事长，又不以文显，未知作者当时执笔，果何取义？若摘录数百年间历史，分成若干门，随写若干则，则尽人能为之，亦焉得名之为书耶？

刘宋之世，两晋清谈，遗风未没，故《世说新语》之文，笔调容易相似。且六朝以前，简策修缮较难，文亦不得不简洁。至唐则抄卷已多，五代之末，又有印刷。为文之人，自可率尔操觚，于是万里江河，泥沙俱下，又不仅续《世说》云尔电。故书愈续愈多，而亦必愈选愈精。《续世说》原无可存之理，存者，正以其有此“续”字也。

（原载1947年12月6日北平《新民报》）

《曹子建集》

予读子建诗，如《赠白马王彪》及《磐石》等篇，未尝不咨嗟太息，悲若人之遭遇。然读至《洛神赋》时，则惊且异之。夫此赋成于曹植归藩之际，亦正任城王彰朝不得见，忿怒以死，而又有司令植与彪出京行止异处之会也。在此时，子建之命，扼于兄丕之手，植作金人三缄其口，当犹虞不测，奈何既寄怨恨于诗，而又泄其丑行于赋哉？

此赋为甄后而作，人所尽知也。甄本袁绍子媳袁熙妻，少而美。曹操破郑，将自纳之。曹丕随军，入袁氏之堂，攫而先有。乃令操叹曰：今年破贼正为奴（见《世说新语·惑溺门》）。是此姝为灭门祸水，丕固有意而来矣。观植之赋，当其在宫廷时，与甄目挑心许，甚有意分此禁脔，姑无论嫂弟之间，不容有此。而植七步诗成，早有煮豆燃萁之痛。今则于其父尚割爱者，乃欲染指之。色令智昏，竟一至于此欤？

《洛神赋》后段，植述与甄后之交接，意至明显，所言悼良会之永绝兮、哀一逝而异乡。大是此中有人，呼之欲出。甄后后竟失宠，丕赐死之，乌知非植之赋有以致之耶？细玩味此点而再读《子建集》，则不得谓曹丕不容子建，徒忌其才略而已。使操不立丕而立植，植未必非唐明皇李后主之流也。

（原载1947年12月8日北平《新民报》）

《十六国春秋》

东晋以后，割据者纷起，由前赵刘渊以迄北燕冯跋，共十六国。江东之晋，列为正统，不兴也。读史至此及五代之十国，每每令人如治丝愈紊，无从觅其头绪。编年之书，顾此失彼，只好偏重正统，尤觉此辈割据者之起灭，不易得一概念。予青年读史，甚有此感。及闻有《十六国春秋》一书，即求而细读。但展卷，即大失所望。盖其书无纪无传亦无表志，只是各国每人一录，且又记其君而不记其臣。每篇多不过两三千字，少则数百字。以十六国之多事，仅仅六十篇小传而已。岂能名之春秋乎？此固不如汉魏之多，更亦不及《晋书》《北史》之详，只可谓之史略耳。

按《十六国春秋》，为魏崔鸿撰，原书为一百零二卷，在北宋已亡。今之所传，系明屠乔孙项琳联缀古书而成。谓之为十六国作提纲，而表志阙如，谓之为搜集逸闻，而又录自正史，挂一漏万，未知何所取义？若读史者舍《晋书》《北史》而读此书，则不知者太多。若读正史而又兼收此书，又觉徒乱人意。说者谓此为十六国事迹之总汇，窃不谓然。试读《晋书·苻坚传》，不较十六国春秋前秦录详且尽耶？至文字之整洁，更不如《晋书》矣。

东晋十六国，五代十国，为读史者之便，皆有另集专书之必要。而四库史部，即未闻有此项好书，今人编史，另有科学手腕，将来或有人治此，以惠后学欤？

（原载1947年12月9日北平《新民报》）

《吴子》

治兵者，向来言孙吴。然以《吴子》与《孙子》较，相差远矣。此书相传吴起自撰，然读其文，不类战国人语，而所言兵法，又极浅薄。《汉志》言此书有四十八篇，今所传《吴子》，则仅六篇，可断言非原书，而为汉以后人所伪托矣。

《史记·孙子吴起传》云："世俗所称师旅，皆道孙子十三篇，吴起兵法，世多有，故弗论。"以是言之，自身或其徒，当撰有书，在汉且甚盛，汉以后，乃失传。而好事之徒，或得断简残篇，故摭拾补缀而成书耳。书中首篇云："守西河，与诸侯大战七十六，全胜六十四，余则钧解。"其言过夸，吴在西河，安得有如许战事？吴自托或其徒记之，则决不能去事实太远，而为当世所笑。且有此伟绩，秦将不存，太史公亦不至缺而不书，故开宗明义，已觉此书为伪也。

书之治兵第三云："无当天灶，无当龙头，天灶者大谷之口，龙头者大山之端，必左青龙，右白虎，前朱雀，后玄武。"试细读之，汉以之文，宁有是语？青龙白虎，朱雀玄武，出于曲□汉，戴氏之文，吴起何以言之而尽合？近读古今伪书考，但言其伪，而未举例，表而出之，可悦然矣。此《孙子》十三篇，独能盛行，而《吴子》则少经人道者欤？

（原载1947年12月10日北平《新民报》）

《朱子大全》

《朱子大全》，为后人改易之名，书实曰《临庵先生朱文公文集》，共计一百二十一卷，大概朱熹生平笔墨，包括无遗。《四库》于此书，列入子部，则文集云者，固未经文人同意，易曰《朱子大全》，则较为得体矣。

此集前数卷，略有古今体诗，此外均朱熹文以载道之文字，若非研究宋儒哲学，则令人读不终卷。明苏信为此书作序，亦曰学士大夫，不欲为圣贤君子，而狃于词人。则取彼置此可也。是意甚明，毋待赘述。顾而儒家理学论，朱子所治，已渐脱二程主敬之范畴，而为佛老之说所动摇。向来言宋儒之哲学者，谓均已杂入佛老之旨，而朱熹尤甚。朱于文中，常言须把握得住心，试遍查孔孟之文，何有此言？孟子虽曰我四十不动心。但与朱子所言者别，孟所言指浩然之气，大丈夫之节，而朱氏之言，则指明性见理。此盖涉于玄学，宛然道家之风，佛犹只谓无声色臭味触法，根本无心，而无须把握与否也。有人指朱子为儒冠道士者，言虽过甚，要亦不非无故。

朱有观书有感七绝一首云："半亩方塘一鉴开，天光云影共徘徊。问渠哪得清如许？为有源头活水来。"观书而发此感，真是道家炼丹悟道之言。此诗已选入《千家诗》，人熟读之，了无所感，试加玩味，便可了然。又《千家诗》中，尚选有朱诗"等闲识得东风面，万紫千红总是春"之句。以时论，伧俗不成其为诗。而以见道之言论，则又有佛有老。试比孔子之在川上，孟子之天油然作云，其观感皆属实在，初不作玄语也。

（原载1947年12月12日北平《新民报》）

《乐府诗集》

乐府音调，早已不传，宋元以来，文人只赏鉴其词句与意义之美。故今人研究乐府，自亦不外乎字面。若徒托知音，欲于其曲调中，与以分门别类，则是盲人瞎马，乱行沙漠中耳。

《乐府诗集》，宋郭茂倩编，因为研究乐府之圭臬，即韵语专家，数典寻祖，亦不能不依傍此书。此外，则以乐府杂词及乐府题解，作为参考而已。惟此书之编辑，恰主音调，其郊庙燕射专辞，依朝代逐渐下数，读者犹可按图索骥。至鼓吹相和横吹等词，则一调之中，汉唐著作汇集一处，正如词律中之曲牌名下，连录各代人之又一调，弥觉杂乱。非对乐府词研究有素者，欲在乐府诗集中，寻出某朝某人著作，乃不可能。其杂曲一门，至音调亦无从分。例如自君之出矣，妾薄命，古来作者多矣。常人于古诗集中读之，初未计其属于何曲，而乐府诗集，则均列入杂曲中。吾人若不先解此，则于书中何处查曹植、李白等之妾薄命乎？

尝有青年以乐店飞龙典相询，尚幸素曾读此诗，答以出刘宋乐府读曲歌，且言读曲歌将近二百首。而青年必欲读原诗，后清查书见示，予颇窘，翻《乐府诗集》半小时，始于清商曲辞第三篇吴声歌曲第三类得之。盖予固能忖度之为吴声，实无由知其为清商曲辞也。此书编纂之法，早不合时代，明清诗人，殆以不解古调为耻，迄未有从朝代或著作人本身改编者。故是书虽曰乐府之总汇，而寻章摘句，觅其源头，正有“黄河之水天上来”之感也。

（原载1947年12月13日北平《新民报》）

《古文辞类纂》

儿时初习古文，先君子以《古文辞类纂》授之，令向塾师求讲读。是书本无注解，而又为缩印本，捧卷茫然，不知请益应自何处始。塾师虽一秀才，然出身八股，于斯道亦复中途改辙而为之者，同一对卷茫然。先君子既欲予读此书，师不能违，不过择其所喜，以朱笔圈点，望文生义，随为授读而已。因是，予儿时有三书殊感苦恼，即《易经》《尚书》《古文辞类纂》也。数十年来，予书架常有此书，而翻阅极少。

按《古文辞类纂》，选集周秦以迄宋明散文，并非难读之书。其所以不能引起人之兴趣者，其一则在于分类过多，强为不必要之异同。其二则严格律，重气势，而忘却文章最主要之情韵。其三则分类既繁，而其所取乃多，转于芜杂。其四则编者无注疏批评，失却介绍之要义。且通行本以其卷数过多，均属小字缩印，初学者于此无从着手，固视为畏途。即善读古文者，博当求读专集，此书不足具其欲望。约则读《古文观止》《古文释义》等书，亦得诵记简要之便。故是书虽为名著，而非文人乐读之名著也。

虽然，此书之编辑，自有其意义。盖桐城文而至于姚鼐，已蔚然成为风气。姚欲将是派衣钵传授于人，且发扬而光大之，则不能揭示渊源之所自，而令人知其鹄的，盖亦老僧传经之智而已。以此，桐城派所憎恶之绮靡堆砌文字，断自齐梁，遂一概不录。实则严格论之，于义不通。齐梁之文，虽有肉无骨，古文辞中自属一格。若欲令读者各有所知，不应阙如。此《古文观止》不存门户之见，而能以少许胜多许者也。

（原载1947年12月16日北平《新民报》）

花果山文谭

对《月儿弯弯》一点贡献

《月儿弯弯》，是友人卓呆先生编的剧本。戏，又是明星公司许多演员扮演，也有一半是熟人。自然，情理上不许我做恶意的挑眼。但是我站在友人熟人的对方，贡献一点儿意见，或者可以吧？我认为有以下几点，可以补充。

第一幕，歌声以后，没有抓住观众的动作，颇显沉闷。吃酒的时候，满桌上没有一个动筷子的，这几乎成了老戏里的“将酒筵摆下”便算吃酒。以后来了许多朋友，麻麻糊糊，就此散席。来人也不谦让，拆散了人家酒宴，好像不知道。麻麻糊糊，又唱起歌来。对白与动作上，都有补充的必要。

第二幕，水灾布景，本不容易，这不必苛求。但是有一个大漏洞。屋顶到堤上，那么近。在堤上的人，可以把小孩子送到屋顶上来，屋顶上的人，为什么坐着等屋坍下来，不逃上堤去？将来制影片，务必改正。不然，看的人一定疑心屋顶上的难民，有点儿活作死。

第三幕，高占非将胡蝶引到家里来，他的母亲和舅母，为什么大剌剌地坐着不起身？无论什么人家，没有这样对付客人的。顾兰君的表妹，许多地方嫌过火。柳金玉国语太坏。

第四幕，这一幕最平稳。收房钱人若能将学胡蝶声调改掉，删去一二过火动作，则更平稳。

第五幕，是最高潮了，汽车将孩子轧死以后，胡蝶既因丈夫不相认，又被他杀死女儿，又恨又痛，应当先恸哭一番，甚至滚在地上。后朱秋痕劝她，她才开始揭破黑幕，说王献斋是他丈夫，轧死的是彼此的女儿，方合人情。情感是往往超过理智的。一个人处在这种环境之下，哪有不伤心先讲理之理？这或者是导演者的忽略。

剧中除主角而外，我以为为谢云柳之收货人，舒绣文之陈妈妈最为成功。小孩吴珠，临场不误事，亦很难得。

（原载1935年10月30日上海《立报》）

我们的态度

报纸上的副刊，这不过是调剂读者滋味的一种刊物。甜，酸，苦，辣，各凭报纸的立场去采取，事实上是不能一律的。

“花果山”[①]的稿件，从来是偏于叙述，少发议论。纵然有时带点商量的意味，却也不是斗争的。最近，本栏接到许多近于斗争的投稿，或是对某一问题，某一个人，某一机关，带着讥刺意味的指摘。我们觉得这种稿件，纵然文字优美，理由充足，但就“花果山”的性质而论，却似乎有点不十分恰合。

借了这个原故，我们再申明一下。“花果山”的滋味，甜、酸、苦，都不妨有，可是我们不愿有那刺激性的辣。而文字既是偏重于叙述的，也无辣之必要！

自此以后，希望赐稿诸公，纵然有什么故事要商量时，也只以“花果山”为限。免编者偶一不慎，至有耘人之田的嫌疑。

（原载1935年11月2日上海《立报》）

① 上海《立报》副刊《花果山》为先父张公讳恨水先生所编，副刊名也为先父所取，1936年先父去南京创办《南京人报》，《花果山》编辑一职，由父执包天笑先生接任。——张伍注

落第诗

这几天，一方面让人想到选举的一切故事，一方面又让人想到考试的一切故事。在小说里面，写考试事情的也很多，真正写得深切动人的，很少很少！吾于《儒林外史》，取二十二回而已。

《随园诗话》上，有几段关于考试的诗句，约略记得一点，像落第人说的："也应有泪流知己，只觉无言对俗人。"又说："早料功名难倒我，若云侥幸岂无人？"实在是可以代表那种人的愤懑。又写老童生一绝，也很好。"白发回家夕照西，杖藜扶我上楼梯。老妻附耳高声问，未冠今朝出甚题？"从前考童生，题目分已冠未冠两种，未冠指二十岁以下的童生考的，题目比较容易。这也形容那潦倒名场的老人，如何可怜，其不服老，要与少壮派童生争一日短长，也就跃然纸上啦。

（原载1935年11月27日上海《立报》）

小说人物论

林黛玉

为《红楼梦》作论赞者，其论林姑娘之劈头一语，即为"木秀于林，风必摧之"。若是乎人出于众，即无可以自全者。愚以为不然，林姑娘之不得志于贾府，是其恃才傲物，自有以取之，非众人妒之忌之之故也。使其以事父母者，视贾政夫妇；待姊若妹者，视园中诸姑娘；更以待紫鹃者，视各位丫头。与人无犯，与物无争，朝起夕眠，尽其在我。虽有宝钗袭人之腹剑森森，亦无术而夺其宝玉矣！何则？才本令人可爱，复有德以感之，则爱者更爱，不爱者，亦无所憾于其人也。如是，谗言无隙可生矣。

泰山之松，高逾云表，俯视万壑，岂惟出林而已。而唐宋之植，犹有存者，风何时不吹，未尝摧之也，此又何哉？彼委曲盘结，能以渐进，能以虚受也。惜乎林姑娘之未尝登泰山一视此松耳。夫潇湘馆栽竹甚多，林择而居之，似其娘为人，乃深能爱竹而知之矣。然竹虚心能受风雨，竟终年观之而不悟。谓其才如木高于林，未也！

读者与报社主者，均嘱日为小言，未容避免，姑择稗官中人物，日写百十言，敢云有何卓见，点缀而已。赐稿诸公，仍请偏重于一“述”。勿以为例也。

（原载1935年10月1日上海《立报》）

猪　八　戒

《西游记》虽为谈神说怪之书，然使吾人不当神话看，则依然为叙述人生之作品，试以猪八戒和尚论之，不失为大中华一种典型人物也。

猪八戒身为和尚，长嘴大耳，又丑恶特甚，而其好女色也，则有胜于常人，此其一。好逸恶劳，饱食思睡，虽大敌当前，昏昏然不知其天职之所在，此其二。工谗善诟，满口是谎，见强者则谄之，背强者则毁之，此其三。有时胆大妄为，无所不往，及失败，则钻入泥草中，以谋苟全性命，此其四。见同伴遭难，即扬言散伙。而以势力迫之，则又俯首贴耳，愿效前驱，所谓贱骨头是也，此其五。总之，出家人所戒之酒色财气，彼几尽有之。以如是人而拜佛求经，且成正果，佛何其不慧也夫？而八戒和尚遂窃笑佛力无边，不过如是而已。

作者对于八戒，辄名之曰呆子。八戒岂真呆哉？谓八戒为呆子者，乃真呆也。

（原载1935年10月2日上海《立报》）

武　大

传有之：象有齿以焚其身。武大之被毒药杀死，武大自杀之也。夫以大之三寸钉、铁树皮诨名观之，不但其身材矮小，且必奇黑。如此人材，与少女任牵骡引车之职，伊或不欲？况妻潘金莲人间尤物乎？武大不解此，以为放下帘子，关上大门，藏美妻于深楼，即可无事。不料巨祸之来，正在一挑也。愚哉武大！秦筑万里长城以防胡，且不二世，区区一门一帘，能何为也哉？

或以为武大特遇潘金莲耳。使遇另一美妇，当不至死。又不幸遇西门庆耳，使无此伧，潘即纵欲，或亦不敢杀人。愚以为不然，一兔在野，百犬逐之；一金在道，百人夺之。清河县之大，泼皮大户多矣。彼岂尽无目者也？有目，则必欣金莲之美而欺武大之懦矣。苟遇辣者，虽白日杀其武大于野可也，岂止以药鸩之而已。为武计，度德量力，惟有送此祸水出门耳，恋祸水而不能治，死矣！

（原载1935年10月3日上海《立报》）

薛　仁　贵

书出“薛仁贵”三字，在中国下层阶级，必感到一种刺激，而此种刺激，其发动点甚出于正当，不若宋江名字虽有普遍性，究不可以为训也。但薛仁贵之为人，在《征东》一书中，殊未能有若何深刻之描写。若就事实论之：则彼虽身为火头军，爱国百倍于其元帅。闻战鼓而忘身，带重病以杀贼。曾立大功，不求上赏。其勉励弟兄周青等曰：无伤我火头军荣誉，不知其他。此以上海谚语比之，憨大而已。

呜呼！聪明人不肯爱国，怯懦人不能爱国，糊涂人不知爱国，爱国者惟憨大耳。推而论之，岳飞、文天祥、史可法，何莫而非憨大哉？聪明人不配笑憨大，怯懦人不敢笑憨大，糊涂人不会笑憨大，果憨度也何伤？勉之！

（原载1935年10月4日上海《立报》）

卖　油　郎

卖油郎独占花魁女，此为旧时儿女最欣羡称赞之事；便至今日，或仍不少留恋此佳话者。愚以为卖油郎其人，不过一色情狂之汉子，乌足值吾人之一赞？或有不服，则愿尽吾言焉。

夫爱情真义，在彼此能了解对方为人。卖油郎日伺于妓院之门，与花魁无一语之相投，无一事之钦许，亦未尝知其人才情身世何者，徒以见其丽若天人，色授魂与，此与今日街头引车卖浆者流，见小花园娼妇艳妆行过，目送心动，了无二致，更何谈于彼此了解？而彼乃遂起妄念，不惜耗经年之精力，集银数十两，以博一夕之欢。是其为色欲而来，毫无疑义。幸而花魁怜其专诚一语，竟身许之。否则彼如愿以偿，日出而惘惘出门，则回思经年所努力，不果如此，人不知无以自解，人知之不成为大笑话耶？世之牺牲事业，耗费家产，毕生葬送于娼门者，多矣！何莫而非卖油郎乎？称许卖油郎之所为，则此等浪子，将何以处之？是则卖油郎之为人，固不足为训也。

至花魁之愿嫁卖油郎，此另为一事。若人人欲得此便宜事，则是见人得头奖，而多买航空券耳。吾不愿论之。

（原载1935年10月5日上海《立报》）

宋　江

自金圣叹批评之七十一回本《水浒》出，人乃悉知宋江为大奸大诈。然金对宋之看轻银子，仍甚许之。以为宋之长处在此。其实宋之用银子，亦只是其诈术之一端，所谓欲以取之，先故与之也。夫宋身为法吏，应知盗贼所为者何事，所触者何法。苟遇盗贼，理当鸣官。今彼则反是，广结亡命，结为弟兄。因是江湖不法之徒，无有不知宋三郎。从宽论之，宋非居心叵测，亦奖励作恶矣。人有钱做好事，何善不可举？必送粮于盗，以博英雄之名，其命意尚可问乎？

虽然，封建之世，人以做官为最高职业。官而可得，则为道良多。或求之于文字，或求之于血汗，或求之于金钱，或求之于奴仆婢妾。一切卑污行为，若宋江者，则求官于盗贼之途者也。其用心固险，而其所以谋为官者则一。当其在忠义堂摆香案接招安圣旨时，实无异于十年窗下，一榜及第，故就此事论之，则宋之自谋，亦只是求官手段不同而已。不责高俅以踢球而为太尉，而责宋江以做盗而为指挥，亦尚不得其平也。

呜呼！官而可求，不惜处心积虑以为盗，自赵宋已然矣。吾人何幸生于革命政府之下也！

（原载1935年10月7日上海《立报》）

唐　伯　虎

“唐伯虎”三字，江浙一带，妇孺皆知。尤其苏州人，能自道其履历者，无不能道唐伯虎也。此等成绩，皆为《三笑因缘》所造成，而《三笑因缘》中所描写之唐先生，几成一无赖文人，实未备有典型人物之价值。姑从长处论之，则唐不惜屈身为奴，以谋娶秋香，是能打破阶级观念者，聊有可取耳。于是吾有感焉。夫男女平等，男子恋婢女可成为佳话，则女子恋男仆，即不为佳话，亦不成为大恶，何以前数岁黄慧如之爱陆根荣，即冒社会之大不韪？数百年来，唐先生始终保持风流才子之名誉，黄则憔悴而死矣。人言真可畏也。虽然，唐之风流才子名誉，当亦为日无多耳。

（原载1935年10月9日上海《立报》）

这第一炷香[①]

《西厢记》里的崔莺莺，在后花园拜月的时候，曾烧上这么三炷香。那第一炷香的祷告语，即是名正言顺的，祝他亡父早登天界。我们这花果山，今天开幕大吉。似乎也要名正言顺一下子。可是这花果山的齐天大圣，究竟是位野仙。若是说上一大套子金科玉律，倒有点不搭调。所以就干干脆脆，还是从今宵只可谈风月作起。

谈到第一炷香本身，这是烧香的人，以极愿得着的。北平彰仪门外，有座财神庙，每当正月初二，大开庙门，任人烧香。那些财迷的香客，天不亮，就在城门口等着，城开了，一窝蜂地出去，为的是要烧第一炷香，可是到了庙里一看，第一炷香，老早让人烧了去，大家全是懊丧之至。因为人要敬了第一炷香，财神爷就得照着他啦。假使您要敬着第一炷香的时候，若要买航空奖券，头奖准是您的。

有这么一个人，上财神庙烧了十年早香，都没赶上第一炷香。他急啦，第一天晚上，带了香烛，偷偷儿地溜进庙去，躲在神案下，打算一交子时，立刻由桌子底钻了出来。庙门没开，香已烧了，谁还能抢了去？不料刚打十二点，佛殿上就有脚步响，探头看时，庙里老道，正带了香烛上殿呢。那人钻出来，一把抓住老道说：“怪不得你们庙里老道年年发财，

① 此文系先父在上海创办《立报》副刊《花果山》所写的创刊词。

第一炷香，老早是你自己烧着哇！”老道说：“这个您得原谅！我要是年年不烧着第一炷香，财神不照顾着我，哪来香客挤破庙门呢？”那人这才明白了，第一炷香是老道的，不然，也不成其为财神庙了。

这句生意经的话，看报先生，全是我们的财神爷，花果山老道，这有礼了。

（原载1935年9月20日上海《立报·花果山》）

欢喜冤家

我作的一部欢喜冤家小说，曾在《晨报》上发表，上海人当然不都看见，但是看见的人，必然知道我的用意所在。我的意思有以下三点之表明：

（一）中国人提倡做官，做官人便是以官为业。除了官，士农工商全不能干。

（二）人人都说到农村去好，可是真到了农村，就不能过那淡泊的生活。

（三）女伶自是一种职业，可是不免受人侮辱。许多人为了这侮辱，要跳出火坑去，可又往往不能跳出去。这是一个社会问题。

这样的叙述，至少是一种问题小说。天一公司，看中了这个题材，死乞白赖，要用去拍电影。我郑重声明，不能改了我的意思。不料今年七月，我在北平真光，看到这部片子，我几乎在池座里吐出一口鲜血。原来他们除仅仅用了百分之七八我的故事而外，而片子的命意，完全和我相反。

他们相信一个小官僚，一个红女伶，能抛开城市一切繁华，到乡下去养鸭。我不知这是幻想，或者是写实？

既不用张恨水欢喜冤家的故事，也不采他小说里的意义，便用欢喜冤家这四个字去作影片的名字，这是什么玩意儿？自然，欢喜冤家四字，是句成语，我也不能注册专有。但是天一却用了张恨水原著几个字去登广告。并不曾用我的原著，偏又要说的原著，这是开玩笑呢？还是另有作用？公道不公道，自有天知道了。

在这一点小事看起来，人在社会上受人糟踏，实在有出于意外的。因之我对某种人多一层认识，对某种人，多一层原谅了。此所谓欢喜冤家是已！

（原载1935年9月27日上海《立报 · 花果山》）

星期六京沪夜车

今天又是星期六，便联想到今晚的京沪夜车。

南京友人某君，曾和我说过笑话。他说：一个人要找他本分的事做，那是会够他忙的。譬如监察委员，或者监察官，如肯在星期六晚上，在南京搭了夜车头等座，到上海去，决不愁没有题目好作文章。可是，并不去坐这夜车，社会上也不会因此有什么大问题发生，又何必多事？他这话说得很隐晦，我不大“十分”明白。爱坐星期六夜车的人，或者明白吧？

在这里，我便想起了胡展堂先生。不客气言之，胡先生的量，不是怎样宽宏的。可是有一件事，值得我们佩服的，他在南京做官的时候，并不惦记着上海的租界。自然，星期六夜车的风味是没有尝过的啊！

北京政府时代，那些腐败贪污的官僚，每逢星期六下午，就溜到天津去狂嫖滥赌，往往是误了星期一的公事。当今执政诸公都是廉洁之士，决不把上海当天津，这是社会公认的。某君所谓星期六夜车，必是指着一部分无业游民而言。这是应当郑重声明的！

（原载1935年9月27日上海《立报》）

《水浒》人物论赞

序

民国十六七年间，予编《北平世界日报》和《北平世界晚报》副刊。晚刊日须为一短评，环境时有变更，颇觉题穷。予乃避重就轻，尚论古人，日撰《〈水浒〉人物论赞》一则。以言原意，实在补白，无可取也。后读者觉其饶有趣味，迭函商榷，予乃赓续为之。旋因予辞职，稿始中止，然亦约可得三十篇矣。民国二十五年，予在南京办《南京人报》自编副刊一种，因转载是稿，并又益以新作十余篇。社中同人，读之而喜，谓是项小品专在议论，不仅为茶余酒后之消遣，可作青年国文自修读本看，嘱予完成出单行本，予漫应之，以为时日稍长，当汇集杂稿成书也。其后中日战局日紧，无暇为此项小文，事又中搁。去冬，万象周刊社，在渝觅得《南京人报》合订本十余册，整理同文著作，得论赞四十余篇。编者刘自勤弟剪贴成集，欣然相示，商予更增新稿，务成一单行本，以了夙愿。予因去岁作《水浒新传》，读《水浒》又数过，涉笔之余，颇多新意，遂允其议，再增写半数共得九十篇。因人物分类，列为天罡、地煞、外编三部。虽取材小说，卑之毋甚高论。但就技巧言，贡献于学作文言青年或不无小补云尔。

1944年3月3日张恨水序于南温泉北望斋茅屋

凡　例

一　本书各文之属笔，前后相距凡十余年，笔者对水浒观感，自不无出入处。但态度始终客观，并持正义感，则相信始终如一。

二　各篇在北平书写者，篇末注一平字，在南京书写者，注一宁字。最近在重庆续写者，注一渝字，以志笔者每个年代之感想。

三　三十六天罡，每人皆有论赞，七十二地煞，则不全有，以原传无故事供给，难生新意，不必强作雷同之论也。其间有数篇是合传，意亦同。外篇人物，仅择能发人感喟者为文，故不求其多。

四　宋晁二人，在昔原有论文，因对主脑人物，特以新意再写一篇，而仍附旧作于后，其余从略。

五　是书愿贡献青年学文言者，作一种参考，故结构取多种。如朱仝雷横篇，用反问体，朱贵篇通用也字结句是。其余各篇，青年自可揣摩领悟。然绝非敢向通人卖弄，一笑置之可也。

六　青年初学文言，对于语助词，最感用之难当。是书颇于此点，加意引用，愿为说明。

七　是书愿贡献青年作学文言之参考，亦是友朋中为人父兄所要求。笔者初不敢具有此意，自视仍是茶余酒后之消遣品耳。

八　笔者为新闻记者二十余年，于报上作短评，颇经年月。青年学新闻者，酌取其中若干，为作小评之研究，亦可。

天 罡 篇（三十三篇）

宋江 第一

北宋之末，王纲不振，群盗如毛。盗如可传也，则当时之可传者多矣。顾此纷纷如毛者皆与草木同配，独宋江之徒，载之史籍，挡之稗官，渲染之于盲词戏曲，是其行为，必有异于众盗者可知。而宋江为群盗之首也，则其有异于群者又可知。故以此而论宋江，宋氏之为及时雨，不难解也。

英雄之以成败论，久矣。即以盗论，先乎宋江者，败则黄巢之流寇，成则朱温之梁太祖高皇帝，败又造反盗匪张士诚矣。宋氏之浔阳楼题壁诗曰："敢笑黄巢不丈夫。"窥其意，何尝不慕汉高祖起自泗上亭长？其人诚不得谓为安分之徒，然古之创业帝王，安分而来者，又有几人？六朝五代之君，其不如宋江者多矣。何独责乎一宋江乎？

世之读《水浒》而论宋江者，辄谓其口仁义而行盗跖，此诚不无事实。自金圣叹改宋本出，故于宋传加以微词，而其证益著，顾于一事有以辩之，则宋实受张叔夜之击而降之矣。夫张氏，汉族之忠臣也，亦当时之英雄也。宋以反对贪污始，而以归顺忠烈终。以收罗草莽始，而以被英雄收罗终。分明朱温、黄巢所不能者，而宋能之，其人未可全非也。

间尝思之，当宋率三十六人横行河朔也，视官兵如粪土，以为天下英雄莫如梁山矣，赵氏之锈鼎可问也，则俨然视陈胜项羽不足为已。及其袭海州，一战崦败于张叔夜，且副酋被擒。于是乃知以往所知之不广，大英雄，大豪杰，实别有在，则反视藐躬，幡然悔改。此南华秋水之寓意，而未期宋氏明之，虽其行犹不出乎权谋，权而施于每，其人未可全非也。

虽然，使不遇张相公，七年而北宋之难做，则宋统十万喽啰雄踞水泊，或为刘邦朱元璋，或为刘豫、石敬瑭，或为张献忠、李闯，均未可知也。宋江一生笼纳英雄自负，而张更能笼纳之，诚哉，非常之人，有非常之功也，惜读《宋史》与《水浒》者，皆未能思及此耳。梁山人物，蔡京高俅促成之，而张叔夜成全之，此不得时之英雄，终有赖于得时之英雄欤？世多谈龙者，而鲜谈降龙之罗汉，多谈狮者，亦鲜谈豢狮之狮奴，吾于张叔夜识宋江矣。又于宋江，更识张叔夜矣。（渝）

附一篇

人不得已而为贼，贼可恕也。人不得已而为盗，盗亦可恕也。今其人无不得已之势，而已居心为贼为盗。既已为贼为盗矣，而又曰："我非贼非盗，暂存水泊，以待朝廷之招安耳。"此非淆惑是非，倒因为果之至者乎？孔子曰："乡原德之贼也。"吾亦曰："若而人者，盗贼之盗贼也。其人为谁，宋江是已。"

宋江一郓城小吏耳。观其人无文章经世之才，亦无拔木扛鼎之勇，而仅仅以小仁小惠，施于杀人越货、江湖亡命之徒，以博得仗义疏财及时雨之名而已。何足道哉！夫彼所谓仗义者何？能背宋室王法，以纵东溪村劫财之徒耳。夫彼所谓疏财者何，能以大锭银子买黑旋风一类之人耳。质言之，即结交风尘中不安分之人也。人而至于不务立功立德立言，处心积虑，以谋天下之盗匪闻其名，此其人尚可问耶？

宋江在浔阳楼题壁有曰："他年若得报冤仇，血染浔阳江口。"又曰："他时若遂凌云志，敢笑黄巢不丈夫。"咄咄！江之仇谁也？血染浔阳江口，何事也？不丈夫之黄巢，何人也？宋一口道破，此实欲夺赵家天下，而以造反不成为耻矣。奈之何直至水泊以后，犹日日言等候朝廷招安耶？反赵犹可置之成王败寇之列，而实欲反赵，犹口言忠义，以待招安欺众兄弟为己用，其罪不可胜诛矣。虽然，宋之意，始赂盗，继为盗，亦欲由盗取径而富贵耳。富贵可求，古今中外，人固无所不乐为也。

晁盖 第二

评《红楼梦》者曰："一百二十回小说，一言以蔽之，讥失政也。"张氏曰："吾于《水浒传》之看法，亦然。"

王安石为宋室变法，保甲，其一也。何以有保甲？不外通民情，传号令，保治安而已。凡此诸端，实以里正保正，为官与民之枢纽。而保正里正之必以良民任之，所不待论。今晁盖，郓城县东溪村保正也。郓城县尹，其必责望晁氏通民情，传号令，保治安，亦不待论。然而晁氏所为，果何事乎？《水浒》于其本传，开宗明义，则曰："专爱结识天下好汉，但有人来投奔他的，不论好歹，便留在庄上住。"嗟夫！保正而结识天下好汉，已可疑矣，而又曰："不论好歹，便留在庄上住。"是其生平为人，固极不安分者也。极不安分而使之为一乡保正，则东溪村七星聚义，非刘唐、公孙胜、吴用等从之，而县尹促之也，亦非县尹促之，而宋室之敝政促之也。使晁盖不为保正，则一土财主而已。既为保正，则下可以管理平民，上可以奔走官府。家有歹人，平民不得言之，官府不得知之，极其至也，浸假远方匪人如刘唐者，来以一套富贵相送矣，浸假附近奸滑如吴用者，为其策划劫生辰纲矣。浸假缉捕都头如朱仝、雷横者，受其贿赂而卖放矣。质言之，保治安的里正之家，即破坏治安窝藏盗匪之家也。

读晁盖传，其人亦甚忠厚，素为富户，亦不患饥寒，何以处心积虑，必欲为盗？殆家中常有歹人，所以有引诱之欤？而家中常有歹人，则又身为保正，有以保障之也。呜呼！保甲而为盗匪之媒，岂拗相公变法之原意哉！一保正如此，遍赵宋天下，其他保正可知也。读者疑吾言乎？则史进亦华阴史家庄里正也。《水浒》写开始一个盗既为里正，开始写一盗魁，又为保正。宋元之人，其于保甲之缴，殆有深憾欤？虽然，保甲制度本身，实无罪也。（渝）

附一篇

梁山百八头目之集合，实晁盖东溪村举事为之首。而终晁盖身居水泊之日，亦为一穴之魁。然而石碣之降也，遍列寨中人于三十六天罡，七十二地煞之名，晁独不与焉。岂洪太尉大闹伏魔殿，放走石碣下妖魔，亦无晁之前身参与乎？然而十三回东溪村七星聚首，晁胡为乎而居首也？十八回梁山林冲大火并，胡为乎义士尊晁盖也。五十七回众虎同心归水泊，又胡为乎晁仍发号施令也。张先生怃然有间，昂首长为太息曰：嗟夫！此晁盗之所以死也！此晁盖之所以不得善其死也。彼宋江者心藏大志，欲与赵官家争一日短长者久矣。然而不入水泊则无以与赵官家抗，不为水泊之魁，则仍不足以与赵官家抗。宋之必为水泊魁，必去晁以自代，必然之势也。晁以首义之功，终居之而不疑，于是乎宋乃使其赴曾头市，而尝曾家之毒箭。圣叹谓晁之死，宋实弑之，春秋之义也。或曰：此事于何证之？曰于天降石碣证之，石碣以宋居首，而无晁之名，其义乃显矣。盖天无降石碣之理，亦更无为盗降石碣之理，实宋氏所伪托也。

吾不知晁在九泉，悟此事否，就其生前论之，以宋氏东溪一信之私放，终身佩其恩德，以至于死，则亦可以与言友道者矣。古人曰：盗亦有道，吾于晁盖之为人也信之。（平）

卢俊义　第三

“芦花滩上有扁舟，俊杰黄昏独自游，义到尽头原是命，反躬逃难必无忧。”此吴用口中所念，令卢俊义亲自题壁者也。其诗既劣，义亦无取，而于卢俊义反四字之隐含，初非不见辨别。顾卢既书之，且复信之，真英雄盛德之累矣！夫大丈夫处世，富贵不能淫，贫贱不能移，威武不能屈。何去何从，何取何舍，自有英雄本色在。奈何以江湖卖卜者流之一语，竟轻置万贯家财，而远避血肉之灾耶？卢虽于过梁山之日慷慨悬旗，欲收此山奇货，但于受吴用之赚以后行之，固不见其有所为而来矣。

金圣叹于读《水浒》法中有云：“卢俊义传，也算极力将英雄员外写出来了，然终不免带些呆气。譬如画骆驼，虽是庞然大物，却到底看来觉到不俊。”此一呆字与不俊二字，实足赞卢俊义而尽之。吾虽更欲有所言，乃有崔颢上头之感矣。惟其不俊也，故卢员外既帷薄不修，捉强盗又太阿倒持，天下固有其才不足以展其志之英雄，遂无往而不为误事之蒋干。与其谓卢为玉麒麟，毋宁谓卢为土骆驼也。

虽然，千里风沙，任重致远，驼亦有足多者。以视宋江、吴用辈，则亦机变不足，忠厚有余矣。（平）

吴用　第四

有老饕者，欲遍尝异味，及庖人进鳝，乃踌躇而不能下箸。庖人询之，则以恶其形状对。盖以其自首至尾，无不似蛇也。庖人固劝之，某乃微啜其汤，啜之而甘，遂更尝其肉。食竟，于是拍案而起曰：“吾于是知物之不可徒以其形近恶丑而绝之也。”

张先生曰，“引此一事：可以论于智多星吴用矣。”吴虽为盗，实具过人之才。吾人试读《水浒传》智取生辰纲，以至石碣村大战何观察一役，始终不过运用七八人以至数十人，而恍若有千军万马，奔腾纸上也者。是其敏可及也，其神不可及也。其神可及也，其定不可及也。使勿为盗而为官，则视江左谢安，适觉其贪天之功耳。

更有进者，《水浒》之人才虽多，而亦至杂也。而吴之于用人也，将士则将士用之，莽夫则莽夫用之，鸡鸣狗盗，则鸡鸣狗盗用之。于是一寨之中，事无弃人，人无弃才。史所谓横掠十郡，官军莫敢撄其锋者，殆不能不以吴之力为多也。夫天下事，莫难于以少数人而大用之，又莫难于多数人而细用之。观于吴之置身水泊，则多少细大无往而不适宜，真聪明人

也已。虽然，惟其仅为聪明人也，故晁盖也直，处之以直；宋江也诈，则处之以诈，其品遂终类于鳝，而不类于松鲈河鲤矣。（平）

公孙胜　第五

公孙胜只能画符作法耳，未见其有何真实本领也。吾人既不愿谈荒唐经，则欲于此为文以赞之，转觉词穷矣。虽然，《水浒》一书，除言忠义而外，教人以孝者也。书中写得最明显者，有王进之孝纯孝也，有李逵之愚孝也，宋江之伪孝也，惟公孙胜之孝，则吾莫得而名之，然则于孝之一点，可以论公孙胜矣。

吾闻古哲之言曰："孝子不登高，不临深。"亦曰："事君不忠，非孝也；临阵无勇，非孝也。"又曰："身体发肤，受之父母，不敢毁伤，孝之始也。"吾侪不言孝，则亦已矣，既已言孝，则不得不一考为孝之道。彼公孙胜者，以父母所遗清白之身，无端而见财起意，无端而杀人越货，无端而拒抗官兵，入寇国土。此果孝子所应为乎？然此犹曰："昔日之未悟也。"当宋江迎接宋外公之日，胜忽然省悟小人有母，乃浩然有归志，是矣。顾李逵、戴宗一至二仙山，胜奈何又弃母而复出？昔日在金沙滩别众头领有母也，今日赴高唐州则无母乎？昔日归九宫县二仙山有母也，今日回梁山泊更觐宋太公，则无母乎？胜不得为王进之纯孝，不得为李逵之愚孝，奈何亦不得为宋江之伪孝耶？于其母也如此，自谓能孝其母者如此，其他可知矣，吾于是知胜之于画符作法外，固绝无一事之长也。（平）

关胜　第六

古今中外，无地无才，无时无才。有才而不能用，用之而不能尽，斯觉才难耳。吾读《水浒》关胜，乃不禁恣嗟太息，泫然涕下也。关之智勇兼长，雍容儒雅，绝似以乃祖寿亭侯。乃朝廷不为见用，屈之于下位。一旦有事，始匆匆见召，草草起用，既不聘之以礼，又不激之以义，用之之谓何也？此特所以处招之便来，挥之便去，一班蝇营狗苟之徒耳，岂足以驱策英雄豪杰哉！故关之来，其心中不必向赵官家求荣，更不必为蔡太师解忧，只是答良友推荐，为自己本领作一番表白，及遇宋江投以所好，欺以其方，遂不能不动心矣。

昔豫让有言，中行氏众人蓄我，故我以众人报之，智伯国士遇我，故我国士报之，于是知英雄豪杰之乐为人用，虽不免赖于功名富贵，子女玉帛，而功名富贵，子女玉帛，实不足以尽之。能尽之者何？舒其才，安其心，顺其性而已。关胜谓宋江曰："君知我则报君，友知我则报友，到此意也。"宋江究不能为刘备耳，使其果有此日，胜何难效乃祖威镇荆襄，而俯瞰汴洛耶？后之人欲笼纳英雄，一味势迫利诱，其效几何？终亦不免为宋江所笑矣。（平）

林冲　第七

天下有必立之功，无必报之仇；有必成之事，无必雪之耻。何者？以其在己则易，在人则难也。林冲为高氏父子所陷害，至家破人亡，身无长物，茫茫四海，无所投寄，其仇不为不深，其耻不为不大。而金圣叹所以予林冲者，谓其看得到，熬得住，把得牢，做得澈，而卒莫如高氏父子何，此可见报仇雪耻之非易言也。

虽然，林冲固未能看得到云云也。果能看得到云云，则当冲撞高衙内之后，即当携其爱妻，远觅栖身立命之地，以林之浑身武艺，立志坚忍，何往而不可托足。奈何日与虎狼为伍，而又攖其怒耶？同一八十万禁军教头，同一得罪高太尉，而王进之去也如彼，林冲之去也如此，此所以分龙蛇之别欤？吾因之而有感焉：古今之天下英雄豪杰之士，不患无用武之地，只患略有进展之阶，而又不忍弃之。无用武之地，则亦无有乎尔，既已略有之，不得不委屈以求伸，而其结果如何，未能言矣。若林冲者，其弊正在此也。世之赧颜事仇，认贼作父者，读林冲传，未知亦有所悟否也？（宁）

秦明　第八

百八人之入《水浒》，冤莫冤于秦明，惨亦莫惨于秦明矣。秦虽性情暴躁，然甚知大义，所谓“朝廷教我做到兵马总管，兼授统制之官职，又不曾亏了秦明，如何肯做强人？”此不必谈若何天经地义，亦复恩怨分明之言。况其室家俱在，安然食禄供职，亦无入伙为盗之必要。而宋江欲为水浒罗致天下英雄，不惜施反间计，使秦明之家，同归于尽，而以绝其归路。诵鸱鸮之诗，既毁其巢，又取其子，慕容知府之过，正宋江之罪也。

当吴用等诱朱仝入伙之日，亦曾杀小衙内以要之。朱忿李逵手腕之毒，至再至三，必欲与李逵一决而后已。而秦明受宋江、花荣之下此绝着，竟敢怒而不敢言，吾未能信其为霹雳火矣。以意度之，秦之于宋江，或亦如关胜之于宋江，“此心动矣”乎？

夫清风寨之役，宋江尚未入水浒也。未入水浒而便如此搜罗人才，则谓其无意于为盗？孰能信之哉？更谓其无意于为水浒之魁，又孰能信其哉？秦既被擒于清风山，一闻宋江之名，即不胜其倾倒，而曰闻名久矣，不想今日得会义士。而此轻轻一语，遂使宋江得意气相投之征。而秦之全家老小，卒无端葬送矣。甚矣哉！择友之不可不慎也。（平）

呼延灼　第九

《水浒》写平盗诸人，均以大将风度，怀才不遇出之。如此，所以使其后来易于入泊为伙也。灼以开国元勋后裔，有万夫不当之勇，且为高俅所稔知，而其位亦不过汝宁州都统制。以清代驻军制比较之，亦仅仅一县城中千总游击之类耳。灼在乎日，未知其抱负何如，但观其被宣至东京，未见天子，先拜高俅，声称恩相，如受大宠。而亦既为梁山所败也，急投慕容知府，欲走慕容贵妃关节，以免于罪，灼之人格，盖可想矣。

虽然，灼有万夫不当之勇者也，以有万夫不当之勇之人，患得患失，乃至如此，则尔时有才之不足恃，可见一斑。而蔡京高俅之培植私党，妒贤嫉能，又奚待论？使非梁山盗风之炽，高俅一时心血来潮，想及于灼，则灼终其身困于汝宁州与草木同朽耳，于灼何责焉。叩马书生之言曰："世未有权奸在内，而大将立功于外者。"嗟夫！岂特不能立功而已，才勇之士，苟不甘为狗奴才之驱使，老死牖下耳，又何从为大将哉。此宋之所以亡也。为天下古今忧国有心，救国无道者，同声一哭！（宁）

花荣　第十

有村俗卑鄙之刘正知寨，便有风流儒雅之花副知寨。有剥削小民，不分良莠之正知寨，便有文武双全，无用武之地之副知寨。天下事大抵如此，握权者不必有能，备位者多才多艺，而竟无法展其一技一艺也。夫既不能展其一技一艺矣，而为正者又恐物不得其平则鸣，将不免挟智力以谋我，于是愈抑压之，以使永久无可展其一技一艺而后已。此花荣之在清风寨，局促不安，一见宋江即痛斥刘知寨者乎？

以花荣之才，如燕顺王英等，纵有十百，不足值其一顾，而卒使燕顺王英等之能于清风寨附近结伙落草，殆为情理所必无，然而燕顺王英不但结山为盗，且并刘知寨之夫人而亦抢劫之，此一半在刘高之无力剿匪，而另一半不能不认为在花荣之熟视无睹矣。盖花荣身自为计，有匪即不必任其咎，匪平则刘高受其功，固不必为此吃力不讨好之事也。吾于何见之，吾于花荣对宋江所言知之，彼既谓："小弟独自在这里把守时，远近强人怎敢把青州搅得粉碎？……恨不得杀了这滥污禽兽。"此对刘知寨而发也。又谓"正好叫那贱人，受此玷辱，兄长错救了这等不才的人。"此对刘知寨夫人而发也。是则宋江之为刘高所陷害，亦不无池鱼之殃也。文雅如花荣，犹不免与刘高争至两败俱伤，薰莸不同器，信然哉！（宁）

柴进　第十一

《水浒》之盗，其来也可别为四。原来为盗，如朱贵、杜迁是也。处心积虑，思得为盗以谋出身，如宋江吴用是也。本可不为盗，随绿林入伙，如燕青、宋清是也。势非得已，如俗所谓逼上梁山者，林冲、杨志是也。若以论于柴进，则吾又茫然，而不能为之类别焉。谓其非原来为盗，则与江湖强盗，早通消息矣。谓其非有心为盗，则其结交亡命，固行同宋江矣。谓其非随绿林入伙，则固曾藏梁山中人计赚朱仝矣。谓其非被迫上山，则丹书铁券，曾不能救其自由矣。大抵柴之为人，并非势必为盗之辈。固一思宋朝天下夺之于彼柴门孤儿寡妇之手，自负身有本领，颇亦欲为汉家之刘秀。且宋纲不振，奸权当道，柴家禅让之功，久矣不为人所齿及，而尤增柴氏耻食宋粟之心。故柴虽不必有唐州坐井观天之一幕，亦迟早当坐梁山一把交椅也。

《水浒》一书，本在讥朝廷之失政，而柴进先朝世裔，宋氏予以优崇，亦尝载在典籍，告之万民。乃叔世凌夷，一知府之妻弟，竟得霸占柴家之产业。柴皇城夫人所谓金枝玉叶者，乃见欺于裙带小人，焉得而不令人愤恨耶？柴之为盗，固可恕矣。

惜哉！柴未尝读书，又未尝得二三友，匡之于正也。不然，以其慷慨好义，胸怀洒落，安知不能为柴家争一口气乎？（宁）

李应　第十二

《水浒》三十六天罡，论其才智勇力有绝不如地煞者，未知作书人，当时恃何标准以轩轾之？若扑天雕李应，其一也。

祝家庄恐水泊群寇借粮犯境，厉兵秣马，深沟高垒，联扈李二庄，共结生死之盟，论公谊，为国家守土；论私情，亦为乡梓自卫。见义勇为，此正大丈夫事。读《水浒》至此，辄为浮一大白。乃李应首破盟约，于群寇三打祝家庄之时，闭门作壁上观。使群寇少受一方之牵制，反以增加一分攻祝扈二姓之能力，祝家庄之亡，虽不尽由于李氏之废约，然长城自坏，士气必减，乃军家之大忌，正名定分，李决不能辞其咎也。

李氏与祝彪反目，非为祝氏曾捕时迁乎？时迁偷食村店之鸡，本属犯罪，祝氏罚之，业已不得谓非，而时迁甘冒不韪，自认将投梁山，是则敌人入境，尤所不赦。李果念及盟约，将杨雄、石秀一并擒缚，送与祝氏解之州牧，理也，亦势也。而李听其管家杜兴之言，明知石、杨为投梁山而来，明知石、杨投梁山之后，必兴大军来犯，竟酒肉款待，赠金慰送，是何异敌国之优奖间谍，失主之勾通窃伙耶？梁山寇既来，独不犯李氏庄上寸木寸土，人固知其彼此有所默契于心矣。

祝氏联盟，祝太公隐为盟首，然其名不如宋江之耸动江湖也。祝为庄主，李亦为庄主。祝联盟之日，未尝告李曰：将有术以博朝廷之知也。然宋江则告人静待招安矣。招安，做官之别径也。为李氏计，何去何从，不明若指掌乎？侧目风尘，吾不忍责李氏矣。（平）

朱仝　雷横　第十三

朱仝、雷横，何人？郓城县兵马都头也。都头所为何事，缉捕一县盗贼者也。给予都头缉捕盗贼之权？以国家有此法令，设此职务也。国家何为设此职务？以国家收有人民钱粮，应为人民剿除盗贼也。剿除何方盗贼也，郓城县内究竟有盗贼与否，则固有也。盗贼为谁？宋江、晁盖、吴用以及王伦等是也。有贼何为而不缉捕？有者朱雷不敢捕，有者朱雷又实释放之也。缉盗者与盗为友可乎？不可也。不可何故而释放之？因视私谊重于公事也。何为视私谊重于公务？朱雷则固视为此乃忠义所应为之事也。

何为而有此谬误思想？朱雷本亦近于贼也。近于为盗之人，郓城县知县何故令其为都头？则知县毫未料及也。知县何故不知？则以通盗已使社会上成为常事，不易发觉也。何为有此趋势，以人民恼恨贪官污吏，误认盗贼为义士也。贪官污吏为谁？自蔡京、高俅以下，盈天下皆是也。

嗟夫，然则朱雷固无罪，罪在蔡京、高俅也。有罪者为太师，则罪又不仅于蔡京高俅而已。（平）

鲁智深　第十四

和尚可喝酒乎？曰不可。然果不知酒之为恶物，而可以乱性，则尽量喝之可也。和尚可以吃狗肉乎？曰不可。果不觉狗被屠之惨，而食肉为过忍，则尽量吃之可也。和尚可拿刀动杖，动则与人讲打乎？曰不可。然果不知出家人有所谓戒律，不可犯了嗔念，则尽量拿之动之可也。总而言之，做和尚是要赤条条的，一尘不染。苟无伤于彼之赤条条的，则虽不免坠入尘网，此特身外之垢，沾水即去，不足为进德修业之碍也。否则心地已不能光明，即遁迹深山，与木石居，与鹿豕游，终为矫揉造作之徒，做人且属虚伪，况学佛乎？鲁师兄者，喝酒吃狗肉且拿刀动杖者也，然彼只是要做便做，并不曾留一点渣滓。世之高僧不喝酒，不吃狗肉，不拿刀动杖矣，问彼心中果无一点渣滓乎？恐不能指天日以明之也。则吾毋宁舍高僧而取鲁师兄矣。

吾闻师祖有言曰："菩提亦非树，明镜亦非台，本来无一物，何处惹尘埃。"悟道之论也。敬为之与鲁师兄作，偈曰："吃肉胸无碍，擎杯渴便消，倒头好一睡，脱得赤条条。"（平）

武松　第十五

有超人之志，无过人之才；有过人之才，无惊人之事，皆不足以有成，何以言之？无其才则不足以展其志，无其事又不足以应其才用之也。若武松者则于此三点，庶几乎无遗憾矣。

真能读《武松传》者，决不止惊其事，亦决不止惊其才，只觉是一片血诚，一片天真，一片大义。惟其如此，则不知人间有猛虎，不知人间有劲敌，不知人间有奸夫淫妇，不知人间有杀人无血之权势。义所当为，即赴汤蹈火，有所不辞；义所不当为，虽珠光宝气，避之若浼。天下有此等人，不仅在家能为孝子，在国能为良民，使读书必为真儒，使学佛必为高僧，使做官必为纯吏。嗟夫，奈之何，世不容此人，而驱得于水泊之盗也。故我之于武松，始则爱之，继则敬之，终则昂首问天，浩然长叹以敬之。我非英雄，然敬英雄谁不如我耶？

好客如柴进，无间然也，然犹不免暂屈之于廊下。只有宋江灯下看见这表人物，心下欢喜，只有宋江曰："结识得这般兄弟，也不枉！"然则举世滔滔，又勿怪武二之终为盗于宋江之部下也。恨水掷笔枉然曰："我欲哭矣！"（平）

董平　第十六

东平距水泊甚近，且为一府。守城官员其必戮力同心，善为戒备，自属必然。而太守程万里，乃以拒与董议婚，日常"言和意不和"。其未闻廉颇、蔺相如将相交欢之事乎？至围城之日，董又提亲，此分明前日之羊子为政，今日之事我为政也。在此要挟下，而程犹不悟，意谓议非其时，不知董平常日所求不得，此正求之之时。程不能于事前有以避之，又不能于事后有以羁之，而以打官话沮丧董之心，其愚诚不可及。观乎宋江以董有万夫不当之勇，攻城之前，犹先礼而后兵，程处危城，乃与欢喜冤家共捍国土，则其灭家之祸，直自招之矣。

至董平长处，于传无所见，然明知东平重镇，以兵马都监微职坦然守之，且于其时欲舍三军之惧，而求双栖之喜，殆亦有勇无谋之徒也。惟其

有勇无谋，太守不识，宋江乃得而用之矣。（渝）

张清　第十七

张清于东昌城外之战，顷刻之间，以尺石连打水浒十五员上将，使宋江百战之身，为之失色，而以比之五代朱梁王彦章，真有声有色之一页矣。然此技徒用之于临阵斗将耳。三军胜负，固不取决于是也。故不数日乃卒为宋江帐前之阶下囚。

观宋室之用将也，如关胜之贤明，呼延灼之精勇，秦明之猛烈，无不一一赍粮于盗。则张清之身怀绝技，一战而使宋江惊，再战而被宋江用，亦未足奇也。为丛驱雀，为渊驱鱼，固愚矣。然有雀有鱼而不善用，即不驱之，亦终归丛归渊而已。

金兵之渡河也，斡离不叹息宋室无人，谓以数千人守之，金兵即不得渡。然《水浒》诸酋，非自天降，则宋室岂真无人哉？（渝）

杨志　第十八

吾闻之先辈，有老童生者，考至五十，而犹不能一衿。最末一次，宗师见而异之，当堂笑谑之曰："鬓毛斑矣，犹来乎？"老童生曰："名心未死，殊不甘屈伏耳。"宗师曰："然则尔尚有不平，兹出一联，尔且对之。"遂曰："左转为考，右转为老，老考童生，童生考到老。"童生不待思索，应声而对曰："一人为大，二人为天，天大人情，人情大似天。"言讫，向宗师一揖，宗师笑而点其首。于是童生乃于是年入学。嗟夫。吾闻是事，乃甚叹有本领人之无所不至，而求免于与草木同朽也。

若杨志者，将门三代之后，令公五世之孙，且复曾为殿前制使，愿守清白之躯，顾一朝失所凭借，乃至打点一担金银，求出身于高俅之门。更又屈身为役于蔡京女婿之下，早晚殷勤，听候使唤，夫如是者何？非为怕埋没了本领，不能得一个封妻荫子耶？噫！制使误矣，古今天下，盗不限钻穴穿墙，打家劫舍之徒。有饮食而盗，有脂粉而盗，有衣冠而盗，等盗也。杨徒知顺水浒落草，玷污清白之躯，而不知在奸权之门，亦复玷污清白之躯。水浒强盗，搜刮银钱于行旅，大名梁中书，则搜刮银钱于百姓，何以异耶？于水浒则不愿一朝居，而梁中书十万金珠之赃物，则肝脑涂地，而为之护送于东京，冀达权相之门，乃祖令公在九泉有知，未必不引以为耻也。

夫善能审是非如杨志，当无不知高俅为奸佞之理，知之而仍就之，正是为了舍此一条路，不易找出身耳。世无钟子期，卒至宋江得空冀北之群，可胜叹哉！

徐宁　第十九

人之子孙，袭祖父之基业，其所以自处之道有三，秉其智力，发扬而光大之，上也。兢兢业业不失所有，中也。守之不力，轻易失之，下也。若所承继既毁，且降志辱身，人随物尽，则破家之不肖子矣。

徐宁为御林军金枪教头，身怀绝技，名闻江湖，固上上人物也。然其钩镰枪法，非自习得，乃祖父所遗传。故其上上人物之资格，非所自来，亦复祖父所传予，平衡论之，此与屋梁上红皮箱内所藏之赛唐猊雁翎甲，孰贵孰贱，孰重孰轻，不待知者而后知。而徐之与甲也，朝夕呵护，重等性命。及甲为时迁所盗，一再追寻，虽有职守，在所不顾。对于祖先所授之物，可谓尽其保守之职矣。然其名为祖先之余荫，则忘之。其身为祖先之遗体，亦忘之。一旦被赚入山，三言两语，即随绿为盗，是视甲不能归于窃贼，而身则可归于强盗也。本末倒置，亦甚矣乎！

封建之世，保守祖先基业责任之重者，莫如天子。试以天子言之，成也，当如汉光武，起自农亩，卒挽刘家将坠之业。败也，当如明崇祯，散发披面，缢死景山，以示无面目见祖宗于地下。若古今儿皇帝之流，虽幸得苟延残喘，岂徒玷辱先人，更为其子孙遗羞耳。因论徐宁，不禁感慨系

之。（宁）

索超　第二十

大名梁中书手下，有三个武将，计为大刀闻达，李天王李成，急先锋索超。此三人以索氏之武艺最佳，亦以索氏之地位最低，于是独索氏降顺梁山。宋江固善于笼纳人物，而亦梁中书未尽其用，有以致之耳。试观东郭争功之日，索与杨志比武，虎跃龙骧，几天高下，则其出色当行，谅亦必由杨氏于宋江前屡屡言之，故宋江之打大名，不欲之致李成、闻达，而惟生致索超。此盖言梁中书失一杨志，即不免又失一索超。扩而言之，东京失一林冲，即不免失却关胜、秦明、呼延灼、董平、张清无数武将。否则彼等纵战而不胜，亦必败而不降，今宋江遇诸人，一拍即合，是宋室之养士，故不如区区后面小吏能以江湖义气动之矣。

索超之被擒而降也，与杨志话旧，各各流泪。此不仅“乍见浑疑梦，相逢各问年”而已。若曰：“吾人争功之日，固谓一刀一枪，博个边疆出头之日也，庸知今日把晤于盗薮乎？”区区数字，读者极易放过。实则此真作者有深意处，而画出末路英雄一掬无可奈何之泪也。悲夫！（渝）

戴宗　第二一

神行太保戴宗，庸材也，亦陋人也。既庸且陋，乃于水泊中得庸天罡之选，则不过以其有神行术之一技而已。此一技之长，宋江、吴用，以至其余一百零五人，何以如此尊重之？是则于水浒每有所举动，必须戴宗来往奔走，有以知其然。故人生怀技，不可不专，专亦不可不适于环境之需要。请反言以明之，使梁山而无戴宗之人，则所有大举而不克成者，将十去其五六矣。一身而系全山事业之半，焉得而不为人所重乎？

秦之围赵也，而信陵君窃符救之。然直接窃符者，如姬也。一弱女子而存赵氏宗社矣。刘邦之困于鸿门也，项伯救之，然载刘脱险者，则一马也，一马而开刘汉数百年基业矣。人与物之得用，贵在其时，贵在其地，且贵得其遇，否则墨翟与鲁仲连，空有救世之心，终其身在野而已。此戴宗在当阳当节级，不过为走卒，而入水泊则为头领也，以是论今居要津高位者，可以悟矣。

或曰："神行之术，其理不可通，戴根本不能有此技。"此则另为一事，必凿凿言之，水浒且不得存在，况吾小文乎？（渝）

刘唐　第二二

一条大汉，赤条条睡在灵官庙供桌上，此便能认为是贼乎，不能也。不能认为是贼，而雷横固已认刘唐为贼矣，雷横其误乎？夫雷横职任都头，缉贼者也，缉贼者认为是贼，则其人必具有可认为是贼之道？然则雷横之误，殆又不得认为有意害刘唐是贼也。且刘唐之来，在奔投晁盖，送上一套富贵，此富贵指劫生辰纲而言，其行为乃盗也。盗且胜于贼焉。是刘唐赤条条一条大汉，有于内而形诸外，真有贼相者也。有贼相矣，且真为贼矣。缉贼者识而捕之矣，是雷横固未尝误也。

虽然，雷横固未尝误乎？误也。知刘唐是贼而捕之矣，何故以晁盖认为外甥，即放之耶？非晁保正之甥，赤条条睡在灵官庙供桌上便是贼！便擒之而送于当官。是晁保正之甥，即赤条条睡在灵官庙供桌上，便不是贼，便私行释放之，天下有是理也耶？雷横真误之又误矣！

雷横误之又误矣，而刘唐则不以此误之又误为误也。晁盖亦不以此误之又误为误也。盖刘唐不以其预谋劫盗为贼也，晁盖亦不以其预谋劫盗为贼也。不以为贼，则刘唐得以其人为是矣，亦得以赤条条夜睡在灵官庙供桌上为是矣。盖梁山一百零八好汉，都复如此也。吾人真不敢以主观之眼光想天下士矣。不然，郓城县月夜走刘唐之时，身穿黑绿罗袄，肩背包裹，谁又敢而贼之者？人而彼贼相，固不在相也，于此可以论刘唐矣。（平）

李逵　第二三

《聊斋志异》，虽为妖怪之说，实亦寓言之书。得其道于字里行间曰狐曰鬼，何莫非人也。十年来未读此书，大都不甚了了，然于考城隍一则中之八字联，则吾犹忆之。其联曰："有心为善，虽善不赏。无心为恶，虽恶不罚。"此真能铲除天地间虚伪，一针见血之言。若以论于黑旋风李逵，则实公平正直，一字不可易者也。

李二哥一生，全是没分晓，亲之则下拜，恶之则动斧，有时偶学坏人，以使小刁滑，而愈学乃愈见其没分晓。此种人天地间不必多，有了而亦不可绝无。有此等人而后可以知恶人之所以恶，知伪人之所以伪，知好人之所以好，知善人之所以善，知信人之所以信，知直人之所以直。愿天下人尽是此等人，则诛之为杀不辜，劝之又教人为恶。窃以为水浒中有此人，只是要为宋江、吴用辈作对照。如宋江打城池，必曰不伤百姓，李则只知使出强盗本性，乱砍乱杀。故李之恶，至于盗劫而止；宋则为盗之余，且欲收买人心。于是如何以论宋、李人格之高下，盖显然可见焉。

俗好以"天真烂漫"四字许人，仔细思之，谈何容易？窃以为如李二哥者，庶几当之无愧。盖李不仅是一片天真，而其秉天真行事，实又赋性烂漫者也。（平）

史进　第二四

史进在未遇王进以前，不过能耍花拳之乡间纨绔，既遇王进之后，武艺孟晋，人亦成为大好身手之健儿，真克传衣钵之佳子弟也。金圣叹以为史进只是上中人物，因《水浒》后半写得不好。后半写得好与否？吾且置之不问，然而彼释放陈达时，自忖自古道大虫不吃虎肉，吾不免为之击节三叹。盖据吾所见，不必大虫吃虎肉，惟大虫能吃虎肉，始见大虫之肥，亦始见大虫之威，史大郎独肯不吃虎肉，即以大虫论之，亦不失为好大虫者也。

当今之时，一国之善士，不得矣。一邑一乡之善士，又何尝时有？不得已而思其次，则同党同类中能称为好人者，以凤毛麟角观之，不为过也。若九纹龙史大郎，似可视为凤毛麟角矣。

史大郎犹不止此也。乃为释放少华山强人之故，至倾其家而无怨言，真孔氏所谓与朋友共，敝之无憾之志。而其为少华山毁家之后，朱武等劝其落草，且直斥之为“再也休提”只是去关西寻师傅王进。比较之一百零八人中因失业而没落为盗者，尤未可同日而语矣。异哉！史进延州乃未寻见王进，卒至于为百八人中之一也。（平）

穆宏　穆春　第二五

穆宏、穆春，揭阳镇上富户之子也。年富力强，复有贤父，就其境遇言之，正可为善。而乃接近盗匪，成揭阳岭上三霸之一。若就寻常人情言之，于理必不可解。但吾人读《水浒》，细数其中人物，贵如柴进而为盗，是率各阶级人物而无不甘为盗也，则岂个人心理变态之所致哉？

当薛永在揭阳镇卖技，因未向穆氏兄弟投拜，二穆但禁人为之破钞而已。乃宋江与银五两，穆春始认为灭却揭阳镇上威风，挥拳而与之较。则其初意，乃在抑制强者，少年血气方刚，其罪犹小。乃吊打薛永，追逐宋江，张横在江上相见，且认为欲夺生意。则穆氏弟兄，身居民家，纵横乡里之余，杀人劫货，必引为常事，既非饥驱，更非势迫，称霸镇上，乃以是自荣。平明世界，是何现象？而乡里不以为怪，且惟命是听。国之将亡，必有妖孽，其事之谓欤？

故世人民苦闷，不免推崇游侠，以泄胸中之积愤。末流所趋理智悉不克抑制情况，遂至倒行逆施，以横暴为勇敢，以违法为革命。而富贵之家亦以径作盗杀人为荣誉矣。二穆盖苦闷社会中之人耳，寻本探源，此有大问题在。（宁）

李俊　第二六

李俊为浔阳江上三霸之一，平民而以霸称，自非善类。但据其自信，只是以掌船作艄公为主，则较之张横、李立之以杀人劫货为业，自胜一筹矣。然亦仅仅只能胜此一筹耳。盖彼终年与杀人夺货者为伍，已等国法人道于无物，为大恶之人，亦为大忍之人也。唯其为大忍之人也，虽终年与盗为伍，而尚未亲身为之。独惜此等人置之浔阳江而称平民之霸耳，若使之走绝域，守孤城，或亦不难为苏武、张巡之徒也夫！人生此世，不得其遇，不得其伍，虽坚苦卓绝，亦无可称者，于李俊悟之矣。

吾言夸乎？否也。请以李之对宋江之言证之。彼曰："只要去贵县拜识哥哥，只为缘分绵薄，不能够去，今闻仁兄来江州，小弟连在岭下等接仁兄五七日了。"其思贤如渴若此，而亦可见其做任何一事，皆极有耐心与毅力者。设非其日日奔上揭阳岭来，引起李立之一问，几何宋江不为馒首馅儿也哉？"桃花潭水深千尺，不及汪伦送我情。"宋江真可为李俊咏矣。而宋江于李，不及视武松、李逵、戴宗也。殆以其人坚忍，声气有所未同欤？

陈忱作《水浒后传》，使李作暹罗国王，盖真得其意者。京剧《打渔杀家》，亦谓李已成隐士，居于太湖，意亦相同。此殆得之于逸本《水浒》，而已不传者。故论李之人品，实已胜过诸水路头领。虽然，善读《水浒》如金圣叹亦未及知，是固不能责之一般读泊学者已。（渝）

三阮　第二七

四、五月间，绿荫浓遍。农家石榴，高齐屋檐，于墙头作花，以窥行人。花点点如火，在绿荫中，至为娇媚。尝于此际，设短榻野塘堤上，临风把《水浒传》读之。至吴用入石碣村说阮一段，环观佳树葱茏，疑吾鬓边插一朵石榴花。颇思水上打鱼，村店吃酒，亦是人间一件乐事，何必一定要去作强盗。使吴用不来说其劫生辰纲，则阮氏三弟兄，终其身为渔夫也可。然则不识字人，诚不可与秀才交朋友也。

虽然，物必先腐而后虫生，使阮氏弟兄自始便如杨志、卢俊义，以失身为盗可耻，则吴用虽有悬河之口，又岂如阮氏弟兄何？阮小二曰："我兄弟三人的本事，又不是不如别人，谁是识我的？"阮小五、阮小七亦曰："这腔热血，只要卖与识货的。"由是言之，三阮之不免为盗，实有本事有以累之。此孟子所以叹小有才未闻大道为杀身之祸欤？我又甚叹来说三阮者，非王进七人。使果为王进，则或亦不难同往投效老种经略相公，在边疆上作些好男儿事业也。（平）

张横　第二八

"老爷生长在江边，不爱交游只爱钱，昨夜华光来趁我，临行夺下一金砖。"此船伙儿张横，夜渡宋公明，在浔阳江上所唱之歌也。江流浩浩，星光满天，茫茫四顾，不知去所，当宋江闻此歌时，诚有心胆俱碎者。然其卒也，因李俊之来救，张横至向宋五体投地，则又爱交游不爱钱矣。吾以为天下真不爱钱者，必不肯挂诸口头，反之，以爱交游挂诸口头者，又未必不爱钱。若船伙儿张横所言，为小人而不讳为小人，尚觉直截痛快耳。观于其忽然与宋江为友，且执礼甚恭，则知爱钱挂诸口头者，有时尚能不爱钱也。

人之于钱与交游，金圣叹分三等论之。太上不爱钱，只爱交游；其次爱钱以为交游之地；又次爱交游以为爱钱之地也。吾以为今日情形，绝不如此，应当曰："太上爱钱，以为交游之地。其次爱交游，以为要钱之地。又其次，则只知爱钱，不知所谓交游。"若张横者，口中又道得出交游二字，则是知天下尚有交游一事。知天下尚有交游一事，故能纳李俊之言，而全宋江之命。若以今日不懂交游只爱钱者言之，吾取张横矣。

爱交游不爱钱者，世已绝无，爱钱以为交游之地者，又有几人？若夫爱交游以为要钱之地者，初不失互惠主义，吾人对之犹觉差强人意也。（平）

张顺　第二九

市井有俗语曰："乌龟变鳖，好亦有限。"此于张顺观之矣。张顺与其兄张横称霸江上时，横摆渡，顺乔装客商，与行人相杂登舟。既至江心，横拔刀论索，每客须钱三贯。顺故作不从，横乃颠之于水。全舟人惧，一一与钱而后已。顺固能在水久居者，潜泳上岸，与横共分赃款用之。后改行，横拦劫江上，顺则在浔阳江边当鱼牙子。宋元人所谓牙子者，为买卖两方论质量，平价值。既成，于中博取微利者也。此本寄生小虫，当听命于人。顺不然，隐然为鱼贩之魁，彼未至江滨，纵有贸易，无或敢成交，此何以故？非因其盗性未改，善游泳能杀人乎？顺不为盗，与盗固相处不远也。

狼子野心，顺何足责？然浔阳知府蔡九，宰相蔡京儿子也。蔡京执政，群贤避位，举国侧目。儿子以父贵，其气焰可知，而肘腋之间，乃巨憝潜伏，毫无闻知。作《水浒》者处处说强盗，何尝不是处处说朝廷乎？当是时也，外则金夏并兴，胡马南窥。内则群盗如毛，民生凋敝，蔡京方培植私党，专图利己。遂至如生药店商及鱼牙子者，亦能横行郡邑之间。观于其吏治，则宋之亡，又岂岳飞、韩世忠一二人所能挽回哉！呜呼！（宁）

杨雄　第三十

《水浒》人物，多有个性，杨雄则无个性。《水浒》人物，多有决断，杨雄则无决断。故其娶寡妇潘巧云也，而家中能允其为前夫王押司作二周年功德。及其遇石秀也，而于街头打得破落户张保见影也怕，使非好事之石秀必欲其做个好男子，难免其不为武大第二也。

果尔则杨无负于潘巧云也，是又不然。夫男子富余占有欲者也，封建之世，而此欲尤发挥特甚。娶寡妇而许其惦念前夫，今社交开明之日，犹所少见。在赵宋之年，杨竟能许潘巧云斋戒素服，招少年僧人超荐其前亡夫于家，揆之人情，实所罕见。况此少年僧人，又乃岳潘老丈之干儿乎？凡此种种，势必潘氏习其无个性无决断已久，故坦然为之耳。于是而向报恩寺还心愿矣，于是而后门口半夜有僧人出入矣，于是反以言激之而出石秀矣。是则杨雄之辱，杨自取之耳。

中国人讲中庸之道，于夫妇之间，若背中庸而出乎中国人之人情，则其不偾事者盖鲜。吾不图于《水浒》中得其证也。（渝）

石秀　第三一

朋友之妻犯淫，朋友看了不快，一怪也。看了不快，直告其夫，谓日后将中其奸计。岂天下淫妇，皆有杀夫之势乎？二怪也。其夫反谓告者有罪，告者止于证明而已。而代为杀奸夫，更且杀奸夫之党羽，此皆与朋友何事？三怪也。既杀人矣，既得表记矣，冤大白矣，为朋友谋，为自己谋，似已无可再进，而断断然必劝朋友之杀其妻，四怪也。夫杨雄自姓杨，石秀自姓石，潘巧云自姓潘，本已觉此三人，无一重公案构成之可能，若至于迎儿，则不过小儿女家听其主人之指使。苟有小惠，似不可为。而翠屏山上，石秀亦必欲杨雄杀之。嗟夫！何其忍也。

石秀自负是个顶天立地汉子，读书者或亦信之，然而至于人可上顶天，下立地，则天地之间，所谓人者，又当如何处之？吾于是观石秀，未见其有容人之量也，人而不能容也，而谓可以顶天立地，无此理也。无此理，而石秀居之不疑焉。吾未能信石秀是一汉子也。

然则为石秀者当何如？无礼之家，理应不入，入之而遇无礼。能代朋友消灭之为上，其次则洁身远去，乃必跳入是非之圈，更从中以明是非，此固下策也。虽然，为杨雄计，则与潘巧云绝，亦计之得耳。（宁）

解珍　解宝　第三二

人而以两头蛇、双尾蝎名之，其为人可知矣。然观于其兄弟本传，不过登州两猎户，初无何毒害加于社会也。无何毒害加于人，而人以虫豸中之最毒辣者以绰号之，得毋冤乎？予重思之，是绝非无故。

《水浒》人物之混名，或取义于其行为，或取义于其职务，或取义于其形状，或取义于技艺，是是非非，各有深意，绝非风马牛之不相及。解氏兄弟，孔武有力，状貌魁梧，问其业，则又以猎狼虎为生。是则乡党之中，人不敢轻攖其锋，所不待论。人既不为乡党所亲，是则名之曰两头蛇、双尾蝎，亦无不宜矣。古人观人不得，常以求之于其友。今解氏之姊曰母大虫，与其夫孙新，开设赌场，称霸一乡。是解氏兄弟之为人已可知，而其亲友一闻其冤，即出之以劫牢反狱，则其徒之悍不畏法，当不自今始。解氏与不法之徒为亲友，其人更可知也。或曰："夫既如是，毛太公何以故犯而逢其怒？"曰："毛太公土劣类也。土劣易与无赖合，亦易与无赖哄。使其如有绰号，亦不外毒蛇猛兽之列，故彼公然欺之，公然陷之，实无足怪。名解氏为两头蛇、双尾蝎，正所以状毛太公子更有甚于蛇与蝎也。"读者疑吾言乎？稍稍察穷乡僻野中之土劣，可以悟也！（渝）

燕青　第三三

百里奚在虞不能救虞之亡，在秦秦因之而霸，非百里智于秦，而昧于虞，虞不能用其智也。燕青有过人之才，智足以辨奸料敌，勇足以冲锋陷阵，而卢俊义不能用，俳优蓄之，童厮目之，而终以浮荡疑之焉。良禽择木而栖，士为知己者死，青未免太不知所择所为矣。且当卢自梁山归家之日，青敝衣垂泣，迎于道左。其所得者非主人之怜与信，而乃靴底之一蹴，尤令人仇愤不平。而青始终安之，更能乞得一罐残羹冷炙，以送主人之牢饭。何许子之不惮烦也？吾知之矣，青岂非以卢曾衣食之于贫贱，恩不忘报，而不忍视其入于奸人之手乎？“疾风知劲草，板荡知诚臣。”吾又知松林一剪，燕之幸，而其心实未必欲如此也。

呜呼！才难，才而得用，能尽其长，尤难。良材屈于下驷，不逢伯乐，驱捶而终，古今岂浅鲜哉？吾于燕青，不颇感慨系之。（宁）

地　煞　篇（二十三篇）

朱武　第三四

七十二地煞之首，传曰地魁星神机军师朱武，以史家定义言之，则亦予之之深矣。惟朱之韬略，除开卷第一回，向史进行苦肉计外，在梁山并无表白，读者往往疑之。似朱若空有其名者，不知此正朱之才智未可及处也。盖言其地位，排在次班交椅，言其职务，责在襄赞军机。若果越俎代谋，谋之如善也，必使吴用减色，非所以自处之道？谋之如不善也，则徒为兄弟所笑不自量力矣，况其才固实不啻吴用远甚乎？

京戏中角色，有所谓硬里子者，非戏学有数十年深邃功夫，不能充任。然其职务，则仅为名角配戏，登台奏技，平淡无疵，倒不得卖力要彩，免遮掩名角光辉。老听戏者，虽极为之苦闷，而彼等则安之若素。盖打破硬里子纪录，必欲得彩，则须一帆风顺，由此跻登名角之林。否则终身无名角与之配戏，将失却嘬饭地，京戏中固少此戆人而作冒险之一试也。朱武实其徒焉。

昔《战国策》有云：“宁为鸡口，无为牛后。”后世英雄，奉为立身

不易之则，自是有故。然鸡口岂得人人据之？故牛后中千古来不知埋没无数英才也。吾人甚勿轻视一切居地位之副者。（渝）

黄信　第三五

姓王者多名佐才，姓梁者多名国栋，非真个个王佐之才而国之栋梁也，心向往之而已。黄信为青州都监，以境内有清风山、二龙山、桃花山三处盗窝，乃取号镇三山。此较之自负国栋王佐者固谦逊多多，而其卒也，一山未曾镇得，而在清风山前，只一次交锋便落荒而逃，是亦可见自言抱负之不易矣。更有进者，黄曾告之秦明，不知前日所解囚车中张三是宋江，否则亦必自行从之。于是又可知黄虽欲镇三山，其思想于三山中头领亦正相同。使宋江早为三山任何一山为魁，黄不难并慕容知府之首级与青州城池共献之矣。平盗云乎哉！

孟子曰，先生之号则不可，知不可者果几人？吾人慎重于姓名中取人也。（宁）

孙立　第三六

孙立为登州提辖，前其弟孙新，乃在东门外开赌坊，此非谓手足之间，贤不肖相距如是。须知孙新夫妇为十里牌一霸，正有赖于其兄之掩护也。当顾大嫂以劫牢反狱之说告孙立时，彼虽略有不然，及愿以吃官司连累眷属相挟，即连呼罢罢罢三字以从之，则可知平日为胞弟孙新妻弟乐和所包围，其委曲依顺者，必更仆难数。否则劝守土之官背反朝廷，是何等事！顾大嫂为一平凡之妇人，安得无所顾忌以要挟之乎？试观创此说者为其妻弟乐和，又可卜木朽虫生之为来久矣。

当赵宋之中年，文官荒淫贪污，固彰彰载之史册矣。至武官之腐化恶化，则为史家所忽略。而地方军人，勾结流痞，纵放奸宄，犹未有人有所申论。自读《水浒》，乃知武官之无恶不作，正与当时之文吏相等。登州劫狱，短短一篇插笔，非为解珍、解宝、孙新、顾大嫂等人，亦非写孙立，尽暴露当日地方军人丑态之一斑耳，此吾人读孟州张都监张团练陷害武松之余，可以细玩此插笔者也。世有责孙立未能大义灭亲者，便是呆汉。盈天下地方武官，无非如此云云，孙竟能独清独醒乎？元祐皇后之征召康王构诏书开宗明义，即曰："历年二百，人不知兵。"诚哉，其不知兵也。（宁）

宣赞　第三七

梁山兵围大名，梁中书告急于东京，蔡京、童贯聚议相府节堂，而众官面面厮觑无敢言此。独宣赞于步军太尉之后，挺身而出，保荐关胜解围。只此一事，已令人不胜感慨系之。而问宣之官职，则衙门防御保义使，殆亦今日卫队团长之位而已，偌大东京，只有一保义使有平盗之策，只一保义使识关胜，天下事何须多言哉！

至宣之屈为保义使也，则用连珠箭胜了番将，被王爷招为郡马，不幸面貌丑陋气死郡主，遂至不被重用。此在宣赞，可谓得鹿招祸，人情如此，亦无足怪。特未知此王是谁，独能不以貌取人。以意度之，当不外徽宗兄弟行。使其人代赵佶为帝，则决不会用童蔡辈，赵氏固未尝无人也。吾哀宣赞，吾哀此王，吾固更哀赵氏之天下。（平）

郝思文　第三八

智勇如关胜，屈为蒲东巡检，自是令人一叹。而郝思文翘然亦一将才，乃四海之内，无所托迹，只能投此巡检小衙，闲话拌食，更可叹已。世固以拌食为男儿可耻事，若郝思文之拌食，安得而嘲笑之乎？纵有可耻，可耻者不在郝氏本人也。使关胜不遇宣赞之保荐而终屈下僚，郝思文是否长此倚靠巡检小衙，诚未可料。然当关胜被擒梁山阶下，回顾郝思文宣赞，谓“被擒在此，所事若何？”而二人同称愿听将令，是郝之良禽择木而栖，颇不易舍去关氏。此殆关氏所谓“君知我则报君，友知我则报友”也欤。世皆中行氏，乃使无限豫让，都逼上梁山，吾诚不知为谁何哀也。（宁）

韩滔　彭玘　第三九

昔曹操刘备煮酒论英雄，刘以袁绍兄弟为五世三公，特首荐之，此虽刘故作痴聋，而以身份论人，固久为贤者所不免矣。韩滔、彭玘随呼延灼平梁山，分任正副先锋，且均现任团练使，以资格论之，自不为低，然观其本领也，彭氏出马一战，即为一丈青所擒。韩被擒虽在大破连环甲马之后，初亦无斩将夺旗之功，均庸才耳。乃石碣宣名，二人高居地煞第六七名，位在扈三娘、杜迁之上。而扈杜二人，则曾擒韩彭者也。此非谓宋江因其身份固高有以提携之，不可得矣。

夫宋江善用人者也，善用人者亦必审查履历，重视其铨叙乎？以意度之，宋殆以韩彭为降，特假以词色，以广招徕而已。然使韩彭非团练出身，徒以小弁投降，此高位不可得也，观于同时投降之凌振可以知之。而天下无限英雄，惆怅于铨叙机关之外者，可以归之于命运，毋庸为之嗒然若丧矣。（渝）

单廷珪　魏定国　第四十

“蜀中无大将，廖化作先锋”，平梁山军马，至于仅用单廷珪魏定国，策斯下矣。单以决水擅长，魏以放火擅长，乃并称水火二将。然决水放火之战，限于天时地利，非可随时有为，故其来也，关胜慨然自愿领一支小兵遇之，大有目无全牛之概。而不出关氏所料，果以两次会战，即收服之。是蔡京所谓“如此草寇，安用大军”，而以肃清山寨，责之二人，真卮酒豚蹄而祝祷丰年也。蔡京知才而不能用，用才而又不知，乃徒为梁山添兵益将，不若草寇远矣。

单告关胜谓魏为一勇之夫，其实单之无谋，亦等于魏，盖以呼延灼、关胜之失败于前，初无戒心，而乃恃水火末技，以平寇自任，均非知己知彼者。使单、魏而可平水泊，则水泊之平久矣。棘门坝上，有类儿戏，此正宋室之所以使水泊坐大也。（渝）

萧让　金大坚　第四一

《水浒》诸雄，有秀才三人，吴用、萧让、金大坚是。古人亦有言，读圣贤书，所学何事？吴、萧、金读书之余，乃一变而为打家劫舍，此可见朝政不纲，无人而不能为盗也，吴用怀才不遇，遂蓄异志，无论矣。萧能读文，金能刻石，一艺之长，足糊其口，奈之何而亦做贼，若曰为梁山人所劫持，不得不如此，则士重气节，宁不能一死了之？吴用曾引彼为好友，则物以类聚，想萧金素亦非安分之徒耳。

诗人亦有云：“负心多是读书人。”又云：“百无一用是书生。”吾人纵不作苛论，觉秀才之辈，鲜非蝇营狗苟者流，或依傍权贵而忝为食客，或结朋党而滥竽士林，或作豪绅而横行乡里，但全性命无所不可。封建之世，本重士人，此辈即利用此士字以济其恶，萧金托迹于盗，固亦相处不远也。

宋江欺骗梁山诸盗，妄托天降石碣，书一百零八人为星宿下凡，而自列为首，以示彼为领袖，属于天命，藉坚众心，天本无降石碣之理，此吴用计，萧让所书，金大坚所刻，其负梁山一百零四人，不下于宋吴也。此等书生，但知逢迎权豪，以图富贵，本不足与之言气节。然赵宋晚年，方讲理学，作《水浒》者，其有所讥也夫！（宁）

裴宣　第四二

其人名铁面孔目，是必确守道德，严遵法律之贤士。而确守道德，严遵法律者，犹必为盗以求其生存，是真京戏翠屏山中道白，人心大变也已。

裴宣之为盗，出之邓飞口中，谓其为京兆人士，乃本府六案孔目，忠直聪明，分毫不苟。因朝廷任一员贪吏到府，故与寻隙，刺配沙门岛。当其路过山下，邓乃劫之，而尊之为一寨之主。由是言之，裴落草之始，犹非出于本心，如不遇邓飞，殆必老死沙门岛者。使果老死沙门岛，又复谁知其一腹经纶，一部恨史，如即李陵劝苏武语，尽节穷荒，世无人知者也。邓飞之劝裴入伙，当亦不外此等言语耳。虽然士君子抱道在躬，宁死不污不屈，求其心之所安而已，初非在求人知也。裴究为刀笔吏，不能以此语之，此千古来不易于公门中觅理学先生也欤。

至裴入梁山，始终执掌法曹，此则宋江用人，求其近似，未可深论。否则上风放火，下风杀人，百零七人，将无一能为铁面无私者所许可，裴尚能一日留乎？在清朝之末年，予尝参观文庙丁祭，私窥其阶前衣冠济济者，无非贪污一群。祭毕之后，且有学官讲《大学》一章。当时年稚，不知所谓，今日思之，正与梁山之有铁面孔目，同堪绝倒也。于是裴宣在梁山之仍以铁面孔目称，乃不必认为荒诞。（渝）

吕方　郭盛　第四三

对影山吕、郭比戟一场，有声有色，情文并茂，无限读《水浒》者，皆思其将为水泊中二位风云儿矣。盖其出场姿态，固不亚于柴进、花荣也。乃至山后，始终只为宋江护卫，居次排弟兄第十九、第二十名，遂又使无限读者为之短气，为之咨嗟太息，最后天降石碣，后定名曰：地佐星、地佑星，竟命里注定是中军帐前的两值班小将，客气言之，虎头蛇尾，不客气言之则银样蜡枪头云耳。

虽然，吕方数典不忘祖，自名小温侯，使有丁建阳董卓而事之，求仁得仁，犹可恕也。而郭曰赛仁贵，白袍运戟，不远千里而来，觅吕方以较量之，盛气虎虎，固有薛氏遗风焉，而一简明解围，反终身随吕以事宋江，前后判若两人，未可解也。郭何以不亦取《三国》故事而曰赛典韦乎？是则半斤八两得其配矣。或曰："吕、郭未可讪笑也。"夫攀龙附凤，所难得者即与头脑朝夕相处耳。使宋江而得为刘邦、朱元璋，彼亦樊哙沐英之流也。反之樊哙、沐英而不遇机缘，"将相本无种"，岂仅在努力一方面劝之哉，张子于是乎喟然长叹！（渝）

王英　第四四

昔老苏论《三国》，谓人主须有知人之明，用人之才，容人之量，而刘孙曹，皆不全有，遂终于无成。若以此论宋江，则几乎能兼之矣。试观《水浒》一百零七人，品格不齐，性情各异，而或重情义，宋即以情义动之，或爱礼貌，宋即亦礼貌加之；或贪嗜好，宋即以嗜好足之，于是指挥若定，一一皆为其效死而莫知或悔。是故王英好色能轻生死，宋即处心积虑，觅一扈三娘予之，未足怪也。不仅予之而已，且使扈拜宋太公为父，以增高其身份，俨然周公瑾所谓"内托骨肉之亲，外结君臣之义焉"。宋之用人手腕，真无孔不入也哉!

谓梁山而下下等人物，则矮脚虎王英之流是已。以燕顺之杀却高知寨夫人，王竟不惜提刀与之伙并，重色如此，薄义如彼何足言也？而宋江究以彼是一个武夫，卒满足其欲望而别用之。以后下山细作，常常差遣此一长一矮之夫妇，深知之也，深用之也，亦深容之也。对一下下人物如王英者，犹不使有所失望，他可知矣。《水浒》何尝写王英，写宋江也。（渝）

扈三娘　第四五

《水浒》写妇人，恒少予以善意，然一目了然，初无掩饰。若深文周内，如写宋江以写之者，其惟一丈青扈三娘乎？

扈三娘，扈太公之女，祝彪之未婚妻也。梁山众寇打祝家庄，祝、扈、李三家联盟拒敌，扈方以一丈青大名，挥刀跃马，驰骋战场，当其直扑宋江，生擒王英，何其勇也。及既被俘，一屈而为宋太公之女，再屈而为王英之妻，低首俯心，了无一语，判若两人矣。当是时，祝家庄踏为齑粉，祝彪死于板斧之下，扈夫家完矣。扈家庄被李逵杀个老少不留，扈成逃往延安，扈父家又完矣。扈不念联盟之约，亦当念杀夫之仇，不念杀夫之仇，亦当念亡家之恨。奈之何赧颜事仇，认贼作父，毫无怨言哉？息夫人一弱女子也，惜花惟有泪，不共楚王言，后之人犹不免以艰难一死讥之。扈三娘有万夫之勇，而披坚执锐，随征四战，复仇脱险之机会甚多，乃观其屡次建功，绝无二意，作《水浒》者对之不作一语之贬，正极力贬之也。

或曰："扈当死而不死，可去而不去，甘为盗妇，果何所取。"曰："以理度之，其始必恋于梁山之一把交椅，其继则惑于宋江招安之言，而另图荣宠。"古不有杀妻求将者乎？则扈亦反其道行之而已。（平）

陶宗旺　第四六

《水浒》群酋，大半属于细民，而真正以农家子参与者，则止一陶宗旺。尝究其故，原因有三。中国农人，大都朴厚可欺。遇其时也，日出而作，日入而息，不知所谓太平何自也。如其不遇，则贪官污吏土豪劣绅，均得而奴役之，生平即未曾梦及反抗，故亦不能反抗，《水浒》人物所为，非其所知，其一也。近世史家，称陈胜、吴广之徒，为农民暴动。然亦究非农民起自田间，陈吴以死挟役民而起耳。以暴秦之虐政，犹不能激农民而起，则赵宋之荒淫，自亦彼等所能忍受，其二也。中国农人，聚族而居，各有室家之累，田园之守，举公守法，惟恐不谨，即犯法亦无所逃避，安得而有逃命江湖打家劫舍之意乎？其三也。

陶宗旺之加入欧鹏一伙为盗，未知其始何自？观其人仍若谨厚一流，则或亦不外所谓受“逼上梁山”之一通。以不易犯法者而究犯法，则其被逼之深且重可想，惜论《水浒》者，竟未能为之特立一传也。且有进者，宋人尚未以龟为骂人之词，陶绰号九尾龟，似形容其蹒跚人群，而略有后劲者，则其人殆亦不过略胜于武大而已，证之水浒分配职务，使之监工土木，必有力而忠厚者。若论其究不免为盗，其真汉人之视刘秀，“谨厚者亦复为之矣”。于芥子中见大千世界，吾因之深有感焉。（渝）

宋清　第四七

梁山一百零八人，少数原来为盗，多数则不得已而为盗。然无论其原来为盗否也，皆必有一技之长，足以啖饭。而吾与宋清，则无以别之。当宋江之在郓城为吏也，宋清寄食家庭，无所事事。及宋江之身为盗魁也，宋清奉父入山，滥竽混食，又无所事事。试执而问之曰：“客何好乎？”答：“无所好也。”“客何能乎？”“无所能也。”无所好与无所能，在一百零八人中，居然坐上一把交椅，梁山人才荟萃，智勇兼全者比比是。虽彻如郁保四，则技可盗马。虽庸如王定六，面貌亦惊人。然于宋清，实无一可取。一百七人，甘与此君同列座位，上应天宿，而不以为耻，真可怪之事也。

宋清之外号，非铁扇子乎？扇子扇风，必须轻巧可携，以铁制之，何堪使用？于其绰号以窥其人，可知矣。而梁山诸寇，每次分配工作之时，必以宋清司庖厨之事，殆故意使与饭桶为伍乎？虽然，与饭桶为伍，固尤差也。与其谓之笑谑，毋宁谓之提携矣。

饭桶也，何故提携之？则以其为首领介弟耳。人有好哥哥好弟弟，或好姐姐好妹妹，虽生而为饭桶，又何害哉？（宁）

杜迁　宋万　第四八

杜迁之外号曰摸着天，宋万之外号曰云里金刚，由其字言之，何其壮也。顾揆之其人，则不逮远甚。王伦以落第举子，为盗梁山，末路文人，本非英雄之器。且赋性褊狭，尤不能容物。杜宋乃低首下心，甘受驱策。窥其言行，并无不平。此犹曰奴才性成，得一主事之即了也。及林冲小夺泊之际，五步之内，血溅杯箸。秀才授首，晁盖就位。杜宋丝毫不念旧交，纳头便拜新主，此岂好汉所为？若以无耻为盗之文人，理应杀却，则前日呼王伦为大哥非也。若以盗与秀才本属一体，前日共事甚当。而袖手观王伦之呼救，不共患难，则今日呼晁盖为大哥非也。二者必居一于此矣。

吴用、林冲亦知此辈易与，故于杀王之后，亦复于血泊中为杜宋及朱贵等各备一把交椅，若屠夫于羊圈中牵一羊出宰之后，另以食料喂他羊，无纤末之防患。在吴林等眼中，固视杜宋等奴才厮养之不若也。吾未知忠义堂上，拖去尸首，洗盏更酌之间，杜宋是何感想？晁盖笑，吴用、林冲笑，来自石碣村者莫不笑，杜宋视朱贵，亦同此一笑乎？噫！（宁）

周通　第四九

庄前锣鼓响叮当，娇客新来小霸王，不信桃花村外火，照人另样帽儿光。读小霸王醉入销金帐一回后，乃打油一绝，固未尝不为周通遗憾也。夫以周通为桃花山上第二寨主，其欲得刘太公女为压寨夫人，正不难径拨数十喽啰掳而有之。而必纳金下聘，然后奏乐明灯，于“帽儿光光，今晚做个新郎”之彩唱声中，扶醉下马入门，则其人亦有情致，非急色儿如王英饥不择食者，退一步言之，不失为趣盗也。至其向鲁智深折箭为誓，不更登刘太公之门，尤非王英所能，殆未知其心中，亦“虞兮虞兮奈若何”之感否？他日招安，周自可得一小小武官，使其解事，当求为青州巡检都监之流，于是趁刘小姐之未嫁，重入此一抹红霞簇拥之桃花村，刘太公或不能不刮目相看，终成好事也，而桃花山与桃花村，乃不负此一艳名矣。

古本《水浒》，百十余回中，有李逵在太平庄扮假新娘事。《西游记》亦有猪八戒高老庄招亲事，无非桃花村一幕之重演，此则初咬是沙糖，继咬是矢橛，不足与论，而周通趣事，乃更见其令人回味不置也。（渝）

朱贵 第五十

曲槛深回，重帘微启，暖阁人闲，红炉酒熟。于其时也，则世界银装玉琢，雪花如掌。主人翁覆深沿帽，着紫貂裘，叉手檐前，昂头看雪。是其人非在钟鸣鼎食之家，亦居冠盖缙绅之列。而不徒林冲于风雪载途会见其人于梁山泊外酒家也。其人为谁，旱地忽律朱贵也。故重帽貂裘，叉手看雪，当时蔡京高俅可得之，强盗亦可得之。曲廊洞房有之，路边黑店亦有之。其人其地不同，享受滋味则一也。享受既同，虽蔡京、高俅于贿赂敲索求而得之，强盗于杀人劫货中求而得之，而一切为民脂民膏所变，又未尝不同也。朱贵告林冲，谓杀人之后，精肉作羓子，肥肉熬油点灯，是直接用民脂民膏者也。蔡京、高俅家无产铜之山，手无点金之术，其一食万钱，非精肉羓子也。华灯如昼，非人油也。然仔细思之，又何莫非人肉羓子与人油也？人阅《水浒》，徒知朱贵之着紫貂看雪，得之之手段太惨烈也，而不知彼无法间接得民脂民膏，则迳直接得之也。试看朱贵有弟曰朱富，后亦上山入伙，彼等之视富贵固如此如此也。

张先生曰：“而今而后，吾之看人着紫貂叉手看雪也，吾必回忆《水浒》朱贵水亭放箭之一回也。”（渝）

施恩　第五一

施恩之于武松也，衣之，食之，敬礼而兄事之，若是乎爱英雄者已。然其动机，只为求其夺回快活林耳，此亦燕太子事荆轲，吴公子光事专诸之故技而已，未足称也。顾武松之入狱也，施则营救之，武松之发配也，施则周送之绝非过河拆桥之人物，则又可想其无快活林之一事，使得遇武松，亦未必不衣之食之而敬礼兄事之矣。吾于施恩传，最取其送武松一段。其文曰："讨两碗酒，叫武松吃了。把一个包裹，拴在武松腰里，把两只熟鹅挂在武松行枷上。施恩附耳低言道：'包裹里有两件棉衣，一帕散碎银子，路上好做盘缠，也有两双八搭麻鞋在里面。只是路上要仔细提防，这两个贼男女不怀好意。'"其言其事，觉字字动人心坎。最后一结，则"拜辞武松，哭着去了"。真兄弟亦不过如是也。

武大之于武松，亲之也。宋江之于武松，爱之也。张青、孔明之于武松，敬之也。如施恩之于武松，则亲爱敬重均有之矣。朋友相交，孰免利用，人得如施恩者利用之，果何憾乎？（渝）

焦挺　第五二

拳脚不能取胜于刀剑之前，亦即今日刀剑不能取胜于炮火之下，事有固然，未容置疑。然果能出之于奇巧，未尝不可取胜于一时，此焦挺一拳打得李逵坐地，向其问姓名，一脚踢得李逵服输爬起来便要走也。角力而欲使李逵佩服此大不易事，焦挺独能之。无他，以其相扑之术，只是取巧，而又父子相传，不为他人所知耳。

焦挺四处投人不着，因之绰号没面目。虽李逵许之为一条好汉，而位备地煞，列在下等。是非以其拳足虽精，究未能用之于疆场欤？前数年，国内遍传大刀歌，结句为"大刀向鬼子们的头上砍去"。今则久不闻其声，正因在坦克飞机比质量之际，大刀实等于焦挺之脚足而已。

人亦有言，一技之精，不难立足于世，然亦仅能立足耳。大丈夫当学万人敌，吾人未可以焦挺之以能胜李逵于一时为法也。（渝）

张青　孙二娘　第五三

孟州，去东京非遥之中原郡县也。十字坡，孟州大道也。而张青夫妇为贼设巢于此，开人肉作坊于此。以时计之，且非一日矣，而行人不知也，里正不知也，官宰亦不知也。谓行人失踪比比？未尝寻觅于其途乎？谓里正密迩杀人黑店，未尝有所闻见乎？谓官宰绝未得失事人民作一次控诉乎？而曰不然，是则一言以蔽之，治民之官不管耳。否则以张青、孙二娘之本领，何能于此毫无忌惮，为所欲为哉？

张青为盗，有三不害，僧道不害，囚徒不害，娼妓不害。孙二娘亦曰："清平世界，荡荡乾坤，哪得人肉馒头。"则其人固亦略通人情。通人情而能于十字坡开黑店，是正孰料其无事也。此正蔡京父子所以歌舞东京也，此正宋徽宗所以搬运太湖石入大内而建万寿山也。（渝）

郁保四　第五四

小弟兄中仪表最佳，当推郁保四。故彼身长一丈，腰阔数围，时迁打探，曾首先为宋江言之。夫身长一丈，腰阔数围亦有足取者乎？曰："有。试观吴用分配诸兄弟各司其事，而以郁保四执掌大纛旗，可以知之也。"

昔曹交言于孟轲："文王十尺，汤九尺，今交九尺四寸以长，食粟而已。"论用否而以身长计，曹交若有余憾焉者。使彼与郁保四同时，未知作何感想？郁高十尺，不过为盗魁掌大纛旗，今交且短郁六寸，殆又爽然若失矣。虽然，郁卒以身长见用，若是乎交之食粟而已，仍由于未遇也。

使宋江、吴用而遇曹交，决不听其如此耳。

一身长一丈之人，宋江、吴用犹能使尽其用。当宣和之年，君子在野，小人满朝，有食粟之叹者，岂仅曹交之流也哉？而以是知宋江、吴用之未可小视也。（渝）

白胜　第五五

“赤日炎炎似火烧，野田禾稻半枯焦，农夫心内如汤煮，公子王孙把扇摇。”此《水浒》名句，吴用智取生辰纲一役，白胜假扮卖酒人，唱着“上山冈来”之曲也。每忆此诗，则恍觉当日松林内卖酒夺瓢一神气活现之白胜，如在目前。虽导演者为吴用，而白胜饰此一角，表演得淋漓尽致，即精明如杨志，亦不能不入彀中，则白胜固一胜任愉快，演技炉火纯青之角色也。以此等人才，且有起事创业之功，而忠义堂上排列位次，乃屈居一百零七名，竟在王定六、郁保四之下，殆不公之甚乎？

或曰：“黄泥岗犯案，实由白胜被捕供出同伙所致，此在绿林，认为大忌，而置其人于不齿，白胜未能熬刑，不算好汉，故晁盖等虽救之出狱，而究不为重视也。”此固然矣。然晁盖、吴用于作案后，同聚东溪村饮酒快乐，而独卑之，不与列席，纵之在家放手豪赌，是其谋之不善，亦须自负其责，未可完全归咎于白氏也。况其入山后，细作打探，身经多役，辄未尝有一言一行，如在黄泥岗上之表演精彩，殆亦内疚于心，不敢有所声张欤。于此等处，乃悟盗亦有道，其事固确也。而治盗之不能徒恃严刑，当另有以对症发药，又必然之势矣。（渝）

时迁　第五六

批《水浒》者曰：“时迁下下人物也。”续《水浒》者曰：“时迁下下人物也。”读《水浒》者亦莫不曰：“时迁下下人物也。”然则时迁在一百零八人中，果下下人物乎？张先生曰：“未也。”

夫举世所以认时迁为下下人物者，以其为偷儿出身耳。偷儿之行为，不过昼伏夜动，取人财物于不知不觉之间，作事不敢当责而已。较之杀人劫货，而以人肉作馒首馅者，质之道德法律，皆觉此善于彼。今曰一百零八人中惟时迁为下下人物，持论未得其平也。否则曰必能杀人，能劫货。能从狱劫库，能放火烧城，便是梁山好汉。若只能偷鸡摸狗，不足齿及也。呜呼！此特倒因为果，奖励为恶之至者矣。吾以为就道德法律论，时迁较之宋江、吴用之罪，犹可减少。就本领论，时迁较之宋清、萧让、郁保四等，又超过若干倍也，奈之何而曰下下哉！王荆公论孟尝好客，谓鸡鸣狗盗之徒，出于其门，而客可知。施耐庵之写时迁入水浒，亦正王荆公之意也。一百零八人中有时迁一席，而正以证一百零八人之未能超于鸡鸣狗盗耳。不然，徐宁家之甲，翠云楼之火，何独为时迁亦著如许笔墨哉？此意金圣叹未晓也。能读小说如金圣叹，犹未或悟，则亦无怪时迁之必为下下人物矣。（平）

外　篇（三十二篇）

王进　第五七

求全材于《水浒》，舍王进莫属矣。以言其勇，八十万禁军教头也。以言其知，见机而退，卒不为仇家所陷也。以言其孝，能以计全，能以色养，真不累其亲者也。以言其忠，则虽不得争名于朝，犹复往延安府求依老种经略相公，效力于边疆也。使《水浒》一百零八人，皆得如王进，则高俅又何足怯？而施耐庵先生写此英雄，乃仅仅只有开场一幕，令人辄嫌不足矣，把卷神驰，王教头其犹龙乎！虽然，吾尝见画家之画龙矣，云雨翻腾，太空弥漫，天矫霄汉，若隐若现，若者为首，若者为角，若者为鳞与爪，此神品也。求其全身，不可得矣。非不可得而画也，惟其一鳞一爪，东闪西匿，斯足以见其变幻幻想莫测，而全身毕显之不易耳。吾虽不得读王进全传，吾胜似读王进全传矣。

史进，乡村纨绔子弟也，仅得王进余绪，即可上列天罡，抗手林鲁，于其弟以窥其师，尚待论乎？风尘之中，未知果有其人否？吾愿斋戒沐浴，八拜而师事之！（平）

史文恭　第五八

炉中煨山芋，香气四溢，小儿嗅而乐之，垂涎三尺，顾视炉中炭火熊熊，无火箸之属，急切不得到手，颇以为苦。继而一狸奴来，傍炉静坐，闭目假寐。小儿陡生一计，拥猫于怀，手握猫前爪，遽向炭灰中掏取山芋，盖以代火箸也。猫爪为火炙，痛甚，猛跃起，爪伤小儿之面，儿大呼，猫痛且骇，负创蹿窗户而出，而案上杯铛盂钵，遂翻腾破碎，无一幸免者。张先生曰："梁山，煨山芋也，曾头市，猫也。而史文恭则弄智之小儿矣。"

何以谓其然乎？盖史不任守土之官，剿盗本非职责，一也。史之籍贯，书虽未尝详叙，但并非曾头市人，而防盗乃无必要，二也。曾头市主，《水浒》大书特书，大金国人。史，宋民也。佐金人而灭宋盗，出处已非，亦不得谓之仗侠，三也。宋江率军围曾头市，曾太公求和，史亦赞允，但不肯送还照夜玉狮子马，于是和议决而曾氏族矣。史因贪而偾事，四也。论曾头市事之前后，史在借曾家之人力以博名利，乃昭然若揭，不然者，史欲图功，进剿梁山之官军，陆续未断，投效之机会甚多。若意在仗侠，卢俊义率太平车子过水泊，事可效也，于是而可知史之为人矣。

虽然，大丈夫世为几人，侥幸成名者，孰非利用猫爪之徒哉？（宁）

祝氏父子　第五九

居山者立栅防兽，近河者筑堤防水，情也，亦势也。然立栅者必不故引虎狼之群而与之斗，筑堤者不必故引泛滥之流而弄之嬉。祝家庄地近梁山，联村自保，无可非议，顾祝太公听栾廷玉之言，仅恃其三子一勇之夫，乃处心积虑，以与近在咫尺之洪水猛兽挑战，螳臂当车，何其不自量乎？

祝氏父子与梁山无仇，梁山亦未尝有所干犯祝家庄，根本无私怨可言，若曰为公联村自卫，其事已足，既无朝廷之召命，又无桑梓之委托，磨刀霍霍，旦夕扬言，将踏平水泊，是果何所见何所闻而来？观乎其子屡言解梁山贼入京请功，是则全盘计划，无非向蔡、童之门作敲门砖而已，其招灭门之祸，孽由自作，不足怜也。

使祝家庄人善自为计，内当深沟高垒，屯兵养马，以防封豕长蛇；外则重币甘言，以事道途上梁山外来之人，弱于外而强于中。梁山诸人，正在倡言忠义，争取邻近民众，彼不必来犯，亦不敢轻犯矣。即万一欲图功为官，亦当上请东京方面之命，下得州县旗鼓之应，庶几名正言顺，进退有据，今乃一意孤行，擅自发难，卒使欲填平水泊之人，反为水泊所荡涤。祝氏父子死不足责，而被荡涤中之祝家数千人口，未免冤矣。吾侪小民，惟有祷告上苍勿降生好大喜功之英雄。（渝）

曾氏父子　第六十

祝家庄与梁山不两立，曾头市亦与梁山不两立。祝家庄有一太公放纵其三子，曾头市亦有太公纵放其五子，祝家庄有一教师栾廷玉唆使斗狠，曾头市亦有教师史文恭唆使斗狠，若是乎依样葫芦，均为抱薪救火者矣。然曾家父子不得与祝氏并论也，祝家庄紧邻梁山，原意出于自卫，曾头市远在凌州，无须防范梁山。祝太公身为朝奉，虽属散职，自动为国平盗，尚可振振有词。曾则侨居之金国人，中国有盗，何预尔事？是则曾头市集结五七千人马，乃孟子所谓牵牛入人之田而夺之。彼曰向东京请功，实为托辞。时金方眈眈关以内之辽宋，安知彼非包藏祸心，欲并吞梁山之众，然后于强大之余，以里应外合乎？

虽然，宋室有盗未能平，而乃听令客居之异族，厉兵秣马以图之，是何异家有不肖子，而拱手让入室之盗鞭挞之也，可耻也夫！至曾氏之灭族，亦于祝氏，不但不足惜，反当为之浮一大白也。水浒当年，不应称女真人曰大金国人，原传称曾太公如此，疑是元代或南宋编“水浒”者所加，于全国无异族如何时，借李逵等之刀斧，以灭此一群祸水，作者亦有心人哉！（渝）

洪教头　第六一

事有不经见，见之即以为可畏者，如吴牛喘月是；事又不经见，见之即以为不足畏者，如桀犬吠尧是。若洪教头之与林冲，殆近于后者矣。洪教头初见林冲，以为是个贼配军，此犹可曰不知其来头，既而闻其是江湖闻名之豹子头林冲，既而又闻其是东京八十万禁军教头，而犹以为不足一击。是则洪教头者，固未尝置身江湖，遍交朋友，不知有所谓豹子头。更且聪明闭塞，不知东京八十万禁军教头，非人人得而为之也。以此等人而为教头，而且忝然做柴进之座上客，焉得有何本领？古谚有云，知己知彼，百战百胜。是知己而不知彼，犹不能战，如洪教头者，连自家本领，究达若何程度，能打若干人，恐亦未晓也。既不知彼，又不知己，盲人瞎马，焉得而不败也耶？

吾不知洪教头于地上扶起来之后，满面羞惭，自投庄外而去之际，亦当思及歪戴着头巾，挺着脯子，来到后堂之时否？而曰忆之，则自今以后，或不敢歪戴着头巾，挺着脯子，以相天下士乎？人在得意之日，视天下事如不足为，孰不歪戴着头巾，挺着腩子向人？而不知正其衣冠，低声下气者，正窃笑于旁也。歪戴着头巾之英雄好汉乎？曷为正之！

王伦　第六二

人有恒言："疑人勿用，用人勿疑。"用之而又疑之，疑之而又抑屈之，此真自败之道也。王伦一酸腐秀才，充其量而高抬之，亦不过萧让、金大坚之流尔，乌足为方圆八百里水泊之魁。王果自量，则林冲入伙之时，当厚款以使之安，晁盖投奔之日，更举位以相让。世未有必谋于我无损之人而后快者，则论功行赏，王之备位水浒，不必在杜迁、宋万之下。而王既拒林冲于先，复纳之于后，纳之矣，且又处处予以难堪，此正于宋江、晁盖辈所为，相处反面，开门揖盗，且挑衅焉。即无晁阮等小夺泊之一幕，王又未必能免于林冲之手也。

人读《水浒·王伦传》，每觉其狭窄可恶，吾则为之抚案长叹。及王之被杀，人每为拍案称快，吾又惜其糊涂可怜。吾非哭者人情笑者不可测之例，良以天下愚而好自用，贱而好自专之流，辄至死而不悟。用佛眼观之，只觉此等人日觅尽头之路而已，良可惋惜也。

或曰："然则林冲入伙之时，王始终拒之，或免于难乎？"吾曰："不然。夫八百里之水泊，天下英雄，谁未得而闻之？林晁即不来，他人亦必取而自代。况晁阮等巢穴，近在咫尺，实藏置于旁，将谓其熟视无睹耶？传谓象有齿以焚其身，王伦之谓矣。秀才可怜哉！"（平）

李鬼（即假李逵）　第六三

孟子曰："孩提之童，无不知爱其亲也。"何者？提携喂哺之事，舍其亲莫属，而声音笑貌，又惟其亲最熟也。故人子之于孝非必待贤者之启迪，而已成为自然之习惯。及其既长，受外物之引诱，因私欲之增厚，往往觉目前之义务所不应为，至于今日，遂有非孝之论，其实夜气勃生，晨钟初动之际，恒觉人所得于其亲者多，而亲得于我者薄。于是乎孝之为美德而足以博人之同情，无论贤不肖，知其当然也。于是乎因孝之为美德，足以博人之同情，而有以能孝夸示于人以猎取虚名者矣。嗟夫！吾读施耐庵先生写假李逵事，吾知世人之孝其亲，亦成为一种作用矣，可胜叹哉！

当李逵举斧，将杀李鬼之时，李鬼乃以家中因有个九十岁的老母，待之赡养为词，以欺李逵。李逵亦觉自来取母，而杀养母之子，为天地所不容，遂赠金而释之去，此在黑旋风之所为，诚是孝思不匮，永锡尔类。即在李鬼，又何尝不知作强盗养母，犹有可恕者在也，然其家中固无母，无母而有一满面涂着脂粉鬓插野花之妇人焉。而此妇人者，实乃李鬼剪径以养之。所谓九十岁老母，即伊取而代之欤？天下养其母者，何往不如是也？

吾人慎毋谓作者写此一段，乃插科打诨之谑语，天下之为人子而不养其亲者，盖不免心动矣。（平）

韩伯龙　第六四

昔有嘲吹法螺者，举一谐谈相告，其辞曰：一老妇致信于人，而其后赘以通信地址，谓有信直寄南京，头品顶戴，双眼花翎，御赐黄马褂，两江总督衙门，交左隔壁裁缝铺王妈妈收便是。当读信者读至上项官衔时，直是一句一心跳，一跳一汗下，及至交左隔壁裁缝铺王妈妈，则又不禁哑然失笑，笑且不可抑也。

大凡荣利之心，尽人而有。上焉者，力自为谋，次焉者依草附木，下焉者则招摇撞骗，极冒滥之能事。事而至于冒滥，本不必有所根据。幸而略有可沾染，若王妈妈隔壁之两江总督，又焉能漠然置之耶？韩伯龙之于梁山，虽未发生关系，然而得头领朱贵之允许权在村中卖酒，此不仅是总督衙门左隔壁，且进一步而与衙门中上差戈什办差，于是欣欣然举以告人曰：我亦制台大人门下之官，本不为过。故韩伯龙谓老爷是梁山泊好汉，要惊得李逵屁滚尿流，实亦自觉其言之当。而初不料不怕不识货，只怕货比货，适为小巫见大巫也。而李逵暗思却又哪里认得这个鸟人，以老爷与鸟人作对，真是绝倒。吾不知逢人以老爷自命者，亦有以鸟人视之者乎？恐其自身亦不得而知矣。

嗟夫！世之冠盖憧憧，舟车鱼鹿，饮食征逐者，何往而非韩伯龙之徒耶？尽数惩之，恐不免视人头如量豆。质之上天好生之德，孰得忍而惩之？李二哥独于一韩伯龙而以板斧相试，未免所见不广矣。如韩伯龙者，殆有命焉。（平）

张旺　第六五

古人有言，名医之子死于病，又云，善泳者死于水，此非谓精于某事，某事适以害之。盖既精其技，必易其事。既易其事，则粗疏大意，无所不至矣。

浪里白条张顺，身负金银包裹，误入截江鬼张旺舟上。旺乘其睡熟，捆而沉诸江。恍然顺兄张横，欲宋江吃板刀面之一幕。顺兄弟纵横小孤山下十余年，日日如此谋人，当他人婉转哀求于板刀影下之时，亦能料及今日向人乞求，但得完尸，便不作鬼来缠之事乎？张旺何足道，张旺之为社会作一把镜子，令人读之真咨嗟不息不已也。

泥里鳅孙五，与旺作隐德生涯有日矣。今见张顺送如许金银上船，死顺之后，必可与旺共享此物，不料一声五哥入舱，而自己之脑袋已落，孙见了金银，尚有朋友，却忘了旺看到金银，早无人头。以干干脆脆言之，既为强盗，截江鬼作人之法是也。不然，此一包金银，足够二人一幕斗争，则徒留麻烦矣。

至顺出水不死，二次遇之，卒得手刃旺肉，浅肤之读者，必引为快。吾以为只是将一把人生镜子，重复照将几下。善读《水浒》者，先必怃然

而起，继则猛然省悟，终则涔涔汗下，曰：从此吾不欺骗，从此吾不凶暴，从此吾不傲慢也，更无论杀人矣。（平）

张三　李四　第六六

东京而有泼皮成群，是朝廷法律不足以管束也。大相国寺菜圃为泼皮讹诈掳掠之所，是佛家道德不足以劝化也。而鲁智深右脚踢倒青草蛇李四，左脚踢倒过街老鼠张三，于是二三十个破落户，目定口呆，惟命是听，是赵官家与如来佛所无可如何者，花和尚以双足代之，乃绰有余裕。天下有是理乎？此非写鲁师傅之能耐，乃写张三、李四与众泼皮自有其中心思想，其思想为何，即硬碰硬，打得赢我者，我服之而已。不解其道，此张伯伦之全盘失败之于慕尼黑也。悟其道，此盟军于西西里打得意军落花流水而投降也。

张三、李四于粪窖爬起之后，牵豚担酒，于庙宇中尊和尚而上座之，和尚恐其犹服之不彻底也，乃倒拔垂杨树以吓之，于是众泼皮死心塌地，好汉之，师傅之，甚之罗汉菩萨之，惟有摇尾乞怜，求和尚之羽翼。世间均以泼皮之不要脸不要命为最难治之民，观于此，岂真难治也哉？国际上之花和尚出，左脚踢希特勒于欧洲大陆，右脚踢东条于太平洋，德日之民，牵豚担酒尊其人于上座，正亦指顾间事耳。使三十年来，世界早有一二鲁智深，则希特勒墨索里尼安得无赖于一时？今而后，四强当知所自谋矣。（渝）

董超　薛霸　第六七

读林冲、卢俊义两传，未有不痛恨解差董超、薛霸者。夫编《水浒》之施罗，何暇写此两个刁徒，殆不过为此阶级作一线之暴露而已。若仅就两人而论，则董超为人，似较胜于薛霸。当陆虞候贿买二人杀林冲时，董初颇踌躇。而薛则曰："高太尉便叫你我死，也只得依他，莫说这官人又送银子与俺。"看得定，说得透，可想其久混公门，在势迫利诱之下，不知做翻了多少林冲与卢俊义。而董仿佛稍存忠厚，在高太尉叫你我死也只得依他一语中，犹能让林冲慢慢走，因之薛打骂林冲，董则宽慰之，薛将沸水泡林冲脚，董则搀扶之。及其解卢俊义也，李固贿赂二人杀卢，董亦仍曰："只怕行不得。"而薛霸则直看银子说话，谓李固是好男子，把这件事结识了他，分明李固无叫你我死也只得依他之理，而只是为了银子要杀卢俊义而已。于是可悟董超两次踌躇，并非真踌躇。盖素日狼狈为奸，故作此态以索多金，遂至每有解案，辄不期照样扮演一番。如今日演双簧者一唱一做，自有定例。因之高俅虽有权要他死，亦不得不向之行贿。若真以为此中亦有善类，则惑矣。

或又以为《水浒》写董薛在开封解林冲未死，故写其刺配大名，又复为公人，又复欲受贿杀人，卒致于死。当日虽逃生于鲁智深之仗，今日仍了账于燕青之箭。报应自是痛快，布局未免巧合。其实写《水浒》者，又何尝不欲写蔡京、高俅皆中此一箭，然果如此写之，则《水浒》不复有矣。此古今天下无可奈何事，特死此二竖，聊以快意云耳。且董薛一再作恶，彼正亦熟视其俦为之已久，无偾事者，故毫无所忌惮。卢俊义在松林中亦遇救星，彼固未料有此巧事也，诛此小竖，犹不免于求之巧合，此正《水浒》所以作耳。（渝）

武大　第六八

古谚有云："天下无不是的父母，世间最难得者兄弟。"此十六字，至于民间思想进化之今日，吾不知尚可存在否也，吾亦不暇问可存在否也。然骨肉之间，其相处也久，其相知也易，则谓其结合亲爱，常异于凡人，或非过分之言。然而古今天下，其处骨肉之间，往往转不如与凡人相处之佳，此则质之哲学家、心理学家不易解释者欤？

虽然，礼失而求诸野，若武大武二者，则真能知兄弟难得者矣。武大一见武二，即曰："我怨你，又想你。"对潘金莲曰："我兄弟不是这等人，从来老实。"由先言之，无隐也。由后言之，笃信也。见骨肉便吐真言，犹非人所难为。若不听床头人言，相信得兄弟从来老实，此非肩挑负贩，从来不读书人所能为。吾不图于卖炊饼之武大能见之矣。当武松拜别之时，武大坠泪曰："兄弟去了。"吾读至此，辄掩卷小歇，亦不期有泪之欲下。在诗人所谓斜阳芳草，黯然消魂者，不如此四字之一字一泪，一泪一血也。若武大真能为兄者矣。

吾非谓武大即完全为好人，至于丑而有美妻，以至被杀而犹可为之恕。然彼既善处兄弟之间，即取其善处兄弟之间而已。推重武大，亦正所以愧天下后世之不能相处于兄弟者也。（平）

郓哥　第六九

郓哥以语激武大，其言甚巧，激之而为策划捉奸，其计亦甚周，至卒以送武大之命，则实非此黄口孺子所能料耳。盖光天化日之下，大庭广众之中，本夫而捉奸获双，固无不理直气壮可以取胜者。今西门庆悍然出头，踢伤本夫，街邻十目所视，无复敢问，实非人情。郓哥十余岁天真小儿，入世实未深，彼乌得而知西门大官人乃非人情中之产物乎？

武大，忠厚人，慈兄也。郓哥，天真人，孝子也。以慈兄孝子，秉天真忠厚，以与奸猾市侩财势土豪相周旋，在蔡京、高俅当道之日，其失败固彰彰矣。虽然，卒有武松其人为之雪冤，此又孝子慈兄终不绝于天壤也。（渝）

西门庆　第七十

《水浒》，愤书也。暴露朝廷人物之罪，暴露乡里人物之罪，亦复暴露市井人物之罪。若西门庆者，勾结官府，欺压良善，正是那时一种典型人物，作者乌得放松而不写之？读《水浒》者见其贿买王婆，奸淫金莲，毒杀武大，便觉其人可恶，吾则观其恶迹不在此。彼一开生药铺人物耳，满城人称之曰西门大官人。其在社会上积威可想，奸人妻，夺人命，当时大事也。彼公然托情于何九叔，焚尸灭迹，何恭敬受命，默然无言，其在社会上积威又可想。既奸淫且复杀人矣，而其来往紫石街如故，虽紫石街无人不知。且终日与金莲饮酒作乐，人亦无敢言者，其在社会上积威更可想。直至武松回来，县衙告状，磨刀霍霍，杀机已动，而西门庆犹挟两粉头与一客人在酒楼作乐。是其人眼中无王法，无阳谷县全县市民，无徒手杀虎之武松。骄妄至此，谁实为之？岂一爿生药铺，有此力量乎？知之者曰：此宋室失败之证也。

在朝廷有蔡京、高俅之徒作恶，在市井有郑屠、西门庆之流作恶，在田野有毛太公、殷天锡之流作恶，几何而不令人上梁山哉？（宁）

潘老丈　第七一

其人业屠，择婿则为节级而兼刽子手。而其婿之结义兄弟，下榻相待者，又为屠宰世家。聚操刀杀人宰豚之徒于一家，世真有此巧事。不特此也，而潘老丈之干儿，则为站立极端反面之和尚。善戏谑兮，耐庵、贯中两先生，故于此有所寄其讽刺欤？

以巧云为之女，以杨雄为之婿，又以海阇黎为之干儿，共爱之则势所不许，偏爱之则情有不能。于是送巧云赴报恩寺了心愿，能醉得人事不知，昏然大睡。唐太宗谓郭子仪曰“不痴不聋，不做阿家阿翁”，老丈有焉。其实事到那时，海和尚即不以烈酒享之，而代之以白水，老丈亦未是不醉之理也。老丈是醉人，亦大是趣人。置此等身手于社会，富贵固不难也，而丈乃以屠老，亦有幸不幸欤。（渝）

海阇黎　第七二

海阇黎原非和尚，乃绣线铺小官人裴如海，而潘巧云父亲之干儿也。想当年如海在家，巧云未嫁，春光烂漫，兄妹为之，亦今日至上之恋爱。特不知如海何以而在报恩寺出家，遂使潘不得不嫁王押司，王押司死，如海仍为和尚，潘又只好再嫁杨雄，观其与如海幽会之第一次，即曰："我已寻思一条计了。"是其数年来，为王氏妇为杨氏妇，而实未尝一日忘其干哥也。以今日之恋爱至上言之，巧云盖极忠于裴如海者，实无罪。即有罪，罪亦不至死。然杀潘者非石秀、杨雄，而又裴如海也。何以言之？裴如海既为和尚多年，犹不忘巧云，则其当日情浓可知。情浓矣，即不应舍巧云出家。出家或非本愿，犹云被迫不得已也。及既为方丈，并无管头（书中未言海是方丈，然观其排场，分明一寺之主），而王押司又死，正好一人还俗，一人改醮。而和尚贪恋方丈一席，计不出此，乃欲一面做和尚享清福，一面通情人了夙愿，固非真知恋爱至上者。吾闻为情人，有敝屣江山者矣。海并一和尚而不能舍之，则亦不足与言情也已。对此不足言情者，潘巧云明知"我的老公不是好惹的"，乃冒杀身之祸以恋之，钓者负鱼，鱼何负于钓？

于此，而予知爱做和尚者，亦有甚于好色者也。而更知为解脱做和尚，做了和尚亦有其人更不易解脱者也。海本绣线铺小官人，何足与言大道，自不得以此责之。然由是可悟一事，即一面板了面孔占清高地位，一面偷偷摸摸，检人小便宜，意在两兼之，终必两失之耳。（渝）

张文远　第七三

宋江善弄权术，伪行侠义，天下英雄，尽入彀中。而其同房做押司之张文远，独不得而笼纳之。不仅不受笼纳之而已，宋江纳阎惜娇，张一见而通之。宋江杀阎惜娇，张又唆阎婆告之。卒至众向张说情，宋始得避于死。张之狡猾，其有胜于宋欤？不然，及时雨手置之乌龙院，正太岁头上土，张安得明目张胆往来于其间耶？以宋之诈，与张相处之亲，竟忘其为风流浪子，邀之至乌龙同饮。引狼入室，卒成大祸。此非宋之昧昧，必张之交友之术，足使宋堕入术中而不知也。

专制时代之公门中人，本鲜善类。窥张貌似风雅，又必读书人出身。此辈不得志，吮痈舐痔，无所不至。及小得志，则飞扬跋扈，又无所不为。“礼义廉耻”四字，其字典中盖未尝有，况友道乎？与此等人为友，自杀之道也。《红楼梦》贾府清客，《金瓶梅》西门帮闲，大抵均属张文远一流。其才可爱，其人格可鄙，其手腕又复可畏。涉迹社会，毕生不逢其人可也。虽然，又安得一一而避之？（宁）

黄文炳　第七四

清朝时，有文武两一品官，同居一城。偶因小隙，遂不相能。文官诟武官曰：“尔之大红顶，为人血所染成，吾望之而生畏，因上有冤魂无数也。”武官亦诟文官曰：“尔之大红顶，为黄金白银，娈童少女，燕窝鱼翅，朝靴手本，合无数之杂物以凑成，吾见之而作恶，因上有奇臭也。”或告之于更高一级人员，此公笑曰：“此二人皆无望之人也。大红顶岂有白来者乎？能者，且将以人血与黄金白银等物，合而铸之矣。”此公之言，可谓透彻之至，而通判黄文炳得其道焉。

黄闲住无为州，与浔阳有一江之隔，观其与蔡九知府能共机密，则江上奔波之烦，可得而知。然蔡九一郡官也，尚不能起用通判。既已心许黄氏，则不得不更求于其父蔡京，于是黄氏于黄金白银，娈童少女，燕窝鱼翅之外，更须供献人血矣。宋江心机败露，醉题反诗，适以为文炳造机会耳。即无此诗，即无宋江之来，文炳亦必别觅人血，以博宰相之欢也。故宋江而不被拘，则冥冥之中有若干人当死，他人冤矣。宋江被拘，毋庸他人供血，冥冥之中，不知已救谁何。然梁山贼来救宋江，血染浔阳江口，全浔阳城，又冤矣。总之，有黄文炳之奔走权门，被冤而供血者，势必有人也，吾侪小民，其如此辈图功博禄者何！（平）

高衙内　第七五

中国人有言，一代做官，七代打砖。味其意，若涉于阴骘报应。以为做官者必虐民，虐民而犹得富贵终身，则其子孙必穷苦七代而后已。其实果能打砖，系自食其力者，宁非好人？兹所谓打砖，必鸡鸣狗盗之徒耳。

做官之后代，何以必至打砖。必以报应为理由，则非科学昌明时代之所宜有。若就吾人之意言之，其理实浅，做官人家有钱，广殖田产，使子孙习于懒惰，一也。做官人家有势，使子孙骄傲成性，目空一切，二也。做官人家，必多宵小趋奉，不得主人而趋奉之，则趋奉幼主。官之子孙，易仗财使势，无恶不作，三也。有此三因，做官后代，安得而不堕落乎？

以高俅为之父，以陆虞候等为之友，更以太尉衙门众人为之捧场，纵为圣人，恐亦不免有所濡染。而高衙内既未读书，又无家训，苟有大欲，何所顾惜而不求之？人见其侮辱林冲，则切齿痛恨，以为可杀。吾窃以为罪不在高衙内也。

世无网，鱼不得死。世无弹，鸟不得死。鱼鸟死矣，吾人得以罪加于网与弹乎？网与弹固不能有力死鱼与鸟也。吾人独责高衙内，何哉？（平）

高俅　第七六

戴宗之发迹也，以脚，以其能神行也。高俅之发迹也，迹以脚，以其就蹴球也。戴以脚而遇宋江，为盗薮之头领。高以脚遇徽宗，则为朝之太尉。是神行之技不如蹴球之技之可贵乎？非也，所遇者有朝野贵贱之别耳。使徽宗与宋江异地而处，则高俅不过乐和、宋清之选，而戴之必为太尉，可断言也。若论其所以尽职守，戴于宋江，犹能赴汤蹈火，屡赞军机。若高之于宋徽宗，则吾见其一朝权在手便把令来行，第一件事是，欲杀王进，第二件事是欲杀林冲而已。以是而宋江与宋徽宗人品之高下可知也。虽然，以高俅之聪明，无逊蔡京、王黼处，其得为太尉也，亦宜。

有蹴球太尉一类人物，而赵宋遂南。于是有蟋蟀相公、犬吠侍郎一类人物，而南宋遂亡。谁谓《水浒》无春秋之笔法哉？写《水浒》自高俅写起，善读史者，必读《水浒》。（渝）

蔡京　第七七

梁山贼寇，围大名府既急；梁中书即函致太师蔡京求援。蔡得函，召集枢密使三衙太尉等，在节堂商议。将大名危急之状，备细言之，问计将安出？于是众官面面相觑，各有惧色。予读《水浒传》，每至此处，辄为喟然长叹。知所谓尊如堂堂太师，及衮衮枢密院三官之众，其才亦不过如匹夫匹妇，闻贼将来，则噤若寒蝉，牙齿对击作声。乃至贼至，敏捷者窬墙而走，抱头鼠窜而去。迂缓者即走床上，以被蒙者，束手待缚。吾人以为宰辅之官，便有燮理之才，不亦大误哉？夫不幸而有梁山贼猖獗，今日窜山东，明日犯河北，斯见宋室之官皆无能为耳。若今天下太平，烽烟不举，则彼堂堂衮衮之流，出门既前拥卤簿，家居又后随女乐。庄严之间，杂以豪华，真个人在天上，如不可望，量比海深，如不可测。彼自尊为皋伊，孰得管乐之？彼自视为萧曹，孰得操莽之？吾于是知古今太平之时，其侥幸而为名宦贤辅者，亦不过适逢其会，使遇告急文书，相商计将安出之际，不亦面面厮觑，各有惧色也耶？

彼宋江等一百零八人，横行河朔，目无宋室，岂河朔之大，而无此一百零八人何者？正无奈此面面厮觑者何耳，然则举世汹汹，欲得而甘心之蔡太师，亦不过如此而已。（平）

梁中书 第七八

岳为宰相，婿作中书，此在官场，自属人情，顾蔡京平常一生日也，梁千里致贺，乃须值十万贯之金珠。谓翁婿之间，其贿赂授受，当倍值于常人乎，则人情不应如是。谓婿且贺十万贯，常人更当倍之，则又骇人听闻。吾侪不能置身于蔡、梁之间，固不能度此为如何一本糊涂账也。

观于梁一次生辰纲被劫，乃办二次。则二次又被劫，其不能废然中止，所可断言。梁中书无点金之术，似此源源为太师寿者，灭门破家之人为不知有几矣。大名百姓，身受其祸，初无间言，而宵小觊觎，借不义之财之名以劫之，不徒无补于大名百姓毫厘，且使梁中书欲弥其缺憾，一而再，再而三，更取索于百姓。蔡京何损？梁中书何损？所难堪者大宋之民耳。晁盖、吴用以为所劫是蔡太师、梁中书之钱，殆亦不思之甚矣。

终《水浒》之书，梁中书均留任大名，虽兵败城破，而贼去梁氏回署，其为官也如故，是则富于弹性，亦善为官者矣。竟谓蔡京内举不避亲也，亦可！（渝）

蔡九知府 第七九

《宋史》载蔡攸为人，毒辣专横，贪墨荒淫，均甚于乃父，而《水浒》所写蔡得章，则愚戆无知，随人左右，绝异其父兄，意者，高明之家，鬼瞰其室，不出豺狼，即出豚犬乎？蔡得章既为蔡京第九子，更以时在宣和以前计之，则其年龄，似不得超出三十岁。以二十余龄之纨小儿，乳臭未干，竟任之为一府之长，宋室视政治为儿戏，可见一斑。《水浒》之作，去蔡贯之时代未久，父老传言，可能事有所本，不必谓其人出小说，即纯为虚构也。

戴宗在白龙庙中，曾谓江州城内有五七千军马。承平之时，一城守军若此，不为不多。而乃听令十七个便衣强人，带八九十个喽啰，法场劫囚，血染街衢，自蔡九知府以下，全城文武，始无一不为酒囊饭袋矣。观于梁山亦曾向大名劫牢反狱，则先散揭帖，后兴大兵，固未敢视江州之如此易与也。然则谓朝里有人，即以乳臭小儿，出任巨艰，为朝中人自计，实亦非如意算盘，请问，设不幸众盗真信李逵之言，杀入城中，砍掉那个鸟蔡九知府，岂不大背蔡京舐犊深情乎？（渝）

林冲娘子　第八十

《水浒》写青年妇女，甚少许可，而独写林冲娘子张氏，则刚健婀娜，如春兰夏莲秋菊冬梅芳烈绝伦。虽着色不多，在其二三言行间，亦感强烈中有婉顺，而婉顺中又有强烈。今之谋妻者，辄作过分之想，须有时代的思想，摩登的姿态，封建的贞操，此极大矛盾的条件，焉有可能，然使林冲娘子生于今日，则几乎近之矣。试释之，其与林冲恩爱，三年不曾红脸，则当年之时代思想也。高衙内一见而色授魂与，是其有摩登的姿态也。一死自了，不受污辱，则绝对封建的贞操也。人生而得妻如此，真无憾也夫！

《水浒》人物，入伙之后，辄接眷入山，以除后顾之忧，即如徐宁家在东京，亦未例外。而林冲娘子，独不令其入山，读者颇为惋惜，不知此正作者写其成为一完人也。否则春兰夏莲秋菊冬梅，终亦不免为一盗妇，更可惜矣！林冲为人，不欲人负，亦不负人，而对其妻张氏其岳张教头，则负之良深。盖林不为盗，张氏父女或终不至被迫而死也。有志之士，辄以不负人自许，谈何易哉！谈何易哉！（渝）

潘金莲　第八一

《水浒》一书，辄爱写女色之害，使罗贯中、施耐庵先生于今日，则侮辱女性之罪，当不待秦始皇之复出，而可以烧其书。虽然，施先生之所说，究为悟彻见到之言，吾人慎勿徒赏其十分光之波折文字也。

窃以为潘金莲之淫恶，一半由于天性使然，一半亦由于环境逼促。以西门庆之著名浪子，乃一见而色授魂与，则潘氏姿色妖艳，可以想见。今潘不得才子而嫁之，不得英雄而嫁之，不得达官贵人而嫁之，亦并不得风流浪子而嫁之，而月夕花晨，明镜青灯之间，惟与一卖炊饼之三寸钉谷树皮相伴。彼初未知何者为礼教，何者为妇道，则其顾影自怜，辄生外心，又焉得不为人情中事耶？

夫以潘之美，本易招蜂引蝶，又兼其小智小慧，在在非武所堪。为武大计，正当视此妇人为蛇蝎而远避之。今无弄蛇之技，而玩蛇于股掌之上，其终必被噬，宁有疑义？武之死，潘固有罪，而武亦未尝无招杀之道也。天下后世不少想吃天鹅肉之癞蛤蟆，吾安得一一以潘金莲传示之哉！（宁）

阎婆惜　第八二

宋江生平以银子买人，阎婆惜则不得而买之；宋江生平以仗义疏财自负，阎婆惜则谓为公人见钱，如蝇子见血；宋江殊以忠信见重于江湖，阎婆惜则对其三天限期信不过。总而言之，人对宋江之佳处，阎婆惜均一笔抹煞之而已，然则阎婆惜之所为，是欤！非欤？吾曰：他人以此眼光看宋江则可，惜则不可何则？（一）惜本妓女，其身固不免为人买。（二）惜丧父，宋实殡葬之，原来并无所图。（三）惜既知其通盗，宋虽得还其信，然亦决不敢得罪之。故宋纵负人，并未尝负惜；宋纵欺人，必不敢欺惜。惜不此之悟，而对宋独着着进逼，此固有以促急兔之反噬矣。

古人谓名与器不可以假人，阎婆惜没收宋江之信，则并其生死之权，而亦假而有之，其计狡，其手辣，令人不能不佩服其聪明。类彼有挟之之谋，而无挟之之力，无挟之之力，而犹努力以挟之，螳臂当车，能免碎其身乎，吾愿天下后世许多伶俐女子，甚勿到处卖弄聪明，而结果反为聪明所误也。

俗传蜂子以尾针螫人，事毕则其亦断而死，此事且不必质之动物学者以问其确否。假曰如是，是蜂之螫人，必认在无可幸免而后为之。是则螫亦死，不螫亦死，何如螫之以缓死须臾，宋江之杀惜，蜂螫人之类也，然则惜之被杀也，惜自杀之而已。（平）

刘知寨夫人　第八三

孔氏之说，以德报德，以直报怨，执中也。释氏之说，以德忘德，以德报怨，六根清净也。耶氏之说，以德报德，以德报怨，博爱也。世之任何人类，任何宗教，未有主张以怨报德者。即降而至于老妈之论，犹有人敬我一尺，我敬人一丈之言。奈之何刘知寨老婆，因宋江生身之德，而认识其人，因认识其人，而遂欲杀之以自快耶？执是以论，大叫刀下留人者，不亦危乎！

吾知之矣，当刘知寨老婆，转出屏风之时，曾骂宋江曰："你这厮在山上时，大剌剌地坐在中间交椅上，由我叫大王，哪里睬人？"然则恭人之不释于心者，只为此耳。但于恭人在山上见着宋江，左一句侍儿，右一句侍儿，又谁致之？先向宋江道了三个万福，后来插烛也似拜谢宋江，更谁致之？当其时岂能嫌宋江大剌剌地坐在交椅上则记之，于人代我下拜则不记之；于我称人为大王则记之，于人称我为恭人则不记之，此亦就事论事，而无以自圆其说者也。

虽然，不必宋江被缚而后，已知妇人必忘其德矣。当其下山时，告众军曰：那厮捉我到山寨里，见我说道是刘知寨的夫人，吓得慌忙拜我，便叫轿夫送我下山来。此其言，便以求人释放为耻矣，何为不忍缚宋江耶？自今而后，戒杀放生，亦必斟酌而后可行也。（平）

王婆　第八四

五字诀，十分光，不徒登徒子已尽得王婆之赐，即士大夫之流，亦复于茶余酒后笑谈及之矣。王婆亦人杰也哉！

夫以西门庆之奸猾，潘金莲之精明，均非易与之流，而王婆指挥若定，如是傀儡而舞，是其人奸猾精明，固有在此一对男女之上者。顾彼独忘却武大有一弟是打虎英雄，而更忘却此一对男女公然取乐，已为人所尽知，终必有以达于武松之耳。智者千虑，必有一失，其信然欤？且由武松告状不准，领士兵强拉街邻入宴，以至于闭户祭灵，亦层次有杀人之一分光至若干分光矣，而乃与潘金莲一样，存“看他怎地”之心，必使武松拔出尖刀而后瞠目相视，不可解也！同一几分光也，何独辨于利之至而昧于祸之降乎？吾不免曰：“西门庆是色胆天大，王婆是利令智昏。色字头上有把刀，人多能言之矣，利字旁边一把刀，举世皆昧昧焉。”好为干娘之事者，其读王婆传。（渝）

潘巧云　第八五

蛇，毒物也，而蛇丐习其性，则弄之股掌之上，无不如意。潘巧云之于杨雄也，明知其不是好惹的，惟既习其性，则敢于家中斋荐其前夫王押司，则敢于家中幽会干兄和尚海阇黎，则敢于石秀揭破秘密之后，以几句巧言，两行眼泪，使杨雄忘结义之盟而逐之。以视阎婆惜泼辣若有不足，以视潘金莲则聪明过之矣。此真得蛇丐之诀者。

虽然，天下蛇，蛇丐不尽能弄之也。杨雄一蛇，石秀亦一蛇。潘以视彼蛇者视此蛇，遂终不免为蛇所噬。此亦蛇丐之不无失事者，正相同耳。昔人有言，好武者，死于兵；善泅者，死于溺，若有可信焉。泼辣而聪明之人，其慎之哉！其慎之哉！（渝）

何道士 第八六

俞万春作《荡寇志》，未解《水浒》真义——诛之始已。因欲状宋江吴用之奸，乃言天降石碣，是宋、吴勾通何道士所构骗局。氛隐摘微，曲尽描写，若自视为得意之笔，实则此不过枭雄惯技，毫未足奇，略一点破之，已足矣。于此等处求宋江之奸，待为何道士见笑耳。

古之创业帝王或割据僭号者，以及集众生事之徒，无不托之神迹，以状其权威。虽成则圣瑞，败则骗局，聪明人未尝不知。然以其于一时一地，可以欺惑民众，以资号召，后人往往踵前人而为之。如刘邦斩蛇泽中，刘裕即射蛇荻内。赵匡胤降生夹马营火光烛天，朱元璋降生太平乡，亦复如是。史家大书特书，不以其欺为欺也。宋江既志不在，类此等事，何得不为？故石碣上之龙章凤篆，直谓是宋江命何道士自书而自译之，亦非意外。且此项龙章凤篆，仅何道士认识，即令非其所书，而他人不识，何道士亦得随意译之，以迎合宋江之意，若何道士不为，以宋江之力，不难觅张道士、李道士为之。彼固乐得撒谎，挣一注财帛也。

由是论之，何道士如遇伏羲，即可为《河图》《洛书》，如遇唐太宗，即可为《推背图》。今遇宋江，代译石碣，亦其职业然耳。而宋江之有是举，亦职业然耳。（渝）

罗贯中 施耐庵 第八七

《水浒》一书，或曰：罗贯中为之；或曰：施耐庵为之；或曰：罗撰而施润泽之，不可考矣。然就断简残篇证之，大抵为宋元时民间无数个传说，经人笔之传之，搜罗而编辑之，成为一书，所可断言。其后或读而喜之，喜之而感不足，另有以增益之，又可断言，盖于《水浒》最初有百回本，有百十回本，有百十五回本，有百二十回本，有百二十四回本，有以知之也。

罗贯中爱作小说，夫尽人而能言之矣。至施耐庵之有无，其人则非后生所得知。顾不问有其人否，是书之笔之传之，编辑而润泽之，既有人在，而又其名不传，则以罗贯中外，即以是人为吾侪理想中之施耐庵可矣。

中国从来无鼓吹平民革命之书，有之，则自《水浒》始。而《水浒》不但鼓吹平民革命思想已也，其文乃尽去之乎者也，而代以凭么则个。于是瓜棚豆架之间，短衣跣足之徒，无不知重义轻财，无不知杀尽贪官污吏。虽今日绿林暴客，犹不免受罗施两公之熏陶。而其教人以重武尚侠，未始不足补其过也。

《水浒》最初本之编成，当在金元之末。此其时，正外族凭凌，民不聊生之日也，而作者乃坦然作此书，以破忠君事上之积习，岂仅为人之所不敢言，抑且为人之所不能言矣。或曰："元之亡，明之兴，流寇之乱，太平天国之纷扰十余年，与夫民间之一切秘密结社，无不受《水浒》之赐。"作者一支笔，支配民间思想盖四五百年焉。古今中外，与之抗手者，可靓也。施罗真文坛怪杰也哉！（宁）

金圣叹　第八八

论《水浒》曷为及于金圣叹？以其删改鼓吹之功，尚有未可尽没处也。中国人视小说为街谈巷议之言，金先生则名《水浒》为五才子，晋之于左、孟、庄、骚之列，《水浒》原意拟宋江、吴用为侠客义士，金先生则画龙点睛，处处使其变为欺友盗世之徒，此其意。以为小说中固有文章，乃不可没。而又以为小说入人固深，盗不可诲也，一百数十回小说，断然斩之为七十回，缩之于卢俊义之一梦，在金之日，自有其时代背景，即至今日，功尤多于过。若谓改得不能尽如今人意，则属苛求矣。

《诗》《书》《易》《乐》与《礼》，先孔子而有之，非孔子删订，不能去芜取精，而有以授后人也。亚美利加州（今译为：美洲），先哥伦布而有之，非哥伦布航海而发现之，又不知迟若干年而始与外人相见也。《水浒》先金圣叹而有之，非金圣叹细加点纂，竭力赞扬，又决不能如今书之善美也，然则金固《水浒》之孔子与哥伦布矣。

圣叹于《水浒》改易处，辄注曰古本如是，实则正惜古本不能如是也。后人读《水浒》，能读圣叹外书者，十不得二三焉；能看出圣叹改易处者，更百不得一二焉。而金辄归功于古本，使施耐庵受其荣誉，施在天之灵，自当掀髯微笑，而以言圣叹，得不移痛哭古人之泪，以伤知音之少乎？七十回《水浒》有东都施耐庵一序，细察其文，固圣叹外书笔调也。而或者乃以此证明施耐庵实有其人，此又令金先生鼓手大笑转悲为喜于九泉，而欣然曰："诸君堕吾术中矣。"（宁）

序跋集

《春明外史》前序

余少也不羁，好读稗官家言，积之既久，浸淫成癖，小斋如舟，床头屋角，累累然皆小说也。既长，间治词章经典之书，为文亦稍稍进益，试复取小说读之，则恍然所谓街谈巷议之言，固亦自具风格，彼一切文词所具之体律与意境，小说中未尝未有也。明窗净几之间，花晨月夕之际，胸怀旷达，情有不能自已者，窃尝拈毫伸纸，试效为之，亦复悠然神会，辄中绳墨焉。于是又感小说如诗，亦足为慰情陶性之作，不必计字卖文，强迫而出此，更不必以此侪于著作之林，作为不世之业以为之也。年来湖海消沉，学业之事，百凡都已颓废，惟于小说一道，尚爱好如恒。吾友舍我知其然也，当其主办《世界晚报》之始，乃以撰述长篇相托，余因之遂有《春明外史》之作，余初非计字卖文，亦未敢自侪于著作之林也。夫太玄之篇，且覆酱瓿，左思之赋，几盖酒瓮，而此雕虫小技，又焉足以自鸣耶？金圣叹批西厢，自谓为人生消遣法之一，余窃引以自况焉。容亦读者所许欤？

民国十四年十月张恨水序

《春明外史》后序

渐之意义大矣哉！从来防患者杜于渐，创业者起于渐，渐者，人生所必注意之一事乎？吾何以知之？吾尝来往扬子江口，观于崇明岛有以发其省也。

舟出扬子江，至吴淞已与黄海相接，碧天隐隐中，有绿岸一线，横于江口者，是为崇明岛。岛长百五十里，宽三十，人民城市，田园禽兽，其上无不具有，俨然一世外桃源也。然千百年前，初无此岛。盖江水挟泥沙以俱下，偶有所阻，积而为滩，滩能不为风水卷去，则日积月聚，一变为洲渚，再变为岛屿，降而至于今日，遂有此人民城市，田园禽兽，卓然江苏一大县治矣。夫泥沙之在江中，与水混合，奔流而下，其体积之细，目不相视，犹细于芥子十百倍也。乃时时积之，日日积之，以至月月积之，居然于浩浩荡荡，波浪滔天之江海交合处，成此大岛。是则渐之为功，真可惊可喜可惧之处矣。

于此，乃可以论予之作《春明外史》矣。予之为此书也，初非有意问世，顾事业逼迫之，友朋敦促之，乃日为数百言，发表于《世界晚报》之“夜光”。自十三年以至于今日，除一集结束间，停顿经月外，余则非万不得已，或有要务之羁绊，与夫愁病之延搁，未尝一日而辍笔不书。盖以数百言，书之甚便，初不以为苦也。乃日日积之，月月积之，寖假得十万言，成若干回矣。寖假得二十六万言，成第一集矣。寖假得十万言，成第二集矣。而吾每于残星满天，老屋纸窗之下，犹为夕夕为第三集也，今亦成书六回矣。合之可得七八十万言也。今率尔命人曰：尔须为文八十万言，未有不惊其负任之重且大者。然予卒优为之，盖成于渐而不觉也。古人有惜寸阴者，有惜分阴者，良有以欤？

因予之书成于渐也，或曰：其书系信手拈来，凑杂成篇。或曰：不然。譬诸画山水，先有大意，然后兴到一挥，合之自然成章。予曰：惟惟否否。谓毫无布置，日日为之，各不相顾，则此七八十万言，将成何话说？谓固有规矩，按意命之。然为文如掷骰赶盆，一时有一时之兴致，即一时有一时之手法。为文且千余日，谓仍不失其意，又欺人之谈也。夫江中之泥沙，渐渐成岛，未必不改原来之形势，而其卒能成岛则一也。又奚问焉？然此实非予所计及，予书既成，凡予同世之人，得读予书而悦之，无论识与不识，皆引予为友，予已慰矣。既予身死之后，予墓木已拱，予骷髅已泥，而予之书，或幸而不亡，乃更令后世之人，取予读而悦之，进而友此陈死人，则以百年以上之我，与百年以下之诸男女老少，得而为友，不亦人生大快之事耶？其他又奚问焉？人生至暂，渐渐焉而壮，渐渐焉而老，渐渐焉而死而朽，不有以慰之，则良辰美景，明窗净几，都负这于渐渐之中，不亦大可惜哉？悟此者，乃《春明外史》之友也，亦予之友也。

民国十六年十二月十七日，彤云覆树，雪意满天。书于老屋纸窗，青炉红火之畔。张恨水序。

（原载于上海世界书局1928年版《春明外史》）

《春明外史》续序

《春明外史》今蒇事矣，吾之初作是书也，未敢断其必蒇事也，今竟蒇事，是在吾一生过程中所言行百十万亿之事，而又了却其一矣。便吾而为吾自身作传，所可大书特书者也。夫人生做事，大抵创其始易而享其终难，吾于此书创其始而亦睹其终，快何如之？而读《春明外史》者，于其第一日在报端发表时读之，其第一集发印单行本时又读之，于其复印第二集单行本时，更读之。今于吾书卒业时，于其全部自第一字至最末一字，且全读之，又得不以为快乎？作者快，读者亦快，吾愿与爱读《春明外史》读者，同浮一大白者也。更或获万一之幸，吾书于覆瓿之余，得留若干部存于百年之后，则后世之人，取书于故纸堆中，欣《春明外史》之底于成，而读《春明外史》者之得观其成，则读吾文至此，见吾与吾友之同浮一大白，当亦忍俊不禁，陪浮一大白矣。是可乐也。

虽然，吾因之有感焉。吾书之初发表也，在民国十三年四月十二日，而其在报端完毕也，在民国十八年一月二十四日，其间凡五十七越月矣。此五十七越月中，作者或曾欣欣然有若帝王加冕之庆焉，或曾戚戚然有若死囚待决之悲焉，亦有若释家所谓无声色嗅味触法，木然无动，而不知身所在焉。若就此而为文以纪之，则十百倍于《春明外史》之多可也。然而令何在者？皆已悠悠忽忽，仅留千万分之一作为回忆而已。不亦哀哉？吾如是，吾知读《春明外史》者亦莫不如是也。不但如是而已，则在此五十七月中，爱读《春明外史》者，生离者或当有人，死别者或当有人，即远涉穷荒，逃此浊世，或幽居囚地，永不见天日者，或亦莫不有人。是皆吾之友也，吾竟不能以吾友爱读者，献与得卒读之，使其生平，多亦未了之缘，此又吾耿耿于心，愀然不乐者矣。

由前言之，可乐也。由后言之，乃不胜其戚矣。一下里巴人之小说成功，其情形且如此，况世事有百千万亿倍重于此者乎？信夫，天下之事有相对的而无绝对的也。

吾书至此，人或疑而问曰：然则子书之成也，乐与戚乃各半焉，果将何所取义乎？吾又欣然曰：与其戚也，宁悦焉。夫人生百年，实一弹指耳。以吾书逐日随写五六百言，费时至五十七月而书成，似其为时甚永也，然吾于书成后之半岁，始为此序，略一回忆，则当年磨墨伸纸，把笔命题，直如昨日事耳。时光之易过如此，人生之岁月有涯，于此一弹指，弃可用心思耳目手足不用，听其如电光火石，一瞬即灭，不亦大可惜耶？今吾在此若干年中，将本来势将尽去之脑之目之手，于其将去未去以成此书，造化虽善弄人，而吾亦稍稍获得微迹，而终于少去须臾，是终可庆也。且读吾书者，因而喜焉，因而悲焉，因而相与讨议焉，亦将其将丢未去之脑之口之目之手，以尽一时之适意，亦未始非好事也。不宁惟是，而最大之效用，且又可于若干时候忘却日日追逐之死焉。夫人生之于死，拒之有所不能，急而觅死，人情又有所不忍，坐以待死，亦适觉其无聊者也，然则人生真莫如死何矣，兹有一法焉，则尽心努力，谋一事之成，或一念之快，于是不知老之将至，直至死而后已，遂不必为死拒，为死不忍，为死而无聊矣。识得此法，则垂钓海滨，与垂拱白宫，其意无不同。而吾之作小说，与读者之读小说，亦无不同也。容有悟此者乎？则请于把盏临风，高枕灯下，一读吾书。更不必远涉山乌，而求赤松子其人矣。

十八年八月二十二日由沈阳还北平，独客孤征，斗室枯坐，见窗外绿野半黄，饶有秋意。夕阳乱山，萧疏如人，客意多暇，忽思及吾书，乃削铅笔就日记本为此。文成时，过榆关三百里外之石山站也。

张恨水序

《金粉世家》自序

嗟夫！人生宇宙间，岂非一玄妙不可捉摸之悲剧乎？吾有家人相与终日饮食团聚，至乐也。然而今日饮食团聚，明日而仍饮食团聚否？未可卜也。吾有身今日品茗吟诗，微醺登榻，至逸也。然而今日如此，明日仍如此否？又未可知也。最近亲者莫如家人，归能自主者莫如吾身，而吾家吾身，事终莫能操其聚散生死之权，然则茫茫宇宙间，果何物尚能为吾有耶？吾自有知识以来，而读书，而就职业，而娶妻，而立家庭，劳矣！而劳之结果，仅仅能顾今日，且仅仅能顾今日之目前。可痛已。何以言之？请以事为证。吾闻某小说家，操笔为文，不及半页之纸，伏案而卒，其死已速矣。又闻某逸老夫人作雀牌之戏，将成巨和，喜色溢于面，同座一中风出，为上家拦而和之，某夫人一忿而绝，其死又更速也。某小说家于其所写最后一页之稿之先，安知其不终篇耶？某夫人于中风刚出，上家尚未拦和之一刹那，又安知其生命即毕于是耶？嗟夫！人生如此，岂非玄不可捉摸之一悲剧乎？此事吾早知之，吾乃不敢少想，少想则吾将片刻不处宁息，惟惴惴然惧死神之傍吾左右而已。何以忘之，作庄子达而已矣。此古人所谓不做无益之事，曷遣有涯之生者也。

吾之作《金粉世家》也，初尝作此想，以为吾作小说，何如使人愿看吾书。继而更进一步思之，何如使人读吾之小说而有益。至今思之，此又何也？读者诸公，于其工作完毕，茶余酒后，或甚感无聊，或偶然兴至，略取一读，借消磨其片刻之时光。而吾书所言，或又不至于陷读者于不义，是亦足矣。主义非吾所敢谈也，文章亦非吾所敢谈也。吾作小说，令人读之而不否认其为小说，便已毕其使命矣。今有人责吾浅陋，吾即乐认为浅陋。今有人责吾无聊，吾即乐认为无聊。盖小说为通俗文字，把笔为此，即不说浅陋与无聊。华国文章，深山名著，此别有人在，非吾所敢知也。明夫此，《金粉世家》之有无其事，《金粉世家》之何命意，都可不问矣。有人曰：此类似取径《红楼梦》，可曰新楼梦。吾曰：惟惟。又有人曰：此颇似融合近代无数朱门状况，而为之缩写一照。吾又曰：惟惟。仁者见仁，智者见智，孰能必其一律，听之而已，吾又何必辩哉？

此书凡八十万言，吾每日书五六百言，起端以至于终篇，约可六年。吾初作是书时，大女慰儿，方哑哑学语，继而能行矣，能无不能语矣，能上学矣，上学且二年矣，而吾书乃毕。此不但书中人应有其悲欢离合，作书毕，且不禁喟然曰：树犹如此也。然而吾书作尾声之时，吾幼女康儿方夭亡，悲未能自已，不觉随笔插入文中，自以为足纪念吾儿也。乃不及二十日，而长女慰儿，亦随其妹于地下。吾作尾声之时，自觉悲痛，不料作序文之时，又更悲痛也。今慰儿亦夭亡十余日矣。料此书出版，儿墓草深当尺许也。当吾日日写《金粉世家》，慰儿至案前索果饵钱时，常窃视曰：勿扰父，父方作《金粉世家》也。今吾作序，同此明窗，同此书案，掉首而顾，吾儿何在？嗟夫！人生事之不可捉摸，大抵如是也。忆吾十六七岁时，读名人书，深慕徐霞客之为人，誓游名山大川。至二十五六岁时，酷好词章，便又欲读书种菜，但得富如袁枚之筑园小仓，或贫如陶潜之门种五柳。至三十岁以来，则饱受社会人士之教训，但愿一杖一盂作一游方和尚而已。顾有时儿女情重，辄又忘之。今吾儿死，吾深感人生不过如是，富贵何为？名利何为？作和尚之念，又滋深也。此以吾思想而作小说，所以然，《金粉世家》之如此开篇，如此终场者矣。

夫此书亦覆瓿之物而已，然若干年月，或沿有存者，于其时读者取而读之，索吾于深森古庙间乎？索吾于名山大川间乎？仍索吾于明窗净几间乎？甚至索吾于荒烟蔓草间乎？人生无常，吾何能知也？书犹如是序，文犹如是人之将来，不可测矣。此一点感慨，扩而充之，《金粉世家》之起讫，易于下笔者也。语曰：读其书不知其人可乎？小说虽小道，倒不外此也。求读者知吾，即读者之知《金粉世家》耳。此又吾为《金粉世家序》，只述吾这片断感想者矣。凡百君子，匡而进之，吾固乐于拜而受之。或言于小说以外，则不敢知也。书至此，烈日当空，槐荫满地，永巷中卖蒸糕者，方吆喝而过。正吾儿昔日于书案前索果饵钱下学时也。同此午日，同此槐荫，同此书案，同此卖蒸糕者吆喝声，而为日无多，吾儿永不现其声音笑貌矣。嗟夫！人生宇宙间岂非一玄妙不可捉摸之悲剧乎？

民国二十一年六月十八日张恨水序于旧都

（原载于《金粉世家》上海世界书局1933年2月版）

《剑胆琴心》自序

身有所凄然不能受者谓之痛，有所怡然自得者谓之快。不能受者，一旦极尽去之，而更令吾心有所怡然自得，斯则谓之曰痛快。痛快之言，吾人虽尝习闻于乡党父老、兄弟朋友之间，然而以其所习闻，固未尝当为人生哲学而一体会之也。今且思之，当人之发斯言也，孰有不眉飞色舞，发之于心，而洋洋乎于面者乎？是则人生之贵有痛快，不待言也。

虽然，痛则人生常有，快则未也。一人立身社会，上而父母之赡养，下而子弟之扶持，微而细君之所盼望，大而国家乡党所予之负荷，兼之本人之言行，为衣食住行之奔逐，或为朋友社会所不谅解，将何往而不痛苦？凡兹所述，一人虽不必俱备，而亦绝不能尽无，是真佛家所谓生之苦也。痛愈多，而快愈不可得。惟其不可得，于是古人有过屠门大嚼，聊以快意之可怜之言，盖形迹未可图得快乐。乃寄托之于幻象也。人生差有此幻象中之快乐，乃使无限怀抱痛苦之人，得一泻无可宣泄之情绪，而音乐家，图画家，词章家，小说家，应运以生矣。盖彼自宣泄者犹小，而足可以使观者闻者亲近者，有所羡赏或共鸣，得片时之解忧者也。

恨水忽忽中年矣，读书治业，一无所成。而相知友好，因其埋头为稗官家言，长年不辍，喜其勤而怜其遇，常以是相嘱，恨水乃以是得自糊其口。当今之时，雕虫小技，能如是亦足矣，不敢再有所痛也。然一反观先祖若父，则不免有惭色焉。先是予家故业农，至先祖父开甲公生而魁梧有力，十四龄能挥百斤巨石，如弄弹丸。太平天国兴，盗大起，公纠合里中健儿，惟获一乡于无事。无何，清军至，迫公入伍，公出入战场十余年，死而不死者无数。及事平，于山河破碎之余，睹亲友流亡之惨，辄郁郁不乐。而清室将帅病其有傲骨，不因巨功而有上赏，临老一官，穷不足以教训子孙也。恨水六岁时，公六十四龄矣。公常闲立廊庑，一脚跷起二三尺，令恨水跨其上，颠簸作呼马声曰：儿愿作英雄乎？余曰：愿学祖父跨高马，佩长剑。公大乐，就署中山羊，制小鞍，砍竹为刀，削芦作箭，辄令两老兵教驰驱射舞之术于巨院中。恨水顾盼自雄，亦俨然一小将领也。明年，公乃谢世，予虽幼，哭之恸。公有巨鞭，粗如人臂，常悬寝室中，物在人亡，辄为流泪。先父讳钰，纯粹旧式孝子也，睹状乃益哀，谓儿既思祖父，当有以继祖父之志。儿长时，我当有以教之也。盖先父丰颐巨颡，生而一伟丈夫。读书时即习武于营伍间，为不负家学者，而生性任侠，苟在救人，虽性命有所不惜，予稍长，读唐人传奇及近代侠义小说，窃讶其近似，受课余暇，辄疑之而请益。先父曰：予曩欲儿习武，今非其时矣，予宦囊稍补，当欲奔赴海外学科学也。卒不语。因之恨水于家传之武术，遂无所得。然灯前月下，家人共语，则常闻先人武术之轶闻以为乐。先祖有兄弟行，仕太平天国，后一溺于舟，一隐于樵。因之先人所述，又多荆棘铜驼之思，初不作成王败寇语，更甚觉先人胸志之扩爽也。予十六，先父又弃养，江湖飘泊，凡十余载，豪气尽消，力且不足搏一鸡，遂不至沿门托钵，以求生活，而困顿故纸堆中，大感有负先人激昂慷慨之风。昔《水浒》写卖刀者不道姓名，谓为辱没煞先人，予一思之，辄为汗下矣。年来既以佣书糊口，偶忆先人所述，觉此未尝不可掺杂点缀之，而亦成为一种说部。予不能掉刀，改而托之于笔，岂不能追风于屠门大嚼乎？意既决，而《剑胆琴心》遂以名篇，未敢以小道传先人余绪，而我所痛于不能学先人者，或得稍稍快意云耳。予文不足称，亦无若何高深意思寓于其中，而读者于风雨烦闷之夜，旅馆寂寞之乡，偶一翻是篇，至其飞剑如虹，腾马如龙处，或亦忘片时之烦闷与寂寞乎？是亦幻想之痛快。与诸君共之者也。

是书之成，乃逐日写之，发表于旧京《新晨报》。上半部既竣，报社即付印，予初无所闻知。及社中人索序于予，则且从事装订矣。粗梳之作，又未遑整理，则文意中之讹误不当，事所难免，谨叙为书缘起之余，附白于此焉，惟读者谅之。

民国十九年九月一日张恨水序

（原载于1930年北京《新晨报》版《剑胆琴心》）

《啼笑因缘》作者自序

那是民国十八年，旧京五月的天气。阳光虽然抹上一层淡云，风吹到人身上，并不觉得怎样凉。中山公园的丁香花、牡丹花、芍药花都开过去了；然而绿树荫中，零碎摆下些千叶石榴的盆景，猩红点点，在绿油油的叶子上正初生出来，分外觉得娇艳。水池子里的荷叶，不过碗口那样大小，约有一二十片，在鱼鳞般的浪纹上飘荡着。水边那些杨柳，拖着丈来长的绿穗子，和水里的影子对拂着。那绿树里有几间红色的屋子，不就是水榭后的“四宜轩”吗？在小山下隔岸望着，真个是一幅工笔图画啊！

这天，我换了灰色哔叽的便服，身上轻爽极了。袋揣了一本袖珍日记本，穿过“四宜轩”，渡过石桥，直上小山来。在那一列土山之间，有一所茅草亭子，亭内并有一副石桌椅，正好休息。我便靠了石桌，坐在石墩上。这里是僻静之处，没什么人来往，由我慢慢地鉴赏着这一幅工笔的图画。虽然，我的目的，不在那石榴花上，不在荷钱上，也不在杨柳楼台一切景致上，我只要借这些外物，鼓动我的情绪。我趁着兴致很好的时候，脑筋里构出一种悲欢离合的幻影来。这些幻影，我不愿它立刻即逝，一想出来之后，马上掏出日记本子，用铅笔草草的录出大意了。这些幻影是什么？不瞒诸位说，就是诸位现在所读的《啼笑因缘》了。

当我脑筋里造出这幻影之后，真个像银幕上的电影，一幕一幕，不断地涌出。我也记得很高兴，铅笔瑟瑟有声，只管在日记本子上画着。偶然一抬头，倒几乎打断我的文思。原来小山之上，有几个妙龄女郎，正伏在一块大石上，也看了我喁喁私语。她们的意思，以为这个人发了什么疯，一人躲在这里埋头大写。我心想：流水高山，这正也是知己了，不知道她们可明白我是在为小说布局。我正这样想着，立刻第二个感觉告诉我，文思如放焰火一般一一放过去了，回不转来的，不可间断。因此我立刻将那些女郎置之不理，又大书特书起来。我一口气写完，女郎们不见了，只对面柳树中，啪的一声，飞出一只喜鹊振破了这小山边的沉寂。直到今，这一点印象，还留在我脑筋里。

这一部《啼笑因缘》，就是这样产生出来的。我自己也不知道我是否有什么用意，更称这样写出，是否有些道理。总之，不过捉住我那日那地一个幻想写出来罢了。——这是我赤裸裸地能告诉读者的。在我未有这个幻想之先，本来由钱芥尘先生，介绍我和《新闻报》的严独鹤先生，在中山公园“来今雨轩”欢迎上海新闻记者东北视察团的席上认识。而严先生知道我在北方，常涂鸦些小说，叫我和《新闻报》《快活林》也作一篇。

我是以卖文糊口的人，当然很高兴的答应。只是答应之后，并不曾预定如何着笔。直到这天在那茅亭上布局，才有这部《啼笑因缘》的影子。

说到这里，我有两句赘词，可以附述一下：有人说小说是“创造人生”，又有人说小说是“叙述人生”。偏于前者，要写些超人的事情；偏于后者，只要是写着宇宙间之一些人物罢了。然而我觉得这是纯文艺的小说，像我这个读书不多的人，万万不敢高攀的。我既是以卖文为业，对于自己的职业，固然不能不努力，然而我也万万不能忘了作小说是我一种职业。在职业上作文，我怎敢有一丝一毫自许的意思呢。当《啼笑因缘》逐日在《快活林》发表的时候，文坛上诸子，加以纠正的固多；而极力谬奖的，也实在不少。这样一来，使我加倍惭愧了。

《啼笑因缘》将印单行本之日，我到了南京，独鹤先生大喜，写了信和我要一篇序，这事是义不容辞的。然而我作书的动机如此，要我写些什么呢？我正踌躇着，同寓的钱芥尘先生、舒舍予先生就鼓动我作篇白话序，以为必能写得切实些。老实说，白话序平生还不曾作过，我就勉从二公之言，试上一试。因为作白话序，我也不去故弄狡狯伎俩，就老老实实把作书的经过说出来。

这部小说在上海发表而后，使我多认识了许多好朋友，这真是我生平一件可喜的事。我七八年没有回南；回南之时，正值这部小说出版，我更可喜了。所以这部书，虽然卑之无甚高论，或者也许我说“敝帚自珍”；到了明年石榴花开的时候，我一定拿着《啼笑因缘》全书，坐在中山公园茅亭上，去举行二周年纪念。那个时候，杨柳、荷钱、池塘、水榭，大概一切依然；但是当年的女郎，当年的喜鹊，万万不可遇了。人生的幻想，可以构成一部假事实的小说；然而人生的实境，倒真有些像幻想哩！写到这里，我自己也觉得有些“啼笑皆非”了。

（原载于1930年12月上海三友书社版《啼笑因缘》）

作完《啼笑因缘》后的说话

一、对读者一个总答复

在《啼笑因缘》作完以后，除了作一篇序而外，我以为可以不必作关于此书的文字了。不料承读者的推爱，对于书中的情节，还不断地写信到“新闻报馆”去问，尤其是对于书中主人翁的收场，嫌其不圆满，甚至还有要求我作续集的。这种信札，据独鹤先生告诉我，每日收到很多，一一答复，势所难办，就叫我在本书后面作一个总答复。一来呢，感谢诸公的盛意，二来呢，也发表我一点意见。

凡是一种小说的构成，除了命意和修辞而外，关于叙事，有三个写法：一是渲染，二是穿插，三是剪裁。什么是渲染？我们举个例，《水浒》“武松打虎”一段，先写许多“酒”字，那便是武松本有神勇，写他喝到醉到恁地，似乎是不行了，而偏能打死一只虎，他的武力更可知了。这种写法完全是无中生有，许多枯燥的事，都靠着它热闹起来。什么是穿插？一部小说，不能写一件事，要写许多事。这许多事若是写完了一件，再写一件，时间空间，都要混乱，而且文字不容易贯穿。所以《水浒》“月夜走刘唐”顺插上了“宋公明杀阎惜姣”那一大段。“三打祝家庄”又倒插上“顾大嫂劫狱”那一小段。什么叫剪裁？譬如一匹料子，拿来做衣，不能整匹地做上。有多数要的，也有少数不要的，然后衣服成功。小说取材也是这样。史家作文章，照说是不许偷工减料的了，然而我们看《史记》第一篇《项羽本纪》，写得他成了一个慷慨悲歌的好男子，然而也不过鸿门垓下几大段加倍地出力写，至于他带多少兵，打过多少仗，许多许多起居，都抹煞了。我们岂能说项羽除了本纪所叙而外，他就无事可纪呢？这就是因为不需要，把他剪了，也就是在渲染的反面，删有为无了。再举《水浒》一个例，史进别鲁达而后，有少华山落草，以至被捉入狱，都未经细表。我的笔很笨，当然作不到上述三点，但是作《啼笑因缘》的时候，当然是极力向着这条路上走。

明乎此，读者可以知道本书何处是学渲染，何处是学穿插，何处是学剪裁了。据大家函询，大概剪裁一方面，最容易引起误会。其实仔细一想，就明白了。譬如樊家树的叔叔，只是开首偶伏一笔，直到最后才用着他。这在我就因为以前无叙他叔叔之必要。到了后来，何丽娜有追津的一段渲染，自然要写了他，不然就不必有那伏笔了。又如关氏父女，未写与何丽娜会面，却把樊家树引到西山去了，然后才大家相聚。忠实的同志们，他就疑惑了，关何是怎么会晤的呢？诸公当还记得，家树曾介绍秀姑与何小姐在中央公园会面，她们自然是熟人。而且秀姑曾在何家楼上，指给家树看，她家就住在窗外一幢茅屋内。请想关何之会面，岂不是很久，当然可以简而不书了。类此者，大概还有许多，也不必细说了。我想读者都是聪明人，若将本书再细读一遍，一定恍然大悟。

又次，可是说上结局了。全书的结局，我觉得用笔急促一点。但是事前，我曾费了一点考量。若是稍长，一定会把当剪的都写出来，拖泥带水，空气不能紧张。末尾一不紧张，全书精神丧失了。就人而论，樊家树无非找个对手方，这倒无所谓。至于凤喜，自以把她写死了，干净，然而她不过是一个绝顶聪明，而又意志薄弱的女子，何必置之死地而后快。可是要把她写得和樊家树坠欢重拾，我作书的又未免“教人以偷”了。总之，她有了这样的打击，疯魔是免不了的。问疯了再好不好？似乎问出了本题之外。可是我也不妨由我暗示中给读者一点明示，她的母亲，不是明明白白表示无希望了吗？凤喜不见家树是疯，见了家树是更疯，我真也不忍向下写了。其次，便是关秀姑。我在写秀姑出场之先，我就不打算把她配于任何人的，她父女此一去，当然是神龙不见尾。问她何往，只好说句唐诗：“只在此山中，云深不知处”了。最后，谈到何丽娜，其实，我只是写她在凤喜一个反面。后来我觉得这种热恋的女子，太合现代青年的胃口了，又用力地写上一段，于是引起了读者的共鸣。一部分人主张樊何结婚，我以为不然。女子对男子之爱，第一个条件，是要忠实。只要心里对她忠实，表面鲁钝也罢，表面油滑也罢，她就爱了。何女士之爱樊家树，便捉住了这一点。可是樊家树呢，他是不喜欢过于活泼的女子，尤其是奢侈，所以不能认为他怎样爱何丽娜。在不爱之中，又引起他不能忘怀的，就是以下两点：（一）何丽娜的面孔，像他心爱之人。（二）何丽娜太听他的话了。其初，他别有所爱，不会要何小姐。现在走的走了，疯的疯了，只有何小姐是对象，而且何小姐是那样的热恋。一个老实人，怎样可以摆脱得开。但是老实人的心，也不容易移转的。在西山别墅相会的那一晚，那还是他们相爱的初程，后事如何，正不必定哩。

结果，是如此的了。总之，我不能像做"十美图"似的，把三个女子，一齐嫁给姓樊的，可是我也不愿择一嫁给姓樊的。因为那样，便平庸极了。看过之后，读者除了为其余二人叹口气而外，决不再念到书中人的，那有什么意思呢？宇宙就是缺憾的，留些缺憾，才令人过后思量，如嚼橄榄一样，津津有味。若必写到末了，大热闹一阵，如肥鸡大肉，吃完了也就完了，恐怕那味儿，不及这样有余不尽的橄榄滋味好尝吧！

不久，我要再写一部，在炮火下的热恋。仍在《快活林》发表。或者，略带一点圆场的意味，还是到那时再请教吧！

是否要作续集——对读者打破一个哑谜。

二、由《新闻报》转来读者诸君给我的信，知道一部分人主张我作《啼笑因缘续集》，我感谢诸公推爱之余，我却有点下情相告。凡是一种作品，无论剧本或小说，以至散文，都有适可而止的地位，不能乱续的。古人游山，主张不要完全玩遍，剩个十分之二三不玩，以例留些余想，便是这个意思。所以近来很有人主张吃饭只要几成饱的。回转来，我们再谈一谈小说。小说虽小道，但也自有其规矩，不是一定不团圆主义，也不是一定团圆主义。不信，你看，比较令人咀嚼不尽的，是团圆的呢？是不团圆的呢？如《三国演义》，几个读者心中的人物，关羽、张飞、孔明，结果如何？反过来，读者极不愿意的人，如曹家、司马家，都贵为天子了。假若罗贯中把历史不要，一一反写过来，请问滋味如何？这还算是限于事实，无可伪造。我们又不妨再看《红楼梦》，他的结局惨极了，是极端不团圆主义的。后来有些人见义勇为，什么“重梦”，“后梦”，“圆梦”，共有十余种，乱续一顿。然而到今日，大家是愿意团圆的呢？或是不团圆的呢？《啼笑因缘》万比不上古人，古人之书，尚不可续，何况区区。再比方说两书。第一是《西厢》剧本，到“草桥惊梦”为止，不但事未完，文也似乎未完。可是他不愿意把一个始乱终弃的意思表示出来，让大家去想吧！及后面加上了四折，虽然有关汉卿那种手笔，仍然免不了后人的咒诅呢！我们再看看《鲁滨逊漂流记》，著者作了前集，震动一世。离开荒岛也就算了。他因为应了多数读者的要求，又重来一个续集，而下笔的时候，又苦于事实不够，就胡乱凑合起来，结果是续集相形见绌。甚至有人疑惑前集不是原人作的。书之不可乱续也如此。《啼笑因缘》自然是极幼稚的作品，但是既承读者推爱，当然不愿它自我成之，自我毁之。若把一个幼稚的东西再幼稚起来，恐怕这也有负读者之爱了。所以归结一句话，我是不能续，不必续，也不敢续。

三、几个重要的问题的解答

由《新闻报》转来的消息，我知道为许多读者先生打听《啼笑因缘》主人翁的下落。其实，这是仁者见仁，智者见智，用不着打听的。好在这件事，随便说说，也不关于书的艺术方面。兹简单奉答如下：

（一）关秀姑的下落，是从此隐去。倘若您愿意她再回来的话，随便想她何时回来都可。但是千万莫玷污了侠女的清白。

（二）沈凤喜的下落，是病无起色。我不写到如何无起色，是免得诸公下泪，一笑。

（三）何丽娜的下落，去者去了，病者病了，家树的对手只有她了。您猜，应该怎样往下做呢？诸公如真多情，不妨跳到书里去做个陶伯和第二，给他们撮合一番罢。

（四）何丽娜口说出洋，而在西山出现，情理正合。小孩儿捉迷藏，乙儿说：“躲好了没有？”甲儿在桌下说：“我躲好了。”这岂不糟糕！何小姐言远而近，那正是她不肯做甲儿。

（五）关何会面，因为她们是邻居，而且在公园已认识的了，关氏父女原欲将沈何均与樊言归于好，所以寿峰说：“两分心力，只尽一分。”又秀姑明明说：“家住在山下。”关于这一层，本不必要写明，一望而知。然而既有读者诸君来问，我已在单行本里补上一段了。

张恨水

（原载于上海三友书社1930年12月初版《啼笑因缘》）

《啼笑因缘》续集序

《啼笑因缘》问世以来，前后差不多有四年，依然还留存在社会上，让人注意着，却出乎我的意料以外。有些读者，固然说这是茶余酒后的东西，一读便完了。可是也有些读者，说在文艺上，多少有点意味。我对于这一层，都不去深辩，只是有些读者却根据了我的原书，另做些别的文字。当然，有比原书好的；可是对于原书，未能十分了解的，也未尝没有。一个著作者，无论他的技巧如何，对于他自己的著作，多少总有些爱护之志，所谓“敝帚自珍”，所谓“卖瓜的说瓜甜”。假使这“敝帚”，有人替我插上花，我自是欢喜；然而有人涂上烂泥，我也不能高兴。

在三年以来，要求我作续集的读者，数目我不能统计；但是这样要求的信，不断地由邮政局寄到我家，至今未曾停止。有人说：“你自己不续，恐怕别人要续了。”起初，我以为别人续，就让他续吧。可是这半年以来，我又想着，假使续书出来并不如我所希望的那样圆满，又当如何呢？原书是我做的，当然书中人物，只有我知道最详细；别人的续著，也许是新翻别样花。为了这个原故，我正踌躇着，而印行原书的三友书社又不断地来信要求我续著，他们的意思，也说是读者的要求。我为了这些原因，便想着，不妨试一试。对于我的原来主张“不必续，不可续”，当然是矛盾的；然而这里有一点不同的，就是我的续著，是在原著以外去找出路，或者不算完全蛇足。这就是我作续著的缘起。其他用不着“卖瓜的说瓜甜”了。

《春明新史》自序

予作《春明外史》将毕，钱芥尘先生适创《新民晚报》于沈阳，遂以逐日发表小说相嘱，且代为题曰《春明新史》。予笑曰：先生之命固不敢违，而新史则仆又无可著笔。可奈何？盖外史主人杨杏园，行将了结其浮生之梦，世无续命汤，仆不能作返魂记也？芥尘先生曰：子毋然，既曰新，自非续。既非续，又何妨另取炉灶乎？予且思之。予细味芥尘先生之言，恍然有得，遂如填曲之谱尾声，而果以新史刊《新民晚报》。尾声者，词家曰，辞以媚之也。外史如春日，此则如天末斜阳，外史如歌曲，此则如弦外余音，外史如全本故事，此则一幕喜剧，新史原不必与外史有关。然实如诗家之斗韵，前意未尽，更作一首，又不尽与前无关也。书刊新晚，荏苒二年，芥尘先生南旋，赵雨时先生继而主持是报，更发挥而光大之，予亦藉附骥尾，更多与读者结文字之缘。文实不佳，其适逢时会，则可喜也。今夏书刊毕，雨时先生以发单行本相商，予欣与读者能作较久之默契也。亦自志其陋，遂穷三日夜之力，检点全篇，删润而后付梓。此生文债之一，算又告一段落矣。

民国十九年十一月十日张恨水序于旧都

（原载于辽宁《新民晚报》1932年初版《春明新史》）

《新斩鬼传》自序

早十余年，我看到市上流行的石印本九才子《捉鬼传》，每每大笑不止。后来我以作小说为业，偶然又看到这部书，便觉这不光是开玩笑的书，常和朋友谈起。我的朋友张友鸾，也极赞成这部书，并说这书不叫《捉鬼传》，叫《斩鬼传》。因此我收了两部木刻本来研究，果然是《斩鬼传》。前面还有一篇黄越飞康熙庚子年序。我于是知道明末清初的书了。我以为这部书，虽不能像《儒林外史》那样有含蓄，然而他讽刺的笔调，又犀利，又隽永，在中国旧小说界另创一格，远在学界所捧的“何典”之上。自己本想下一番功夫，考证标点出来，作个原著者的功臣。而我探索了一个月，也不过知道这书，是写明朝的士林而已。书作在明朝，到清朝才刻印的。其他便无从断定。考之既不可能，我是作小说的，何妨续上一段狗尾，也是宣传之一法。有了这个动机，我便作《新斩鬼传》。

这一部书开始在十五年，正是安福二次当国的时代。我住在北京，见了不少的人中之鬼，随手拈来，便是绝好材料，写得却不费力。不过环境变化，我觉得可以适可而止，便未向下作。加之我年来常看些佛书，不愿多造口孽，虽然还以小说为业，这样明明白白的讽讥文字，我也不愿作，所以就束之高阁了。去冬到上海，马凡鸟兄介绍我和几位朋友相见，说他们有几位要想办杂志，希望得我一部小说，若是没有工夫作，旧的也可以。马君是见过《新斩鬼传》的，便要我把此书出让。对于此书，我本不想问世，落得人家说我一句会骂人。而马君却笑说：“有些地方还不失为幽默，可以让人见你另一种笔法。”我情不可却，只好答应了。后来稿子寄到上海，他们竟十分赞成，赶着出单行本。这便是这书刊印始末的实情了。

最近，上海小报界同志，连我一篇短的讽刺小说《小说迷魂游地府记》都翻印了。数年前，我少不处事骂人的文字，而今虽要藏拙，竟是不可能。那么，这篇《新斩鬼传》，我自动地印了来也好。我不敢说什么知我罪我，都在此书。据卫生家说：每日大笑数次，是于人身有益的。这部书里，倒有几处，看了让人可以发一大笑。在这一点上，读者或不至于开卷无益。这就算是我的贡献罢。

民国二十年三月三十日皖潜张恨水序于旧都

（原载于上海“新自由书社”1931年4月初版《新斩鬼传》）

《满江红》自序

《满江红》何为而作也？为艺术家悲愤无所依托而作也。韩愈有言：文以穷而后工，扩而充之，以言于艺术界，又何莫不尔？盖身怀一艺者，衣食以迫之，社会以刺之，血气以激之，日积而月累焉，固不自知其为何而工也。虽然，穷而工，为情理之所许，工而仍穷，则情理之所不能。而衡之事实，以文艺名世，绰然而无物质上之困苦，与精神上之烦恼者，又千面而不得一二焉，于是迫之，刺之，激之者，亦弥觉其利锐。物不得其平则鸣，世之艺术家，而贫，而病，而卒至倦狂玩世，为社会疾病而无所树立，岂无帮哉？此艺术界之所以多穷人也，亦艺术界之所以多异人也，亦即穷人异人之多奇遇也。

夫同此手足耳目鼻口焉，同此思想焉，同此衣食读书焉，然而以言习吏治，则荣高官，受重禄，威福如天者有人矣。以言习经济，则拥金山居大厦，心广体胖者有人矣。而以言习文艺，则终其身能泰然运其耳目口鼻手足与思想者，即为幸运之儿，不亦不平之甚耶？而习文艺者，依然前仆后继以赴之，不少辍焉，是又何哉？意者，殆为求精神安慰之一点而已乎？

夫既求精神安慰之一点而已。而此一点，果何所寄托？于是有寄托于山水者，有寄托于花月者，有寄托于诗酒者，有寄托于男女爱情者，其结果所至，若为侠客，若为高僧，若为隐士，若为风流情侣，又各异矣。以言品级，侠士为上，高僧隐士次之，风流情侣，斯下矣。而吾书数艺术家，皆取法乎下者也，不亦悲乎？吾不能使之取法乎上，亦不能禁之取法乎下，则亦书之，述之，与社会中人共掬一把同情之泪而已。

民国二十年十一月八日，小住北平西郊温泉，夜幕高张，繁星满天，疏林落叶，瑟瑟有声；闲步池畔，则见妙峰山，黑隐沉沉，微露里下，大野如墨，时有犬吠。十年来所未见之乡井夜景，恍然如梦，有不胜感触者。继而念《满江红》一书，于焉将毕，而明星影片公司，今日又适来摄吾另一部《落霞孤鹜》之一幕，盖是书固以温泉收场也。是亦足纪念之矣。于是亟入户掩扉，疾书于一双白烛之下。

张恨水序

（原载于上海书局1931年8月版《满江红》）

《水浒新传》新序

作《水浒新传》的用意，以及下笔的手法，在原序和凡例里，我已经有交代了。但作这部书的起因和经过，我还得另有所声明。我自民国十九年起，就在上海《新闻报》写长篇小说。抗战以后，因为交通的阻隔，和我自己生活的变化，中断了一年多。而且那时上海成为孤岛，《新闻报》虽是挂了美国国旗，但主持报务的人，非常谨慎，关乎时代性的小说，很难在报上发表，所以我也无心继续写下去。后来《新闻报》同人，再三的函商，表示略有抗战意思，而不明白表示出来的，总可以登。于是在民国二十八年我就写了一篇《秦淮世家》，讽刺南京汉奸。但以用笔隐晦，不能畅所欲言。我感到要在上海发表小说，又非谈抗战不可，倒是相当困难。到了二十九年，我就改变办法，打算写一本历史小说。而这本历史小说里，我要充分地描写异族欺凌和中国男儿抗战的意思。这样对于上海读者，也许略有影响，并且可以逃避敌伪的麻烦。考量的结果，觉得北宋末年的情形，最合乎选用。其初，我想选岳飞韩世忠两个作为主角，作一部长篇。却以手边缺乏参考书，而又以《说岳》一书在前，又重复而不易讨好，未敢下笔。后来将两本宋史胡乱翻了一翻，翻到《张叔夜传》，灵机一动，觉得大可利用此人作线索，将梁山一百零八人参与勤王之战来作结束。宋江是张叔夜部下，随张抗战，在逻辑上也很讲得通。《水浒传》又是深入民间的文学作品，描写宋江抗战，既可引起读者的兴趣，而现成的故事，也不怕敌伪向报馆挑眼。这个主意决定了，我就写信向《新闻报》编辑人商量。他们正有欲言不敢的痛苦，对我这种写法，非常满意，复信快写快寄。不久，我就在重庆开始写《水浒新传》了。

也许上海的读者，对我特别有好感。也许这《水浒新传》，能够略解上海人的苦闷。当这篇小说在《新闻报》发表之后，很引起读者的注意。竟有人为了书上极小的问题，写航空信到重庆来和我讨论。这样，颇给予我不少的鼓励，我就陆续的写下去。直到三十年年底，上海全境沦于敌手，我才停止撰寄。然而已经寄出四十六回，写到四十七回了。朋友们有看过我这篇小说的，多怂恿我把它写完。说是便在抗战后，这书也还有可读它的趣味存在。自然，朋友阿私所好，总不免虚奖我一番的。我自己也觉得写了五分之三，弃之可惜，正打算找个机会续写。到了三十一年夏季，却接到上海朋友来信，说是上海的小报，已请人接了我的稿子向下写，而且用原名公然登载。我虽无法向他们谈什么侵害著作权，可是在敌人控制下的文字，不能强调梁山人物民族思想，那是当然。我不能猜想他们会怎样歪曲我的原意，但以他们这种行为而论，甚至写得宋江等都投降了金人，也有可能。我不敢说敝帚自珍，而这种事实的表现，到战后，也许会教社会对我发生一种误解。因此在一气之下，于三十一年冬季，我又从四十七回再向下写，把这部书写完。当这书与大后方读者相见的时候，读者也许只说个原来如此。可是假使这书得在上海登完，又在上海出单行本，那就有点不同的观感了。

完成这部书的经过，大概如此。笔者虽不无冒犯罗贯中施耐庵金圣叹之处，那是大可以原谅的了。

三十二年三月张恨水序于南温泉

（原载于重庆建中出版社1943年版《水浒新传》）

《偶像》自序

抗战时代，作文最好与抗战有关，这一个原则，自是不容摇撼，然而抗战文艺，要怎样写出来？似乎到现在，还没有一个结论。

我有一点偏见，以为任何文艺作品，直率地表现着教训意味，那收效一定很少。甚至人家认为是一种宣传品，根本就不向下看。我们常常在某种协会，看到存堆的刊物，原封不动的在那里长霉，写文字者的心血，固然是付之流水，而印刷与纸张的浪费，却也未免可惜。至于效力，那是更谈不到了。

文艺作品与布告有别，与教科书也有别，我们除非在抗战时代，根本不要文艺，若是要的话，我们就得避免了直率的教训读者之手腕。若以为这样做了，就无法使之与抗战有关，那就不是文艺本身问题，而是作者的技巧问题了。

这本小说，是我根据以上的意见写的，是否能写得与抗战有关，是否能表现一点用意，我自己是陷于主观的境地，无法知晓，还有待于读者的判断了。

三十二年九月将尽张恨水序于南温泉

（原载于重庆、南京新民报社1944年版《偶像》）

《五子登科》前言

这部书，是日本投降后，描写一个国民党北平接收专员，沉醉在五子之中。所谓五子，不是以前所谓五子齐名的五子，是金子、车子、女子、房子、票子。其实还不止这五子，要数一数，这就多了。所以在当时，有五子登科的称号，“恭维”这些接收专员。

这部书的大致内容是，日本投降后，重庆派了一个接收员金子原，来到了北平（当时不叫北京）。在以前信件里就有刘伯同张丕诚二人，在北平布置一切。刘张二人，也是最坏的东西。刘使用了美人计，叫他的小姨子杨露珠，伺候金子原，后来就当了秘书。张也不肯退让，就介绍了戏剧界的演员田宝珍，及汉奸留下看守房产的刘素兰，从中认识。不过田宝珍老于世故，金子原要田嫁他，还要丢了戏不唱，因之田宝珍弄得了金子原一笔钱，就偷跑了。刘素兰倒是还好，她总是一副不即不离的样子。

金子原接收房屋，已是发了大财。接收的汽车，不知其数。但是这还不足，在银行经理陈六勾结之下，他把那接收的金条，要他二弟子平，一带就是几百条，到重庆去出卖，换了大批法币回平。陈六还有一个下女杏子，陈也介绍给金子原。但是金因发财太大，女子还嫌少，于是又由汉奸佟北湖介绍两个女子陶花朝、李香絮前来，过着花天酒地的日子。这就叫“五子登科”。

在这部书里，读者多少可以看到国民党的接收专员们的荒淫无耻、胡作非为的一般丑态。

这部书，在一九四六年登在北平《新民报》的画报上。后来上海《亦报》看到，也为之转载。不过改了名字，叫《西风残照图》。可是我在一九四九年得了脑充血症，这部书我没有作完。我病了三年之久，方才慢慢转好。前两年有出版社嘱我作成，我当时虽答应着，但是还没有作。而且他们说，我作章回体，把回目给删掉了可惜得很，希望我要重作，就把回目添起。因为《五子登科》旧作，是没有回目的。

在今年我才把这本书作成，一共作了七回半，回目也就加上了。于是我将全篇检查一遍，觉得从十九回，仿佛是另外编的。既然“北方”编辑部愿意刊登这个不甚成熟的东西，我想，这就由十九回登起吧！希望读者给我批评指正。

（原载于《北方》杂志1957年第4期）

《夜深沉》自序

平生作了许多长篇小说，我母亲所最爱的是《金粉世家》。远在末出版单行本以前，当初稿在北平《世界日报》发表的时候，家里的儿女们，逐日的把小说念给她老人家听。有时她老人家点头微笑，有时也就立刻给予正确的批评。这原因是她老人家曾在略近富贵的大家庭中，生活一个时期，她知道这富贵大公馆里，会产生一些什么事。可是我内人所爱好的，却是这部《夜深沉》。我们的结合，朋友们捏造了许多罗曼斯，以为媒介物是《金粉世家》或《啼笑因缘》，其实并不尽然。假使《夜深沉》远在我们未结婚以前出版，介绍人应该是它。

我为什么引出这两段话，我感到文字是生活的反映。那文字与某种人有关，某种人就会感到兴趣。内子是北平生长大的，她觉得《夜深沉》里的北平风味颇足，离开北平太久了，昼夜梦着那第二故乡，开卷就像眼见了北平的社会一样。她并且说：她看见过丁老太丁二和这种人物，给她家做针线的一位北平妞儿，几乎就是田家大姑娘。因之内人把百新书店由香港带来的一部《夜深沉》，前后看过七八遍，她说，她如是图书主管机关人物，她一定给我一张褒奖状。她叹息七旬老母远隔在故乡，不然，她要给老人家推荐这部书，从头至尾念给老人家听。其实，她太主观了，也不尽对，我就感到这部书有很多漏洞。

这里我必须说这部书写出的经过，民国二十四、五年间，我在南京，开始和上海《新闻报》写这篇特约小说。我的意思，是要写社会一角落的黑暗。而同时也要写底层社会里有不少好人，这与我写的南京故事《丹凤街》，意思相同，我向来喜欢在底层社会找出平凡英雄来。后来大战兴起，我辗转来川，这部书已写了一半就中断了。民国二十七年，上海重庆间照常通信，《新闻报》一再来信，要我写完这部书，我在情绪极不好的环境下，勉强把书写完了，我并没有得着一段整理的机会，上海方面就出了版，交百新书店发行。去年，百新和我商量，在后方印行，我自无不可，曾把原书修改一番。无如百新是将纸型由上海带到后方来重印的，为了减少印刷费，并不重排，我的修整本，却不能出面。因之有若干处漏洞，如丁二和父亲的画像，其初却写成为祖父，田老大家里吃包饺子，变成吃炸酱面之类。虽与整个结构并无多大关系，然而漏洞究竟是漏洞，这是我应当承认的。

关于书的内容，我向来不肯为自己的东西作自我宣传。而鉴于上文所引，可见我并不是在小书桌上构成的幻想。这也是我一贯的手法，人物全在情理之中，而故事却是出在虚无缥缈间。最后，我所感到的一点缺憾，就是纵然把这部书寄到故乡，推荐给老母，我暂时看不到家人念给老人听，而老人给予我点头微笑之乐。

民国三十三年六月张恨水序于南温泉北望斋

《夜深沉》序言

《夜深沉》，原是一个曲牌的名字。我因为这一部书的故事，它的发芽以及开花结果，都是发生在深夜，因此，就借用了这个名字。

这里所写，就是军阀财阀以及有钱人的子弟，好事不干，就凭着几个钱，来玩弄女性。而另一方面，写些赶马车的、皮鞋匠以及说戏的，为着挽救一个卖唱女子，受尽了那些军阀财阀的气。因为如此，所有北京过去三十年的情形，凡笔尖所及，略微描绘了一些。

当然，我这书里所写的北京，已是历史上的陈迹了，并且在暴露社会面上，也感到写的不够深，而且很幼稚的。深望一些老北京，告诉我一切。我打算这书再行重版时，根据读者们的意见，该补充的补充，该删掉的删掉。这就是我惟一的愿望。

不过这书不是一口气写成功的。先是我在南京，作了半部，送到上海《新闻报》发表。因为我从前著书，都是一边刊载，一边写作的。这也不但是我一个如此，大凡当时作章回小说的人，都是如此。后来抗日战争开始，日寇越逼越近，我就随了逃难的人群，迁到重庆。这部《夜深沉》，作到一半，也就停顿了。

其后，《新闻报》同人写信到重庆，说他这个报因它受到租界的庇护，未被日本人攫取、希望我继续完成《夜深沉》的后半部。所以耽搁了半年我又重新写将起来。那个时候重庆向上海去信，由香港转是很麻烦的。这就是这部书的经过。现在此书，经我自己看过，略微删改，又经重印。这就是此书写作的经过。

张恨水　一九五七年六月

（原载于安徽人民出版社1981年2月再版《夜深沉》）

《弯弓集》自序

烽烟满目，山河破碎，文人可于其时作小说乎？曰：可。寇氛日深，民无死所，国人能于其时读小说乎？曰：能！吾为此言，读者慎毋谓其有类痫作，请于读吾书前，作数分钟之犹豫，则吾自有说以毕其词也。夫小说者，消遣文学也，亦通俗文字也。论其格，固卑之毋甚高论，无见于经国大计。然危言大义所不能尽得，而小说写事状物，不嫌于琐碎，则无往而不可尽之。他项文字无此力量也。更退一步言之，即令危言大义，将无事物而不能尽之矣，然贩夫走卒，妇人孺子，则又不能了了于其所云者为何，而小说立词为文，不嫌于浅近，则又无人而不可以读之。他项文字亦无此力量也。今国难临头，必以语言文字，唤醒国人，无人所可否认者也。以语言文字，唤醒国人，必求其无孔不入，更又何待引申？然则以小说之文，写国难时之事物，而贡献于社会，则虽烽烟满目，山河破碎，固不嫌其为之者矣。

人虽至冗，不无少暇，战虽至烈，不无少休。今一同赴国难之同胞，拼命战场之死士，偶有休歇，将何以进之，将何以慰之？酒肉乎？醉饱而已矣。好音美色乎？颓废志气而已矣。若于其间送以悲壮之图画，义勇之文字，纵曰消遣，不必有功，而至少与读者无损。是与其令人得其他片时之安慰，则稍读三数页小说，亦复何妨？吾闻战壕中，有吹口琴者，有开留声机者，则于战壕中一读国难小说，宁独不能？此又寇氛日深，民无死所，而小说之不必废者也。

清朝中兴诸将，以《三国演义》为兵书，尽世所知也。而洪秀全演义兴，民族革命之说，普遍的传播扬子江流域，亦过去无若干年月之事焉。如此者，是小说于经国大计，亦不必定其绝对无之。必谓绝对无之，则彼徒知《金瓶梅》《西游记》诸书而已。若《水浒传》《封神榜》，则犹不能谓不影响于国家之事也。不然者，草莽中标除贪官污吏之帜，与夫三尺小儿知纣王妲己之可诛者，其意义果何由而生乎？吾不文，何能作三国水浒，然吾固以作小说为业，深知小说之不必以国难而停，更于其间，略尽吾一点鼓励民气之意，则亦可稍稍自慰矣。若曰：作小说者，固不仅徒供人茶余酒后消遣而已。此吾于心焚如火，百病来侵时，尽二十日之力，而成此《弯弓集》者也。至于吾文如何，吾自知未必有何力量。谚有之，“千里送鹅毛，物轻人情重”。又曰：“瓜子不饱是人心。”今国难小说，尚未多见，以不才之为其先驱，则抛砖引玉，将来有足为民族争光之小说也出，正未可料，则此鹅毛与瓜子，殊亦有可念者矣。

民国二十一年三月十二日，张恨水序于北京，时为革命家孙中山逝世七周纪念，风怒号，黄沙蔽天，凄惨动人之际也。

（原载于北平远恒书社1932年3月版《弯弓集》）

《弯弓集》跋

读者至此，读吾书既毕矣。吾文简陋，吾知当未有以惬读者之意。至对于吾作此书之动机如何，当不能毫无感想。以愚意揣测，则其说或有二焉。其一曰：此亦无足轻重，作者不过受良心上之驱使，尽其个人之天职而已。又其一曰：吾向读恨水为文，主张非战，今以非战之人，而作是战之篇，何也？恨水曰：果如前说，吾自当书诸绅以自勉。若如后说，则吾不嫌辞费，仍有言以进于高明者也。

恨水陋人耳，焉足以言主张？今请举世间名人以为例。作福尔摩斯之柯南道尔，科学家也。而其暮年，则提倡灵学，力主有鬼之论矣。新会梁任公，一代文杰也，而其毕生，则不惜屡以今日之我与昔日之我宣战矣。

以二公明达，宁有不自知其是非出入之处。顾其环境有时而变，则文字上所发表之思想，遂亦未能生平一律。今方盛谓文字为生活之反映、则其思想任何变迁，固有说以自解者已。

恨水以糊口而治稗官之业，虽身长九尺，食粟而已。即言其文字，亦不过草间秋虫，月露晨风之下，自鸣自止，更何敢言思想之变迁与否？第以非战之人而作是战之篇，则其踌躇考虑，实不始于《弯弓集》。在吾方发表于报端之作，如《太平花》《满城风雨》二篇，已不惜推翻全案，掉其笔锋以是战矣。凡如此者，吾自认非矛盾之行动。盖以昔日中国内战不休，民无死所，吾人犹不非战，非仅为人道之所不容，而亦自觉置国家之创伤于不顾。至于今日，则外寇深入，国亡无日。而吾人耳闻目睹帝国主义者之压迫，为世界人类所不能堪。于此而犹言非战，更何异率吾民束手就缚之余，且洗颈而就戮？不愿就缚与就戮矣，则发扬民族思想，以与来束缚来戮者抗，理也，亦势也，更何疑焉？兄弟有阋于室者，唾涕泣而道之，苟能息争，谦让之，拜揖之，可也。一旦明火执刃者夺门而来，视眈眈而逐逐，方将奴隶犬马我兄若弟，虽焚吾庐，流吾血，倾吾家焉，吾亦死而后已，犬马奴隶，所不能为也。《弯弓集》之作，亦如而已矣。个人行动之矛盾，庸能计及哉？

吾书既成，自校一过，自视不能有何价值，顾一片热忱，当可见谅于读者。吾不能为篇中所述之桂有恒王济，然如车夫胡阿毛木匠冯某，吾有笔在，宁不能一表彰之？吾滋愧焉，读者能不如吾之徒作愧语而已，则吾是篇之作，固不虚其心力矣！国中文坛，不乏明达，有千百倍大于吾是集之小说以发表者乎？吾大手之舞之，足之蹈之，而引领于下风者也。

民国二十一年三月二十七日张恨水跋

（原载于北平远恒书社1932年3月版《弯弓集》）

《巷战之夜》序

这部书的稿子，放在故纸堆中，是有相当的遥远日子了，民国二十八年，友人编《时事新报》的《青光》，要我写小说，我就写了这个长篇，题目原来是《冲锋》。次年上饶的《前线日报》转载，我又改名为《天津卫》。前者是说故事里的冲杀一节。后者是说保卫天津，而北方人叫天津，根据历史的习惯，是叫天津卫的。略有双关之意。

抗战以来，我虽写了几篇战事小说，但我不肯以茅屋草窗下的幻想去下笔，必定有事实的根据，等于目睹差不多，我才取用为题材，因为不如此，书生写战事，会弄成过分的笑话。这篇小说的故事，是我，一个极关切者的经历。他告诉我，这是天津将陷落时那一角落的现状。我觉得颇有点儒夫立的意味，就把故事，略加点染，成了一个长篇。生平对于写稿，因为是每日的工作，由于十分烦腻而变到不甚爱惜，向来在报上杂志上发表的东西，无论多少字，无人主张出单行本，我就扔了不管。这篇小说，也不能例外。只因三年来，几次有人要转载这篇小说，竟把这书全文，托人在报上抄了一份保存着。我原来是没有出单行本的计划的。

近来后方朋友，鼓励我多拿旧稿出书。我因此稿子手边现成，拿出来校阅一遍，觉得也还可用，便改名为《巷战之夜》以便出版。但因这一改，又感觉篇中故事，于巷战，于夜，未能发挥尽致。而结构平铺直叙，生平很少这样写法。思量过几遍，就在全文之上，加了第一章与第十四章，按个一头一尾，我不敢说是画龙点睛，仿佛这就多了一点曲折。正如画山水的人，添一个归樵，添一段暮云远山，或者可令看书的人，多有一点兴趣吧？

“七七”五周年纪念张恨水序于重庆南温泉

《中原豪侠传》自序

民国二十三年，我曾作了一次西北旅行。到洛阳的时候，自不免去看看龙门石刻。就在半路上，遇到了三五百便衣队伍，各人背了步枪，领队的人挂着手枪。但并无旗帜，军队不像军队，民众不像民众，好生可疑。后来到了西安，遇到一位厅长胡君，曾问及此事。因为胡君是在豫北当过专员的。他说，这是河南的壮丁队。他们原是民间的结合，作为保护治安用的。全河南省境都有，统计起来，有好几百万人。这几年来，官厅已加以组织与利用，只是官方的力量，还没有深入民间，这支壮丁队，不曾予以主义的熏陶，也不曾予以严格的军事训练。他们不能脱离民间传统的封建思想，而且好谈小忠小义，即近小说上的江湖结交，若想好好地利用，必须灌输民族意识，教以大忠大义，可惜我（胡君自言）已不在河南做官，不能管这事。而且我觉得以毒攻毒，最好就用通俗教育的手腕，在戏剧小说歌唱上，把他们崇拜的江湖英雄，变为民族英雄，让他们容易接受这教训。足下（指笔者）是作章回小说的，你就是治这种病症的医生，我愿供给你材料，足下其有意乎？当时我笑着慷慨答应了。约了由兰州回来，再作长谈。后来我回到西安，却是匆匆小住，没有续谈这件事。只是我再过河南，又看到两回壮丁队，而且听到人说，他们的思想，实在不健全。那时，“九一八”事变，已三年之久，国人抗日的意识，也与日俱深。我就深惜着有这样优厚的人力，未能予以利用。虽然那时中日外交尚未反脸，受着日寇的压力，不能明白在华北或中原有抗日武力组织，可是暗地的教育与训练是可以留意的，何况这是现成的局面呢？

旅行之后，我回到北平小歇。曾和我四弟牧野谈及此事，他劝我作一部武侠小说，适应此项观众，我笑着说，我虽作过一两部武侠小说，类似唱老生的戏子，反串武生，透着外行。他就介绍我认识他的国术老师孙先生，告诉了我许多武侠故事。又在我亲戚那里，遇到他的国术老师李三爷，也告诉了我一些材料。于是我就有些底子了，但我还没有开始写这类小说。

民国二十五年，为了日寇势力在平津日彰，且盛传他们有黑名单，对付有抗日思想的报人和文艺人，我便移家南下，住在南京，并办了一张小型的《南京人报》。第一，这报副刊有三种，其中一种系我自编的。我特别卖力，同时撰两个长篇，一篇系《鼓角声中》，系社会小说。另一篇就是这篇《中原豪侠传》。我写这篇小说的最大的原因，就为了上述的起意与利用现成的材料。第二，当时公开的写抗日小说是不可能的，我改为写辛亥革命前夕，暗暗地写些民族意识。也是由华北南下的人，所不免要发泄的苦闷。第三，我也觉得武侠小说，在章回体里，占有重要的地位。而原来的武侠小说，十之七八，是对读者有毒害的，应当改良一下，我来试试看。第四，那是生意经了，在下层社会爱读武侠小说的还多，我要吸引一部分观众读《南京人报》。这是我坦白的话。

话到这里，可以扩充来谈谈中国的武侠文字。其由来久矣，周汉社会就有游侠，司马迁为此，还在史记里特撰一篇游侠列传。只是专制时代游侠代表民众说话，是与官方对立的，就有个“侠以武犯禁”的限制。后代史家，思想不如司马迁那样开阔，也就没有人再作游侠列传。而能载游侠事迹的，除了私人笔记，就只有章回小说了。我们不要看轻这类小说，由《水浒传》至《彭公案》《施公案》，造成了民间一种极浓厚的侠义思想。但这种小说，限于作者时代的背景，只是提倡小仁小义，甚至杂入奴才思想（如施公案黄天霸之为人），不合现代潮流。而作小说者，正如笔者，不必个个内行，在叙述技击上，渲染了许多神话，因之故事的叙述，也超现实，以致落入幻想。而这种小说，传布民间，将本来好游侠的民众思想，又涂上一种神怪的色彩。渲染，复渲染。其好的影响，不过是教民众扶弱锄强，而不好的影响，却是海盗。远之如流寇，近之如义和团，少不了都是受这类小说一些毒害。我们既不能将武侠小说以及笔记之类，一举焚毁铲光，那就当加以纠正。我自然不配做这样的大事，但我既是一个章回小说匠，在天职上，我也该尽一分力。所以生平写过几篇武侠小说，也都是这一点意思。

有人说，过去的武侠小说，让它自然受淘汰，干脆我们不谈武侠，不更好吗？这我不敢苟同。因为武侠这一类人物，中国社会上，实在是有的。不用老远举例，笔者的父亲耕圃公，就是一个懂技击、尚侠义的人物。以我先父为例，他老人家是将门之子，没有民间那套江湖气，也不闹神怪。所以，武侠中人，其实不是小说中口吐白光的怪物。而且他们重然诺，助贫弱，尊师，敦友，造成社会上一种“顽夫廉，懦夫立”的风尚，也未可厚非。罗马希腊的诗歌，许多颂扬当年武士的，即不必有何功能，也未见毒害，为什么我们不能有？中国是个积弱之邦，鼓动人民尚武精神的文字，在经过时代洗礼之下，似乎只应当提倡，而不应当消灭。

我向来有一种观念，中国人民有几项不必灌输，而自然相传的道德信仰，第一个字是孝，第二个字是侠。孝的信仰，较为普遍，你无论对什么人说他不孝父母，都是极大的侮辱与极严重的指责。侠之一字，却流行于下层阶级，他们每每幻想着有侠客来和他们打抱不平，而自己也愿作这样一个人。这种信仰，在现代要囫囵吞枣地应用，当然有商量余地，可是大半是可接受的。《孝经》一书谈孝之意义甚广，就是我们现在也在说着“临阵无勇非孝也。”至于侠的说法，却始终是含糊的传授，含糊的应用，这倒是谈民间思想的人，所可考量的。

中国的侠几乎是和技击不可分开的，因为没有技击术：这个人就无法取得人的信仰而作侠客。所以谈游侠，必定谈技击。我们的技击，是世界所独有的东西。虽然口吐白光，飞剑斩人千里之外，绝无其事。然而飞檐走壁，内功、外功、轻功这些技击术，却实实在在有的。这种人，就是在当今的重庆，你也不难找到。因之用文字形容侠客，就不能不写些技击。而技击不高明也不能胜任侠客之所为。这篇《中原豪侠传》对于技击有许多叙述，其因在此。

有了以上这些复杂的原因，我就在《南京人报》上，每天撰载一段《中原豪侠传》。虽然与胡君所期，专为河南民众写的小说，意义有点不同了，然而也未尽脱那个立意的范畴。只是在小说发表不久，胡君就逝世了，也就无法再得他要供给的材料，以践我的宿约。这是我一点遗憾。报办到一年多，芦沟桥难作，恰好我也写到了辛亥革命之时。我以一个书生，自己筹资办报，战事一起，便不能维持？加之我又得了一场重病，不能写文章，于是就把这篇小说结束了。战后入川，办报只成了我的回忆。更也不曾想到这篇小说。去冬《万象周刊》社的编者刘自勤老弟，是《南京人报》同事，居然在朋友那里，翻到几十册该报合订本。把这篇小说，剪贴成书，劝我交该社出版。我自己校瞄之下，觉得也还可用，就把残缺的地方，补写若干，成了这二十六回的旧稿新书。

关于写的立意及经过，说得已够了。若问故事的本身，那却完全是虚构，我不过利用许多传说聚合在开封一个地方，用秦平生一个主角表现出来。这也是小说匠故伎。应当表明，至于技巧方面，我不便老王卖瓜，自卖自夸。惟篇中多用倒叙法，以前也有过，却不如这篇几乎全用，却是不得已，用来代替神话的。（武术家之传说，有时也不免有神话，未敢引用）这是一种尝试，附述于末。

三十三年二月十七日于重庆南温泉北望斋茅屋下潜山　张恨水

天风杂志序

予初不识徐陈伉俪，当予主编明珠之时，陈家庆女士，尝以碧湘阁词见惠，始心仪其人。后闻予弟朴野，同学徐英君与陈女士已订秦晋好，且将结婚矣，而同时徐君适以天风阁大作相投。予读之，乃识古人所谓红颜薄福，青衫薄命之语未可论定，而如徐陈二君，诚属福慧双修，几生得到者。乌得不欣且羡耶？自是邮筒数达，颇为文字之交，而读二君之作，亦复数数。即以诗余论，徐君之作，清新流利，陈君之作；典则稳练，均青年中不可多得之才。今彦视线装书如粪土，虽中学毕业，不能以国文作尺牍，以为不足耻。今二君抱残守缺，英年即以国学见长，宽以岁月，其足为固有文化保存勿坠，宁有涯际乎？而二君志同道合，且结为伉俪，以高山流水之际遇，成画眉举案之伴侣，更进而为青灯黄卷之事业，精神有所寄托，学问有所攻错，操作有所发挥，真书生之佳遇，人生之乐事也。苟如此，故纸堆中白首偕老可也，富贵何为哉？今二君皆执教鞭于江南，而以治事余暇，出其新旧佳作，整理编纂之，继续出天风杂志以问世，此固予所谓保存勿坠者之初基也，甚可喜已。二君不遗在远，首以一册见示，并嘱读后为之一言。恨水少以家道中落，读书未得竟所业，十年来，又日夕佣书，供其十余口之家，于文学毫无所知，乌足以贡献于青年英俊之二君？虽然予不才，颇能自知其简陋，年来工作之余，殊不愿以游嬉荒废其时日。明窗净几，常以一卷自为补拙。其间固以线装书为多，而非线装书，亦复略略涉及，为之有日，似甚有所收获。非敢云求学，以恨水之职业言之，理应如此，譬之以薪者汤，汤未热而火且尽，不得不添薪也。恨水文字之交多矣，大抵偶有成就，即束书高阁。求如二君之互相砥砺，孜孜不倦，未尝有也。既有之，窃愿始终其事焉。贤明如二君，其不以其为戆直欤？

自述

我的小说创作过程

我从小就喜欢看小说，喜欢的程度，至于晚上让大人们睡了，偷着起来点灯，所以我之吃小说饭，似乎是命中注定的了。在我十二岁的时候，我看到金圣叹批的《西厢》，这时，把我读小说的眼光，全副变换了，除了对故事生着兴趣外，我便慢慢注意到文章结构上去，一直到现在，都是如此的。十四岁[①]的时候，我看过了《水浒》《七侠五义》《七剑十三侠》之后，我常对弟妹们演讲着，而且他们也很愿听。那时，我每天进学校，晚上在家里跟一位老先生学汉文，伴读的有两个兄弟，一个妹妹，还有一亲戚。设若先生不在家，我便大谈而特谈。不知哪一天，我凭空捏造了一段武侠的故事，说给他们听，他们也听得很有味。于是这一来，把我的胆子培养大了。过了两天，我就把这捏造的故事扩大起来，编了几回小说，这小说究竟是几多回，是什么名字，我都忘记了，仿佛着曾形容一个十三岁的孩子，能使两柄大锤，有万夫不当之勇。

上面是我作小说的初期。照说，我应继续作下去，然而我忽然掉了一个方向，玩起词章来。词曲一方面，起先我还弄不来，却一味地致力于诗。在十四至十五六岁之间，我几乎与小说绝了缘，十七岁之时，我无意地买一本《小说月报》看，看得很有趣，把小说的嗜好，又复提起。十八岁的时候，我在苏州读书，曾作两篇短篇小说，投到《小说月报》去。那时，主编是恽铁樵先生，他接得我的稿子，居然回信赞许了我几句，我简直大喜若狂，逢人便告，以为我居然可以作小说了。

这两篇小说，一名《旧新娘》，是文言的；一篇《梅花劫》，是白

① 书中十四岁为虚岁，实足年龄为十三岁，下文所述年龄均为虚岁。——张伍注

话的，当然幼稚得可怜，谈不上结构了。可是我眼巴巴地天天望《小说月报》发表哩！未免可笑。

有了这样一个过程，我作小说的意思，不断发生。十九岁二十岁之间，我因家贫废学，退居安徽故乡。年少的人，总是醉心物质文明的，这时让我住在依山靠水的乡下，日与农夫为伍，我十分的牢骚，终日的疯疯癫癫作些歪诗。作诗之外，作笔记作小说。不过虽然尽管高兴地向下作，却始终不曾发表过。二十一岁，我重别故乡，在外流浪。二十二岁我又忽然学理化，补习了一年数学。可是，我过于练习答案，成了吐血症，二次回故乡。当然，这个时候耗费了些家中的款子（其实虽不过二三百元，然而我家日形中落，已觉不堪了），乡下人对于我的批评，十分恶劣，同时，婚姻问题又迫得我无可躲避。乡党认为我是个不可教的青年，我伤心极了，终日坐在一间黄泥砖墙的书房里，只是看书作稿。我的木格窗外，有一株极大的桂花树，终年是青的，树下便是一院青苔，绝无人到，因此增长了我不少的文思。在这时，我作了好几部小说，一是章回体的《青衫泪》，体裁大致像《花月痕》，夹着许多词章，但是谈青年失学失业的苦闷，一托之于吟风弄月，并不谈冶游。此外有一篇《紫玉成烟》一篇《未婚妻》，是文言体，长数千字，朋友看见曾说不错；又有一篇笔记叫作《桂窗零草》，朋友也很赞许的，然而除了《紫玉成烟》而外，其余都放在书箱里成了烂纸，未曾进过排字房。

二十四岁我在芜湖一家报馆里当编辑，我曾把《紫玉成烟》发表了。这书一发表，很得一些人谬奖，于是我很高兴，继续着作了一篇白话长篇《南国相思谱》，我在文字结构上，自始就有点偏重于辞藻，因之那个时候作回目，就力求工整。较之现在，有过之无不及。记得这时，我的思想，完全陶醉在两小无猜、旧式儿女的恋爱中，论起来，十分落伍的了。同时我在上海的《民国日报》发表了两篇讽刺小说，有一篇名为《小说迷魂游地府记》，我渐渐地改了作风，归入《儒林外史》一条路了，这一篇小说曾在《小说之霸王》的单行本里殿后，这大概是我的拙作与世人相见的初程了。

“五四”风潮后，我读书的兴趣又起，我就当了衣服到北京去投考北大。不料一到北平，就加入了新闻界，使我没有时间读书。在这时，芜湖的报馆要我作一部《皖江潮》，里面是说一段安徽政潮，充满了讽刺的意味，芜湖人很高兴地看。我的胆子由此大了，笔路由此熟了，对于社会上的人物就不时地加以冷静地观察，观察之后，我总是感着不平，心里便想写一部像《儒林外史》《官场现形记》的小说。但是，这两部书，有一种毛病，就是说完了一段又递入一段，完全没有结构。因之，我又想在这种社会长篇小说里，应该找出一个主人翁出来，再添几个陪客穿插在里面，然后读者可以增加许多玩赏之处。自有了这个意思以后，恰好有朋友找我编副刊，并约我作小说，于是，第一部最长的小说《春明外史》就出现了。

《春明外史》逐日在报上发表，前后登有五年，约一百万字。在我自己的拙作里，算是卖力的了。因此读者一方面倒也不菲薄它。但是这书出世以后，却添了一种意外的麻烦，就是读者往往将书中人物，一一索隐起来，当作历史一样来看。其实小说取一点时事作背景，原极寻常，可是这种事，整个人搬来，整个儿写上，等于一张纸了，有什么意味呢？所以，《春明外史》的事，依然楼阁凭空的多，因为楼阁凭空的多，所以我插进去几个主角来贯穿全局，非常之便利。这种主角出台，我总加倍地烘托，这才把书中一二百人都写成了附带的东西，使读者不至于感到累赘，把这法子说破，就是用作《红楼梦》的办法，来作《儒林外史》。在作《春明外史》期间，我的长篇便不断地在报上披露，我自己认为还满意的，就是《天上人间》这部书，后登在《北京晨报》，后来《晨报》停刊，改登《上海画报》。我写这部书，换了一个办法，用双管齐下法，就是同一时代，写一双极不同的女子，互相反映，连陪客也是这样。可是《上海画报》是三日刊，全书不容易速完，未免减一笔呵成的势力了。此外就是我也很喜欢作短篇，若是整理一番，或者可出一本小册子。现在我总报告一下，这几年来，除了我编报时，每日千百字的短文不算，单是小说稿子，字数在五百万以上了。这五百万字，以一元千字计算，我也当有五千元财产。然而我到现在为止，还是穷光蛋一个，而且我不曾有一日狂嫖滥赌，一一得着物质上的享受。卖文是这样的劳，又是这样的苦，然则我烦腻作小说乎，那是不可能的，而且明窗净几，日夕花晨，有时我也感到一种兴趣，不过为了职业关系，无论有趣无趣，我总是要继续地往下作。在这样旦旦而伐之的时候，何日弄得了铺底，拿不出货来，我是不敢预言的。因之，我为了职业关系，很是惧怕，一方面我对于现代社会，求着新认识；一方面我自己限制一下，无论如何，每日至少看一点钟书，因为这样，我学了不少乖，不断发现自己的短处。

中国的文学书里，并无小说学，这是大家知道的。我对于外国文，又只懂一点极粗浅的英文，谈不到看书。所以我研究小说并没有整个儿由小说学的书上得来，虽然近代有小说学的译品，可是还不是供我们参考，所以我于此点，索兴去看名家译来的小说了。名家小说给我印象最大的，第一要算是林琴南先生的译品。虽然他不懂外国文，有时与原本不符，然而他古文描写的力量是那样干净利落，大可取法的。此外我喜欢研究戏剧，并且爱看电影，在这上面，描写人物个性的发展，以及全部文字章法的剪裁，我得到了莫大的帮助。关于许多暗和的办法，我简直是取法一班名导演。所以一个人对于一件事能留心细细地观察，就人尽师也。我的书桌上，常有一面镜子的，现在更悬了一面大镜子在壁上，当我描写一个人不容易着笔的时候，我便自己对镜子演戏给自己看，往往能解决一个困难的问题。老实说，这就是自己导演自己。有时关于一事一物不能着笔的时候，我也不怕费事，亲自去考察，纵然不能考察，我必得向知道的，细细打听一番，若是无可考察，无可打听，我宁可藏拙不写了，这或者是我特别向读者讨好的地方。

我以前写小说，大半是只有一点印象，然后就信笔所之地向下写。自从去年以来，我改了方针，我得先行布局，全书无论如何跑野马，不出原定的范围。《啼笑因缘》一部书就是如此的。我的胆子仿佛现在是越来越小了，或者会令我的作品好一点，或者会斫伤元气一点，那不可知，只好证之将来吧。

谈到《啼笑因缘》未免令我惶恐万分。我作这书的时候，鉴于《春明外史》《金粉世家》之千头万绪，时时记挂着顾此失彼，因之我作《啼笑因缘》就少用角儿登场，仍重于情节的变化，自己看来，明明是由博而约了，不料这一部书在南方，居然得许多读者的认可。我这次南来，上至党国名流，下至风尘少女，一见着面，便问《啼笑因缘》，这不能不使我受宠若惊了。其实《啼笑因缘》究竟有什么好处，我且不敢说，大概对于全部的构成以至每人个性的发挥，我都使它有些戏剧化，或者是此点可以见得我卖力吧！可惜许多批评者，都是注重结果方面，却没有给我一种指示，这又是使我迷惑的事。我极力在描写上讨好而书中的事实倒盖过去了。在写《啼笑因缘》前后，我也曾作了一部国术小说。说一句笑话，那是反串吧？但是我所写的并不是侠客嘴里吐出一道红光，乃是洪杨而后，几个散在江湖的豪士。故事也并非完全杜撰，得之于先祖父、先父所口述下来的。说一句惭愧的话，我现在手无缚鸡之力，原来倒是真正的将门之子。这一部书登在北平《新晨报》上，共有十回，只成了一半，因为某种关系，没有作完，可是我所知道的故事，也不过如此，也有点江郎才尽之叹了。

此外，关于我的小说事业，除编撰而外，一年以来，我有点考据迷，得有余暇，常常作一点考证的工夫。起初，我原打算作一部《中国小说史大纲》，后来越考证越发现自己见闻不广，便把大计划打消，改了作《中国小说史料拾零》。最近我又怕大家误会是不成片断的，改名《中国小说新考》。万一这部书能成功，也许对于中国文学史有点区区的贡献。

野马跑得太远了，可以止住了，最后我要声明一句，我这篇文字，完全是为了朋友的关系，不得已，实实在在地报告我的治业经过。我决不敢自吹自擂，妄出风头。读者能给予我一种教训，我认为是至好的诤友，一律诚意接受。一个人无论做什么事，不怕自吹他的长处，却怕善于改正他的短处。短处岂能自知？这就在乎他人的改错了。如此，我这篇文字不是自炫，读者一定可以谅解的。

（载于1931年1月27日—2月12日《上海画报》）

总　答　谢[①]

——并自我检讨

谢谢各位前辈，各位朋友，谢谢文艺抗战协会，谢谢新闻学会。

用甲子推算，今年是不才五十岁，又以试学写作（实在谈不上创作）的日子计算起，东涂西抹今已有三十四年。实行作新闻记者之日算起，今已有二十六足年。朋友们觉得我这辈子太苦了，要替我作五十岁，安慰一下。而把写作整数外的零头，加入当新闻记者的年月，则各得三十年。又要借贱辰和我作个三十年的写作与从业的纪念。我是乙未年旧历四月二十四日出生，当朋友打听我这个日子时，我总是瞒着。但我心里又搁不住事，日子久了，我终于说出来："我是某日生，谁要和我作生日，谁就是骂我。"而朋友的答复更幽默："我们就骂你一次。"这真无法了，我就预拟了个计划，学学要人，届时来个避寿，溜之大吉。

在这个过程中，一班老朋友，已暗暗地拟好了庆祝大会的节目。乃是《新民报》成渝两社，分办成渝茶会，几张刊物出特刊。而文艺界抗敌协会，以不才是第一届理事，至今是会员。新闻协会以我是监事，又以我是同行中的一个老跑龙套，也要加入作茶会的主人。照说，这种光荣的赐予，我应当诚恳地接受。可是我想到物价的数字，我也立刻想到不应当由

① 1944年5月16日为庆祝张恨水五十寿辰与他创作三十周年，《新民报》重庆、成都两社分别举行茶会祝贺，《新民报》等报出版纪念特刊，这篇文章是张恨水对各方面对他的祝贺的致谢词。

我这百无一用的书生而浪费。而且我的朋友，不是忙人，就是穷人。对忙朋友，不应当分散他的时间，对穷朋友不应当分散他的法币，于是我变为恳切地婉谢。几位老朋友劝之不行，总是说我过分矫情。而且特刊的文字，都已预约好了，《万象》周刊，且已排版。无法，我只好默许了文字的奖励，当为拜领，其他一切仪式从免。朋友仍不许可，直到贱辰的前两日，依然僵持，而茶会请柬，已不能发出，方才罢休。可是成都方面的仪式，我又无法阻止，也只有遥遥地敬领了。

在重庆虽一切仪式无从实行，但朋友的盛意，我是万分感激的。而成都方面的仪式中，大概有许多是神交已久未曾谋面的朋友，尤其让我感谢。就是重庆方面，也有许多神交，纷纷到新民报社祝贺，致令扑空而回，更让我惶悚无地。至于过重的赠与，不敢捧领，当一一璧回。以上这些话无关文艺，我不能不有个交代，占去报纸许多篇幅，我是引为歉然的。其次，对特刊朋友的溢美的奖许，我愿借这个机会，自我检讨一下，更求以后长期指教。

一、写述方面。不才写了三十四年的小说，日子自不算少，其累计将到百来种，约莫一千四五百万字，毋宁说那是当然，何况写作，并不重量，这无足为奇。关于散文，那是因我职业关系，每日必在报上载若干字，急就章的东西应个景儿而已，有时简直补白作用，因之毫无统计，只当下了字纸篓，这个，朋友也替我算过，平均以每年十五万字计算，二十六年的记者生涯，约莫是四百万字。这就是朋友谬奖我二千万言的写述。若果如此，那末杂货店的流水账，也可算作立言，三十年的时间，谁又不能拿出数十万字的文章来呢？此外，朋友又谈到我的词曲和诗。诗，我曾弄过一点消遣，从前，一年可写百十首，多近体，近七八年来，写诗比文人打牙祭的次数还少，无足称道。词，我是二十四岁才学的，恐怕至今没有成熟。曲，我不懂音律，生平不曾填过十个散套，不知朋友怎会把制曲来许我？

我报过了量，再谈质罢。我毫不讳言地，我曾受民初蝴蝶鸳鸯派的影响，但我拿稿子送到报上去登的时候，上派已经没落，《礼拜六》杂志，风行一时了。现代人不知，以为蝴蝶鸳鸯派就是礼拜六派，其实那是一个绝大的错误。后者，比前派思想前进得多，文字的组织，也完密远过十倍。但我这样说，并不以为我是礼拜六派，远胜鸳蝴派，其实到了我拿小说卖钱的时候，已是民国八、九年，礼拜六派也被“五四”文化运动的巨浪而吞没了。我就算是礼拜六派，也不是再传的孟子，而是三四传的荀子了。二十年来，对我开玩笑的人，总以鸳鸯蝴蝶派或礼拜六的帽子给我戴上，我真是受之有愧。我决不像进步的话剧家，对“文明戏”三字那样深恶痛绝。

在“五四”的时候，几个知己的朋友，曾以我写章回小说感到不快，劝我改写新体，我未加深辩。自《春明外史》发行，略引起了新兴文艺家的注意。《啼笑因缘》出，简直认为是个奇迹。大家有这一个感想，丢进了茅厕的章回小说，还有这样问世的可能吗？这时，有些前辈，颇认为我对文化运动起反动作用。而前进的青年，简直要扫除这棵花圃中的臭草，但是，我依然未加深辩。

我为什么这样缄默？又为什么这样冥顽不灵？我也有一点点意见。我觉得章回小说，不尽是要遗弃的东西，不然，《红楼》《水浒》，何以成为世界名著呢？自然，章回小说，有其缺点存在，但这个缺点，不是无可挽救的（挽救的当然不是我）。而新派小说，虽一切前进，而文法上的组织，非习惯读中国书，说中国话的普通民众所能接受。正如雅颂之诗，高则高矣，美则美矣，而匹夫匹妇对之莫名其妙。我们没有理由遗弃这一班人，也无法把西洋文法组织的文字，硬灌入这一批人的脑袋。窃不自量，我愿为这班人工作。有人说，中国旧章回小说，浩如烟海，尽够这班人享受的了，何劳你再去多事？但这里有个问题，那浩如烟海的东西，它不是现代的反映，那班人需要一点写现代事物的小说，他们从何觅取呢？大家若都鄙弃章回小说而不为，让这班人永远去看侠客口中吐白光，才子中状元，佳人后花园私订终身的故事，拿笔杆的人，似乎要负一点责任。我非大言不惭，能负这个责任，可是不妨抛砖引玉（砖抛甚多，而玉始终未出，这是不才得享微名的原故），让我来试一试，而旧章回小说，可以改良的办法，也不妨试一试。我向来自视很为渺小，失败了根本没有关系。因此，我继续地向下写，继续地守着缄默。意思是说，不必把它当一个什么文艺大问题，让事实来试一试，值不得辩论。若关于我个人，我一向自嘲草间秋虫，自鸣自止，更不必提了。

为了上述的原因，我于小说的取材，是多方面的，意思就是多试一试。其间以社会为经，言情为纬者多，那是由于故事的构造和文字组织便利的原故。将近百种的里面，可以拿出见人的，约占百分之七八十，写完而自己感觉太不像样的，总是自己搁置了。也有人勉强拿去出版的，我常是自己读之汗下，而更进一步言之，所有曾出版的书新近看来，都觉不妥，至少也应当重修庙宇一次。这是我百分之百的实话。所以人家问我代表作是什么，我无法答复出来。关于改良方面，我自始就增加一部分风景的描写与心理的描写，有时也写些小动作，实不相瞒，这是得自西洋小说。所以章回小说的老套，我是一向取逐渐淘汰手法，那意为也是试试看。十年来，除了文法上的组织，我简直不用旧章回小说的套子了。严格地说，也许这成了姜子牙骑的“四不像”。由于上述，质是绝不能和量相称，真是“虽多亦奚何为”？

二、从业方面。在十八九的时候，我对新闻事业，发生了兴趣。二十岁到汉口，有些朋友，正是新闻记者，因此我常写些不高明的稿子给他们补白。大概是旧诗、游记、戏评等类。直到二十四岁，我才到芜湖《皖江报》当总编辑，兼编副刊。那个时候，在内地当记者，用剪刀得来的材料，比用笔写的多百分之八九十。所以总编辑者，那是个纸老虎。同年秋天，我到了北平，本打算入北大做旁听生（许多人疑我是北大学生，其故在此）。但到了以后，在一个上海驻京记者那里帮忙，地点在南城，到北大太远，原意暂搁，不久入北京《益世报》当助理编辑，专职熬夜看大样，更谈不到求学，是后曾在世界通信社、联合通信社、《今报》当编辑，并继续在《申报》驻京记者处帮忙。《益世报》早已调我为天津《益世报》通信，同时，又为上海《申报》《新闻报》通信，我又干上采访了。至民国十三年，入《世界晚报》编副刊，十四年兼编《世界日报》副刊，并曾一度任总编辑。十七年任北平《朝报》总编辑，到十八年，我在南北各报，特约的长篇小说增多，我才把世界日、晚报的副刊事务辞去。中间相隔一个极长的距离，到二十三年，我才任上海《立报》的编辑。民国二十五年，我在南京，自创《南京人报》，至南京撤退，报始停刊。入川后，在《新民报》编了两年副刊。以后只写写东西而已。根据上述的经过，我是内外勤及经理部都干的人，透着职务不专。在这样长的时间中，我竟没有写过一本新闻学的书，未免太不长进。

写述三十四年，成绩如彼，当新闻记者二十六年，成绩又是如彼，朋友要和我纪念，我自己问心，不惭愧吗？假如茶会真开了，一个面白无须，身着旧川绸长衫的措大，在许多来宾中公然受贺，那窘状是不可想象的。朋友说我矫情不如说我知趣，朋友，以为如何？虽然，十六日那天，许多老朋友终于请着夫人和小天使，不嫌长途跋涉，光顾到建文峰下，把三间茅屋涨破了，桃花潭水深千尺，我无法形容老友给我的温暖。“上苍假我数年”，到了六十岁以及七十岁，那时，我当在北平中央公园的来今雨轩，备一杯茶，请老友赏晚开的牡丹。或者在南京后湖公园，请老友吃樱桃，以补偿今日的慢待。

最后，对于《新民报》蓉社茶会，蒙各位先生赐顾，未能亲到道谢，并志歉忱。还敬祝一切朋友健康！

我的创作和生活

七十年来，我当记者和写章回小说的生涯占了五十年。有人问我是怎样当新闻记者的，我想若和今天的同行们比，我们那一代只能以骆驼比飞机了。不只肩负的使命不同，生活也不同。至于章回小说，我也学着写了好几十部，只能算是章回小说“匠”，不敢称“家”。一部分书当年也曾风行一时，但今天回想起来，我那些书若是经时代的筛子一筛，值得今天的读者再去翻阅的，也许所剩不多了。

现在且不说我的小说，留着下面去谈。我先写自己的生活过程，由此读者也可以知道我写小说汲取材料的源泉。我南南北北地走过一些路，认识不少中下层社会的朋友，和上层也沾一点边，因为是当记者，所见所闻也自然比仅仅坐衙门或教书宽广一些，这也就成为这写章回小说的题材了。

我祖籍安徽潜山，一八九五年农历四月二十四日出生于江西，原名张心远，笔名恨水。为什么叫“恨水”呢？这也使许多朋友奇怪，为什么别的不恨，单单恨水呢？这是因为我年轻时，很喜欢读南唐李后主的词，他的《乌夜啼》里有一句“自是人生长恨水长东”，我觉得这句很好，就取了个“愁花恨水生”的笔名。后来在汉口小报上投稿，就取了“恨水”作笔名。当了记者以后，这就成了我的正名，原来的名字反而湮没了。名字本来是人的一个记号，我也就听其自然。可是有许多人对我的笔名有种种揣测，尤其是根据《红楼梦》中“女人是水做的”一说，揣测的最多，其实满不是那回事。

一　十三岁仿作武侠小说

由于父亲早年在江西卡子上作税务工作，因此我的童年是在江西度过的。

当我十岁边上，我父亲接我们到新城县去（新城后改名黎川县），坐船走黎水直上。途中遇到了逆风，船上的老板和伙计一起上岸背纤，老板娘看舵。我在船上无事，只好睡觉。忽然发现船篷底下有一本绣像小说《薛丁山征西》，我一瞧，就瞧上了瘾，方才知道小说是怎么一回事，后来我家里请了一位先生，这位先生也爱看一点。我又在父亲桌上找到了洋装的《红楼梦》，我读了造大观园一段，懒得再看，我正要看打仗的书呢。

这以后我就成了小说迷。我把零用钱积攒下来，够个几元几角，就跑到书铺子里去买小说书。有时父亲要审查，他只准我看《儒林外史》《三国演义》之类，别的书往往被扣留，有时还要痛骂一顿。于是我就把书锁在箱子里，等着无人的时候再拿出来看。尤其是夜里最好，大家睡了，我就把帐子放下，把小板凳放在枕头边，在小凳上点了蜡烛，将枕头一移，把书摊开，大看特看。后来我父亲知道了，每晚都要查上一查，他说十二点以后该睡觉了，在床上点蜡烛太危险，这时他对我看小说也不太反对，索性管我叫“小说迷”，我母亲也不管了，渐渐地我有了两三书箱的小说书。

我十一岁时，祖母在故乡死了，父亲带了我返里。家里有残本的《希夷梦》《西厢记》《六国志》（写孙庞斗智）等。不久我们又回南昌，这时我十三岁，开始学着写小说，在一个本子上写以小侠为主人的小说，因为我这时看的小说以武侠为大宗。我写的小侠使用两把铜锤，重有一百多斤，一跳就可以跳过几丈宽的壕沟，打死了一只老虎。我这样写小说，有谁看呢？只有我兄弟、我妹子下学回来无事，各端把矮椅子将我围住，听我讲书，讲的就是我自编的小说，他们居然听得很有味道。因为我写小说以后才发现写了两三天，拿来给他们讲解时，不到一小时就完了。我自己感到这是一个供不应求的艰巨工作。

我还记得，这个稿本，是竹纸小本：约有五寸见方，我用极不工整的蝇头小楷，向白纸上填塞。有时觉得文字叙述还不够劲，我特意在里面插上两幅图画。所画的那位小英雄，是什么样子，我也印象不清了，只是那两柄铜锤，却夸张地画得特别大，总等于人体的二分之一。那只老虎，实在是不像，我拿给弟妹们看时，他们说像狗。这给予我一个莫大的嘲笑，恰成了那个典“画虎类犬”了。

二　上了经馆和学堂

回到南昌以后，我父亲在新淦县三湖镇找到了工作。这里有二道漳江，两岸都栽了橘子树，我的家就像埋在橘子林里。我在家里学了一些八股文。我作过“起讲”，也学了诗，懂了平仄，学作过五绝。我记得在“两个黄鹂鸣翠柳”一题里，我有这样十个字：“枝横长岸北，树影小桥西。”后来我懂一点诗，觉得这根本不合题。但我初学作诗，确是这样胡乱堆砌的。这作风，大概维持了两三年之久。我到了三湖，觉得这里住家非常的好，这里有大河激浪，橘树常绿，心想如此诗境多么好，就从这里学起诗来吧。我就常在橘林边的白沙堤上散步，堤外一道义渡，堤上有一座小小的塔，比在城市小巷里接近大自然得多了。

这时我父要我在古文上下点功夫，再送我上学堂。正有一位古文很好的萧先生在附近开设了一座经馆，父亲就送我去念书了。在从前，父命是不能违抗的。这经馆周围的风景比我家还美，场里有水井，橘林外便是漳江，经馆是姓姚的一个祠堂，院里有两棵大树，若是晴天，太阳穿过大树，照见屋里碧油油的。最妙的是萧先生收了一个姓管的学生，他们家里买了许多小说，我们在一个房间攻读，他和我很要好，常把书带来借给我看。我就这样读了不少章回小说，无形中对章回小说的形式和特点有了一些体会。

在经馆里读了一年书以后，我已十四岁了，父亲又把我送入学堂。这时我不只看小说，还看书评。不过，那时候的书评，没有后来风行的书评那么尖锐和细致，但是也可以帮助我懂得哪样书好哪样书坏了。譬如白话小说《儿女英雄传》，我就看着他的言词句子不错，但对人物刻画就差一些了。

那时候，商务印书馆出了《小说月报》杂志，我每月买一本，上面有短篇长篇创作，有翻译小说，使我受益匪浅，于是我懂得买新书看了，跳出了只看旧小说的圈子，也可以算作一种跃进吧。我仔细研究翻译小说，吸取人家的长处，取人之有，补我所无，我觉得在写景方面，旧小说中往往不太注意，其实这和故事发展是很有关的。其次，关于写人物的外在动作和内在思想过程一方面，旧小说也是写得太差，有也是粗枝大叶地写，寥寥几笔点缀一下就完了，尤其是思想过程写得更少，以后我自己就尽力之所及写了一些。

我在学堂里读了一阵书，父亲又把我送到南昌敬贤门外的甲种农业学校去读书，但是不到一年，父亲去世了，母亲就带了我们子女回安徽潜山乡间老家，我的学校生活也中止了。我很忧愁，但是读小说的习惯却依旧。我那年十七岁，写了一篇四六的祭文，大胆地在为父亲除灵举行家祭的灵堂上宣读起来，把稿子也焚化了。我这时有些自负，对乡间那些秀才贡生不怎样看得起，没有什么朋友。家中有一间书房，窗外有桂花树，我常临窗读书，同乡人因而送了我一个外号，叫我“大书箱”，意思是我只知念书。我那时真是终日吟诗，很少过问身外之事。

三　从垦殖学堂出来，去演话剧

我在乡间过了半年多，有一个叔伯哥哥叫张东野，笔名张愚公（解放后曾任合肥市副市长，全国人大代表），当时在上海警察局当局长，他觉得我不读书未免可惜，就叫我到上海去，打算让我读书。我到了上海以后，他打听到苏州办了一个蒙藏垦殖学堂，我去考中了，就在苏州住下来，这也为我日后小说写了些苏白进去打了底子。

垦殖学堂就在苏州留园的隔壁，到寒山寺和虎丘都很近。我那时是个贫寒学生，也不敢乱跑，课堂是楼房，打开窗户，附近人家，麦地桑田，小桥花巷，都在目前。我在课余就拿了书本靠在红栏杆之旁细细地看。这时期我读了《随园诗话》《白香词谱》《全唐诗合解》等。楼底下是花园一角，我也常去玩，高兴起来就题几句诗。

我在苏州读书，当然很好，可是我没有钱用，于是想起投稿来。我试写了两篇短篇小说，一篇叫《旧新娘》，是白话的；另一篇叫《梅花劫》，是文言的。这时大概是一九一二年或一九一三年。我当时没有一点社会经验，并不十分懂得什么叫“劫”，什么叫新旧，姑且一写就是了。稿子写好了，我又悄悄地付邮，寄去商务印书馆《小说月报》编辑部。稿子寄出去了，我也只是寄出去而已，并没有任何被选的幻想。可是事有出于意外，四五天后，一封发自商务印书馆的信，放在我寝室的桌子上。我料着是退稿，悄悄地将它拆开。奇怪，里面没有稿子，是编者恽铁樵先生的回信。信上说，稿子很好，意思尤可钦佩，容缓选载。我这一喜，几乎发了狂了。我居然可以在大杂志上写稿，我的学问一定是很不错呀！我终于忍住这阵欢喜，告诉了要好的同学，而且和恽先生通过两封信。但是我那两篇稿子，一月又一月，一年又一年，直到恽先生交出《小说月报》给沈雁冰先生的那一年，共有十个年头，也没有露面。换句话说，是丢下字纸篓了。这封信虽然是编辑部对一般作者的复信，但是对我的鼓励却很大，后来我当了五十年的小说匠，他的这封信是对我起了作用的。

我在垦殖学堂读了一年书，正值二次革命起来了，我们这学校是国民党办的，所以也成了讨袁军的一支力量，把写了“讨袁军”字样的旗子挂起，可是没有几天就垮台了，学校也就解散。

这样一来，我又失学了，可是我还没有死心，带了四五元钱去到南昌，找了一个补习学校补习英文、算术。想考大学，但是家中没钱，父亲过去在南昌置了点房产，所收房租只够我付补习学校学费的，借债不是个长局。后来母亲把房子卖了八九百元钱，由她收管度日，我不便拿。为了找出路，我就带了一包读书笔记和小说到汉口去了，因为有个本家叔祖张犀草在小报馆里当编辑。他虽然大我两辈，年龄却比我大得有限，他认为我的诗还不错，就叫我投给几家报馆，但是并不给稿费，当时的小报馆都穷得很，于是我的诗开始问世，却还没发表小说。

这时，我的堂兄张东野已到长沙改行演话剧，取了个艺名叫张颠颠，而且演得很红。不久他也到汉口来，在汉口没演成，又要到常德去，我于是也随他到湖南去了。

我堂兄在常德参加的那个话剧社里有两位知名的话剧家，一位是演主角的李君磐，一位是演旦角的陈大悲。我去了也参加演出，头一场演《落花梦》，派我一个生角，是个半重要的角色，大家认为我演得还不错，就是说话太快了一点，派戏人说，演演就好了，我听了也很高兴。初步定了我三十元的月薪，李君磐和陈大悲也不过百多元。不过薪金是有名无实的，我从没拿过三十元，十元也没拿过，但是伙食很好。我的另一件工作是编说明书，一张说明书不过三五百字，没有什么为难，我的工作不忙，有时就约朋友出城去玩。

混到阴历边，剧社就派了一个分班到津市去演出，我也去了，在这个小码头上演，生意却很好。两个月后又到澧县，在这里演了两个月，好消息来了：袁世凯死了，我们全班人马要到上海去演戏，我分了三十多元薪金，够我到上海去的路费了。到了上海，有个芜湖《皖江报》的编辑郝耕仁和我堂兄住在一起，他大我十岁，是前清一个秀才，写得一笔好字，能诗能文，他看我一点点年纪，和我堂兄一路瞎跑瞎混，认为究竟不是路子，他劝我，既有这番笔墨，可以到内地去找个编辑做做。这番话给我相当影响，但是一时没有办法。我随了李君磐的戏班到了苏州，可是因为我苏州话说不太好，只得又随另一批人到南昌去演戏，仍旧穷得混不下去，我就借了路费回了安徽老家。

四　和郝耕仁去卖药

我回家时二十二岁，自己打算读些书再找工作不迟。于是在家中百事不问，一径地看书。也试写了几篇小说，有《紫玉成烟》《未婚妻》等，都是文言的。

过年以后，接到郝耕仁来信，约我一起去卖药。郝的理想是渡长江，穿过江苏全境，进山东，再去北京。至于药，他家有祖传的，沿途还可以买，不用发愁。我正无事可做，心想跑跑长途也好。到三月初，我和他在安庆会面，就同行到了镇江，又坐上到仙女庙的船过江。仙女庙是个小镇市，我们在一家小客店落脚，临近就是运河，有一道桥通到扬州。那晚月色很好，我们俩在桥上闲步，看到月华满地，人影皎然，两岸树木村庄，层次分明。有渔船三五，慢慢地往身边走，可是隐约中不见船身，只见渔灯，从这里顺流而下。郝耕仁说，这里很好，他要吟诗，于是就乱吟一阵。眼见月亮西斜，我们才回小客店。第二天我们到邵伯镇去，只有二三十里路程，当然是步行而去，这日天气很好，我们背了小提箱，且谈且走，村庄里树木葱茏，群鸟乱飞，田野中麦苗初长，黄花遍地，农民背着斗笠，在麦地里干活。

原来邵伯镇很繁盛，镇上什么东西都有的卖。我们在一家旅馆歇下，旅馆经理是个小官。门口两个长脚灯笼上写着“九门都统”衔，分明是个北京官了。我们写店簿的时候，在职业项下填了一个“商”字，茶房不信。回头经理也来了，他说我们虽然是送药来卖，可是要找个保才行。郝耕仁出去找了一个西药店的经理，把这番出来卖药的经过谈了。那位经理很同情，但是他劝我们不必远行了，说这一带是给军人统治，要小心些，最好还是回去为妙。他替我们作了保，还借给了路费，我们就是次日离开了邵伯镇返回南方。

我们又想到上海去看看，就搭了一种“鸭船”，就是船头上堆满了鸡鸭笼子的船，风把鸡鸭屎的臭味直送向乘客，蚊子也多得没法扑打。我说出门真难，郝耕仁说这不算什么，昨天我们在旅馆里的时候，茶房就轻轻对我说，镇上保卫团里的人已经住到我们对过房间里来，只要他说声“捉”，我们就得跟了走。我听了说，这好险啊，想到这，鸡鸭齐叫，臭气熏人，蚊子乱咬，也就不在乎了。鸭船到了通扬州的大河港口就靠了岸，他们的鸡鸭在此等轮船运到上海，我们也在这里投宿一家小旅馆，是一间统舱式的茅草棚子，里面架了成行的木板当床，被子很脏，还有膏药的黑点子，跳蚤也多，但是比鸭船要好一点，我们就出了几个铜板，安歇一晚。旅馆老板大声说，轮船要到第二天九点钟才到，不忙，客人睡吧，我一觉醒来已经七点钟，郝耕仁已到街上去了。这种旅馆是不供应水的，要洗脸漱口，须要到街口茶楼上去办。郝耕仁兴致很好，喝了酒，吃了猪肝，我吃了包子。我们上船较迟，在一个汽洞里安身。在船上只能买豆腐乳下饭，统舱是不供菜的。

五　到芜湖当报馆编辑

在上海找不到出路，郝耕仁和我只好各自离去，他回芜湖报馆当编辑，我回家去自修。半年以后，郝耕仁给我来信，他要到湖南一个部队朋友那里去做事了，芜湖《皖江报》编辑的事可以由他保我接任。我决计边学边作，就向母亲要了四元钱路费动身到芜湖去。

我的记者生涯开始了，这时我已二十四岁。《皖江报》的编辑张九皋领我会见了谭经理，他们信得过郝耕仁，也就信得过我。分派给我的工作是每天写两个短评，还要编一点杂俎，新闻稿子缺少，就剪大城市报纸，工作并不难。我初作头一天怕不合适，把短评给经理看，他说很好，我心想这一碗饭算是吃定了。另外几个编辑是能编不能写。当时张九皋月薪八元，李洪勋六元，曹某五元，给我也定了八元。一共就是我们四个人在编辑部里，张九皋自己在外面还办了一个《工商日报》，曹某在那里兼校对。李洪勋在《皖江报》编地方新闻，照例各公署会给他一点好处。我倒也不在乎钱多钱少，好在伙食相当好，待我也客气，我自己有个房间，可以用功，因此种种，我倒很安心工作。到了晚上，作好了两篇短评，就和李洪勋上街去玩玩，吃碗面，再来几个铜板的熟牛肉。

李洪勋说："你老兄笔墨很好，要是到大地方去，是很有前途的，何必在这里拿八元钱一个月呢。"我说："你这话也许不错，但是要慢慢地来，我碰了不少钉子，凡事要有一定的机会。"不久，报馆里知道我是呆不长久的了，谭经理就给我加了四元月薪，还许愿说，将来给我在马镇守使那里兼个差事，其实我对钱并不看得那么重，我对谭经理说不必多心。

一九一九年，五四运动起来了，南北青年都很激动。我们也很关心，就在报上办起周刊一类的东西。经理看着我们办，并不说话。

报馆里除了我们四个编辑外，有一个人专收广告，一个人专管财务，三个人摇机器。只有一架平版机，排字房里有十来位工人，一天印个千把份报纸，每日下午三四点钟，就得等看上海报，以便剪用。

上海的《民国日报》是国民党办的，有一个《解放与改造》副刊，我的第一篇小说就是那上面发表，一起是两篇：《真假宝玉》和《小说迷魂游地府记》，一共一万多字。《民国日报》很穷，也是不给稿费的。后来出了书，名为《小说之霸王》。我在《皖江报》上写的《皖江潮》长篇小说，因我去北京而中止。

我上北京，是一个叫王夫三的朋友鼓励我去的。他在北京，因事南下时碰到我，保我能在北京找到饭碗。于是我就把皮袍子送进"当铺"当了，又蒙一位卖纸烟的桂家老伯借给我一些钱凑作路费，动身去北京了。

六　到北京去

到了北京，王夫三引我去见秦墨晒，这位老记者如今还健在。他先是给《时事新报》发电报，后来又当《申报》记者。秦表示很欢迎我，要我每天发四条新闻稿子，新闻来源他们那里有，决定每月给我十元月薪，如果稿子多，还可以外加。王夫三替我表示，我来北方是为了学习，目的不在钱。秦说：那就很好。于是先借我一个月的工资，我赶快寄还给芜湖那位借给我钱的桂家老伯。

我住在会馆里，每月房饭也要十多元，一切不用自己操心，自己可以用功，我这时努力读的是一本《词学全书》。每日从秦墨晒家回来，就摊开书这么一念，高起兴来，也照了词谱慢慢地填上一阕。我明知无用，但也学着玩。我的小说里也有时写到会馆生活的人物，也写点诗词，自然与这段生活有关了。

一天我在交过房、饭费后，只剩下一元现大洋了，这一块钱怎么花呢？恰巧这时梅兰芳、杨小楼、余叔岩三个人联合上演，这当然是好戏，我花去了身上最后一块现大洋去饱了一下眼福耳福。有一个朋友方竟舟以前也在安徽报馆工作过，彼此熟识，一天他对我说："你口袋里的钱已经不响了，大概缺钱用了吧？有个朋友成舍我在《益世报》做事，想找一个人打下手，你去不去？"我好在下午和晚上没有事，很愿意兼个差事，就答应了。经他介绍我就认识了成舍我。成又给介绍了经理杜竹萱。《益世报》是天主教办的报纸，所以杜说，在新闻和评论方面只要不违背天主教就行，此外随便说什么都可以。至于我的工资，规定是三十元一个月。

《益世报》当时在新华街南口，除了总编辑成舍我外，有吴范寰、盛世弼、管窥天和我几个编辑，还有两个校对，另有主笔一人，每天做一篇社论。社址有三进房屋，前面一排是营业所，有两个收广告财务。中进是排字房，有二十几位工人，还有两架平版机和一架小机器，两侧是堆纸的屋子。经理室、编辑部、厨房全在后进。新闻和副刊全在这里编。要说是每天出两张大报，这点房子真不算多，尤其是比起今天的报社来，就会让人笑掉大牙。但是当时其他的报，往往是只租一所小小的房子，门口挂一个木牌，就算报社了，其报纸大都是找印刷所代印的。

我在北京《益世报》大约干了一年，因为我在业余时间朗读英文，同院住的经理的新太太嫌吵，就把我调任天津《益世报》的驻京记者，每两天写一篇通讯，这样就离开北京《益世报》馆。到后期我的月薪加到七十元一月。

当秦墨哂作《申报》驻京记者时，他还兼着“远东通讯社”的事，每月送他六十元，他忙不过来，就约我分担一半。后来他又凑了个孙剑秋，办了个“世界通讯社”，约我作总编辑。我是个不会跑腿的人，通讯社的消息从哪里来呢？秦墨哂虽然答应我从他那里挖一点去，但是我想他还是从别人那里挖消息的，岂能让我再挖，我暂时只好答应。我先后住过王夫三的会馆和潜山会馆，这时就搬到通讯社里去住。

通讯社也就是供稿社。当年大凡一个人在政治上有点办法，就拿出几百元办个通讯社，此外每月还要二百多元经费。主办“世界通讯社”的经济后台老板是张弧——当年的财政总长。他究竟为办通讯社花了多少钱，我也不清楚。我当总编辑，每月支二十元，只够吃饭。每天的头条新闻却是煞费心思的，因此我在通讯社里给终抱一个五日京兆的意思。

后来成舍我和我们全部离开了《益世报》，成舍我混进了众议院当秘书。我辞了“世界通讯社”的工作，给《新闻报》《申报》写通讯，我的新闻来源也往往是去找成舍我想办法。他一度办了个“联合通讯社”，我又去帮他的忙。成和杨璠结了婚，家用大了，他又弄到了教育部秘书的职务，成舍我是个不甘寂寞的人，精力充沛，从新闻界跳入政界，在政界又兼办新闻。不久，他又办了一张《世界晚报》，让我包办副刊，我给这副刊起名叫《夜光》。我只支三十元月薪，样样都得自己来，编排、校对，初期外稿不多，自己要写不少。

七　《春明外史》问世

我编《夜光》很起劲。不到三十岁，混在新闻界里几年，看了也听了不少社会情况，新闻的幕后还有新闻，达官贵人的政治活动、经济伎俩、艳闻趣事也是很多的。

在北京住了五年，引起我写《春明外史》的打算。“春明”是北京的别称，小说从一九二四年四月十二日，开始在《夜光》上发表，每天写五六百字，一直到一九二九年一月二十四日才登完，其间凡五十七月，约有百万字。最后由世界书局印行，全书分十二册，头两集也分别在北京出版过，但也不过只印几千本就是了。世界书局在全书出版前，在《申报》《新闻报》登了两栏广告，把八十六回回目一齐登了出来，定价十元零八角，一印起码上万部，不久又再版，又印缩版，缩版是改五号字，印成两本，定价两元多钱。我是卖版权的，所以出多少版，与我也没关系了。朋友们关心我，说“你后悔了吧”，我说，我不后悔。我没有世界书局那么多的本钱，也没有本领在许多码头开设支局。

《春明外史》是以记者杨杏园的生活为中心的，也可以说多多少少有些传记小说的味道，一开头就交代杨杏园是皖中的一个世家子弟，喜欢写诗填词，发泄满腹牢骚，“却立志甚佳，在这部小说里，他却是数一数二的人物呢”。自然，这个“志”，是不能以今天的标准来衡量的。书的前半部写了杨杏园和青楼中的清倌人梨云的恋爱，但是他还没有决心娶她，也没有可能为她赎身，终于在“满面啼痕拥衾倚绣榻、载途风雪收骨葬荒邱”的第二十二回里让梨云染病死去。

书里写的杨杏园对梨云十分多情，在她死后，还常在自己会馆里的桌子上供她的相片和瓜果。一直到书的结尾，杨杏园也没有成家，而且短寿而死。

许多朋友问我：你真认识过梨云这么一个清倌人吗，你真对她那么痴情吗？真有李冬青那么个人吗？还有人问，某人是否影射着某人？其实小说这东西，究竟不是历史，它不必以斧敲钉，以钉入木，那样实实在在。《春明外史》的人物，不可讳言的，是当时社会上一群人影，但只是一群人影，决不是原班人马。这有个极好的证明，例如主角杨杏园这人，人家都说是我自写，可是书中的杨杏园死了，到现时我还健在，宇宙里没有死人能写自传的。

《春明外史》，本走的是《儒林外史》《官场现形记》这条路子。但我觉得这一类社会小说犯了个共同的毛病，说完一事，又递入一事，缺乏骨干的组织。因之写《春明外史》起初，我就先安排下一个主角，并安排下几个陪客。这样，说些社会现象，又归到主角的故事。同时，也把主角的故事，发展到社会的现象上去。这样的写法，自然是比较吃力，不过这对读者，还有一个主角故事去摸索，趣味是浓厚些的。当然，所写的社会现象，决不能是超现实的，若是超现实，就不是社会小说了。

《春明外史》，除了材料为人所注意而外，另有一件事，为人所喜于讨论的，就是小说回目的构制。因为我自小就是个弄词章的人，对中国许多旧小说回目的随便安顿，向来就不同意，既到了我自己写小说，我一定要把它写得美善工整些。所以每回的回目，都很经一番研究。我自己削足适履地定好了几个原则。一、两个回目的上下联要能包括本回小说的最高潮。二、尽量地求其词华藻丽。三、取的字句和典故，一定要是浑成的，如以“夕阳无限好”，对“高处不胜寒”之类。四、每回的回目，字数一样多，九字回目，求其一律。五、下联必定以平声落韵。这样，每个回目的写出，倒是能博得读者推敲的。可是我自己就太苦了，往往两回目，费去一二小时的工夫，还安置不妥当。因为藻丽浑成都办到了，不见得能包括这一回小说最高潮。能包括小说最高潮，不见得天造地设的就有一副对子。这完全是求好看的念头，后来很不愿意向下做。不过创格在前，一时又收不回来，因之这个作风，我前后保持了十年之久。但回目作得最工整的，还是《春明外史》和《金粉世家》，其他小说，我就马虎一点了。在我放弃回目制以后，很多朋友反对，我解释我吃力不讨好的原故，朋友也就笑则释之了。谓不讨好云者，这种藻丽的回目，成为“礼拜六派”的口实。其实“礼拜六”派，多是散体文言小说，堆砌的词藻，见于文内，而不在回目内。“礼拜六”派也有作章回小说的，但他们的回目，也很随便。不过，我又何必本末倒置，在回目上去下功夫呢？

《春明外史》发行之后，它的范围，不过北京、天津，而北京、天津，也就有了反应和批评。有人说，在五四运动之后，章回小说还可以叫座儿，这是奇迹。也有人说，这是“礼拜六派”的余毒，应该予以扫除。但我对这些批评，除了予以注意，自行检讨外，并没有拿文字去回答。在五四运动之后，本来对于一切非新文艺形式的文字，完全予以否定了的。而章回小说，不论它的前因后果，以及它的内容如何，当时都是指为“鸳鸯蝴蝶派”。有些朋友很奇怪，我的思想，也并不太腐化，为什么甘心作“鸳鸯蝴蝶派”？而我对于这个派不派的问题，也没有加以回答。我想，事实最为雄辩，还是让事实来答复这些吧！

八　《金粉世家》在《世界日报》上发表

《世界晚报》办了一年多，《世界日报》才问世，成舍我觉得晚报总不如日报神气，就找到了些搞政治的人出钱支持他，除了买两架平版机、小机器、石印机以外，还得有每月的经费。手帕胡同的房屋不够了，找了石驸马大街的房子，也就是解放后《光明日报》社的一部分，再往后还买过西长安街的一座旅馆房子，现在已经拆掉了。

《世界日报》出两张，编辑部里有了十几个人。副刊《明珠》仍由我包办，我同时仍编晚报的副刊《夜光》，忙不过来，就另请了张友渔、马彦祥、朱虚白、胡春冰四位一起办副刊。我在《世界日报》发表小说《新斩鬼传》，还有《金粉世家》。后者和《春明外史》一样，出书时都印成十二本，约一百万字。在《世界日报》刊登时，都没有拿到多少钱。因为那时成舍我常到南京国民党政府那里去奔走，后来在南京办了一个《民生报》，把《世界日报》的财务交给他太太杨璠，大家要钱用，就到杨女士那里去支，但当时报馆发不出月薪，我们只能领一点零钱，其余的由杨女士给我们开一张欠薪的借条，这样做不止一回。我认为成舍我是我们的朋友，他欠了我们的薪水，有了钱自然会还，还要他太太的借条干什么呢？我就把借条扯碎了。过了一年多，北伐后成舍我回到北京，我向他算这笔旧账时，他说："借条呢？"我说："我扯碎了。"他说："那就不好办了！"我自然没有办法。

这时《益世报》和《晨报》也要我写小说发表，既然《世界日报》欠着我薪水，我在编余时间为外报写小说，他们也不便干涉。我写了《剑胆琴心》给《晨报》。这时《益世报》已江河日下，但是还有点人情关系，也给他们写了一篇。万枚子等友人办北京《朝报》时，我又写了《鸡犬神仙》，该报不久停刊。这时，我因时间不够支配，就把秦墨晒处的工作和天津《益世报》的通讯全辞掉了。又有人介绍我给上海有名的小报《晶报》写《锦片前程》。我同时写的几篇长篇小说，怎么进行呢？也没有别的好办法，只能先写好每篇小说的人物故事提纲，排上轮流写作的日表，今天写《剑胆琴心》，明天就写《锦片前程》，严格执行。关于《金粉世家》，那是天天要写的，里面人物多、场面大、故事曲折，我也就只好勾出个轮廓来，每天写上七百字到上千字。

《金粉世家》全书一百一十二回，世界书局出书时，又包了《申》《新》二报的广告栏，把回目全登上去，分两日刊登。这书里写了金铨总理一家的悲欢离合、荒淫无耻的生活，以金燕西和冷清秋一对夫妇的恋爱、结婚、反目、离散为线索贯穿全书，也写了金铨及其妻妾、四子四女和儿媳女婿的精神面貌和寄生虫式的生活。自然，也反映了当年官场和一般的上中层的社会相。

社会上有人猜想：我写金铨一家是指当时北京豪门哪一家呢。其实谁家也不是，写小说不是写真人真事，当然也离不了现实基础，纯粹虚构是不行的。用个譬喻，乃是取的"海市蜃楼"。海市蜃楼是个幻影，略有科学常识的人都知道，它并不是海怪或神仙布下的疑阵，而是一种特殊自然现象的反映。明乎此，就知道《金粉世家》的背景，是间接取的事实之影，而不是直接取的事实。作为新闻记者，什么样的朋友都结交一些。袁世凯的第五个儿子和我比较熟，从他那里听到过一些达官贵人家的故事。孙宝琦家和许世英家我也熟悉。有时我也记下一些见闻，也就成为写小说的素材。

像冷清秋那样的遭遇，我也是屡见不鲜的，一个出身比较平常的姑娘嫁到大宅门里，也许是一时由于虚荣心作祟吧；但是，不是由于丈夫薄幸，就是由于公婆小姑妯娌瞧不起，慢慢地就会出现裂痕，以悲剧结局。冷清秋也是由于金燕西的多角恋爱、挥霍无度、不知上进而上楼礼佛，终至在一场火灾中抱了独子出走，写得似乎是没有遁入空门，而是在西郊隐居起来。我没有安排冷清秋死去，当年大约是为了安慰读者的。但就全文命意说，我知道没有对旧家庭采取革命的态度。在冷清秋身上，虽可以找到了些奋斗精神之处，并不够热烈。这事在我当时为文的时候，我就考虑到的。但受着故事的限制，我没法写那样超脱现实的事。在“金粉世家时代”（假如有的话），那些男女，你说他们会具有现在青年的思想，那是不可想象的。后来我经过东南、西南各省，常有读者把书中的故事见问。这让我增加了后悔，假使我当年在书里多写点奋斗有为的情节，不是会给妇女们有些帮助吗？

有人喜欢研究小说人物的名字来由，我有时喜欢用名字象征性格，如冷清秋便是。有时却又改一改现实人物的名字，我有位叔祖名张犀草，在《春明外史》里就借用它成了一个诗人的名字。

九　从《啼笑因缘》起决心赶上时代

到我写《啼笑因缘》时，我就有了写小说必须赶上时代的想法。这小说一九三〇年发表在《新闻报》上，是应严独鹤先生之约写的。记得我在写《啼笑因缘》的第一天，是在中山公园小土山下水亭子边构思的，当时一面想，一面笔记，就这样勾画出了这本书的轮廓。而这时土山上正有几个姑娘在唱歌呢。当然，我的所谓赶上时代，只不过我觉得应该反映时代和写人民就是了。北洋军阀统治时期，军阀们为非作歹的事情太多了，就是新闻记者也可以随意捉去坐牢枪毙。于是我写了以学生樊家树和唱大鼓书的姑娘沈凤喜的爱情，和他们被军阀刘将军拆散的故事。最后，这个姑娘被刘将军逼疯了，遭到了悲剧的下场。

因为上海《新闻报》和我初次订契约，我想像《春明外史》那样的长篇是不合适的，于是我就想了这样一个不太长的故事。在那几年间，上海洋场章回小说，走着两条路子，一条是肉感的，一条是武侠而神怪的。《啼笑因缘》和这两种不同。另一点是《啼笑因缘》中对话用的是北京话，与当时上海的章回小说也不同。因此，在这部小说发表的起初几天，有人看了觉得眼生，也有人觉得描写过于琐碎。但并没有人主张不向下看。载过两回之后，读者感到了兴趣。严独鹤先生特地写信告诉我，让我加油。一面又要求我写一些豪侠人物，以增加读者的兴趣。对于技击这类事，我自己并不懂，而且也觉得是当时一种滥调，我只能把关寿峰和关秀姑两人写成近乎武侠的行为，并不过分神奇。这样的人物是有的。但后来还是有人批评《啼笑因缘》的“人物”，说这些描写不真实。此外，对该书的批评，有的认为还是章回小说旧套，加以否定。有的认为章回小说到这里有些变了，还可加以注意。大致地说，主张文艺革新的人，对此还认为不值一笑。温和一些的人，对该书只是就文论文，褒贬都有。但不管怎么说，这书惹起了文坛上很大注意，那却是事实。有人并说，如果《啼笑因缘》可以存在下去，那是被扬弃了的章回小说又要还魂，我没料到这部书会引起这样大的反应，当然我还是一贯地保持缄默。我认为被批评者自己去打笔墨官司，会失掉有则改之、无则加勉的精神，而徒然搅乱了是非。后来《啼笑因缘》改编成电影，明星电影公司和大华电影片社为争夺拍摄权打一年的“啼笑官司”，在社会上热闹了一阵，连章士钊先生也曾被聘请为律师调解诉讼。不过这些批评和纷争，全给该书做了义务广告。《啼笑因缘》后来还曾多次被搬上银幕和舞台。它的销数超过了我其他作品，所以人家说起张恨水，就联想到《啼笑因缘》。

这本书发表后，许多读者来信询问主人翁的下落，要求写续集，无法一一回信作答，因此我后来写了一篇《作完〈啼笑因缘〉的说话》，其中说："《啼笑因缘》万比不上古人，古人之书，尚不可续，何况区区……《啼笑因缘》自然是极幼稚的作品，但是既承读者的推爱，当然不愿它自我成之，自我毁之。若把一个幼稚的东西再幼稚起来，恐怕也有负读者之爱了，所以归结一句话，我是不能续，不必续，也不敢续。"

过了三年，由于读者的爱好，我自己没有续，却出现了一些由别人写的《续啼笑因缘》《反啼笑因缘》《啼笑因缘零碎》等等，全都是违反我本意的。为了这个原故，我正踌躇着，原来印书的三友书社又不断来催促我续著。当时正值日军大举进攻东北，我想如果将原著向其他方面发展，也许还不能完全算是蛇足。所以就在续集中写了民族抗日的事。但至今回想起来，就全书看还是不续的好，抗日的事可以另外写一部书嘛。

十 卖版税和办美术学校

有了以上几部稿子，我受到了上海出版商的注意，他们约我到上海去订合同，预约我的小说出版。去沪以后，招待欢迎，走时欢送，稿费从优，但是我一般全是卖版税，书印若干万册或若干版，与我无干。记得在上海先看见了编《红玫瑰》杂志的赵苕狂，他又给我引见了世界书局经理沈知方，我一次预支了稿酬八千元，决定《春明外史》由他们第三次出书，《金粉世家》也由他们出版，再次就是正在上海《新闻报》刊登的《啼笑因缘》了。

这时我有了钱，就写信给郝耕仁，叫他到上海来玩玩。他来了，我分给他一些钱，又同路去逛西湖。郝耕仁这时还劝我节约一些，别把心血换来的钱全虚掷了。我回到北京以后，手上还有不少钱，虽然也没有什么了不起，但对我的帮助还是很大的。首先我把弟妹们婚嫁、教育问题解决了一部分。又租了一所房子，院子很大，植了不少花木，很幽静。这一切，在精神上，对我的写作是有益的。

这时我很忙，我算了一下，约有六七处约稿，要先后或同时写起来，我因此闭门写作了一年。每天我大概九点钟开始写作，直到下午六七点钟，才放下笔去吃晚饭，饭后稍稍休息，又继续写，直到晚上十二点钟。我不能光写而不加油，因之登床以后，我又必拥被看一两点钟的书。看的书很拉杂，文艺的、哲学的、社会科学的，都翻翻。还有几本长期订的杂志，也都看看。我所以不被时代抛得太远，就是这点加油的工作不间断的原故。否则我永远落在民国十年以前的文艺思想圈子里，就不能不如朱庆馀发问的话，“画眉深浅入时无”了。

这时，我读书有两个嗜好，一是考据，一是历史。为了这两个嗜好的混合，我像苦修和尚，发了个心愿，要作一部中国小说史，要写这部书，不是光在北平几家大图书馆里可以把材料搜罗全的。自始中国小说的价值，就没有打入四部、四库的范围。这要在民间野史和断简残编上去找。为此，也就得多转书摊子，于是我只要有工夫就揣些钱在身上，四处去逛旧书摊和旧书店。我居然找到了不少，单以《水浒》而论，我就找了七八种不同版本。例如百二十四回本，胡适就曾说很少，几乎是海内孤本了。我在琉璃厂买到一部，后来在安庆又买到两部，可见民间蓄藏是很深厚的，由于不断发掘到很多材料，鼓励我作小说史的精神不少。可惜遭到“九一八”大祸，一切成了泡影。材料全部散失，以后再也没有精力和财力来办这件事。

那几年由于著作较多，稿费收入也就多些。这时因我四弟牧野是个画师，邀集了一班志同道合的人，办了个“北华美术专科学校”。我不断帮助他一点经费，我算是该校董事之一，后来大家索性选我做校长。我虽然有时也画几笔，但幼稚的程度比小学生描红模高明无多。我虽担任校长，并不教画，只教几点钟的国文，另外就是跑路筹款。记得当时在“北华美专”任教的老师有于非闇、李苦禅、王梦白等先生。后来一些在艺术上有成就或在社会上知名的人如张仃、蓝马、张启仁等就是这个学校的学生。

十一　两度去西北

关门写小说一年以后，我有了西北之行。一方面是，自是《啼笑因缘》以后，我有赶上时代的要求，另一方面，也深知写小说不多了解一下老百姓的事是不行的。这时正是很多人热心上西北的时节，为了西北地广人稀，有丰富的资源待开发。当时陇海铁路只通到潼关为止，再向前就坐汽车了。

我在家筹划了一个多月，就带了一件小行李，在五月里出发，我到郑州、洛阳，一直到火车终点潼关为止。我看了三省交界的黄河，倒是气势雄壮。省政府的汽车送我们到了西安。这时西安只有三十万人口，也许因为战争关系，实数还不到三十万。邵力子先生时任陕西省长，他很帮忙，听说我要去兰州，说坐省里公事汽车可以随时上下，比商车方便。后几天搭上了西兰公路刘工程师的车子，后面还有一部不带棚的敞车。

一路西行，要经过近二十个县，除了平凉而外，就没有一个县城像样的，人口少，市面荒凉。比起我久居的江南来，这里一个县城不如江南一个村镇。同车的刘工程师对我说："你还没到县里头去看看呢，老百姓的衣服不周，十几岁的闺女往往只以沙草围着身子过冬，没有裤子穿，许多县全是如此。"

那时兰州只有十四万人口，建筑很古老，算是当时的一个边防城市，兰州的人民生活也不见好。从这以后，我才觉得写人民的苦处，实在有我写不到想不到的地方。所以我说，读万卷书，走万里路，扩大眼界，是写小说的基本工作。

我从西北归来，就写了《燕归来》，发表在《新闻报》上，又写了《小西天》，发表在《申报》上。此行未去新疆。我国的版图多么大，我心想我这一生能跑得周么！

《燕归来》是写一个女孩子自幼因逃荒从甘肃离家，后来在南京当了体育皇后，为了开发西北，就和几个男朋友由陕西大路归来，找到了自己的家庭。故事人物是我在西北亲见亲闻的，西北人民生活水平之苦是我以前都想象不到的。

一九五六年文联组织了一个作家艺术家参观团，我随团又游历了西北。这次看到西北人民生活比解放前有了很大提高，整个的西北面貌发生了极大的变化。铁路线过了兰州，公路四通八达，新建了许多工厂、矿山，使我非常兴奋，也增长了不少见闻。有一晚，在兰州玩得太高兴了，误了晚饭，同行十几个人走到了一家酒饭馆里，他们也已停止营业。有位朋友说："这是你在写《燕归来》时遇到过的事吧，这次玩得太起劲了。"柜台里站了一位老先生，听了这话，对我望望，便对我说："您从北京来吗？是姓张吗？"我说是的，他又说："你有四六文章很好，我在《春明外史》里见过。"我听了真是受宠若惊。他又说："第一次来与第二次来，有好多不同吧？"我笑说是，同行的人觉得老先生和我攀起交情来，吃饭有希望了，便向老先生央求做饭。老先生说："张先生是稀客，开晚饭，有有有。"我们十几个人上饭厅饱餐了一顿。这件巧遇不算希奇，我的书能在二十年前西北交通不便的时候来到西北，是没想到的事。

十二　抗日战争前后

一九三一年"九一八"国难来了，举国惶惶，我自己想到，我应该作些什么呢？我是个书生，是个没有权的新闻记者。"百无一用是书生"，惟有在这个时期，表现得最明白。想来想去，各人站在各人的岗位上，尽其所能吧。也就只有如此聊报国家民族于万一而已。因之，自《太平花》改作起，我开始写抗战小说。但是当时的国民党政府采取不抵抗政策，所以我尽管愤愤不平，却也没有办法，因此我所心向的御侮文字，也就吞吞吐吐，出尽了可怜相。例如我在《弯弓集》中写了几首诗，就是这种心情的写照。

六朝金粉拥千官，王气锺山日夜寒。
果有万民思旧蜀，岂无一士复亡韩。
朔荒秉节怀苏武，暖席清谈愧谢安。
为问章台旧杨柳，明年可许故人看。

含笑辞家上马呼，者番不负好头颅；
一腔热血沙场洒，要洗关东万里图。

那时我在北平，在两个月工夫内，写了一部《热血之花》和一个小册子《弯弓集》，都是鼓吹抗战的文字。当然这谈不上什么表现，只是说我的写作意识，转变了个方向，我写任何小说，都想带点抗御外侮的意识进去。例如我写《水浒别传》，就写到北宋沦亡上去。当然，这些表现都是很微渺的，不会起什么大作用，仅仅说，我还不是一个没有灵魂的人罢了。

以后我又给上海《申报》写了《东北四连长》（后易名《杨柳青青》）以及《啼笑因缘续集》等，都表现了抗日的思想。

一九三五年秋，成舍我在上海创办《立报》，我包办其中一副刊《花果山》。原想只帮助办一个短时期，等有些眉目后就回北方。谁知北平家中来了急电，叫我不必回去。原来冀东已出现了日伪傀儡政权，迫害爱国的文化界人士，有一张黑名单，我也名列榜上，因而就不能北上了。

后来我又转到南京，因为老友张友鸾约我投资创办《南京人报》，经他多方敦促，我们花了五千元买机器、字架和纸张，办起报来，我并自编副刊《南华经》，自写两部小说：《中原豪侠传》《鼓角声中》。我办《南京人报》，犹如我写《啼笑因缘》一样，惊动了一部分人士，出版第一日，就销到一万五千份。这时我还为别的报写了太平天国逸事《天明寨》和一篇关于义勇军的故事《风雪之夜》。不久“七七”事变发生，我把家眷送回潜山老家，携带了个小行李卷离开南京去内地。由于冀东伪政权的出现，我不能回北平，又加上这次南京遭受轰炸，我只身入川，因此我的全部财产和多年搜集的资料书籍也全都抛弃了。路过汉口时，全国抗敌文协成立，我被推选为理事，接着我到了重庆。

这时南京《新民报》已经迁渝，张友鸾就向陈铭德先生推荐我加入《新民报》，从此我就在《新民报》工作十余年。当过主笔，也当过经理，也写小说、诗、文在报上发表。入川后我写的第一部小说《疯狂》，就是在《新民报》上发表了。我在抗战的前期写了一些有关游击队的小说，如《冲锋》《红花港》《潜山血》《游击队》《前线的安徽，安徽的前线》《大江东去》等。那时，上海虽然沦为"孤岛"，《新闻报》还不曾落入汉奸之手，信件可以由香港转，我就写了《水浒新传》，描写水浒人物和金人打仗，因为写了民族气节，很受上海读者的欢迎。

由于我对军事是外行，所以就想改变方法，写一些人民的生活问题，把那些间接有助于抗战的问题和那些直接间接有害于抗战的表现都写出来，但我觉得用平常的手法写小说，而又要替人民呼吁，那是不可能的事。因之，我使出了中国文人的老套，寓言十九，托之于梦，写了《八十一梦》，这部书是我在后方销数最多的一部。《八十一梦》还在延安流传，是我认为非常光荣的事。书里的梦，只有十几个，也没有八十一个，何以只写十几个呢？我在原书楔子里交代过，说是原稿泼了油，被耗子吃掉了。既是梦，就不嫌荒唐，我就放开手来，将神仙鬼物，一齐写在文里，讽喻重庆的现实。当时我住重庆远郊南温泉，特务对我注意起来，认为张恨水"赤化"了，因此检查我的来往书信。为了这部书，有人把我接到一个很好的居处，酒肉招待，最后他问我：是不是有意到贵州息烽一带（国民党军统特务监狱），去休息两年？于是《八十一梦》就此匆匆结束了。这一期间我写了《偶像》《牛马走》（又名《魍魉世界》）、《傲霜花》（原名《第二条路》），以及连载随笔《上下古今谈》，都是谈的社会现象，针砭当时的贪污腐败。我还写了《乡居杂记》《读史诗》等，其中有一首讽刺诗"日暮驰车三十里，夫人烫发入城来"之句，流传很广，各报颇有转载的。

一九四四年在重庆，当我五十岁生日时，承抗敌文协、新闻学会、《新民报》一些友好热心，为我祝贺，同时纪念我写作三十年。纪念会经我坚辞免开，但是几种报纸上还是发表了一些文章，对我慰勉有加，实深铭感。其中以《新华日报》潘梓年的一篇最有意义，题目是《精进不已》，他根据我在重庆时期写的文章，以为我有明确的立场——坚主抗战，坚主团结，坚主民主。他说明确的进步立场，是一个作家的基本条件，立场不进步的人，看不见或看不清现实，写出的东西也就对社会有害无益。他以我写的《上下古今谈》为例，希望我不断地精进不已，自强不息。

我当时在《新民报》上写了《总答谢》。

一九四五年毛主席到重庆，还蒙召见，对我的工作给予了肯定和鼓励，给我留下了深刻的印象，至今还牢记在心。

抗日胜利以后，各报纷纷复员，《新民报》社派我到北平任北平版经理，我和三四位同事一同从陆路动身，由重庆到贵阳、衡阳都是坐汽车，由衡阳到武昌坐铁棚子火车，没有火车头用汽车拉了火车走，可算今古奇观。一共走了三整天，到了汉口才乘船到南京，已是胜利后度第一个春节的时候了。我回到故乡．看望了我的母亲后，就匆匆北上了。我把路上见闻写了小说《一路福星》给《旅行杂志》。

这时，国民党政府向一千多人颁发了“抗战胜利勋章”，其中也有我。

十三　回到了北平

我为了和陈铭德先生北上办《新民报》北平版，我以最大的牺牲，报答八年抗战的友谊，把《南京人报》让给张友鸾去办了。一九四六年春我回到了阔别已久的北平，邓季惺先生已把北平版的房子机器等安排好，我又邀请马彦祥、左笑鸿、于非闇等老友一起合作，旧友重逢，再度共事，是非常融洽的。不久北平版筹备就绪，就在这一年四月四日出版，开始印一万多份，不久增加到四万多份，很受北平读者欢迎，营业可以维持，不向总管理处要钱。我自编了副刊《北海》和《新民报画刊》，同时还写了几部长篇小说。

到了北平，我发现了一个问题，就是在抗战期间，在沦陷区有人冒我名出版小说，内容荒诞不经，黄色下流。我查了一查，这些伪书竟有四十多部，实在让我大大地吃了一惊，对我是个恶意的侮辱，我十分气愤，多次在报上发表声明，并向主管部门申诉，才查禁了一下，听说东北冒名的伪书尤其多。

在北平目睹耳闻不少接收人员的生活，社会上也有接收大员“五子登科”（房子、金子、女子、车子等）之说，我于是写了《五子登科》的小说。这一时期我还给《新民报》写了个长篇《巴山夜雨》的小说。又给上海《新闻报》写了个长篇《纸醉金迷》，这两部书都是以重庆为背景的，在别人看来，不知作何感想，至少我自己是作了一个深刻的纪念。这时的币制是一直紊乱，物价一直狂涨，对于国民党的金融政策，谁也不敢寄予丝毫的信用，自由职业者，就非常的痛若，尤其是按字卖文的人，手足无所措。月初，约好了每千字的稿费，也许可以买两三斤米，到了下月初接到稿费的时候，半斤米都买不着了。在这种情形下，胜利后的两年间，我试一试卖文的生活，就戛然中止。《岁寒三友》《马后桃花》就是这样未完篇的。到了一九四七年，纸价已经贵得和布价相平了。我就又改变作法，多写中篇，如《雾中花》《人迹板桥霜》《开门雪尚飘》等，这一试验，还算可以维持下去。

因为我很不习惯报社的经理职务，一九四八年秋，陈铭德先生到北平，我向他辞去了报社的职务，专事写作，从此终止了我从事四十年的新闻生涯。

十四　解放后

一九四九年北平解放了，我和全国人民一样感到欢欣，但对党的政策也并不十分了解。这时我接到了一张请帖，到北京饭店参加宴会。会上叶剑英同志作了讲话，使我对党有了进一步的认识。同年夏，我忽然患脑溢血，瘫痪在床，丧失了工作能力，但是党和人民政府对我的生活仍无微不至地关怀。我被聘为文化部的顾问，还被邀请参加了全国第一次文代会和全国作家协会。以后我的病情渐渐好转，恢复了部分写作能力，我又应通俗文艺出版社、北京出版社、上海《新闻报》及香港《大公报》、中国新闻社之约，为国内外读者写了根据民间传说改写的小说《梁山伯与祝英台》《白蛇传》《秋江》《孔雀东南飞》以及《记者外传》等。我为中国新闻社写了北京城郊的变化，为此特意一一去看了北京十三个城门附近的变化，当看到新建的平坦马路和一幢幢新楼房，马路边栽满了树木，我感到十分高兴。一九五二年写了一组《冬日竹枝词》，发表在香港《大公报》上。

一九五五年，我的身体逐渐复原，虽然行动尚不方便，还只身南下，看到了江南以及故乡的变化，兴奋不已，为香港《大公报》写了一篇三四万字的《南游杂志》。一九五六年从西北回来后我被邀为列席代表参加了全国政协第二届会议。政协经常组织我学习马列、学习党的政策，到各处观光，使我的思想和眼界都为之大开。我解放前写的《啼笑因缘》《八十一梦》等小说都得到了再版，这些几十年前的旧作，在党的关怀下，再度问世，使我感奋交加。

一九五九年我的病情又加重了，再次丧失了写作能力，周总理知道后，对我的生活和工作非常关心，不久我就被聘为中央文史馆馆员，我的生活有了保证，使我能够在晚年，尽力之所及作一点工作。

回顾我的五十年写作生涯，真是感慨系之。我这一生写许多小说，每日还经常编报，写文章、诗词，曾有人估计，我一生大约写了三千万言。有人问：你是如何坚持着没有搁笔的呢？记得我在《春明外史》的序上曾以江南崇明岛为例而写道：

> 舟出扬子江，至吴淞已有黄海相接，碧天隐隐中，有绿岸一线，横于江口者，是为崇明岛。岛长百五十里，宽三十里，人民城市，田园禽兽，其上无不具有，俨然一世外桃源也，然千百年前，初无此岛。盖江水挟泥沙以俱下，偶有所阻，积而为滩，滩能不为风水卷去，则日积月聚，一变为洲渚，再变为岛屿，降而至于今日，遂有此人民城市，田园禽兽，卓然江苏一大县治矣。夫泥沙之在江中，与水混合，奔流而下，其体积之细，目不能视，犹细于芥子十百倍也，乃时时积之，居然于浩浩荡荡、波浪滔天之江海交合处，成此大岛。是则渐之为功，真可惊可喜可惧之至矣。

我对自己写了这些书，也只有“成于渐”三个字好说。为了往往是先给报纸发表，所以敦促自己非每日写六七百字或上千字不可，因则养成了按时动笔的习惯，而且可以在乱哄哄的编辑部里埋头写小说，我就这样写了几十年。

我作小说，没有其他的长处，就是不作淫声，也不作飞剑斩人头的事。当然距离党要求文艺工作者，深入工农兵，写工农兵生活，全心全意为人民服务的方针太远了。几年来在病中眼看着文艺界的蓬勃气象，只有欣羡。老骆驼因然赶不上飞机，但是也极愿作一个文艺界的老兵，达到沙漠彼岸草木茂盛的绿洲。

一九六三年

（原载《文史资料》1980年第70期）

我写小说的道路

我在十一二岁，看小说已经成迷了，十四五岁我就拿起笔来，仿照《七侠五义》的套子，构成一个十三岁的孩子，会玩大铁锤。这小说叫什么名字，现在记不得了，可是这里面我还画成了画，画一个小侠客，拿着两柄大锤，舞成了旋风舞。我为什么这样爱作小说，还要画侠客图呢？因为我的弟妹以及小舅父，喜欢听我说小侠客故事，有时我把图摊开来，他们也哈哈大笑。至今我想起来，何以弄小说连图都画上了。说我求名吗？除了家里三四个听客，于外没有人知道，当然不是。说我求利吗？大人真个知道了，那真会笑掉了大牙。当然也不是。我就喜欢这样玩意儿，喜欢，我就高兴乱涂。什么我也不求。

我到十五六岁，小说读得更多了。也读过自西洋翻译来的理论，但是那学问只有点把点，读过了也就完了。不过这样一来，我对小说，更抱着浓厚的兴趣。商务印书馆出版的《小说月报》，那时为国内首屈一指的文艺杂志，我就每月得买一本。因此，我对小说，有了更进一步的认识，认识到作小说的，可以作为一种职业。所以我爱读的小说，也自剑侠一变为爱情。事实上，这个日子的小说，也以爱情为最多。可是为什么作小说，我依旧模糊着。至于作小说为职业，我根本未曾想到。

到了十九岁，我在苏州“蒙藏垦殖专门学校”读书，有工夫，还是看小说。我觉着光是看，还有些不够，并且也作了两篇，往《小说月报》社投稿。当然，我那时还很年轻，读书不但不多，而且很多应当读的书，我只看到或者听到它的名字而已，所以两篇小说，投过了邮也就算了，并没有想到还有什么下文。可是过了几日，《小说月报》居然回信来了，说我的小说还算不错，望我努力。那小说虽然没有发表，但给我的鼓励真是不小。于是我就对小说更为细心研究，尤其是写景一方面，小动作一方面，中国小说虽然也有，却是并不多，我就在西洋小说中，加倍注意。

可是学校被袁世凯封门了，我的家境，又十分不好，我就失了学。自此以后，我飘流在扬子江一带，寻找职业。直到二十四岁，才找到了我的饭碗，就是芜湖《皖江日报》。不过那飘流的几年中，有些日子在乡下家里，我还极力看中国旧书，也看看小说，这好像说我的读书，有些进步了吧？所以在《皖江日报》就业以后，我在自己报上写小说，也有工夫为别家写小说。上海《民国日报》，这就是别家的一家。若是说我写小说何日开始，这就是第一课吧。

这年下半年，我到了北京，以后有十几年没有离开。同时，我一面当新闻记者，一面写小说。但是我虽依旧写小说，却慢慢地摸上一点路子。觉得写小说，专门写爱情，那也似乎太窄狭。我自己以为自这以后，我的小说，又有一点小变动，以社会各种变化情形为经，以爱情为纬。我的小说自然也应该有些变化，可是我仍旧不能完全抛弃爱情。大概有几十年工夫，不，可以说一辈子吧，总是不能离开这经纬线。如《太平花》《夜深沉》《水浒新传》《八十一梦》等等。

我是作章回小说的，对于普及，那是没有问题的。但是我们要谈普及，是在哪里下手呢？这是我们必须要研究的。要把人民日常生活，一种自然形态，在烂熟之下摘取。这里说着人民日常生活，好像很容易摘取似的。事实上不尽然，也许是很难的。我们要细心慢慢去找日常生活最普遍的一处，然后把它在适当的时候，使鲜花开出来。这不能性急，日常生活体会得越多，就会使鲜花开得越灿烂。

（原载《山窗小品及其他》，香港通俗文艺出版社1975年6月版）

我 与 上 饶

不久以前，战地发表一文，叙恨水与上饶事，误先祖父为先父，颇拟修函剑兄更正，旋以他故，遂忘之，今提笔为战地写稿，又思及之矣。请约略言其事。

先祖父讳上字开，下字甲，随曾国藩作战十余年，得红顶花翎三品衔。顾以非湘人，不得提携，终身坎坷。而公又赋性落落，不奔走王公之门，直至光绪三十年后，其盟兄子爵黄某过赣，见其贫而怜之。为言于督抚，乃一带景德镇保安军，转任广信府参将。时公六十有三矣。予本非长孙，惟随先父讳钰，从先祖宦游，公酷爱之，阅操出巡，骑舆同乘。尝与先祖同乘一肩舆祀关庙，轿前旌旗招展，剑戟罗列，侍卫鸣金呵道，途人鹄立目送之，私语曰：轿中一小儿，张大人孙也，归，先父切谏，谓国家典制，不得为孺子所乱。黎民肃立致敬，小儿尤无此福。先祖父笑而止之，然出衙仍必携之与俱，改与先父同骑，随之后乘而已。每出郊，常过一横跨河面之浮桥。儿时以浮桥为奇，故上饶之桥于予印象较深也。先父以将门之子，习武，善骑，能持丈八矛，遂有小张飞之号。（时先父二十七八岁）在上饶曾代先祖父出征土匪二次，皆捷。一次受同营招待，率从骑十余下乡观剧，予又与盛会。归已黑夜，途遇大雨。先父攫鞍以长衣覆予，狂驰二十里回署。先祖闻之，大惊，即索视爱孙。见予神色自若，大笑抚予背曰：张某之孙，当无阿斗。自是爱予更甚，令于署中骑老羊，习弓箭，日以为课。明年，先祖将调河口协镇，未至而卒。先父弃武就文，予亦入蒙学，至今遂成一穷措大，当年豪气，无复存者。真愧对上饶昔日衔头观我坐轿父老也。

中国积弱之因，虽其道甚多，而社会重文轻武，乃为主因。百年来，虽将门之子，亦多弃长枪大戟而握毛锥子，可概其余矣。叙予家乘既竟，颇有所感，容他日详言之。

（原载1937年9月12日《前线日报》第七版“战地”副刊）

当年此夜在南京

人生永远是向前的，用不着去回忆。但当前的环境，往往会把过去的事，重复的在脑筋里掀起，下面就是我脑筋里重复掀起的一页。

一钩新月，斜挂在马路的槐树上，推开窗向楼下看去，水泥路面，像下了一层薄薄的霜。路灯让月色盖住了，没有了每晚夜深那惨白色的光。只是像一颗亮星横在电线杆上，巡警严肃地立在槐树阴里，没有一点咳嗽的声息，一条由南到北长宽马路，也不见有一个人影。夜是分外的沉寂，但更向远看去，高低参差的房屋，在月光下一层层推了开去。在沉静中更显着南京的伟大。我想着南京的人，都觉悟了，当神圣的战事快来到头上的时候，开始严肃起来。突破我的幻想的，是一阵奇怪的汽车喇叭声，响着多勒梅的调子，把一辆乌亮的流线型汽车，带到了楼前的马路上。车窗里有灯光，虽是极忙地过去，还看到了一张粉脸，靠在一位穿西装的男子肩上，她是倦极要睡了。

回头看看窗户里，那正是一家报馆的编辑部。五六个编辑围了一张极大的长桌子坐着。天花板上垂下来的电灯，照着各人拿了笔和剪刀，正在低头工作。各人面前，陈设着红黑笔写的油印稿纸。一位编辑放下笔，取着面前的火柴与纸烟，抬起头来嘘了一口气，笑道：北平电话该来了。我问：何以知道？他说：刚过去的是某二爷的汽车，由于那响着多勒梅的汽车喇叭声，我知道。某某同学会今夜有跳舞，他去跳舞，非三点钟不回来。那么，已到三点，我们的北平电话该来了。他把纸烟叼在嘴角，呼的一声划了一枝火柴来燃着，表示着他的论断不会错误。果然桌上话机的电铃响了。拿起耳机来问，电话里的接线生告诉着，北平电话来了。

一分钟后，我左手捏着听筒，口对了传话的小喇叭管。人坐在桌边，右手拿了笔，按在面前的一张白纸上。我在电话里，与远在两千里地的一位北平朋友谈话。我说：预备好了。朋友说："北平今天上午闷燥，很热，下午大雨。时局情形是如此。上午西便门外，大炮常响，真象不明。到下午三点钟，枪炮声猛烈发作，日兵有两千人向宛平县城猛攻。我方谈判代表，很抱悲观，时局更见严重。到天津火车，上午一度不通，下午又开出一次。明日情形难说。城内各处兵哨岗位，上午重新布起，人数加多。"那位朋友，为了节省电话时间，一口气说了很多。最后他问一句："南京怎么样？"我把什么话来答复他呢？我总不能说，某某同学会今晚有跳舞，夜深才散。我胡乱答应了他两个字，"很好！"他又说了："哦！枪炮又响起来了，很猛烈。这响处地方扩大，由西南角到西北角……"到了这里戛然而止，我喂了几声，另有个人答复我："北平电话发生故障。"我知道这声音是接线生，只好把话筒放下了。

当我接话的时候，编辑部里人的眼睛，都射在我身上。我听话的时候，面部情形紧张，他们面部的情形，也随着紧张。我放下听筒之后，大家不约而同地问了一声："今天怎么样？"我觉得就是中国人心未死，谁都时刻注意华北时局的发展。我把电话中的报告，转告诉他们之后，大家都紧紧地皱起了眉头子，但我没有告诉他们北平朋友曾问了一句"南京怎样？"他们都是青年，我又何必让他们在工作时间愤慨起来呢？

三十分钟之后，我把听电话时的速记，清理着写了一篇新闻稿。将稿交给排字房，我的紧张情绪过去，便打了两个呵欠。料理了几件琐事，和两个工作完的同事，下楼出了报馆。月光更当了顶，照着马路像水洗了，夜半虽然无风，那空气吹在人身上，也是凉习习的。但路上不是已往那般沉静，三三五五的老百姓，男子挑着担子，背着包袱，女人提了篮子，或抱了小孩，在马路树阴下连串地走。他们好像有些羞涩，又像有些恐惧，一言不发，在远道的树阴下消失了。但沙沙的脚步，擦着马路响，另是一批老百姓又来了。他们是南京或附郊的男女佣工，回江北老家去，连夜出挹江门，去赶火车或小轮船。我不了解他们是什么心理，但他们每走几步，就对四周张望着，料想他们对南京有一种留恋。

夜深了，没有车子，踏着月光，顺了马路向北走。很久，迎面来了两部卡车，车前没有折光灯，车上有什么也看不见，上面盖着一层布。两部车子的司机，似乎是穿着军服。它让着行人，很快地过去。只有这一点。带一些战时的气氛，然而也只有这一点，走进更宽的马路，这里有一家关上铺板的商店，露出灯光，劈劈拍拍，兀自送出播弄麻雀牌的声音来。我心里想着，我已是恨不得一步就踏到了家，可是眼前就有嫌着疲劳不够的人，还在彻夜的找娱乐，我寻思着，走近了一个广场，那正是南京最有名的新街口。两位同行的朋友，走到此处，向东走去。我一个人绕了广场中间的花圃，继续北行。这里究竟有点两样，广场东北角的南京大厦，建筑好了最下一层的地基，木栅围的工厂里，亮着两盏汽油灯，打地基的机器在凹地里转着哄隆有声。对面某银行大楼，在路边电线杆上立的两盏反光电灯，大放光明，我不能估计是几千烛光，虽在月光下，照在银行的水泥墙上，那反光射入眼帘，几乎不能忍受。但能赏鉴这个灯光的，偌大新街口，只有我一个人，我相信这是一种浪费。我又想到了北平的电话，朋友问我南京怎么样？我答复他这事实，夜深了，新街口还亮着几千烛的电灯，照着那水泥墙，朋友们在北平炮火声中，必定认为是个奇迹。也许疑心我是在撒谎。

中山北路，是那么伟大，由南向北看去，一条宽大的透视线，直连目光所不能到处，缩成了一点。路灯悬在半空，越远是隔离越小，仿佛像一串亮星。不久，两道折光灯射了过来，渐渐跑近，变成一辆流线型汽车，在面前电闪过去。车里没有亮灯，我不知道是否某二爷之流。但继续又来了一辆车子，在我面前停住，车子上下来一个穿西服的，扶着一个女人，我不能看见女人是什么样子，路灯与月亮，照出她烫着发，穿着摩登的白色短大衣。那西服男子对车上挥着手说了一声，明日下午后湖会。于是汽车去了，他也扶了那女子进了路边的小巷。我看着呆了，我想着，也许北平的战事，要变成全面对日战争。我们凭着什么和人战争，就凭某二爷之流，深夜始归的男女？就凭深夜打麻雀的那种商人？就凭着南京大厦？就凭着某银行的反光灯？我在电话里告诉北平朋友说，南京很好！我欺了那朋友。

“起来，不愿做奴隶的人们！……”一阵风涌似的歌声，由珠江路响了起来。我迎上前两步，却见一队身穿青灰色制服的壮丁大队，横穿过中山北路。他们都是店员、小工、人家的雇工。但这时武装起来，整齐的步伐，激昂的歌喉，看起来和军队并无两样，还在深夜呢，他们已去下早操。我想起了某市长的话，这样的壮丁，南京市已有××万。是啊！中国有无穷的人力，只是南京一隅，便是如此。和日本全面抗战，凭什么？现在有了答复。假如明天的北平电话还通，我把这事告诉我的朋友。

偷闲的偷闲，出力的出力，抗战也非完全绝望。大时代来了，偷闲的总会慢慢淘汰的。我心里这般想着，让壮丁队过去了，继续地踏着马路过人行路。月亮渐渐淡淡了，长空只剩了三五粒浅星，天幕变成了鱼肚色。路转角的豆腐店门户洞开，灯火通明。锅灶上热气腾腾的，送出来一阵豆浆香。两三个挑着菜担子赶早市的小贩，由我身边抢了过去。深巷里喔喔喔，送出几声鸡叫，一切象征着天要黎明。“起来，不愿做奴隶的人们……起来！起来！”壮丁队的歌声，还隔着长空送了过来。

（又到了七七纪念，抗战踏入第五年头了，我军由洪炉里陶熔出来的人，是喜？是怒？是哀？是愁？老实说，这种情绪，我们也是无以形容。淡月如钩，银河清浅，山窗小坐，不期午夜。回忆当年，颇有所感，即燃烛草成此文。文中无多渲染，亦不甚经营，存其真也。笔者附记）

（原载《抗战文艺》第七卷第四、五期合刊。1941年11月10日出版）